爱上秦皇岛

——秦皇岛旅游必读

LOVE

山地沟峪苍翠清幽
海湖湿地交相辉映
万里长城巍然雄浑
名人别墅静默伫立
酒庄酒堡绝美浪漫
运动休闲万众参与
文化遗产辉煌灿烂

秦皇岛市旅游委员会 编著

燕山大学出版社
2018・秦皇岛

图书在版编目（CIP）数据

爱上秦皇岛：秦皇岛旅游必读 / 秦皇岛市旅游委员会编著. —秦皇岛：燕山大学出版社，2018.6
ISBN 978-7-81142-465-2

Ⅰ. ①爱… Ⅱ. ①秦… Ⅲ. ①旅游指南－秦皇岛 Ⅳ. ① K928.922.3

中国版本图书馆 CIP 数据核字（2018）第 120976 号

爱上秦皇岛——秦皇岛旅游必读

秦皇岛市旅游委员会 编著

出 版 人：陈 玉
责任编辑：孙志强
封面设计：祝琐卿
出版发行：燕山大学出版社 YANSHAN UNIVERSITY PRESS
地　　址：河北省秦皇岛市河北大街西段 438 号
邮政编码：066004
电　　话：0335-8387555
印　　刷：秦皇岛墨缘彩印有限公司
经　　销：全国新华书店

开　　本：787mm×1092mm 1/16　　印　　张：20.25　　字　　数：460 千字
版　　次：2018 年 6 月第 1 版　　印　　次：2018 年 6 月第 1 次印刷
书　　号：ISBN 978-7-81142-465-2
定　　价：56.00 元

编辑委员会

序

秦皇岛是一个孕育梦想、充满激情、富有活力、值得期待的国际滨海旅游目的地。

秦皇岛自然禀赋优异，造化天成。南濒渤海、北倚燕山，162.7千米沙质海岸线纯净天然，柳江盆地地质奇观闻名于世，暖温带半湿润大陆性季风气候，更使秦皇岛夏无酷暑、冬无严寒、春风酥润、秋空高远。自然的垂青，成就了秦皇岛这一片人间乐土。

秦皇岛人文积淀深厚，文明璀璨，历史悠久，文脉绵延。5000年历史长河中既有孤竹古国道德君子贤风传世，又有帝王将相巡行征战丰功伟业。农耕文明与游牧文明在此激烈碰撞，长城雄关、征战融合、兴衰更替、别离团聚，历史的选择，赋予了秦皇岛强大的人文魅力。

秦皇岛旅游资源丰富，品类齐全。山地沟峪苍翠清幽，海湖湿地交相辉映，万里长城巍然雄浑，名人别墅静默伫立，酒庄酒堡绝美浪漫，运动休闲万众参与，文化遗产辉煌灿烂。

秦皇岛旅游产业发达，优势明显。全市域、全季节、全产业、全方位的全域旅游发展格局初步形成，2017年接待国内外游客达到5200余万人次。“首批中国优秀旅游城市”“中国休闲生态旅游魅力之都”等桂冠是对秦皇岛旅游业发展的嘉许和鼓励。2017年秦皇岛市承办的河北省第二届旅游产业发展大会进一步明晰了秦皇岛旅游产业发展的目标，勾画出更美好的画卷。

2018年，是北戴河旅游开埠120周年，是秦皇岛旅游业改革开放40周年，更是中国改革开放40周年。拥有辉煌历史的秦皇岛旅游业，与国家强盛和民族复兴伟大历程同步，必将激励我们奋发向上。

2018年，是秦皇岛市首届旅游产业发展大会举办之年，是秦皇岛旅游产业转型发展突破之年。作为国家全域旅游示范区创建城市、京津冀区域重点旅游城市、河北省重点建设的国际化旅游城市，光明的未来，召唤我们只争朝夕。

“潮平两岸阔，风正一帆悬”，秦皇岛旅游业一定会给旅游者满意的体验，一定会给投资者更多的回报，也一定会给从业者更好的平台。

秦皇岛市旅游委员会主任

李文生

2018年5月19日

爱上秦皇岛

秦皇岛南濒渤海，东北与辽宁省葫芦岛市相接，西北与承德市相连，西与唐山市为邻。市域面积 9617 平方千米，其中陆域面积 7812 平方千米，海域面积 1805 平方千米，海岸线全长 162.7 千米，下辖海港区、山海关区、北戴河区、抚宁区、昌黎县、卢龙县、青龙满族自治县以及秦皇岛经济技术开发区、北戴河新区。

2016 年年底全市常住人口 309.46 万人。

秦皇岛区位优越、交通便捷。它地处华北、东北两大经济区结合部，东北距沈阳市 387 千米，西距首都北京 280 千米，距天津 218 千米，距河北省省会石家庄 569 千米。津秦、京山、京秦、大秦、秦沈、沈山 6 条铁路和京哈、沿海、承秦 3 条高速公路在境内交汇，津秦客运专线是东北、华北、华东高铁的重要连接线。秦皇岛开通了至北京、天津、石家庄、太原等地的始发高铁，京津秦“1 小时”经济圈正在加速形成。有国民经济“晴雨表”之称的秦皇岛港是以能源运输为主的综合性口岸、全球最大的煤炭港，海运业务遍及 130 多个国家和地区。北戴河机场已建成，并开通了至石家庄、上海、广州、深圳、哈尔滨、成都、青岛等市的多条航线。秦皇岛作为全国首批 14 个沿海开放城市之一，独特的地理位置和便捷的交通网络使其已成为中国北方重要的对外贸易口岸、全国综合性交通枢纽城市和京津冀协同发展重要节点城市。

秦皇岛历史悠久，底蕴深厚。它是中国唯一一座以皇帝名号命名的城市，因公元前 215

年“千古一帝”秦始皇东巡至此驻跸而得名。功高盖世秦始皇派士入海，寻长生药；雄才大略汉武帝东巡观海，筑台寻仙；文韬武略魏武帝东临碣石，观海抒怀；知人善任唐太宗筑五花城，望海赋诗；英明神武明太祖派将筑城，兴建卫所……古代君王的足迹为秦皇岛烙下了深刻的历史文化印记。

“天下第一关”山海关多次成为中国历史进程的节点，自古以来便是“两京锁钥”的兵家必争之地；由光绪皇帝御辟为中外人士避暑地的北戴河作为中国的“夏都”，是新中国最早最大的休疗胜地；作为商周时期古孤竹国国都的卢龙古城孕育了以伯夷、叔齐精神为代表的孤竹文化；“畿东首邑”抚宁也是秦汉碣石驰道、明清两京御路的必争之地；辽代奚族居住地青龙满族自治县，奚国文化历史遗存较为丰富，与长城文化、碣石文化、孤竹文化、孟姜女文化一起续写了秦皇岛历史文化璀璨的新篇章。

秦皇岛环境优美，气候宜人。这里夏无酷暑，冬无严寒，气候温和。北戴河是中国历史上第一个由国家确定的各国人士避暑之地、新中国最早最大的休疗之地、中国的“夏都”。全市植被完好，林区广阔，森林覆盖率超过46.75%，环境空气质量监测总天数366天，二级以上达标天数281天。这里每立方厘米中的负氧离子含量约4000 ~ 7000个，是一般城市的10 ~ 20倍，宛若一座天然氧吧。162.7千米的优良沙质海岸线沙细滩缓、水清潮平，半径50千米范围内汇集了大海、沙滩、湖泊、河流、山地、丘陵、平原、温泉、湿地等丰富的旅游资源。都山、祖山、碣石山、天马山、联峰山、角山、长寿山，秀丽幽深，奇特峻险；长城入海老龙头、万里长城第一关、秦皇求仙入海处、渤海浴日鸽子窝、300余幢名人别墅，文化荟萃，闻名遐迩。蓝天、绿地、碧海、金沙相映成趣，是中国北方地区最优秀的天然浴场和沙滩、海上活动场所。这里鸟类资源极其丰富，是中国北方重要的鸟类栖息地，拥有鸟类481种，其中丹顶鹤等国家一类保护动物10种、国家二类保护动物58种。每年鸟类迁徙季节，鸽子窝大潮坪鸥鸟翔集、万鸟临海，被誉为世界四大观鸟胜地之一。秦皇岛凭借优良的沙质海岸线、良好的空气质量以及优质的生态环境，素有长城海滨公园、京津后花园的美誉，是中国近现代旅游业的摇篮，先后获得“国家园林城市”“全国绿化模范城市”等称号。

秦皇岛物产丰饶，禀赋天成。这里山海兼备，地方特产丰富，京东板栗、石门核桃、卢龙粉丝等地方特产远销海外；黄花、木耳、蕨菜等山野菜和黄芩、桔梗、远志、苍术等名贵中药材绿色天然；海洋生物资源丰富，盛产中国对虾、乌贼等无脊椎动物，文蛤、青蛤等潮间带生物。太古第四纪冰川期幸存的珍稀名贵花卉、国家濒危植物——天女木兰，在祖山含羞绽放。同时，这里还有远近闻名的“花果之乡”“中国干红葡萄酒之乡”——昌黎县；“中国甘薯之乡”“中国酿酒葡萄基地县”——卢龙县；中国“万两黄金县”——青龙满族自治县。

秦皇岛产业兴旺，基础坚实。改革开放让这座天赋异禀的美丽海滨城市发生了翻天覆地的变化。玻璃产业、造船工业、化学工业、汽车工业发展迅速。2016年年底，秦皇岛全市生产总值实现1339.54亿元，财政收入完成203.37亿元。这里建有国家级开发区、出口加工区、大学科技园和中关村海淀园秦皇岛分园、京津人才创新创业园等开放载体，已吸引包括美国铝业、德国威乐、日本旭硝子、香港嘉里等在内的57个国家和地区的客商在秦皇岛投资置业。依据独特的地理位置和便捷的交通条件，作为人流、物流、资金流、信息流的聚集地，秦皇岛装备制造、金属压延、粮油食品等产业已成规模，电子信息、临港物流、休闲旅游、生命健康等产业方兴未艾，是全球汽车轮毂制造基地、国内最大的铝制品生产加工基地、北方最大的粮油加工基地、消防电子加工基地、全国优质干红葡萄酒生产基地、国内重型装备出海口基地。山海关中铁山桥集团有限公司作为交通工程中“珠穆朗玛峰”——港珠澳大桥的建筑者之一，历时3年多时间，完成桥梁主体钢结构工程，再创辉煌业绩，有力地彰显了秦皇岛的产业实力。

秦皇岛因旅游而享誉海内外，相关产业厚积薄发。作为环京津、沿渤海重要节点城市，河北沿海地区发展的战略支点，秦皇岛正抢抓“一带一路”、京津冀协同发展、环渤海协同发展等国家战略深入推进的历史性战略机遇，深入实施“生态立市、产业强市、开放兴市、文明铸市”战略，加快发展转换和质量效益提升，着力建设沿海强市、美丽港城和国际化城市。特别是坚持把旅游业作为首位产业，以承办“第二届河北省旅游产业发展大会”为契机，凭借丰富多样的旅游资源，重点打造长城文化专项、康养专项、葡萄酒专项、体育专项、观鸟专项、博物馆专项、地质专项以及美食专项旅游，大力推进旅游转型升级，深化旅游管理体制机制改革，推动旅游“下海、上山、入村”，发展全域、全季、全业态旅游，打造山海康养旅游度假区，创建全国全域旅游示范区。

2016年，秦皇岛市旅游系统在市委、市政府的正确领导下，深入贯彻落实“全域旅游”的发展理念，加速推进“旅游+”融合发展，不断深化旅游业体制机制改革，秦皇岛市旅游产业转型升级步伐进一步加快，旅游产业各项指标再创新高，实现了“十三五”的良好开局。2016年共接待游客4218.1万人次，同比增长25.1%，实现旅游总收入495.5亿元，同比增长36.7%。秦皇岛市成功申列为“国家全域旅游示范区”创建单位，并于2017年9月中旬举办“第二届河北省旅游产业发展大会”，荣膺“2016中国十大活力休闲城市”“2016中国避暑旅游城市”等称号，成为河北省首个“世界旅游城市联合会”会员城市。

独特的地理位置、厚重的历史积淀、发达的交通网络使秦皇岛成为中西文化并存、海陆文明交汇之所。今后，秦皇岛将以更加开放包容的态度，喜迎四海宾朋，恭候八方来客！

目录

面朝大海　春暖花开——海港区

海港区位于秦皇岛市东部，南临渤海，北倚燕山，西通南、北戴河，东踞山海雄关，是秦皇求仙的“坐标区”，依港而生的“主城区”，拥有世界第一大能源输出港，是秦皇岛市政治、经济、文化的“中心区”。1953年，海港区正式建区，辖区总面积701平方千米，现辖8个镇、4大园区、10个街道、3个区域管委会，共277个行政村、94个社区居委会，全区总人口近100万。

海港区是联系中国东北、华北两个经济区的枢纽，海、陆、空交通发达，铁路、公路、海运、空运相互联结，形成网络。秦皇岛铁路与全国联网，京沈、沈山、京秦、大秦四条国家干线铁路横贯海港区。北京—沈阳、天津—秦皇岛两条干线公路和京哈高速公路穿越海港区。秦皇岛港是中国北方重要的对外贸易港口，港阔水深，不冻不淤。秦皇岛飞机场位于市区东部，距离海港区中心15千米，已开辟秦皇岛至北京、上海、广州、沈阳、哈尔滨、青岛、大连、石家庄等航线。

海港区依港而建、因港得名、因港而兴。1898年，清政府在此开埠建港，成为中国最早的通商口岸之一，如今秦皇岛港已成为北方最大的能源输出港。海港区经济社会随着港口功能的增强而不断进步，城市与港口的关系日趋密切，逐步融合，形成了港、产、城良性互动、共荣共兴的发展格局，造就了港城人开放的性格、包容的心态和尊崇文化、追求

卓越的价值取向。

海港区承黑土文化积淀，以燕赵古风慧源。两千余载的岁月长河，给这里留下秦皇求仙、汉武筑台、魏武挥鞭等史话，北齐长城、明长城、明清海埠旧址、海阳古镇等众多人文遗迹，绘就了波澜壮阔的古老画卷，吟唱着雄浑瑰丽的亘古长诗。公元前215年，“千古一帝”秦始皇东巡至此，入海求仙，自此流传下来“望海拜海、祈求幸福”的传统习俗，海港区荣膺“中国望海祈福地”之称。

海港区旅游资源丰富，自然风光秀美，文物古迹众多。滨海度假是海港区旅游的王牌。海港区拥有28千米海岸线，是河北省唯一临海的主城区。这片渤海蓝与生态绿交融的土地，气候宜人、风景秀丽、滩缓水清、沙软潮平，海洋文化源远流长，生态禀赋和大海资源得天独厚，是中国北方最优秀的海水浴场和海上活动场所之一。海港区有着“天开海岳、山海相连”的绝佳景色。优美逶迤的山岭，长城蜿蜒盘旋，犹如一条巨龙俯瞰平原、大海，挺拔天地，粲然四季。这里的柳江地貌是华夏大地25亿年地质演化的窗口，有美似黄山的山、险似华山的岩，是地学界享誉国内外的天然实验室和自然博物馆，是一部中国的“地质百科全书”。

海港区是秦皇岛市政治、经济、文化中心，在交通、餐饮、购物、住宿、娱乐等方面尽占先机，是旅游服务的最强功能区。海港区拥有多个成熟商圈，商流、信息流聚集交汇，公共基础设施完善、服务功能齐全。海港区是全市的“心脏”、形象的“窗口”，更是全市发展的“风向标”“蓄水池”和重要“引擎”，“城区即景区”的概念全面彰显。

海港区作为河北省最大的城市主城区，近年来在奋力打造一流主城区的生动实践中，凭借得天独厚的先天优势，积极铸造、弘扬“开放、包容、崇德、尚美”的海港精神，全力以赴推进沿海强市、美丽港城和国际化城市建设，经济、文化、社会发展取得了令人瞩目的成就。时下，在环渤海地区千帆竞发、百舸争流的区县级城市中，海港区已成为最为璀璨的一颗明珠。

著名作家余秋雨曾说：“海港区是历史文明、工业文明、现代文明顶级交汇的地方。”这是一座历史文化与现代文明完美结合的城市。千载沧桑风云，孕育了海港区厚重的历史文化底蕴、神奇的自然造物，赋予了海港区宜人的气候和丰富的资源。滨海浴场嬉戏，秦皇幽燕览胜，长城巍峨壮怀，相映成趣的自然景致勾画出海港区的优雅风姿。驻足在海港区风光迷人的土地上，旅游者可以倾心聆听大海与长城的浪漫对话，在每一个细节中尽情体会游玩的乐趣！

秦皇求仙入海处

秦皇求仙入海处位于秦皇岛市海港区南山街，复建于1992年，占地19公顷，以秦始皇求仙入海的历史史实为背景，再现当年求仙历史遗迹。公元前215年（始皇三十二年），秦始皇第四次出巡至碣石，在此拜海，先后派卢生、韩终两批方士入海，寻求长生不老之药。明宪宗成化十三年，立“秦皇求仙入海处”石碑一座，以纪胜境。

景区融古建筑、园林、雕塑为一体，由战国风情园、求仙殿、求仙路、环幕4D影院、动态全景馆、恐龙岛等部分组成。2005年被评为国家4A级景区，2011年被中华文化促进会誉为“中国望海祈福第一地”，是中国唯一一座以望海祈福、科普科考为主题的文化旅游景区。

【秦风阙门】

阙门是悬挂法令、布告用以昭示国人的地方，产生于西周。秦汉时期在城门、宫殿前后都建有阙门。在古代，阙是一种标志，就像“下马碑”一样具有权威，人臣到此肃然起敬。阙门前方的神兽名“天禄”，传说是一种头上长角、肋生双翅会飞的动物。

【始皇碣石行大型群雕】

群雕长40米、宽5米、高6.6米，由32个人、20匹马、2辆战车组成，再现了秦始皇出巡时车马仪仗队伍的壮观场景，是秦皇求仙入海处景区的标志性建筑。群雕中，头戴冠冕的秦始皇正襟危坐在金根车里，与他并肩而坐的是丞相李斯。李斯是为秦王朝效力时间最长、功劳最大、地位最显赫的大臣，能与秦始皇同坐一车。

【十二神兽雕像】

十二神兽雕像都是肋生双翅、充满灵性的神兽，寓意吉祥。在我国，从西周到汉代，一直流传有十二神兽驱鬼辟邪的活动。每逢重大节日，都要从皇室中选出12个贵族子弟，戴上神兽面具，在城市的大街小巷边走边跳，后面有120人敲鼓助威，据说这样可以把恶鬼吓跑、驱除瘟疫。

【中国望海祈福第一地】

公元前215年秦始皇遣方士入海求仙。2200多年来，在漫长的历史演变中，“望海祈福”已经成为秦皇求仙入海处乃至秦皇岛独特的传统民俗，也逐渐固化成为具有秦皇岛地方特色的祈福仪式。所谓“福”，指五福，即长寿、富贵、康宁、好德、善终。一个“福”字寄托了人们对幸福生活的向往，祈福成为人们对美好未来的祝愿。秦皇求仙入海处正是祈福颂愿天成之地，也是祈福颂愿灵验之地。景区内“寿字碑”取千福千寿、福寿连绵之意。

【史记刻石】

刻石碑文是“三十二年，始皇之碣石，使燕人卢生求羡门高誓，刻碣石门，坏城郭，决通堤坊……因使韩终、侯公、石生求仙人不死之药。”——《史记·秦始皇本纪》。这段文字源于《史记》，记述了秦始皇求仙一事，也是秦皇求仙入海处得名的历史依据之一。

【“战国风情”园】

公元前 475 年—公元前 221 年，是历史上的战国时期，是由奴隶制社会向封建制社会的过渡阶段。当时社会动荡，战乱不止，逐渐形成“齐、楚、燕、韩、赵、魏、秦”七雄争霸局面。“战国风情”园围绕战国七雄在政治、军事、农业、商业、文化、民俗等方面的不同特点，取其精华建造而成。“战国风情”牌匾上刚劲有力的大字出自于国防部原部长张爱萍将军之手。

< 稷下学宫 >

稷下是古代齐国（古都临淄，现山东省淄博市，春秋时期最早称霸的国家）的一个地名，学宫为学府。稷下学宫是战国时期非常有名的学府，创办于战国时期齐桓公田干在位期间，至其子威王、其孙宣王时最为鼎盛。齐宣王继位后，继续执行其父亲重用智能之士的用人路线，在稷下广筑学馆，招揽天下文学游说之士在此讲学，使稷下成为战国时期一个学术中心，也是百家争鸣的发源地，对战国末期乃至秦汉的儒家思想影响极大。

齐国一条街再现齐国冶铁、盐业、青铜器制作、手工艺、织布以及茶馆、酒寮等市井风貌。景区内有各种特色小食品和现场制作的手工艺品，使游客身临其境地感受齐国商业的繁荣。

< 扁鹊行医 >

扁鹊原名秦越人，战国时期齐国人。由于医德高尚、医术高明，人们把他比作黄帝时期的神医扁鹊，称他为“扁鹊先生”。扁鹊采用的望、闻、问、切四诊法，被我国中医界一直沿用至今。

< 孔子闻韶处 >

韶，传说是我国远古舜时期一种非常高雅的乐舞，因韶有九章，也叫“九韶”。孔子与齐国太师讲座音乐时第一次听到本国早已失传的韶乐。《论语》中云“子在齐闻韶，三月不知肉味”，可见韶乐是多么优美、动听。虽然韶乐已湮没于历史长河，但孔子闻韶的故事却一直流传至今。

< 八卦迷宫 >

八卦是远古先民记事的符号，是中华民族祖先智慧的结晶。八卦迷宫根据八卦的八个方位：乾、坤、艮、震、离、兑、坎、巽建成，内有 32 个房间，96 扇门，进入生门，便可以自由往来，进入迷门，就得费些时间。“八卦迷宫”引进道教六十四卦转盘，这里可解卦签。

< 黄金台 >

公元前 312 年，燕昭王即位，励精图治，志在雪耻。在首都“蓟”高筑黄金台，意在广招天下英才，当时如哪位贤士出一谋、划一策能够被燕昭王采纳就赏黄金一锭，于是一

些贤士能人纷纷投燕，一时间燕国人才荟萃。燕国（战国时期的北方大国，秦皇岛古属于燕国范围）高筑黄金台，广召天下客，兴盛一时，成为北方最强大的国家。

< 壮士行群雕 >

秦破赵国后，兵临燕国易水，秦强燕弱，燕太子丹派壮士荆轲刺杀秦王。燕国易水岸边，诸多着白衣戴素冠的人正为荆轲、秦舞阳两人送行。离别时刻，荆轲慷慨悲歌“风萧萧兮易水寒，壮士一去兮不复还”，便义无反顾地踏上征程。荆轲虽事败身死，但他这种大义凛然的精神，至今仍为人们所传颂，易水岸边的两句悲歌也成了千古绝唱。

< 丛台缩影 >

丛台是赵武灵王观看军事演习和歌舞之地。上有亭台、楼阁，原型在河北省邯郸市丛台花园。

< 赵风综合体 >

该景点由 7 个历史故事组成，以大型浮雕的形式表现了赵国（古都邯郸，现河北省邯郸市，是战国时期的军事强国）胡服骑射、负荆请罪、完璧归赵、窃符救赵、纸上谈兵等一系列流传千古的史实，全长 63 米，是我国同类浮雕之最。

< 韩非讲学堂 >

韩非出身贵族，与李斯是同学，曾多次向韩王（韩国，古都新政，现河南省新政市，战国时期最小的国家）建议变法，但均未被采纳，韩非的治国理论传到秦国后，得到秦王赞赏。秦王便以武力将韩非请到秦国，韩非为李斯所妒，被陷入狱，次年服毒自杀。但他的治国思想却被秦始皇采用，对秦统一六国、建立专制的中央集权国家起到了重大作用。

< 魏王假看斗鸡 >

魏国（古都大梁，现河南省开封市，战国时期军事强国）的最后一位国君叫作“假”。他昏庸无道，整日斗鸡取乐，沉湎于声色犬马，导致国家一步步走向灭亡。魏国第一位君王魏文侯是一位非常贤明的君主，在位期间任用李悝改革法制、吴起改革军事、西门豹做地方县令，使魏国强大起来。以对比的手法展现魏国的发展，一边是魏文侯任用贤能之士，立法富国，一边是魏王假昏庸无道，国破家亡。

< 屈原 >

屈原是我国最早的爱国诗人，他主张举贤任能、立法富国、联齐抗秦，后遭楚国（现今湖南、湖北一带，战国时期南方大国，南方盛产竹子和茶叶，楚国以竹子为主要建筑材料）上官大夫斯尚等人的造谣中伤，被流放。流放之后，得知自己的国家被秦所破，自感无力救国，于五月初五投汨罗江而死，以身殉国。

【求仙苑】

秦宫的后花园，苑内百草丛生、百花争艳、古碑林立，配以碧清的湖水、白色的亭廊，构成了一幅水陆相连的美丽图画。

<4D 环幕影院 >

影院位于求仙殿一层，其建筑面积为 2200 平方米，总投资 2800 万元，配备国际一流

的 TANTWAILD CV1820-200 四维影院系统，柱面环幕视角 180 度，直径 20 米，高 6 米，可同时容纳 200 名观众，是全国最大的 4D 环幕影院。该影院采用国际一流的数字放映技术及 5.1 声道系统放映影片，特效座椅随着影片剧情的变化，会做出震动、雨滴、烟雾、坠落、扫腿等特技效果，其规模及特效种类在同类影院中居世界前列。

<动态全景馆>

动态全景馆位于求仙殿二层，建筑面积 566 平方米，由动态浮雕、动态壁画和祈福池组成。全景馆采用世界上最先进的现代高科技数码技术，再现了 2200 多年前战国时期七个强势诸侯国的市井风情和秦始皇辉煌传奇的人生，气势恢宏，场面震撼，令人耳目一新，难以忘怀。游客在观赏壁画的同时，还可以在祈福池旁游戏，虚拟的水中生物会因游客的动作而神奇变化，让观众亲身体验到互动投影带来的快乐。

<十二金人>

秦始皇统一中国后，害怕各国贵族死灰复燃，再次起来造反，于是下令收缴天下所有兵器，铸成金人。由于秦王朝是“度以六为名”，任何器物的复述均要与六相配合，因此将金人铸成十二尊，立于宫殿门外，也是秦王权的象征。

【秦皇泡泡街舞大叔】

求仙入海处景区真人版兵马俑，被亲切地称为秦皇泡泡街舞大叔。求仙入海处真人演绎兵马俑将行为艺术与现代街舞完美融合，能唱能跳能做特技，还能与游客合影留念。

【恐龙岛】

恐龙岛位于景区西南侧，是集科普、科考和休闲娱乐于一体的恐龙主题文化园区，由热河古生物化石博物馆、仿真恐龙展、淘气堡、卡通梦工场、乐吧车等项目组成，是景区的又一穿越力作。

“热河古生物化石博物馆”由 30 余件国家一级化石展品组成，记录了“热河生物群”昔日风采。仿真恐龙展由好莱坞设计师运用尖端科技量身定做，史前巨兽千姿百态，仿佛原始的侏罗纪时代。“与龙共舞”，旅游者可以骑在恐龙背上体验心惊胆战的感觉。

【求仙牌坊】

进入求仙路的门户，牌坊高 6 米，石柱顶端有 6 个道教用来盛仙药的葫芦。通过牌坊进入甬道，甬道两侧是威风凛凛的兵马俑，他们的服装、发式、年龄及面部表情各不相同。

【秦皇雕像】

雕像高 6 米，重 80 吨，屹立于海边，手捧金樽祭奠沧海，表情虔诚，仿佛在企盼着入海使者早日带回长生不老药，以便永远统治中国。

秦皇求仙入海处具有深厚的文化内涵，景区浓缩了战国时代重大历史事件及传说，突出了秦始皇求仙入海的壮观场面，描绘了一幅两千年前风光迷人的古老画卷，吟唱着一曲传颂至今的亘古长歌。游完秦皇求仙入海处，大有重温了一遍战国时代历史之感，有关秦始皇统一中国的壮举在脑海翻腾不止。

新澳海底世界

新澳海底世界位于秦皇岛市海港区河滨路 81 号，坐落在历史名城山海关与旅游胜地北戴河之间，是一座以展示海洋生物为主的大型现代化博览馆。景区集吃、行、游、购、娱于一体，引进国际最先进的设备和水族管理技术，将娱乐休闲业提到一个崭新领域，并以促进秦皇岛科普教育事业作为发展宗旨，是国家首批命名的 4A 级景区。

【海底隧道】

在 270 度环形的亚克力玻璃围成的海底隧道中，可以近距离观赏上万种形色各异、奇妙可爱的海洋生物，其中有大量国家一级、二级珍稀保护动物。聪颖灵动的小鲸、憨态可掬的企鹅、凶猛残忍的鲨鱼，神秘梦幻的海底隧道让游客领略海洋的神奇魅力。

馆内巧妙运用人工造景技术手段，利用场馆不同资源打造最先进的海洋动物触摸池。人与动物互动，展现了人类对大自然的热爱和关怀，亲手触摸海洋中的生灵，使人与海洋动物成为更加亲密的朋友。

【海洋主题儿童乐园】

新澳海底世界全新打造室内海洋主题型儿童乐园，巧妙运用声、光、电、色彩等科技组合，

重视环境，渲染氛围，使孩子们在游乐中互动感染，在尽情嬉戏中释放童趣。色彩鲜艳的大章鱼、造型逼真的螃蟹，组成了小朋友的欢乐世界。

乐园内的游戏项目比较缓和，适合全家一起游玩，在这里可以尽情享受全家一起的幸福时光。乐园内另增设十几个游乐设施项目，带游客体验快速旋转的刺激。

【特色表演】

新澳海底世界定时上演惊险刺激的人鲨共舞表演，体长超过2米的巨型鲨鱼围绕在潜水员的身边，从潜水员的手中索取食物，而潜水员镇定自若且毫发无伤。同时上演浪漫的美人鱼之舞，看美人鱼曼妙的身姿在碧波中舞动，使游客仿佛进入了梦幻的海底王国。

【海豚、海狮表演】

三面环座的看台可同时容纳2000名游客，站在看台极目远眺，表演池和大海仿佛融为一体。在优美音乐的伴随下，游客不仅可以欣赏海豚的水中华尔兹、空中顶球、跳圈、跨杆、环场鞠躬跳等高难度表演，而且还有机会亲身触摸海豚，与它握手交流，共同感受人与自然默契相通的美好境界。同时还可以观看憨态幽默的海狮情景剧。

新澳海底世界于2017年斥巨资全新改造升级，外形采用别具一格的“鳐鲼”形状，屋顶均为网架结构，将一个蔚蓝色的世界呈现在人们面前。内部设计别具匠心，把海洋馆与主题乐园有机融合在一起，完成了“从陆地进入海底，再从海底回到海上乐园”的奇幻旅程。

板　厂　峪

板厂峪景区位于秦皇岛北 29 千米处，面积 33 平方千米。板厂峪古属蓟镇，坐落在燕山山脉东段南缘，俯瞰平原大海，山势险峻，最高峰“熊顶盖”海拔 1085 米。景区自然风光和历史遗迹各领风骚，是省级风景名胜区、世界徒步协会健走基地、秦皇岛十大乡村旅游目的地。

板厂峪景区以长城文化为核心，兼顾化石文化与地质文化，由特色民宿区、长城文化区、自然风光区三部分组成。火山长城、标本长城、倒挂长城、环线长城、北齐长城、京东第一楼为景区六绝。

【天然禅寺】

天然禅寺于 2011 年在原基础上投资 2000 余万元复建完成，是景区的佛教活动中心。天然禅寺由天王殿、大雄宝殿、卧佛殿三重大殿组成。

<天王殿>

天王殿是天然禅寺的第一重殿，殿外楹联首先映入眼帘：“如是我闻倘照见五蕴皆空凭他水火刀兵莫非色相；异夫先路愿常参三观妙谛便会住行坐卧可证菩提。”殿内正中供奉弥勒佛像，左右供奉四大天王佛像，背面供奉韦陀佛像，殿内周围墙壁上刻画着天兵天将。

<大雄宝殿>

大雄宝殿为天然禅寺的第二重殿，宝殿左右两侧为地藏殿和观音殿。大雄宝殿正中供奉释迦牟尼佛像，释迦牟尼佛像旁塑有两位比丘佛像，右侧年老者是迦叶尊者，左侧中年为阿难尊者。释迦牟尼佛涅槃后，迦叶尊者继领徒众。

释迦牟尼佛，结跏趺坐，左手横置左足上，右手拇指与食指相捻，其余各指自然舒散，名为“说法印”，是佛说法的姿势。释迦牟尼佛左边是东方净琉璃世界的药师琉璃光佛，他结跏趺坐，左手持钵，右手持药丸。右边是西方极乐世界的阿弥陀佛，他结跏趺坐，双手叠置足上，掌中有一莲台，表示接引众生。

大殿两侧供奉十八罗汉，释迦牟尼佛像背后依次有文殊、观音、普贤菩萨佛像。观音菩萨左右两侧为龙女和善财童子，身后为善财童子五十三参故事雕塑。大殿墙壁上刻有释迦牟尼佛诞生、修行、成道、说法、成佛的事迹图。

<卧佛殿>

卧佛殿是天然禅寺的第三重殿，卧佛殿左侧为龙王殿，殿内供奉着四海龙王，祈求风

调雨顺。卧佛殿左右两边为僧人的寮房。

卧佛殿内供奉着释迦牟尼向右侧平卧的 4 米鎏金佛像，这是释迦牟尼佛涅槃的姿势。涅槃前，他嘱咐身边弟子勤修佛法，因此卧佛殿为诵经场地。卧佛殿墙壁上刻画着佛祖弘扬佛法相关事迹的壁画。卧佛殿的二楼为天然禅寺的藏经阁，僧人诵读的经书全部收藏于此。

【明长城砖窑遗址】

明长城砖窑遗址是国家级保护文物，于 2002 年被发现，至今共发现砖窑 200 余座，现已发掘并对外开放 2 座（2 号窑和 4 号窑）。

2 号窑长城砖经过 4 ～ 5 天 800 度高温烧制，后期加入松枝烟熏，然后从烧红的窑顶往下浇水，最终使整窑的砖从红色变为青色。砖窑里面的 20 层长城砖码放如初，每座约有 5000 块长城砖，每块砖约重 10.5 千克。

4 号窑是没有经过高温烧制的砖坯。砖坯晒干后装窑，砖坯每层码放的数量、距离、摆放角度都有严格规定，这样才能保证砖坯受热均匀，烟火通畅。

板厂峪砖窑群的发现和发掘完全推翻以往长城砖依靠外运的说法。在随后的发掘工作中，考古队和专家在砖窑内发现了地幔砖、流水砖、三角砖、异形砖等多种规格的长城砖以及各种长城建筑构件，发现的砖窑形状有马蹄形、犄角形。板厂峪一次发现两百座砖窑，并且一半左右码满长城砖，这在长城考古史上没有先例，是震惊人类的考古新发现。

【灵仙洞】

灵仙洞是一座封闭了上亿年的天然石灰岩溶洞，依山傍水，原名“北洞”，后因发掘过程中发现石碑而得名“灵仙洞”。

灵仙洞已挖掘 150 米，洞内最高处可达 20 米。洞内有大量地质景观，奇妙无比，游客至此，会忘记尘世喧嚣。洞内温度常年保持在 15℃左右，冬暖夏凉。炎热夏日中，在洞中纳凉，比起空调房有过之而无不及。

从 2003 年至今，灵仙洞先后出土两具世界上保存最为完整的斑鬣狗化石，头骨化石 50 余个，同时发现 30 多种史前动物化石。这些化石的发现，为研究史前动物灭绝提供了极具价值的科学依据。

【石简峡】

那一排排见棱见方、壁立千尺的石壁，是景区五大亮点之一——“亿年火山口”，又称“石简峡”。大自然鬼斧神工，险峡陛谷、断崖展露、一线天，气势磅礴。

2004 年 7 月，东北大学吉羊教授到景区考察旅游资源时，意外地发现了火山溶结凝灰岩。2005 年 5 月，东北大学和大庆石油学院秦皇岛分院的地质学教授吉羊、曲以秀、马顺义、姜耀俭、陈秉林等赴板厂峪实地考察，并举行了“板厂峪古火山口论证会”。板厂峪古火山口形成于一亿年前的侏罗纪晚期，当时正值燕山造山运动时期，岩浆活动十分剧烈。世界上的火山口多为新生代和现代火山口，中生代的火山口非常罕见，曲以秀曾经评论：“火山口的存在不是奇迹，但完整地保存了 1.1 亿年才是真正的奇迹！”

【九道缸瀑布】

九道缸瀑布是秦皇岛五大瀑布之首，从头道缸到第九缸总落差 126 米，第九缸落差最大，为 69 米。瀑布水流呈阶梯状顺山势而下，常年水砸每级形成一个潭，形状似缸，共九级，因此得名“九道缸”。丰水期瀑布水流巨大，水声隆隆，能形成 2 ～ 3 米宽的水帘，站在潭边向上仰望，瀑布犹如一条从天而降的银龙奔腾而下，水花飞溅，溢彩流光，阳光下微湿微寒的雨雾令人神清气爽，如入仙境。那惊天动地的气势、洁白无瑕的情怀，给人以极大的震撼。

板厂峪绿荫如盖、鸟语花香，飞瀑流泉随处可见。春花夏水、秋枫冬雪、晨观暮览、鸟瞰全域，全时、全季、全景之美，充分展示了板厂峪的神奇与美丽。

天 女 小 镇

天女小镇位于祖山东门南 2.5 千米处车厂村，是运动康养旅游特色小镇。小镇以冰雪运动为主题，同时承载祖山景区综合服务区的功能，总占地面积 1000 亩，投资约 3.45 亿元。小镇结合旅游产品把现有村落改建整合划分为商业区、民俗体验区、综合服务区、冰雪区四大板块。

【车厂村】

车厂村坐落于石门寨镇西北部，祖山脚下。明洪武年间，修长城的运料车进不去，停在沟外此处，作为停车场。永乐年间，何姓百姓从山东移民到此处落户建庄，取名车厂，沿用至今。

2017 年，车厂村借助河北省第二届旅游发展大会契机，积极推进康养小镇建设，实现新村建设、康养小镇打造，力争使村庄蝶变为宜居宜业宜游、风景秀美的新村。

【天女小镇】

天女小镇是车厂村依托祖山旅游资源建设而成的。祖山是一亿年前燕山造山运动的花岗岩侵入体，经过多年提升、断裂、风化、剥蚀等地质地理过程形成的一座独立山体，由渤海以北、燕山以东诸峰绵延而成，故以“群山之祖”命名。其最高峰为天女峰，海拔 1428 米。登上天女峰，东观日出，南追帆影，西望长城，北俯群山，美景尽收眼底。当代诗人臧克家老先生以“画境诗天”赞之。

< 小镇名称来源 >

天女小镇因当地生长天女木兰花而得名。天女木兰花，具有 300 多万年的历史，是第四纪冰川期幸存的珍稀花卉，拥有“植物活化石”之称，在我国稀有濒危植物名录中被列为第二级，是世界知名的珍贵树种。因其洁白高雅、随风招展，犹如天女散花而得名。天女木兰花只在海拔千米以上的高山上才能正常生长开花，花期在 6 月中旬，开花 20 天左右。野生天女木兰花冰清玉洁，超凡脱俗，闻其花，芳香四溢，沁人心脾，秦皇岛市祖山仅存 100 多株。

< 基础设施 >

天女小镇停车场能容纳 900 多个车位。小镇挖建人工湖既增加游赏性又为河北第二大滑雪场晾水，周边建立滑雪学校。小镇游客接待中心面积 10000 平方米，内部设施齐全，

功能完善。

< 商业街 >

天女小镇特色商业街区立足传统文化挖掘，精选主力商家入驻，地上总建筑面积 16542 平方米。小镇商业街包括商业街特色餐饮、商业街瑜伽、特色客栈酒吧、商业主街特色古琴坊、手工艺品、文创用品、特色饮品、服装、书店、茶楼等。

< 特色民宿 >

木兰谷山地康体养生民宿位于石河岸边，总用地面积 50100 平方米，地上总建筑面积 10300 平方米。项目致力于打造灵秀至美、典雅诗意、传承祖山天女文化传奇的华北地区最具自然山水情怀的中高端四季休闲、度假、养生民宿典范。小镇特色民宿定位于养生隐逸文化的传承、场地原有文脉的再生，以"山水人合、乐享生活"为理念，以木兰谷自然山水为画布，以原有民居格局、肌理、文化、风貌为基底，以燕赵传统风格为主题。

天女木兰民宿设计上力求将室内空间与室外景观完全融合，追求最淳朴自然的生活体验，放开束缚回归自然。民宿运用下沉式客厅设计理念，将空间高低错列，增加室内结构的空间感，形成鲜明的特色风格，大量采用屏风隔断，凸显中式风格的古朴华贵，同时结合最前沿的家具配置，给居客最舒适的度假体验。

< 木兰谷滑雪场 >

木兰谷滑雪场总用地面积 53630 平方米，地上总建筑面积 10060 平方米，致力于打造成为华北地区高端的集观赏性、参与性、艺术性、思想性于一体的四季山地滑雪娱乐场所。场地规划建设包括游客服务中心、索道运营中心、雪具维修中心、儿童冰雪体验中心、国际滑雪学校等设施及活动场所。滑雪场提供雪具租赁、滑雪服务、滑雪视频、冰雪运动、主题游乐、冰雪演绎、特色餐饮等综合服务。在木兰谷不仅能感受到冬季滑雪、戏雪的乐趣，

同时还能在春、夏、秋三个季节体验滑草、攀岩、山地卡丁车、儿童开心农场等主题山地运动。项目旨在通过丰富的主题性活动、季节性的游乐项目，满足不同游客的需求。山侧建四季滑雪场，将成为河北省除崇礼以外最大的专业滑雪场。

雪厂与其他业态布局紧密，配套设施完善，高尔夫场地紧邻滑雪场，且部分雪道夏季用作山地高尔夫球场。水上乐园、度假酒店、公寓以及众多娱乐设施等沿山谷滑雪场布置，并通过地上、地下多种方式连接。

< 水疗酒店 >

水疗会所总用地面积 128228 平方米，地上总建筑面积 40000 平方米，其中主题酒店 32000 平方米，山地木屋 8000 平方米。怡人的风景、丰富的娱乐项目以及贴心的护理服务，让旅游者的身、心、灵尽情享受。康养中心占地规模约 400 亩，致力于打造北方旅游养生地产的新标杆。

天女小镇以“民俗、滑雪、休闲、度假”为主题，具有旅游观光、文化体验、休闲娱乐、度假养生多种功能，将文化、旅游、商业、地产融为一体，致力于打造成为华北地区最具自然山水情怀的中高端四季休闲、度假、养生小镇。

老 君 顶

素有“人间仙境，北方巴马”之称的老君顶景区位于燕山山脉东段，大石河上源，秦皇岛市海港区石门寨镇柳江盆地西北部，北、东、西三面被陡峭的崇山包围，南向渤海开口。老君顶山海拔 498 米，占地 15 平方千米，毗邻祖山、板厂峪、柳江国家地质公园等旅游景区，紧邻秦青公路，环长城旅游公路从景区过境，距秦皇岛市区 28 千米。老君顶是集道教文化、地质文化、河流文化于一身，融运动休闲、养生康体、度假观光等功能为一体的生态旅游景区。

老君顶山体主要由上太古界混合花岗岩和燕山期花岗岩侵入体组成，低洼的丘陵和平原由古生界和中生界底层构成。山体植被覆盖率为 95%，梁间石河曲折，如银带飘垂。石河沿岸树木虬曲苍翠，药草遍陈，野果满缀。

老君顶山水格局呈太极之势，风景优美，有“三泉、四壁、八景、十二胜”等奇特景观。景区所在的房庄村素有“养生福地”之美称，景区自产的古茶（金黄色的茶汤）、杏仁油（金黄色的饮用油）、黄精菜（山野菜）被称为“黄金三宝”“养生三宝”。

【老君观】

“老君”，中国道教对老子的神化称呼，又称“太上老君”。传说老子西出函谷关前云游至此，修真炼丹，老君顶因此得名，而附近自然景观的名称也由此衍生。

关于老君庵遗址，以清朝史籍记载最为翔实。乾隆《临榆县志》记载：“老君顶，在义院口南，踞城六十七里，上有老君庵。庵东丹炉遗迹犹在。”光绪《临榆县志》记载：“老君顶上有老君庵，庵东俗传有丹炉遗迹。”清嘉庆二十三年恩贡生、侯迭教谕王一士作《老君顶下庵重修碑记》，全文为：“老君顶高大崔巍，为石门诸山之冠。窃怪二十八景中，独未见收，盖山之遗矢者也。其巅平数亩，有老君堂三间，堂前有井，水甚清冽……”以上诸多记叙老君庵与下庵等建筑历经岁月沧桑已不复存在，只留下庵址和零星砖石遗址。

【菩提林】

菩提树被佛教徒视为“神圣之树”，菩提树多生长于南方，在北方十分罕见。菩提树对气候、土壤等生长环境要求严格，气候成，则因缘成，气候不成，就不可栽种。老君顶钟灵毓秀，因缘际会生长着数十株两两环抱缠绕或同根而生的菩提树。菩提树亦象征着不离不弃，爱情永存，白头偕老。游客可挂同心锁于树前，让菩提佑护爱情。

【龙须河】

明嘉靖年间，修道盛行，由于老君顶自古有太上老君炼丹的传说，便引来一位道行高深的隐士。隐士初到之时，太上老君的白龙因居功自傲，时常祸害百姓、吞噬牲畜、毁坏庄稼，隐士便与白龙在老君顶斗法三天三夜，最终降服白龙。白龙忏悔，为赎罪过，便居于老君顶高山之下，龙头入溪，龙身向北蜿蜒而去，保佑村民安居乐业、风调雨顺。河床中凸起的巨石即为龙头石，而龙须随河水飘荡，由此得名“龙须河”。

【升斗石】

太上老君为人间施撒仙丹粉祛除瘟疫，黑白二龙助老君顶一带风调雨顺，连年丰收，但百姓在粮食交易中因无量器十分不便，经玉帝同意后太上老君将天宫量器升和斗送给人间，但因天庭物品形制巨大，百姓无法使用，只能依照形状做了小型的升斗量器。日久天长，老君所赠升斗已经石化，至今仍立于龙须河东岸。神奇的是升斗石虽然巨大但人却可以推动。

【金蟾朝圣】

传说，远古时期有一对身有顽疾却久治不愈的蟾蜍，在老君炼丹时，爬上老君顶西坡虔诚地朝拜太上老君。老君后经玉帝首肯向凡间遍撒三粒金丹之粉拯救凡间疾苦，双蟾顽疾终去，更得老君点化化作金身，居于老君顶西坡，不断为一方百姓招福吐财，日久金蟾身便化作向老君顶呈朝拜之态的大石，永留峻山秀水之间。

【虔诚石】

在老君顶正南方的山腰处有一块石头，形体如人，躬身、双手呈膜拜状态。传说这是房庄村先祖，举家定居前，日日上山供奉太上老君，并随行修道，终成正果。房氏先祖为了提醒后代子孙不忘老君恩德，化身为石。房氏后人为求得老君庇佑，怀念先祖，举家定居于老君顶山脚下，因此便有了房庄村。几百年来，这里风调雨顺，百姓安居乐业，人才辈出。

【河谷漂流】

老君顶漂流纵贯整个河谷，是秦皇岛唯一、冀东第一的天然河谷漂流项目。河谷漂流起点龙潭溪，全程约 8 千米，整体落差达 20 米，水流湍急，跌宕起伏，惊险刺激。河道两岸山峰秀美、森林茂盛、果园飘香、水量充沛，蓄水容积可达 6 万立方米。景区采用环保循环模式，运用速降滑道底部造浪、双河道冲浪及均衡水量处理技术，全力打造了一个含旅游探险、水上娱乐、河谷风情欣赏等综合体验式的河谷漂流项目。

漂流沿途可观赏到老爷崖、白马山、百亩楸林、卧龙湾、青牛顶、老君像、怡然亭、碧云潭等 13 处自然景观。

【太极养气】

柳江盆地最高峰老君顶与柳江盆地最低峰隔石河相望，势成太极两仪。整个老君顶四面环山，石河纵贯南北，呈环山抱水福地风水格局。

老君顶是 360 度全景览胜秦皇岛的最佳观景平台，是柳江盆地上的一颗明珠。驻足顶上，东遥渤海渺渺、西瞩祖山叠嶂、北观长城逶迤、南睹柳江沃野，全景盛卷，四方不同。在景区的青山绿水间，在树影摇曳、微风徐徐的河畔，每天都有栖居的游客展示太极拳表演。

【食材养生】

景区将当地天然野生名贵中药材添加到食材中，经过专业营养师搭配制作特色的菜品、

炖品，烹饪过程全部人工制作，从而达到养生保健的特殊功效。

景区天然野生的药材、山禽野畜、野菜多达几十种，人参、灵芝、野生菌、野生大杏仁、野猪、野鸭、野鸡、野兔、獾子等，数不胜数。老君顶山上仅有的 9 棵古茶树，在北方极为珍贵。

老君顶的古茶、杏仁油、黄精菜，因为颜色都是非常漂亮的金黄色，被称为老君顶“黄金三宝”。

【民俗养性】

老君顶景区为开放性旅游度假景区，村庄野外皆是游览空间。人文无干扰，生态无破坏，是极具乡愁、诗意的栖居养性之地。村内现存十余处老房，做工考究，建筑风格独具特色，建筑元素质朴可亲。具有乡村特色和乡土气息的文艺演出、各具特色的民间小吃、浓浓的乡土民俗让人应接不暇。

传统的赶大集是当地最大亮点之一。景区周边村庄的邻里乡亲经常会把自家种植采摘的小米、谷子、山核桃、榛子、野杏仁以及自家养殖的猪肉、牛肉、羊肉等拿出来售卖。景区内还有琳琅满目的民俗小玩意儿，极具北方特色的冰糖葫芦、烤红薯、冻梨、热饮等极大地满足了游客的味蕾。吹歌、抬皇杠、太平鼓舞龙等非遗项目的表演为老君顶景区增添了浓厚的传统文化韵味。

【采摘垂钓】

老君顶景区内有几百亩的野生楸林、樱桃园、苹果园、梨园、杏园。每到春天漫山遍野的梨花、杏花竞相开放，香气扑鼻，一粒粒红艳欲滴的樱桃缀满枝头，黄澄澄的杏儿让人垂涎欲滴。秋季满岭山果，绿叶红遍，分外妖娆，一派丰收景象。

老君顶野生垂钓园面积 120 亩，柳树依岸垂挂，婀娜多姿，绿色植被覆盖率高达 75%，野生垂钓怡然自得。垂钓园采用高科技循环活水养殖，保证鱼肉鲜美，鱼塘内投放的鱼类品种多达十几个。

【冬趣无穷】

冬季老君顶景色别具一格，自成一趣。石河沿岸冰瀑垂挂，琼妆玉砌，银装素裹，冰峰高耸，置身这片冰清玉洁的世界里，时间仿佛凝结。玉树琼林、山峰叠嶂都已经屏住呼吸，尽情地展现着这个季节特有的静态之美。

老君顶景区充分利用河道资源，依势建造天然滑冰场，将这里打造成了美丽的冰雪世界、冰上嬉戏之地。冰上项目有：冰上曲棍球、短道速滑、冰壶、冰上碰碰车、冰车等。雪上项目有：单板、双板、雪地摩托车、雪上飞碟、雪橇、雪上乐园等。观冰瀑戏冰雪，坐雪橇赛冰球，娱乐项目趣味无穷。

春赏花，夏避暑，秋摘果，冬踏雪，四季怡人。老君顶景区坐拥极品山水，涵养深厚文化，扎根太极圣地，盛产山珍药材，是一处山水养眼、文化养心、太极养气、医药养生、民俗养性的养生福地、休闲乐土。

名关之首　龙振山海——山海关区

山海关位于河北省东北部，是首批“中国优秀旅游城市”之一。五千年前，中国的先祖在这里繁衍生息；两千年前，秦始皇第四次东巡，在这里设下国门；六百多年前，明开国元勋徐达奉命在此建关设卫，在山海之间构筑雄关，故得名山海关。山海关东与辽宁接壤，距历史上的盛京——沈阳 400 千米，西与海港区毗邻，距北京 300 千米，素有“两京锁钥无双地，万里长城第一关”的美誉。

山海关总面积 193 平方千米，下辖第一关、石河、孟姜 3 个镇和古城、西关、南关、路南 4 个街道办事处，1 个省级经济开发区，全区人口 14 万。山海关城市空间形态优美，层次感强，特色明显。地形呈阶梯状分布，东北高，西南低。北部为燕山山脉，中部为古城及道南新城区，南部滨海，城区西侧为山海关的母亲河——大石河，另有潮河及万里长城南北贯穿城中，空间轮廓富于变化，韵味十足。

山海关位于华北、东北和环渤海、京津冀四大区域交汇处，区位优越。山海关公路、铁路、水运等立体交通网络便捷，可进入性强。京沈高速公路、102 国道、205 国道穿境而过，京哈、京沈铁路干线交汇于此。新建动车所，开通始发沈阳、上海等地的高铁动车及开往全国各大城市的旅游专列 105 组。引入京城水系海上巴士项目，打造自山海关到北戴河新区的旅游海上大通道，形成以景点观光为主题的海上观光游线路，开启了一种以动感海岸为主题的亲海旅游新模式。

山海关属暖温带半湿润大陆性季风气候，冬无严寒，夏无酷暑，春和日丽，秋高气爽，四季分明，宜人宜居。这里山环水绕，天蓝海碧，因山地植被和海洋气候的调节，城市空气中负氧离子含量达每立方厘米4000～7000个，是一般城市的10～20倍，被誉为“天然氧吧”。作为中国三大名关之一、三大最具特色古城之一的“山海关”，自古便是军事要塞、兵家必争之地，拥有长城最精粹的地段，堪称万里长城的缩影，被誉为“天然的长城博物馆”。山海关自然风光独特、历史文化遗存厚重，是世界文化遗产地、国家历史文化名城，先后被授予“中国长城文化之乡”“中国孟姜女文化之乡”“中国书法之乡”“中国大樱桃之乡”“中国十大风景名胜”“中国旅游胜地四十佳”等多项国字号桂冠。

山海关风光绮丽迷人，名胜古迹荟萃。春看山野百花齐放，春意盎然；夏赏海岸沙软潮平，远离酷暑；秋观湖畔红叶漫山，松涛阵阵；冬览长城银装素裹，安谧祥和。这里山、海、关、城、楼、湖、洞、庙种类齐全，有世界文化遗产1处，全国重点文物保护单位2处，河北省重点文物保护单位6处。举世闻名的天下第一关、巨龙之首的老龙头、万古流芳的孟姜女庙、养生福地的长寿山、“北方桂林”的燕塞湖、鬼斧神工的悬阳洞、惊险刺激的乐岛海洋王国，绘就了一幅雄关扼险、长城览胜、海天相融的壮美奇观。

山海关拥有星级宾馆、疗养院、快捷宾馆、农家院、渔家院和特色民宿等高、中、低档住宿设施260余家，接待床位1.5万张，可作为出席大型会议的领导、嘉宾休闲体验的最佳场所。其中有海盛花园酒店、山海假日酒店等高档酒店，具有园林特色的望海度假村，以历代传统家具和驿站文化为特色的中国长城艺术酒店以及具有山海关古城特色的民宿。

山海关小吃种类繁多，饮食文化丰富多彩，有很多独具特色的民俗美食。历史上有瑞德园、庆和居、三盛居、宝林园、壹人馆、三路居、四海春等餐饮老字号，现存的餐饮老字号有老二位、四条包子等。目前流传较盛的民间小吃有：椁椤叶饼、花生糕、回记糕点、浑锅、牛腱子火烧、鲜花饼、豆馅烧饼、艾糕、煎焖子、压饸饹等。丰富的旅游特色餐饮，通过舌尖上的感受，品味不一样的山海关。

雄关名中外，长城壮古今。山海关区委、区政府带领14万关城人民，以山一样的坚强意志、海一样的宽广胸怀、关一样的严谨作风，抢抓机遇，锐意进取，加快建设“沿海强区、美丽关城”，山海关正以崭新的姿态奋勇前进，继续书写不朽的篇章！

老 龙 头

老龙头景区位于秦皇岛市山海关区城南 5 千米处，是闻名中外的万里长城的唯一入海处。“上下两千年，纵横十万里”的万里长城，宛如一条巨龙，奔驰腾跃在华夏大地。它从遥远的西部戈壁一路飞腾而来，穿越河川大漠，骄傲地在此把头伸进滔滔渤海之中，形成龙头入海之势，搅海翻浪，戏水浴日。

老龙头由宁海城、入海石城、靖卤台、南海口关和澄海楼等景观组成，是万里长城唯一集山、海、关、城于一体的海陆军事防御体系。景区于 1991 年被评为“中国旅游胜地四十佳”，1999 年荣获“全国文明风景旅游区示范点”称号，2001 年被国家旅游局命名为“国家 4A 级旅游景区”，是省级爱国主义教育基地，2014 年加入西柏坡红色旅游联盟。

【宁海城】

宁海城是万里长城军事防御建筑中唯一一座海堡城。最早的宁海城范围较小，城墙为夯土结构，用来驻扎守关军队，屯聚粮草军械。弘治十一年（1498 年）副都御使洪钟、万历初年蓟镇总兵戚继光加以重修。天启年间，内阁大学士、兵部尚书孙承宗在这里首建龙武营，操练水兵。明崇祯六年（1633 年），巡抚杨嗣昌扩建老龙头南海口关城，定名“宁海城”。

宁海城自身就是一座防御功能齐全的军事建筑群。它既有军事指挥机构——守备署，又有驻扎军队的龙武营，还有作为下级指挥官的把总署官邸，并附有依托神灵护佑的龙王庙、关帝庙等建筑。

这些建于明代的军事建筑群，在 1900 年八国联军入侵老龙头时遭到毁坏，并由英军强行霸占，修建了驻扎军队的兵营，直到第二次世界大战爆发才撤走。全国解放后，一直由驻关部队驻防。为恢复宁海城军事防御建筑原貌、为给后世子孙留下宝贵的历史景观，1992 年，秦皇岛市做出复原其原貌的决定，并在山海关区委、区政府的主持下，于 3 月正式动工，6 月初竣工，建筑总面积 3238 平方米。

< 龙武营 >

龙武营系明代驻防老龙头的水师营。明代后期，后金政权向西步步紧逼，朱明王朝在辽东战事节节失利，丢城失地。山海关已成为明王朝最后一道屏障。朝廷海运辽东的军需物资全部由老龙头马头港及附近港口转运，因此，老龙头的防御作用尤为重要。明天启二年（1622 年）朝廷派兵部尚书、内阁大学士孙承宗亲临山海关督师，在老龙头设龙武营，训练水师三个营，加强陆海防御，更有捍卫军需运送港兼护航的使命。明崇祯六年（1633 年），巡抚杨嗣昌再设龙武营。

龙武营位于宁海城北门内东部，明代曾是守城士兵的住所。该营分为前后两院和生活区，建筑仿明代小式硬山砖木结构，是一组反映明代军营风貌的建筑群体。前院西九间为士兵房，是龙武营士兵休息的地方。东九间是百总房及练功房，门前有登城、瞭望用的云梯和巢车的复制品。后院西九间为老龙头展室，展出了老龙头 600 多年来的历史变迁。东九间为戚继光兵阵，陈列了戚继光戎马一生的作战经验，以及训练的车、骑、步、辎重营阵的缩微品。后院生活区内设有碾房、粥房、马厩、粮仓和关押违反军纪士兵的牢房等。

< 把总署 >

把总署是我国北方典型的四合院建筑形式，五正六厢，前有门楼、腰门。正房三间是把总署处理军务的地方。把总署官职始于明代，武职，相当于清代正七品，专职驻守一城一池，下辖兵士 449 人。

东厢房三间为民间艺术展室，陈列的是流传于河北省冀东一带的地方民间艺术皮影。西厢房三间是文物陈列室，主要陈列品是自 1986 年以来在老龙头几期修复工程中清挖出的铁竹节炮、腰刀、石弹、铁弹及复制的明代火铳、无敌大将军炮车、架火战车模型。

< 显功祠 >

显功祠位于把总署西侧。明洪武元年（1368 年）至崇祯十七年（1644 年）前后共 276 年间，明王朝为巩固其统治，东起辽东、西至嘉峪关筑起了万里长城。中后期由于东北女真族崛起，山海关成了民族冲突的咽喉要塞。因此，明王朝屡派重臣到此驻城戍边。

显功祠主要表彰对山海关建城守城有功的重臣名将，内部陈列的是明初至明末曾在山海关戍边的重臣名将徐达、戚继光、熊廷弼、孙承宗、朱梅、葛守礼、袁崇焕等人的雕像。

门前楹联：

筑雄关与天齐貔貅飞镝开拓朱明帝业

修障塞长万里披肝沥胆捍卫一统江山

<守备署>

守备署建在龙武营西侧，是明朝皇帝为进一步加强老龙头的战略地位而设的一个总兵下属，守备一职在明代是防守一城一池的长官，官职五品。守备署为仿明代大木硬山建筑，四进封闭式四合院，坐北朝南，由南向北依次为照壁、署门、仪门、正堂、议事厅、后宅。

照壁是守备署中轴线上最前端的建筑物。其正面砖刻“为国干城”四字，其中的“干”字指盾，“干城”指既能安外又能卫内。背面所刻“壁垒森严”四字指的是老龙头军事防御坚固，戒备森严。

守备署门前的一对石狮象征府邸威严。署门两侧各站立一手持兵刃的卫士，守卫守备署。仪门是守备署的第二道门，也称作垂花门，是当年守备以礼迎接贵客的场所。西厢房三间为军士房，是负责守卫守备署的军士居住的场所。正堂是守备部署军事、调兵遣将的地方。议事厅是研究军情、决定军务的地方。书房是守备读书、写诗、作画兼会客的场所。后宅是守备家眷的房间，分为寝室和外室。

<龙王庙>

龙王庙位于宁海城西北角，仿明代大式砖木结构。庙内神龛正中塑有龙王坐像，两侧站立着鱼鳖虾蟹四将。根据《山海关志》记载，宁海城内的龙王庙建于明代，毁于何年已无从考证。

<点将台及八卦阵>

宁海城正中建有点将台，点将台是演练军事的指挥台，台旁设有营帐，帐内有民族英雄戚继光的塑像，塑像造型逼真，栩栩如生，比例匀称。帐内墙壁上绘有明代三边重镇、军情传递等图例。点将台对面为八卦阵，相传是文王八卦的太极奇阵。游客可以入阵寻找出路，体味古代阵法的玄妙。

【澄海楼】

澄海楼是明长城唯一一座临海阁楼，也是老龙头景区的标志性建筑。从宁海城练兵场到澄海楼要经过一道登城坡道，坡道原叫“马道”，是守城士兵骑马上下的重要通道。马道中间为平面状斜坡，两侧为梯道，这种结构既方便士兵、战马上下，也便于运送守城物资。清代多位皇帝曾由此道登上澄海楼观海赋诗，那时这条马道改称“御道”，御道中间铺红毡，皇帝走在上面接受两边群臣的跪拜。

登上御道就可看到澄海楼。澄海楼既是老龙头的至高点，也是其精华所在，有“长城连海水连天，人上飞楼百尺颠”之美誉。澄海楼仿明式大木架结构建造，九脊歇山顶、两滴木明式木楼，外设围栏，内置桌椅，虽位于老龙头战略防御体系中，却由于其依山面海的地理位置，使之具备了观海览胜的功能。

据地方史志记载，澄海楼前身是明朝初年修建的“观海亭”，明万历三十九年（1611 年）山海关兵部主事王致中将观海亭扩建成为澄海楼。“澄海”即“大海澄清，海不扬波”之意。“海不扬波”是流传于世的一个典故，象征圣人治国，天下太平。

< 御碑亭 >

御碑亭又名“御诗亭”，位于澄海楼东部空地上。亭内镶有一块卧碑，碑四面镌刻清代几位皇帝的澄海楼诗。1900 年这块石碑被毁于一旦，1987 年得以重建。

御诗亭后方空地上有一门大炮。这门大炮并非我国古代的历史遗迹，而是侵略者留下的历史见证。八国联军入侵以后，英国侵略者在宁海城曾经驻兵 40 年，撤出的时候他们将这门古炮留在了城墙上。在老龙头的修复重建中，山海关区政府未将它移走，而是永远地留在了这里，以见证历史，警示后人。

<“天开海岳”碑 >

澄海楼周围原有三座石碑，分别是“天开海岳”碑、“一勺之多”碑、“知圣”碑。不幸的是 1900 年遭侵略洗劫后，只剩“天开海岳”碑被掩埋在废墟之中。1929 年，张学良将军来到老龙头，将它重新竖起，“天开海岳”碑才得以重见天日。

“天开海岳”指大自然鬼斧神工，造就了山海关得天独厚的地形，北倚燕山，南濒渤海，海与山争高下，天与水相磨荡，既雄伟壮观，又险要之致。

“天开海岳”碑很古老，没有落款，没有日期，曾被老百姓称作“薛礼碑”和“白袍将军碑”。1984 年 9 月，经专家根据碑体具有的鲜明时代特征——碑身无碑帽，碑顶为弧形，字体为粗犷浑重的正楷，背面无文字等鉴定为唐碑。

【靖卤台】

据《临榆县制》记载:“靖卤一号敌台在海口尽头，屹立海水之中，明嘉靖四十四年（1565 年）主事孙应元建，实为敌台之始。隆庆四年（1570 年）总兵戚继光改名为靖虏台。”（这是有关靖卤台的最早记述）。清代康熙皇帝将其改名为“靖卤台”。“卤”指海水，又取谐音为“敌虏”的“虏”，所以此台一名双关，既有使海水平静之意又有平定敌虏之意。

靖卤台是现存万里长城东起第一座敌台，也是万里长城唯一一座海上敌台。敌台采用戚继光所创“空心敌台”建筑结构，主要为防御工事，可用于驻兵、屯武器、观察敌情及射箭。原靖卤台已经圮毁，只有台基保存完好，1986 年至 1987 年，山海关文物部门对靖卤台进行了复建，使其再展雄姿。修复后的靖卤台仍为空心敌台，全高 15.2 米，分上、中、下三部分。下部是高 7.41 米的实体建筑，墙体厚实粗壮；中间是空心台体，高 4.41 米，内有三个券室，六个过券洞口连通各室，券室四周开有六个券窗，室内可获得通风、日照，并且提供了瞭望守战的窗口；上部是台顶的建筑，台面高 11.81 米。台中部西侧建有出口铺房，即库房，用以储备军火弹药。台面四周是垛口，可用来瞭望敌情。靖卤台实际上是老龙头的海陆连接点，与陆地山上的敌台连在一起，负山控海、易守难攻，构成一套严密的陆海防御体系。

【入海石城】

明万历七年（1579 年），蓟镇总兵戚继光的参将吴惟忠接着靖卤台向南增筑了七丈的入海石城，从此长城真正伸入大海，防止了女真、蒙古骑兵沿着浅海滩涂侵扰关内。

据《临榆县志》记载："入海石城仆仆于山榛水湄之间，长城之杪，甃石为垒，截入海中，高可三丈许，长约数倍，曰老龙头。"入海石城是老龙头封锁海面的制高点，是长城的海中端头部分。康熙皇帝在《澄海楼序》中也写道"关城堡也，直峙海浒"。

为了使入海石城经得住海浪的冲击，古代劳动人民巧妙地以深入海中老龙岗脉岩为基础，以石块夹砌其间，凿平后上面再起墙。这种做法既省料又省工省力。石城的城墙以巨型花岗岩条石垒起，条石上三面凿有马蹄形凹槽——燕尾槽，使两块条石相互嵌接时更好地契合。槽内再注以白矾、松香、铁沫混合溶液，待溶液凝固后整片基石就牢牢地连在一起。城墙高九层，端头部分有异型石块，石块上还凿有直径 12 厘米的榫孔，其上用榫卯和绳索穿连。

但即使是这样复杂坚固的建筑结构，在侵略者的坚船利炮面前仍显得苍白无力，原入海石城早已全部坍毁，现为后修复的建筑。修复后的石城伸入海中 22.4 米，宽 8.3 米，高 9.2 米，为九层巨石砌墙，墙的四、五、六层仍用原来遗址的巨石垒砌。

【南海口关】

南海口关又有老龙口之称，它是长城在滨海设置的唯一一座关隘，属山海关十大关隘之首。据明代《山海关志》记载："南海口关，城南十里，海南尽处多巨石块垒，因筑城之。每潮汐至水浸女埤，城尽深不可犯。"徐达建山海关城时，见此地地形险要，就在此设立海防第一要冲，驻重兵把守。事实上，南海口关是明长城真正的第一关，"天下第一关"是第三关。明末出于防守战略需要，又将城门堵塞，由于海风扬沙堆积成丘，历经百年南海口关逐渐被淹没，直至重修老龙头清除海滨长城积沙时，南海口关墙基才重见世人，山海关区政府在此基础上对南海口关进行了修复。

【海神庙】

海神庙的修建，与古代海运有着较深的历史渊源。明清两代，老龙头西面有个繁荣的潮河港，帆樯林立，岸上的水手熙熙攘攘。为了祈求海上平安，老百姓常把自己的生命财产安全寄希望于神灵保佑，相继修建了海神庙、天后宫、龙神庙和北海神庙。1900 年遭到八国联军以及外国驻军的破坏，逐渐冷落萧条，新中国成立后仅存遗址。如今这座海神庙集四座庙宇的"精粹"于 1989 年重建。寺庙坐南面北，由北依次为四柱三楼牌坊、三孔石桥、山门、海神殿、诗碑游廊、天后宫、栈桥、观海亭等。

< 四柱三楼牌坊 >

牌坊位于庙宇最北面，高 8 米，宽 11 米，为汉白玉砌基，上饰琉璃瓦顶。牌楼悬有木刻牌匾额两块，正曰"安澜"，背曰"伏波"，有风平浪静、海不扬波之意。

< 山门 >

山门是一座古典式拱门建筑，面阔三间，进深一间。殿内供奉着“天佑”“天应”两位海中神将。传说二神原来是海中怪物，到处兴风作浪，不做好事，危害人间。后来，两个怪物被妈祖娘娘收服，成了妈祖娘娘手下两员大将。

< 海神殿 >

海神庙正殿前的一座庭院里有“乘黄”和“龙马”两个吉祥物。乘黄也叫“飞黄”，长相像狐狸，背上有角，兼有长寿和官职升迁之意。“龙马”在古代传说中是河水之精，龙头、马身，还有一对翅膀，鸣声九音。古书记载“乘黄”就是“龙马”，也有记载说海神庙大殿前设“乘黄”“龙马”都是取其“河水之精”的含义。

海神庙正殿殿门上悬挂“汇冥宁晏”匾额，是乾隆皇帝于乾隆四十八年亲笔御题的，意思是：祝愿天下太平。两侧楹联为：“翕受奠坤维澜按拱极，灵长资坎得派演朝宗。”同样为乾隆帝所题，意思是：以各行各业都来朝拜海神作比喻，让人们像百川入海那样都向皇帝朝拜进贡，进而维护皇帝的统治。

< 天后宫 >

天后宫是海神庙的第二重殿宇，两层，为斜山重檐砖木结构。天后宫中供奉妈祖娘娘，她头戴金冠、身披绒袍、仪态庄重、面目慈祥，两边为侍女。妈祖娘娘同海神一样，也是以海为生的人们期盼风平浪静、平安归来而创造出的保护神，在渔民心目中占据着十分重要的地位。

传说妈祖曾生活在人间，她生于宋太祖建隆元年（960 年），逝于宋太宗雍熙四年（987 年），原名林默，出身官宦世家。她知人祸福、精通医学，通天文、晓气象，还十分擅长海上救护，常常治病救人，深受渔民爱戴。她死后，当地人在她生活过的莆田湄洲岛上建起一座小庙来纪念她，并称呼她为妈祖。随着影响越来越大，逐渐成了沿海居民普遍供奉的海上保护神，原来的妈祖庙也逐渐建成一座巍峨雄伟、金碧辉煌的庙宇。宋元以来，妈祖屡受朝廷赐封，最初封为“泉州神女”，后来又被封为“护国天妃”，清代封为“天后”。而民间百姓更愿意直呼其“妈祖婆”。

正殿背后配有一副楹联：“五湖四海皆是我，九江八河一家人。”这是一则谜语的谜面，谜底藏在天后宫宫门上方“盛德在水”牌匾上。

< 观海亭 >

观海亭是海神庙景区中最后一处景点。观海亭面积不大，亭亭玉立于水中，置身其中，感受到的是凉风习习，海潮阵阵，与洞庭湖的朝晖夕阴、气象万千相比别有一番风味。

老龙头，依山傍海，气势如虹，被誉为“人类历史上的千古奇观”。登上老龙头，面对波涛汹涌、云水苍茫的大海，可以饱览这独有的海上长城雄姿；纵目澄海楼，又能欣赏巨浪排空的壮丽景象。在 600 余年的变迁中，老龙头书写了一部历尽沧桑的历史，为爱国主义教育提供了良好的教材。

天下第一关

山海关，又称榆关、渝关、临闾关，位于河北省秦皇岛市东北 15 千米处，是明长城的东北关隘之一，自古为兵家必争之地。1990 年前被认为是明长城东端起点，素有中国长城“三大奇观”之一与“天下第一关”“边郡之咽喉，京师之保障”之称。

明洪武十四年（1381 年）筑城建关设卫，因其依山邻海，紧扼要隘，易守难攻，故名山海关。山海关城是明万里长城上重要的军事城防体系，关城周长约 4 千米，与长城相连，以城为关，城高 14 米，厚 7 米，有四座主要城门，多种防御建筑。主要以威武雄壮的“天下第一关”箭楼为主体，辅以靖边楼、临闾楼、牧营楼、威远堂、瓮城、罗城、翼城、卫城以及 1350 米的明代平原长城等景观。

1987 年，长城被授予了“世界文化遗产”的荣誉称号，山海关、居庸关、嘉峪关成为长城世界文化遗产的三个代表地。2007 年 7 月 7 日，中国万里长城入选“世界新七大奇迹”，并名列榜首。

【坡道】

山海关城内有一条宽广的坡道，原叫“马道”，是古代守城士兵骑马上阵和巡视关内外的重要通道。走上马道，便可看到规模雄伟、气势浩然的“天下第一关”箭楼。

【“天下第一关”箭楼】

箭楼又称镇东楼，是山海关城的东门。城楼坐东面西，其建筑形式采用传统砖木结构，楼高 13.7 米，东西宽 10.1 米，建筑面积为 198 平方米，分上、下两层。底层西面是两扇对开的红漆木质大门，上层为木制隔扇门窗，其余北、东、南三面共开设 68 孔箭窗，窗板为红底白环黑靶心，鲜艳醒目，这些箭窗平时关闭，战时开启，为战时射箭之用。

城楼为九脊歇山式重檐顶，这种屋顶等级较高，是仅次于皇宫和皇家庙宇主殿的建筑形式。屋顶正脊上还装饰着一对脊兽名叫螭吻，是传说中龙生九子之一，海中神物，能喷水，立于屋脊之上用来消灭火灾。另外，在四角的戗脊上还有许多栩栩如生、形态各异的小兽，每一个小兽都被当地百姓赋予了神话色彩：最前面的是走投无路，第二个是跟盯绊倒，第三个叫东张西望，第四个叫帮虎吃食，第五个是坐地分赃。这些脊兽都是古代传说中的瑞兽，它们不但具有消灾灭祸、威慑妖魔的含义，还有很好的装饰作用，使整座城楼显得曲线丰富、错落有致。

在城楼内外的檐、檩、梁枋和斗拱等木构件上，还有许多绘制精巧、色彩艳丽的彩画。

这种彩画叫“墨线石碾玉大点金”，属于中国古典建筑中“旋子彩画”范畴，其等级仅次于皇家建筑中所使用的“和玺彩画”。城楼上的每一个构件都流露着中国传统文化的独特魅力，反映了我国古代劳动人民的聪明才智和精湛高超的建筑工艺。

<“天下第一关”巨匾>

山海关城楼内陈列一块“天下第一关”巨匾，是山海关地区现存最古老的一块匾。此匾长 5.8 米、宽 1.55 米，其中“一”字长 1.09 米，繁写的“关”字右面的两竖就高 1.45 米。这“一”字，虽然只有一笔却不显单薄，繁写的“关”字笔画虽多也不显臃肿。五个字结构安排讲究，布局章法得当，在整个关城形势的映衬下，大有镇关之风。“天下第一关”匾具有极高的艺术价值和欣赏价值，是整个关城的“点睛之笔”。

此匾无落款、无年月日、无书写人姓名，历史上对它的作者争论不一，众说纷纭。据光绪四年（1878 年）编撰的《临榆县志·建置编·城池卷》记载：“天下第一关，传为邑人明肖佥事显书。”“邑人”指山海关当地人，这为肖显写匾的真实性提供了可靠依据。

关城二楼内陈列一块清光绪五年（1879 年）王治摹刻的匾，二楼外悬挂的是民国九年（1920 年）杨宝清摹刻的匾。摹刻匾原有落款，后被油漆涂盖。据伍联德创办的《良友画报》第七十四期记载，1933 年日军入侵山海关，“天下第一关”匾已经被日军运往东京陈列在九段上的游就馆。但传说运往东京的匾为明代内阁首辅严嵩所书，是否属实，尚待查考。

<山海关古建复原图>

巨匾之下便是古香古色的《山海关古建复原图》，这幅图蕴藏着山海关被誉为“天下第一关”的奥秘。复原图描绘了明代山海关古代建筑全貌。从图上可以看出，山海关位于东北和华北的结合部，北依巍巍燕山，南临滔滔渤海，东部有欢喜岭作为天然屏障，西面有古渝水形成自然壕堑。这里山海间距仅 8 千米，而长城贯穿南北，犹如一把大锁紧紧地锁住了东北通往华北的咽喉要道，使这里自古就成为海陆要冲、兵家必争的军事要塞。此外，楼内陈列着明清两代的兵器和清代的八旗服饰。

【古城三最】

“天下第一关”处处是“宝”，雄伟的城楼和珍贵的巨匾是两个“国宝”。此外还有“三件宝”，也是山海关古城三个之“最”，位于第一关城楼后：中国城防建设中最小的城——瓮城、长城建筑中最珍贵的城——罗城、改写中国历史最重要的城——威远城。

<瓮城>

城楼东面的城圈叫瓮城，是中国城防建设中最小的城。瓮城是建在关城城门外侧的小城，是关城由外至内设置的最后一道防线，原来四个城门之外都有瓮城，现在只有东面一座保存完好。瓮城虽然规模不大，却有重要作用。一是对关城起保护作用。登临其上可环视四野，士卒昼夜注视城外动态，有警立即传报，敌人入侵靠近，可三面御敌于墙外，即使敌人进入瓮城，也可以把关门作为第二道防线，以四墙为堡垒制敌于“瓮中之鳖”。二是从建筑上看，城外瓮城回护，形成重城并守之势，坚固、雄伟，充分表现了长城防御工程的特色。

< 罗城 >

瓮城的外围是罗城，“罗”是罗列、重叠的意思，即城外套城。它是山海关关城的外围防御卫城。建城用砖均有印模铭文，被称为“山海关长城字模印文砖”，此砖虽经几百年风雨剥蚀，铭文仍清晰可辨，且每块砖价值连城。罗城是长城建筑中最珍贵的城。

初建时，东罗城主要作为关城的防御堡垒，用以屯兵、存入武器和弹药。东罗城原设置三座城门，东门上建有“服远楼”，券门之上有一石匾镌刻“山海关”三字。城门之外有一长方形瓮城护卫。清代康熙四年，守备王御春重修东罗城时，将南北二门砌塞，以服远门为关，成为东罗城唯一的通道。因此东罗城内只有一条东西向主干道，名为东罗城大街，全长 523 米，是关内外必经之路，在历史上有“两京孔道”之称。

东罗城的文物价值，在于建城用砖上印有多种铭文。烧造于明万历十二年（1584 年）的这种特殊城砖，砖上有用印模印出的相关文字，其内容为砖的烧造年代、筑城单位的地名或番号。砖上的印文是一幅幅公示性的筑城《责任状》，明确记录着筑城单位的工作责任，从制度方面有效地减少了工程中腐败现象的发生，为长城工程质量起到了警示及保障作用。在明代万里长城上，这种城砖仅见于北京至山海关的蓟镇长城，而蓟镇长城又以山海关东罗城最为集中，已发现的品种有真定营、德州营、建昌车营、台头路、燕河路、石门路、乐亭县、抚宁区、卢龙县、迁安县、滦州 11 种之多。我国筑城的年代久，城池多，但是类似东罗城这样满城满墙留下如此繁多印模的，还是十分少见的，因此罗城被评定为价值极高的文物城。

< 威远城 >

罗城的前方是威远城，它是山海关的前哨卫城，三百多年前，这里曾经发生涉及改朝

换代的重要一幕——吴三桂引清兵入关，因此是改写中国历史的最重要的城。

威远城，明代称威远台，坐落在城东的欢喜岭上。据文献推断“台”在“城”之前，大致建于明正统七年或万历八年，并非旧志记载为吴三桂所筑。按其坐落的地形，正处于山海关城外前哨要冲之地，可能是一座建筑独特的烽燧。此台东与边墙子烽火台、西与山海关城东门镇东楼成一轴线，互为守望。作为扼险倚边、拱卫京师的军事重镇，古城山海关经历、见证了历史上诸多重大事件，既有惊天动地的英雄壮歌，也不乏千夫所指的宵小行径。

这座土城除了叫作“威远城”“威远台”之外，因为吴三桂在此投靠清廷，人们又称之为“受降城”，而在民间，它还有“呜咽城”的称谓。山海关的老人们常说，欢喜岭又叫凄惶岭，过去流放戍边、闯关东者回归时欢喜异常，临去时却凄惶无限，所以得名。老百姓把岭东的深沟叫流泪沟，把威远城叫呜咽城。1924 年第二次直奉大战在这里鏖兵半月，士兵百姓伤亡甚重，威远城附近嶙嶙黄土不知埋下多少尸骨。至今每每大风掠过，风声听起来都如泣如诉，动人心魄。

【神威大将军炮】

明代是中国古代兵器发展史上的一个转折时期。火炮一类先进的武器曾广泛用于长城的防务。在当时，大型的炮称“将军”，小型的称“铳”。山海关现存两尊名为“神威大将军”的大炮，分布在城楼的南北两侧，为明崇祯十六年（1643 年）造，炮身长 2.7 米，炮口直径 10 厘米，重 2500 公斤，是当时镇守山海关的重要防御性武器，在战争中威力极大。

【山海关城】

山海关城不是一座孤立的城，而是一个庞大的古代军事建筑群，整个山海关城的建筑布局颇具匠心，具有三大特点：

一是体系完备。山海关古城防建筑体系以长城为主体，以雄关为核心，南起老龙头，西北至甘泉堡，长达 82 千米，由沿长城而建的 1 座卫城、2 座路城、1 座所城、4 座营寨城、24 座堡城、10 座关城、5 座罗城、31 座关隘、82 座墙台、300 座敌台、42 座烽火台、64 座墩台组成。仅老龙头至九门口 26 千米的长城上就有 129 座城堡、关隘、城楼、敌台、城台、烽火台、墩台。

二是内外两层。整个防御体系分内外两层。内层是一个以关城为核心的严密组团。关城居中，高大城墙之上设置东、西、南、北四座城门及城楼，东为镇东门——明朝末年，对山海关的威胁主要来自东边，需要依靠坚固的东门镇守江山；南为望洋门——山海关以南是一望无垠的渤海；西为迎恩门——由京城来自皇帝的赏赐与恩泽，朝廷发给的粮食和饷银都来自西方；北为威远门——长城北侧是古老的战场，将士们盼望山海关威名远扬，敌人不敢侵犯。四门之上原均有城楼，四门之外筑有瓮城，墙外有护城河环卫，河上设吊桥通行。关城东西两侧建有套在瓮城之外的东、西罗城，如同左膀右臂，共为关城的前防后卫。关城南北各 1 千米处，依附在长城内侧建有南、北翼城，势如双翅，与关城相映。

外层是散点式建置的威远城、营城、堡城、关隘和烽堠。它们向外扩展呈松散状态，但均受核心的遥控，互为犄角之势。威远城位居关城东 1 千米的欢喜岭高地上，居高临下，视野开阔，既宜瞭望，又可屯兵，为关东防线上的前哨堡垒城。宁海城建在城南 5 千米的老龙头高地，濒临大海，驻守海口，是关城的海防哨城。

三是十大关隘。古城建置严密，自海至山南为海口关、南水关、山海关、北水关、旱门关、角山关、三道关、滥水关、寺儿峪关、九门口关。“明山海路”所辖十大关隘据险为垒，驻守交通要冲，并为万里长城一线贯穿。星罗棋布的烽堠、墩台，各踞一方，与关城遥相呼应。整个防御体系主体两翼、左辅右弼、前拱后卫、互为犄角、一线逶迤的格局。其军事防御功能完备程度、构思之奇巧都堪称中国长城建筑史上的奇作。

山海关古城展示了中国古代严密的城防建筑风格，体现了博大精深的长城军事文化，同时也汇集了大江南北、关内外的多种民俗风情。

山海关长城博物馆

山海关长城博物馆，位于山海关城内，坐落在“天下第一关”城楼之南200米，是一座以万里长城，特别是以山海关长城为主要展示内容的专题性博物馆。全馆分设序厅、长城历史厅、长城军事厅、长城文化厅、山海关长城厅等6个展厅。

山海关长城博物馆由前国家主席李先念同志亲笔题写馆名，是国家重点博物馆、全国爱国主义教育示范基地。

【序厅】

万里长城是举世闻名的世界文化遗产，是中华民族伟大精神的物质象征。山海关长城博物馆基本陈列为《万里长城》，在这里，旅游者将对中国长城所承载的厚重人文信息有一个全面的、系统的了解。

在充满浓浓长城氛围的博物馆序厅里，举目四望，进入眼帘的是一个近百米的红砂岩长城浮雕艺术墙，这是一个长城的艺术世界。长城出沧海，跨群山，越河川，奔大漠，东西万里的中国长城浓缩在这里。

【长城历史】

长城从诞生之日算起，经历了大约2500年沧桑岁月。春秋战国时期群雄争霸，各国筑长城以保卫领土和求得安宁，后历秦、汉、北朝、隋、金及明，长城的修筑始终不断。在中国历史上，有20多个诸侯国家和封建王朝修筑过长城，其中秦、汉、明三朝所建长城长度超过5000千米，是名副其实的万里长城。万里长城蜿蜒起伏，分布在我国东起辽宁、西至新疆的15个省、市、自治区，见证着古老中国的风雨及辉煌。一部中国长城的历史，就是一部中华民族的史诗。

<早期长城>

中国最早的长城修建于春秋战国时期，属于中国长城修筑史上的“早期长城”。

公元前7世纪前后，中国进入了群雄争霸的春秋战国时期。为了防御需要，楚、秦、齐、燕、赵、魏、韩等较大的诸侯国以及狄族建立的中山国等都在边境或险要处修筑起高大的城墙，这种城墙往往修筑得很长，人们把这种长墙称作“长城”或“长垣”。据说，文献中的“方城”也是长城的别称。

<秦汉万里长城>

秦汉时期是中国长城建筑史上的第一个里程碑，中国大地上第一次出现了东西相望、绵延无亘的万里长城。秦汉时期中央集权统一的大帝国修筑了规模气势无比宏大的万里长城，在历史上第一次有了“万里长城”的身影和名字。

<北朝、隋、金长城>

北朝、隋、金时期，无论是汉族还是少数民族建立的王朝都筑有长城。其中北魏筑长城为防柔然。北齐长城西起晋西黄栌岭，东至碣石（今山海关附近），绵延1500千米，是后来北周、隋和明代蓟镇长城的基础部分。隋朝时突厥为患，大举修筑长城的记录有7次，今陕西、内蒙古河套一带仍有遗迹。草原上的金代长城也超过万里，女真族建立的金王朝筑长城是为了防御崛起于蒙古高原的蒙古骑兵。

<唐、宋、元及清代局部长城>

唐、宋、元及清代是中国历史上没有大规模修筑长城的几个朝代，其中原因有版图的变化，也有统治关系的转换和特殊的南北朝政策等。这时期不再大修长城既有客观现实上的原因，也有统治者政治思想方面的主观考虑。这时期类似长城建筑的修筑多为局部，而且规模较小，只能是中国长城修筑史中的补充部分。

<明代万里长城>

1368年，朱元璋推翻元朝统治，建立明王朝。不甘心失去昔日江山的蒙元势力不断袭扰明北部边境。中叶以后，崛起于白山黑水之间的女真族政权，也威胁着明王朝的东北部边境。明朝276年之间，从未停止过修筑长城。经徐达、戚继光等几代贤臣良将的不懈努力，

雄伟壮观的明长城东起鸭绿江畔，西至祁连大漠，横亘8850多千米，是中国长城建筑史上不朽的巅峰之作。

< 抗战中的长城 >

时光步入20世纪，此时的长城，在中华儿女的心中已化作精神和力量的象征，凝聚成不屈的民族之魂。在决定中华民族生死存亡的抗日战争中，长城内外燃烧起熊熊抗敌烈火。长城迸射出的民族精神，鼓舞着中华儿女浴血沙场，用血肉筑起了一道新长城。“抗战中的长城”，展示了抗日战争中发生在长城脚下的重要战事：长城抗战、察哈尔抗战、绥远抗战、平型关大捷、忻口会战与雁门关战斗、易涞战斗、雁宿崖、黄土岭战斗、百团大战娘子关战斗。

【长城军事器械】

长城军事器械有其鲜明的自身特色。长城需要有符合长城作战特点的武器防卫；要攻破长城的军队，也需要创造出样式独特、行之有效的攻城武器。长城攻守的军事武器，体现着中国古代军事科学技术的发展水平，凝聚着中国古代军人的智慧。

< 古代冷兵器展柜 >

在历代长城的守战中，武器发挥了重要作用。在这些用于长城战事的武器中，既有常规的武器，也有在长城守战中创造出来专门用于长城守战的武器。河北抚宁平顶峪长城出土的大棒鸭嘴尖头，便是戚继光发明的用于长城防守的武器，棒头加鸭嘴尖头，使普通木棒具备击打、刺杀两种功能，大大地提高了对付骑兵的作战能力。

< 明长城火器大观 >

明朝是中国兵器发展史上的重要发展时期，新兴的火器登上战争舞台，长城戍军发明了五花八门、材质各异的火器，并在长城的守战中发挥了巨大的威力和作用。明朝的火炮大多是由前方装填发射的前膛炮。这些火炮根据体形和威力大小，又被称作“大将军”“二将军”“三将军”“夺门将军”“神威大将军”“红夷大将军”等。明朝时期丰富多彩的各类火器，造就了中国军事武器在当时世界的领先地位。以上火器都大量地配备在长城的防守作战中，从明朝戚继光的著作中看，当时的火器还有“鸟铳”“快枪”“边铳”“火箭”“虎蹲炮”等。

【长城建筑】

中国长城是世界上体量最为宏大、体系最为完整的古代军事防御工程。中国长城的建筑结构和构造形式，充分展现了古代农耕民族阻止游牧民族骑兵进扰的作用功能。中国不同历史时期修筑的长城，形式、结构、技术水平都存有差异。但其基本形式均是由城墙、关隘城堡、烽燧三个大的功能类型组成。明代长城是中国长城建筑的巅峰阶段。明长城壮观、科学、实战功能强，处处体现和洋溢着古代筑城将士及劳动人民的聪明才智。

< 城墙 >

城墙是长城建筑体系中最重要的组成部分。历史上存留下来的长城城墙多种多样、形式迥异。长城城墙的形式、结构、材料、做法等随时代和条件的因素而不同；地理环境和技术力量的差异、特殊的军事用途等，也是中国长城城墙形态多样、质量有别的原因。

< 城墙类型 >

明代长城城墙类型在历代长城中最丰富，它在包括了过去所有城墙类型的基础上，还有了新的发展和创新。明代长城城墙种类一般有砖包墙、石砌墙、夯土墙、土柴混筑墙、山险墙、劈山墙、木栅墙等。

< 城墙附属形式 >

中国长城中附属形式最多的城墙是明中期以后的长城城墙，尤其是砖包墙。附属形式一般有垛口墙、宇墙、障墙、城台、敌台等。这些附属形式不仅是长城墙体的从属部分，同时也是特殊作战功能的需要。

< 关隘城堡 >

关隘城堡是长城防御体系中长期设防及驻兵的部分。关塞隘口居长城要津及往来之处；城堡营寨或与关隘结合，或居长城附近。关隘在明代一般称“关”“口”；城堡的形式在汉代还以“障”或“坞”相称。

< 烽燧 >

烽燧又称烽火台，汉代烽燧还常与用于守望的“亭、堠”并称，是长城线上报警及传递军情的重要设施。明代以后，烽燧称“烟墩”或“烟台”，设有严密的管理制度。长城边关和国家的军事中枢，由烽燧连接成一条特殊、有效、快捷的声光传递系统。

【建材和筑城技术】

长城建材多种多样，使用最多的是砖、石、土三类。砖在筑城上应用主要是明代，土、石筑城的历史则更为久远，四五千年之前的史前聚落壕墙，就是以土石一类材料构筑的。勤劳智慧的古代军民在修筑长城中总结了丰富的筑城经验和因地制宜的建造技术。他们修筑的万里长城，经受了千百年霜刀雪剑，至今仍屹立在中华大地上。

< 城砖 >

城砖是中国长城特别是明长城最有代表性的建材。长城用砖分“砌墙用砖”和“特殊用砖”两类。“砌墙用砖”中有普通的“条砖”“海墁砖”和较为少见的“铭文砖”“字模印文砖”；“特殊用砖”中有“垛口尖砖”“劈水砖”“望孔砖”“射孔砖”“垛口基砖”等。

< 城石 >

长城用石分为“砌墙用石”和“长城石构件”两类。“砌墙用石”明以前为不加整修的自然毛石，明长城用石一般要经过加工修整，加工过的石材有“块石”“条石”和“特型石”等。“长城石构件”是长城墙体上作特殊用途的石构件。常见的“长城石构件”有“垛口石”“吐水嘴石”“射孔石”“敌台拱券石”“门栓孔石”“门槛石”等。

< 城土 >

城土是中国长城最古老的建材。长城用土一般就地取材，但特殊时期也有特殊的规定、要求。由黏土、河沙、石灰按比例配成的“三合土”，被称作“中国混凝土”，长城重要地段的构筑多以“三合土”筑成。

< 构筑技术 >

两千多年来，中国劳动人民在构筑长城中，总结制定出“因地形、用险制塞”和“因地制宜，就地取材”的科学经验，在施工管理、材料采集供应、施工建造方法等方面都有独特创造。

【长城经济文化、贸易交流】

中国长城的修筑，实际是中原农耕经济与北方游牧经济相互作用的调解手段，茶马互市、互通有无，以长城为依托开展的各种经贸活动，丰富了长城内外各族人民的物质文化生活，沟通融汇了各民族的血脉亲情，促进了长城内外的民族亲和交融。以长城为屏障的“丝绸之路”，还第一次为中国打开了一个对外交流的经济文化窗口。

< 民族熔炉 >

“长城地带”自古以来就是中华各民族融汇之地。移民实边和屯田成垦提供了民族交融的机遇和条件。两汉时期汉匈两族时而“和亲”，时而“内附”；魏晋南北朝时塞外民族和中原民族交汇融合；明清时期南北民族“议和”“会盟”。漫长的长城历史上，上演着一幕又一幕动人的民族交融故事。

< 文化摇篮 >

中国长城是当今世界最宏伟的文化遗产之一。它见证了中华民族发展历史，不仅是与神州山河紧密融合、浑然一体的建筑佳作，还是一座博大绚丽的人类文化艺术宝库。长城文化多姿多彩、博大精深、辉煌灿烂，散发着撼人心魄、不可抗拒的感人魅力。长城屹立在华夏大地的初始，就成为历代诗人骚客、丹青妙手、民间艺人笔下和口中传诵不绝的永久性题材。

【今日长城】

万里长城是世界古代工程的奇迹、文化艺术的宝藏、观光旅游的胜地，为越来越多的世人所仰慕。关注长城，研究长城，保护长城，许多人为它付出了心血和努力。改革开放的今天，长城作为祖国传统文化和爱国主义教育的生动教材，仍发挥着巨大的作用。今天的长城，以其特有的魅力和底蕴，吸引着五洲四海的友人宾朋。

< 新中国对长城的关注 >

早在新中国成立之初，毛泽东主席便登长城雄关，感受他诗作中多次出现的古老长城。1983 年，邓小平同志题词“爱我中华，修我长城”。2006 年，李长春、刘云山等中央领导人还亲临山海关视察，对长城的保护修复工作作出了重要指示。

< 长城的保护立法 >

改革开放以来长城保护的重要标志是实施了长城的保护立法。1988 年，中国长城被联合国文化遗产委员会确立并授予“世界文化遗产”称号。进入 21 世纪后，党和国家对长城的保护更是从实际出发加大了力度。2007 年国家文物局召开“长城保护工作会议”暨奖励优秀长城保护员大会。

< 新中国长城的保护研究 >

1952 年开始的北京八达岭长城及山海关“天下第一关”维修，拉开了新中国长城保护

研究工作的帷幕。早在20世纪70年代，国家文物管理部门就开始了长城资源的考察工作。新世纪伊始，国家文物主管部门又拨出专项资金，对历代长城展开大规模的全国性调查工作，以便作为长城保护的科学依据。从此，中国长城的保护进入了科学有序的轨道。

< 长城的保护性修复 >

国家文物管理部门在长城的修复上实行“保护性修复”原则。在一些重要或损坏严重的地段进行了必要的“修旧如旧”的修复工作。

< 长城的科学研究 >

新中国成立后，中国长城的科学研究也得到了空前的发展。多届专题研讨会召开，大量的长城图册、著作面世，一些研究者、爱好者对长城进行科研调查，这些都推动了对长城研究的深入。

< 长城与世界 >

中国长城是全人类共有的宝贵文化遗产。中国长城的壮美雄姿、博大厚重的人文底蕴，不但吸引了来自全国的各民族儿女，同时也吸引了世界的目光。东方中国长城上，留下了海外贵宾的笑脸和身影。一些国际友人和学者，还直接投身于中国长城的保护和研究工作之中。

【天开海岳】

以山海关为代表的秦皇岛地区长城，是中国长城的精华地段之一。这里的长城入沧海、攀崇山、经平原、跨河川，气势雄伟，形式多样，当年坚不可摧的长城紫塞，成为今天艺术家画笔及镜头下绝美的艺术作品。

< 龙首春秋 >

山海关长城的海中延伸部分“入海石城”，是明代万里长城唯一的入海之处，人称“老龙头”。龙首昂起的地方海山壮丽、人杰地灵，明代建关修筑长城之后，这里更成为一处关乎社稷安危、闻名天下之地。

< 早期沿革与长城创建 >

山海关历史悠久，环境独特，早在新石器时期，这里就有人类繁衍生息痕迹。商属孤竹，周为燕地，秦汉辽西郡临渝，隋唐渝关，金元时期为迁民镇……4世纪末到6世纪的北朝时代，这一带便开始了长城的兴建。

山海关、秦皇岛境内目前发现最早的长城为北朝时期长城。《北史・文宣帝纪》记载：“天保七年（556年）是岁，库莫奚、契丹遣使朝贡。修广三台宫殿，先是，自西河总秦戍筑长城东至海，前后所筑东西凡三千余里……”山海关境内及邻近地区调查发现的北朝时期古长城遗迹有近20千米，从抚宁区张赵庄村开始，东南行沿石河南岸山陵逶迤蜿蜒穿山海关北山直至渤海之滨。

< 天下第一关 >

明洪武十四年（1381年），大将军徐达在山海关建关设卫修筑长城。隆庆、万历年间，谭纶、戚继光等镇守官员在原来的基础上加以完善。时至明末，山海关长城沿线上矗立着7座城堡、

10 座关隘、23 座空心敌台和 14 座烽燧，构成了一个布局合理、防守严密的长城关防体系。约从明朝中后期开始，山海关就以“天下第一关”闻名天下了。

< 形式多样的长城 >

山海关长城是明万里长城的精华荟萃，长城类型应有尽有：滨海长城、平地长城、山地长城、河道长城等，闻名于世的老龙头海上长城、三道关“倒挂长城”，更是长城建筑史上的神来之笔。

< 星罗棋布的敌台 >

敌台是长城特有的建筑形式。明代军事家戚继光创建的“空心敌台”，更是把长城的防御功能发挥到最高水平。山海关长城上共有敌台 41 座，其中 23 座为“空心敌台”。

< 警讯畅通的烽燧 >

戚继光镇守蓟镇山海时，为使军情畅通，在山海关长城的内外修建了 14 座烽燧，警讯得到了快捷的传送。

< 布局合理的关隘 >

关隘是长城军事行动和商旅交通的重要进出之处。山海关长城南起老龙头、东北至九门口，26 千米长城线上建有南海口关、南水关、山海关、北水关、旱门关、角山关、三道关、滥水关（烂石关）、寺儿峪关、一片石关（九门口）共 10 座关隘。

< 七城连环的城垒 >

山海关城是中国古代关城建设的经典之作，也是山海关建关后 260 多年间不断完善的结果。关城东西两座罗城的修筑，增强了关城的防卫能力；南北翼城及海滨宁海城的建筑，更为雄关插上了有力的臂膀；“哨城”威远城的落成，给有“京师屏藩”之称的山海关的建设画上了完美的句号。这时的山海关城：七城连环，主体两翼，前拱后卫，左辅右弼，体现了缜密的中国古代军事哲学思想。

【长城建筑精华】

山海关有“天然长城博物馆”之美誉。山海关长城巧妙利用地形，因险制塞，选址科学，布局合理；墙体类型应有尽有，建筑形式多种多样。山海关实际利战的长城建筑构造，充分显示了古代军民的聪明才智。

< 墙体类型 >

山海关长城墙体类型齐全，石基土筑砖包墙（夯土砖包墙）、夯土墙、石砌墙、借山墙、山险墙、劈山墙、障墙、单砖墙等矗立在这片山海之间的土地上。

< 建筑形式 >

山海关长城城台、城楼、马道、垛口、宇墙、望孔、射孔、雷石孔、海墁及排水等局部设施精致完备；别出心裁的围城、过水城桥等都成为山海关长城上特有的建筑形式。

< 修筑技术 >

长城的修筑显示了劳动人民的聪明才智和精神力量，是劳动人民勤劳智慧的结晶。

< 山海关长城砖 >

山海关长城砖厚大坚实，质地细密。山海关长城砖主要有纪铭砖、字模印文砖以及无款砖多种。山海关是长城字模印文砖最集中、数量最多的地段，仅东罗城即发现有 12 种。

< 长城砖窑 >

明代长城用砖是就地烧制。原山海关长城线上发现了多处长城砖窑遗址。在近年板厂峪长城内侧明代长城砖窑的发掘中，整窑烧好和未烧好的城砖原封未动，这些难得一见的历史遗迹，把数百年前烧造长城用砖的情况展现给今人。

【雄关军事】

山海关地处辽西走廊，拱卫京师，控扼蓟辽，为兵家之要地，明清两代朝廷均派驻大员，并建有严密的军事管理制度。六百余年间雄关要塞，金戈铁马，战事频仍，慷慨悲壮。在中国近现代史上，山海关城头上还响起过抵御外侮、抗敌救亡的战歌。古老的雄关城头，铭刻下中华民族英雄儿女可歌可泣的动人事迹。

< 长城武备 >

山海关及山海关长城的军事制度，可以说是古代长城军事制度的缩影。明代“九边重镇”辽东、蓟镇结合处的山海关，武备制度完善严密。这座由朝廷直接管理的长城要隘，督抚多由要员充任，兵员充足，武器完备，其制度方略无一不体现军事重镇之独特地位。

< 关城战事 >

山海关建关设卫以来，在这座军事地位重要的长城雄关上，发生过令山河动容的战事。从明清之际“甲申山海关之战”、八国联军侵华“庚子之役”、辛亥革命“直奉大战”、日军侵华“榆关抗战”、日本战败“解放山海关”，到解放战争的“山海关阻击战”“大军入关”，朝代更替、列强蹂躏、抗击外辱、接迎曙光，古老的山海关经历了风风雨雨，走过了漫长曲折的历史进程。

【名关人文】

秦汉时期，山海关为充满神秘色彩的碣石之地。在这片号称蓟辽咽喉、明清贡道的土地上，帝王巡狩、名臣驻足、使节过往、商贾云集……政治、军事、经济、文化的交汇融合，给山海关积淀下深厚的文化底蕴。名关风物，多姿多彩，人文荟萃，韵味绵长。

< 帝王足迹 >

有着特殊地理位置的山海关，历史上有 11 位皇帝莅临，秦始皇、汉武帝、魏武帝、齐文宣帝、隋炀帝、唐太宗都巡行至此。清代康熙、雍正、乾隆等五位皇帝出关祭祖也先后多次驻跸。他们临碣石，观沧海，题联赋诗，抒发情怀，留下了珍贵的墨迹和诗篇。

< 高士踏访 >

山海关山河壮丽，钟灵蔚秀，历史上的文学俊彦、骚客词人也纷纷来此游历踏访。天地画卷，令他们文思泉涌；古道烽烟，使诗人壮怀激烈。览胜之余，中华的文化巨子们纷纷留下传世华章。

< 关上名臣 >

山海关人杰地灵，人才辈出。在这片多元文化交流荟萃的土地上，诞生过有先贤遗风的社稷重臣。同时，在这座关系着国家安危的雄关要隘之处，一些历史上的名臣英烈也在这里建立下青史留名、千古传唱的功勋业绩。

< 古迹民风 >

有着数千年文明、六百年建关历史的山海关，民间文化深邃厚重。寺庙宫观、古建民居、民间节庆、翰墨丹青，异彩纷呈。长城军旅文化及多民族杂居交融造就的民俗民风，构成了山海关民间文化习俗的丰富多彩和独具特色。

【龙珠异彩、长城保护维修】

随着中国改革开放、综合国力的增强，长城愈加显现出魅力和风采，长城精神也成为激励各族人民建设小康社会及和谐世界的重要动力。保护长城古迹，延续长城精神，成为山海关历届党委政府及全体山海关人心中的情结和行动。

< 新中国山海关长城的保护维修 >

战火硝烟刚刚散去的新中国成立之初，历尽沧桑、满目疮痍的山海关便得到了党和政府的关怀及保护。1952 年“天下第一关”维修拉开了新中国山海关长城保护维修工作的帷幕。1984 年 9 月 20 日，邓小平同志题写了“爱我中华，修我长城”。从此之后，山海关长城保护修复工作进入了新的发展阶段。

< 新世纪山海关古城的保护开发 >

进入新的世纪，党和国家大力倡导精神文明建设，构建和谐世界。2004 年，山海关区委、区政府制定了《山海关古城保护发展规划》，开始了“山海关古城保护开发工程”。饱经沧桑的山海关及山海关长城枯树逢春。

山海关长城博物馆陈列内容集中展示了我国“上下两千多年，纵横十万余里”的长城历史渊源、形式建制、人文风物、军事烽烟，特别是万里长城精华地段——山海关长城的古代军事作用和宏伟壮观的建筑艺术。其大量珍贵的长城文物和精美的模型、雕塑、图片及大型声光电一体的“山海关文物沙盘”，全面而生动地展示了万里长城山海关的历史魅力和现代风采，是我国以长城为主题的博物馆中颇具规模者，在国内外具有一定的影响力和知名度。

王家大院

王家大院又叫山海关民俗博物馆，坐落在雄伟的“天下第一关”西侧，位于山海关东三条，是万里长城起点的第一家。王家大院始建于明末清初，发达于清朝咸丰年间。王家大院顾名思义，大院主人姓王，兴盛时期是经营盐运、边贸及票号生意的富商大贾，曾富甲一方，门口石像便是王家主人王长青。

王家大院，共分四个套院，占地十余亩，建筑面积2000多平方米，有6个展区，18个展厅，59间房。整个院落错落有致，层楼叠院，鳞次栉比，气势宏伟，功能齐备。匠心独具的木雕、石雕与砖雕装饰典雅，内涵丰富，实用而又美观，建筑风格粗犷凝重又不失清雅别致。

【堂屋】

清代的房屋结构有个共同特点，两间正屋之间会有一个堂屋，堂屋是主客喝茶、聊天的地方。

书房与客厅之间的堂屋内有八仙桌、太师椅。上面雕刻精美的图案分别是蝙蝠、鹿、灵芝。这三种生物在古时具有吉祥美好的寓意，古人常以蝙蝠之“蝠”寓意幸福之“福”，借鹿寓意为“禄”，而灵芝则是“长寿”之意。

堂屋屋顶的匾额相传是周围的百姓赠予王家的，为了感谢王家人一直积德行善、乐善好施，上面的“德参冀野”是百姓对王家主人仁爱品性的赞扬。

【客厅】

客厅内摆有座钟、花瓶、镜屏，寓意“钟声屏镜”（谐终生平静），一生平平安安之意。

一把由六百多年树龄的红木根做成的根雕椅，扶手两侧都是镂空的雕花，工艺精湛，图案精美。椅子上铺有整张土豹皮，在当时是富贵和身份的象征。王家老爷坐在这张椅子上接待客人。对面两把椅子是客人的座位，这种椅子学名叫“乾椅”，在古代是男士专用。

靠窗是“罗汉榻”，在当时是一件多功能家具，既可以会客，又可以休息。中间摆一炕桌，主客两人相对盘膝而坐，或喝茶，或下棋。

花格罩主要用于把一间屋子分成内外两间。王家的各个房间都会有这种落地花格罩，但不同房间雕刻的花饰却截然不同，寓意也各不相同。客厅使用的是拐字龙形，体现出王家当时地位尊贵、身份显赫。

麻将在当时是女子玩的牌，叫作“坤牌”。它的正面是象骨，背面由竹片制成。

【书房】

虽然王家家世显赫，但王家人性情淡泊，懂得于书画中陶冶性情，于琴棋中感悟超脱。

书房讲究的是琴、棋、书、画。一个洞月式的花格罩将这里分成了内外两间，里间笔、墨、纸、砚、砚盂、笔架、镇纸、墨床，应有尽有。

外间，一边是宋代围棋，一边是古琴。“琴心解艺”这幅字画是清朝军事家、政治家、书法家、文学家曾国藩的亲笔手书。

展柜里的小海螺，古代称作砚滴。古人写字作画均需研墨，海螺共有两个口，一个出水，另一个则是调节水量。精巧的小屏风，是王家老爷的砚屏，防止研好的墨干掉，用它挡在砚台的前面，减小空气流通，给砚台保湿。此外还有笔海、水盂、笔架、印泥盒，最为名贵的是清乾隆皇帝的水晶螭龙笔筒。

【堂屋】

老爷房与少爷房之间的堂屋，内有一张斑驳残破但历经数百年的桌子，名为“团圆如意桌”。在古代，如果主人外出做生意，这张桌子就要从中间分开，放置在墙的两边，所以它又称月牙桌。如果拼在一起摆放，说明主人在家。桌上的小像是古代典型小婆婆的形象，缅裆裤，对襟袄，三寸金莲的小脚。只有婆婆才有资格坐在这张桌子旁边吃饭，其他的女子不可以上桌。

堂屋的灶台，主要用来烧炕。旁边的小缸叫温缸，在烧炕时，余火会将这里的水烤热，用来给主人洗漱。

【老爷房】

老爷房是典型的北方大炕，虽然雕花门罩将房间一分为二，但其实这个大炕是里外贯通的，通过躺箱将内外分隔开来。外间可以接待家人，也是平常老爷休息的地方，炕上的紫砂茶托是老爷平常喝茶的茶具之一。炕上和炉子上两个形态各异的手炉是给王家主人冬天暖手的，里面装上炭火，走到哪里用手一提很是方便。

四四方方的铁具叫作席镇。魏晋以前古人席地而坐，王室贵胄之家，备有低矮的床榻，上面也要铺席。有的床上有帷帐，帷帐四角也常用席镇来压住，这种席镇除了实用功能以外还有辟邪祛恶之意。门口的箱子，是当时王家人用的“冰箱”。古代富贵人家在冬天将冰储存起来，到了夏天，从冰窖取出冰块放在这个“冰箱”的四角，中间放上食物。

里间是一个绝对私密的空间，是王家老爷真正就寝的地方。炕边是黄花梨木衣架，古人习惯将衣服搭在上面。红木梳妆台是王家夫人梳妆之用，梳妆台做工极其精美，上面雕满瓜和藤蔓，抽屉拉手也刻成了精美的南瓜。寓意为瓜瓞绵绵，是世代绵长、子孙万代的象征。

花榉木双人宝座，王家老爷太太端坐在这里等待儿女请安。虽然同为椅子，大小相差很大。在男尊女卑的时代，比较矮小的是女人们坐的。就连地上小孩的摇床，在当时也只有王家长孙才有资格躺在里面。

【少爷房】

在古代，文尊孔子武尊关公，少爷房里挂起这两位文武圣人，寓意着王家老爷希望自己的儿子将来能够成为文武双全的有用之才。少爷房比较大，这体现着古时男性在家中的地位。

六柱小开门雕花架子床。架子床是明清时期最常见的卧具，架子床因床上有顶架而得名，一般四角安立柱，床面两侧和后面装有围栏。上端四面装横楣板，顶上有盖，俗名“承尘”。架子床制作精美，结构稳固，床上面镶嵌着很多面镜子，古代镜子有驱邪镇静之意，当时的镜子都是从比利时引进的，在古代一度成为财富地位的象征。

习文练武是王家少爷生活的主要内容，墙上的剑则是少爷练武所用，地上的石锁相当于如今的哑铃，是少爷锻炼身体之物。

【闺房】

描金雕花的罗汉榻是王家小姐读书和休息的地方。罗汉榻的两侧设计成了卷书背式，像一本翻开的古书，使闺房里弥漫着一股书香味道。

洞月式的雕花架子床周围罗幔低垂，床上铺着绣花锦被。这里只有女性长辈、丫鬟可以进出。红木梳妆台雕刻精美，上面雕刻的瓜是贞洁少女的象征。展柜里有小姐从小到大不同年龄时穿过的金莲鞋、制作金莲鞋的鞋楦、梳妆镜、胭脂盒、首饰盒、金银首饰、发簪等物。

【问道王家】

问道王家展馆里的服装、用具全是当年王家之物，大大的竹箱子在过去被称为官箱，是平常人家用不起的物件。问道王家左手边的门，状似花瓶，称之为平安门。

【私塾馆】

王家为自己家族的子女设立家塾。家塾一般都是富贵之家聘师在家教读子弟。塾师多为落第秀才或老童生。学生入学的年龄没有限制。

【农具馆】

农具馆里存放着古代农村人生产用的一些工具，有拉货用的花轱辘马车，打粮食用的风车，还有碾子、石磨、铡草用的铡刀、纺线用的纺车、织布用的脚踏式织布机等。

【宗教文化馆】

这是王家大院的第三个院子，外面供奉真武大帝，是道教的始祖，掌管天上的北斗七星、人间的福禄寿。

里面供奉王家留下来的三百多年的佛——关公武财神，高 2 米、铜身，是北方地区最大的一尊，称之为金佛，佛教讲百年塑一层金身，这尊关公已经有三百年的历史，已经开过三次光。

【食俗馆】

由于战乱，历史上很多民族都曾在山海关聚居，也带来了各民族特有的饮食传统：汉族习惯乡土吃法，回族擅长传统小吃，满族讲究火锅宴席……各民族之间的饮食文化交流，又形成了新的关城美食。

山海关的特色美食众多，比较有代表性的是桲椤叶饼。“桲椤叶饼”的制作方法据说来自明代防守长城的“戚家军”：来自江南、以稻米为食的“戚家军”不会制作面食，便把驻地山上的桲椤树叶包裹在馅食之外上锅去蒸，因此就有了这种地方美食。

馆内还有古人称米的工具——斗、古人吃饭的用具、药碾子、各种食盒、各种形状的用于做糕点的模子、古人发明的榨汁机。

【新人婚房】

山海关古城人几百年来形成了很多特有的民间习俗，其中婚礼的形式就有很多特色。堂屋是新人拜天地的地方，上面摆放的是（沉济）喜龛，代表天，喜龛上面雕刻蝙蝠，下面洞门处刻有喜字，也有福临家门之美好寓意；下面是斗，代表地，斗上刻有“香烟结彩”。行礼时，斗里要装满五谷杂粮，寓意着天赐良缘、五谷丰登；上面撒上红枣、花生、桂圆、栗子，寓意着早生贵子、富贵满堂。扎着花的秤杆是挑红盖头用的，寓意是称心如意。

描金雕花的拔步床是婚房的中心，不但是主人休息的地方，更是传宗接代的神圣家具。因此，古人对婚床的做工非常讲究。特别是古代大户人家，更是不惜工本将大量的人力、物力、财力花在婚床的制作上。古代最常见的婚床为架子床和拔步床，考究的婚床又称千工床。

拔步床下有地坪，带门栏杆，大有“床中床、罩中罩”的意思。而这个拔步床在挂檐、横眉部分、前门围栏及周围挡板均镂刻透雕麒麟、凤凰、牡丹、卷叶等纹样，技法圆熟，工艺高超，具有很高的艺术价值。床内四周雕刻绘画，床外层层楼阁挂面，贴金朱漆极其富丽，而且梳妆台、衣架、马桶等生活用具一应俱全，床内床外犹如一座小型的宫殿。

婚房里，盆架和喜盆也都是描金的。马褡是用来抬嫁妆的工具，马褡越多代表娘家越富有，在马褡上放一块砖代表娘家陪送的是一座宅子，放一块匾代表陪送的是一个店铺。

用金线摹写古今不同字体的一百个福字的《百福字》，表示幸福、吉祥，为新房增加了团团喜气。

【婚俗展厅】

婚俗馆墙上的轿帷是新娘出嫁前亲手绣制的。龙凤代表龙凤呈祥之意，夫妻和美；中间绣的麒麟代表麒麟送子，寓意婚后早生贵子；下面的长凳是轿凳，新娘上轿时用。

古代举行婚礼的程序非常讲究，环节比较复杂。山海关直到今天依然沿袭着一个特殊习俗，老百姓娶媳妇、聘闺女，天不亮便把媳妇接到婆家来。这里有个缘由。传说，清朝乾隆皇帝微服私访，来到山海关西门外时，忽然电闪雷鸣，下起瓢泼大雨。一行人不知如何是好之时，迎面跑来一个小男孩，好心地说："几位快到我家里去避避雨吧。"

来到小男孩家中，母子两人热情招待。乾隆皇帝仔细打量着身旁这个程姓小男孩儿，只见他脑袋大大的，很是招人喜欢，便收他为义子，赐二品乌纱帽一顶。

程大脑袋渐渐长大，仗着自己干爹是乾隆皇帝，成日里欺压百姓，为所欲为。程母病逝后，程大脑袋变本加厉，甚至下令：无论哪家娶媳妇嫁闺女，都要经过他的同意，新娘子必须由他亲自过目，遇到漂亮的，就先由他来享用，等他厌烦了才准许新人成亲。这样一来，谁也不敢在白天大张旗鼓地办喜事，只能在夜间偷偷地把媳妇接到婆家来。

王家大院，整体建筑布局严谨，风格典雅别致。其建筑风格与山海关民俗博物馆的展品，真实再现了古城文化发展的美丽画卷，是滔滔历史长河中形成的宝贵财富。

孟姜女庙

中国孟姜女文化之乡——山海关，作为孟姜女故事流传的核心地区，与之相呼应的历史遗迹与自然景观众多。孟姜女庙景区坐落于山海关以东 6.5 千米的凤凰山上，由贞女祠和孟姜女苑组成。孟姜女庙又称贞女祠。孟姜女的故事是中国民间四大传说之一，后人景仰孟姜女的忠贞，感叹她的忠烈而建此庙。

历史上有许多地方都修建过孟姜女庙，但唯有山海关的孟姜女庙最为正宗，也是迄今为止保存最为完整的孟姜女庙。2007 年中国民间文艺家协会隆重授予山海关“中国孟姜女文化之乡”和“中国孟姜女文化研究中心”的称号，对山海关多年来挖掘、整理、研究、传承和弘扬孟姜女文化给予了肯定和褒奖。

孟姜女庙是一座灰砖青瓦、砖木结构的小庙，始建于宋以前，明代万历年间、崇祯年间、民国十七年曾三次重修。庙前 108 级台阶直通山门。庙四周随山就势筑有一道红色围墙，庙宇由长阶、山门、钟亭、前殿、后殿、望夫石、梳妆台、振衣亭、海眼、孟姜女苑等景点组成，布局合理，错落有致。

【长阶】

长阶是通往孟姜女庙的必经之路，由石板铺成，共 108 级，此为景区一奇。108 含义颇多：一是佛教认为人生有 108 个烦恼，走过这 108 级石阶，未来的生活就会平安幸福；二是传

说孟姜女千里寻夫送寒衣曾遇到108个灾难，修建108级石阶是为了让后人体验一下孟姜女的艰辛困苦；三是时间和永恒的代表，108是农历12个月、24节气和72候三个数字相加的总和，代表孟姜女每天每夜、每时每刻、永永远远都在等待和思念着她的丈夫。

【山门】

山门悬挂“贞女祠”三字匾额，据传为我国文坛巨匠郭沫若先生所题。孟姜女庙，原名贞女祠。据《临榆县志》记载，庙初建于宋前，明万历二十二年（1594年）山海关兵部分司主事张栋曾主持重修。民国十七年（1928年），张学良将军又拨款重修。山门东侧墙壁上镶嵌有1954年河北省人民政府授予孟姜女庙的“河北省首批省级文物保护单位”牌匾。

【前殿】

前殿中最为知名的便是殿外的“天下第一奇联”：海水朝朝朝朝朝朝朝落，浮云长长长长长长长消。此联共二十字，仅用了“海水朝落、浮云长消”八个不同的字，巧妙地利用了“朝”通“潮”、“长”通“涨”，汉字一字多音、一字多义和谐音的特点，进行重叠组合，意趣无穷。多年来，经过专家、学者的研究和许多游客朋友的努力，这副对联已有了近20种读法。

三三四断句：

（一）海水潮，朝朝潮，朝潮朝落
浮云涨，常常涨，常涨常消

（二）海水潮，潮朝朝，朝朝潮落
浮云涨，涨常常，常常涨消

三四三断句：

（一）海水潮，朝朝朝潮，朝朝落
浮云涨，常常常涨，常常消

（二）海水潮，朝潮朝潮，朝潮落
浮云涨，常涨常涨，常涨消

四三三断句：

海水朝潮，朝朝潮，朝朝落
浮云常涨，常常涨，常常消

四六断句：

（一）海水朝潮，朝朝朝潮朝落
浮云常涨，常常常涨常消

（二）海水朝潮，朝潮朝朝潮落
浮云常涨，常涨常常涨消

五五断句：

（一）海水朝朝潮，朝潮朝朝落
浮云常常涨，常涨常常消

（二）海水潮朝朝，朝朝朝潮落

浮云涨常常，常常常涨消

六四断句：

海水朝朝朝潮，朝朝潮落

浮云常常常涨，常常涨消

楹联不仅读法奇妙，而且采用“以景寓情”的手法，包含着深厚的人生哲理，寓意深刻。“景”指联面所描写的孟姜女庙周围的自然风光：庙南是大海，海水潮起潮落；庙上为蓝天，浮云聚散无常。“情”则是通过描写海水和浮云的变化，揭示了世上万事万物并无常态的哲理，由此却反衬出世间唯一不变的就是情，是孟姜女对丈夫的感情，是孟姜女对爱情的忠贞，是孟姜女精神的永存。

前殿内还有一幅千古奇联：

上联：秦皇安在哉，万里长城筑怨

下联：姜女未亡也，千秋片石铭贞

相传这副对联为南宋丞相文天祥所作，据民国十八年(1929年)版的《临榆县志》记载:“此祠创建在宋以前，文天祥有楹联云：‘秦皇安在哉？万里长城筑怨；姜女未亡也，千秋片石铭贞。’以后，祠虽荒废，联尚流传。”该联用对比的手法鞭挞了秦始皇的贪图享乐、残暴昏庸，同时又高度赞扬和评价了孟姜女反抗强暴，忠于爱情。

殿内正中设有身着素衣、面带愁容、遥望远方的孟姜女彩色泥塑。据说，“文革”前，前殿里的孟姜女塑像头稍稍偏向东南，循着她的视线看去，她的目光越过原野，越过乡村，伸向大海，终点恰好落到姜女坟上。那位不知名的民间雕塑家，以丰富的想象力和高超的艺术才能，将两处相隔遥远的景物，巧妙和谐地用一条似有实无的虚线联结在一起。

塑像后方建有大型壁画《姜坟雁阵》，是古“榆关八景”之一。画中的姜女坟，位于姜女庙南八华里处的近海里。相传孟姜女千里送寒衣，终于来到长城脚下，却听到丈夫已死的噩耗。为葬丈夫喜良，她假意应允嫁给秦始皇，并提出“厚葬喜良”、“君臣祭拜”、“长桥望乡”三个条件，当秦始皇一一兑现后，孟姜女选择以死相抗，纵身跳入大海，顿时海浪翻涌，海面出现一高一低两块礁石，一块壁立，像块碑石，一块俯卧，像座圆丘，人称“姜女坟”。天气晴朗时，站在孟姜女庙前殿极目远眺东南海面，隐约可以看到碧波缥缈、与天相接的海面上浮立着两块礁石。礁石四周，海水环绕，人们难以近前凭吊。只有阵阵的雁群，一会儿聚集在礁石上，嘎嘎长鸣；一会儿飞旋在海空，依依不去。古人便将这奇绝的景色，叫作“姜坟雁阵”。

【后殿】

后殿与前殿相同，是硬山顶式建筑。额枋上挂“慈航普渡”横匾一块。殿内供奉观音、文殊、普贤三大菩萨。正中观音面容慈祥，身着长衣，双手合十盘膝坐在莲花宝座上，金童玉女立侍左右。东侧普贤菩萨手持如意，安详自如。西侧文殊菩萨手持书卷，全神贯注。

据史料记载，数百年间，孟姜女庙经过多次重修。其中，万历二十二年（1594年），兵部分司主事张栋来拜庙时，只有后殿，左右各有一间茶房，后面有一草亭。殿内供奉观音、

孟姜女像。两年后，下任主事张时显来贞女祠上香，一进殿堂，便发现外面明明挂的贞女祠牌子，而主位上却供奉观音菩萨，把孟姜女挤到了侧位，喧宾夺主。于是，便在殿前增建三间祠堂，将孟姜女像“请”到前殿，单独供养。之后，崇祯年间山石道范志完、清康熙年间曹安宇也曾修缮过孟姜女庙，但无大改变，基本维持原貌。

【望夫石】

相传孟姜女历尽艰辛，寻夫来到山海关。由于天色已晚，城门已经关闭，孟姜女无法过关，只好站在山冈上眺望长城工地，希望能看到丈夫的身影。可是，夜色茫茫，她什么也看不见，便焦急地在石头上来回走动，没想到，一夜之间竟在顽石上踩出深深的足印。这块石头便是景区的“望夫石”。

“望夫石”是天然生成的几块巨石，“望夫石”三个大字由顺治八年（1651 年）山海关管关通判白辉所题。在“望夫石”北侧的石头上有一首乾隆题诗，为乾隆八年（1743 年）冬皇帝自东北祭祖归来，祭拜贞女祠时的御题：

凄风秃树吼斜阳，尚作悲声吊乃郎。
千古无心夸节义，一身有死为纲常。
由来此日称姜女，尽道当年哭杞梁。
常见秉彝公懿好，讹传是处也何妨。

这首诗夸赞孟姜女的忠贞节烈，以乾隆为代表的封建帝王重视遵守封建纲常，即使孟姜女的故事“讹传是处也何妨”呢？现在的“望夫石”，已不再代表分离和痛苦，而是对爱情忠贞不渝的象征，成为恋人之间表达忠诚、寄托美好愿望的最佳地点。

【梳妆台】

望夫石旁的小平台便是传说中孟姜女的梳妆台。孟姜女千里寻夫终于来到长城脚下，想到就要见到日思夜想的丈夫了，心里十分高兴，无意中却看见自己的衣衫破烂不堪，鬓发蓬乱。于是她便在一块巨石上磨出一小块平台和一个小圆坑，捧来积雪，化成雪水梳洗打扮。

【振衣亭】

望夫石旁有一个六角攒尖顶小凉亭，名为振衣亭。孟姜女忠贞刚烈，受到世人的敬仰，就连身为天子的皇帝也对孟姜女赞赏有加。清朝有四位皇帝曾到此拜庙。相传振衣亭就是为清帝康熙拜庙休息而建，用来宴坐更衣。

【孟姜女苑】

为把孟姜女的故事生动、形象、直观地表现出来，丰富孟姜女庙的文化内涵，山海关区政府根据孟姜女的历史传说，于 1992 年 9 月动工修建了大型文化园林——孟姜女苑。孟姜女苑总投资 1200 万元，占地 20433 平方米，于 1993 年 6 月 18 日正式对外开放。

苑内主体建有秦汉、明代风格的宫殿、瓦舍、衙署、城垣，以及水榭、楼廊、小桥、飞瀑等室外景色，徜徉其间，使人心旷神怡。

景观以山海关地区流传的“孟姜女千里寻夫”的故事为主线，通过“紫燕送籽、姜女出世、闺房才女、捉拿杞梁、莲池相遇、结拜天地、洞房花烛、洞房拉夫、夜制寒衣、长亭送别、江畔遇险、异域亲人、绿林相送、过关悲曲、万夫筑城、望夫凹石、哭倒长城、秦皇逼婚和跳海铭贞”等二十个场景，将感人的情节和呼之欲出的人物塑像相结合，把这一历史悲剧演绎得栩栩如生，使孟姜女对爱情的忠贞不渝、不畏权贵的坚贞不屈精神又一次得到升华。

孟姜女哭长城的故事是我国流布最广的民间传说之一，其坚贞不屈的性格、忠贞不渝的精神更被历代帝王和百姓赞颂、景仰。两千多年来，孟姜女与万喜良（也有称范杞梁、范喜良）凄美的爱情被世人口耳相授、著之典籍、被之管弦、演于戏剧，直至今天搬上屏幕，以多种样式的媒介传播，几乎是家喻户晓、妇孺皆知。

角　　山

角山景区坐落在山海关城北 3 千米处，区域面积达 3 平方千米，主峰海拔 519 米，系燕山余脉，因“双峰峥向宛若角立”而得名，又因它是明代万里长城从老龙头起跨越的第一座高峰，而素有“万里长城第一山”的美称。角山景区集山、城、寺于一体，前山可俯视关城，眺望大海，后山可欣赏层峦叠嶂，观“北国桂林”燕塞湖，山色湖光，山水相依。

角山山势嵯峨，绵延起伏，既是山海关的天然屏障，又是人文荟萃之地，早在明初之际就建有栖贤寺，哺育了众多名人贤士，因此被誉为山海关文化摇篮。目前，角山已拥有国家重点文物保护单位、国家级森林公园、国家级地质公园、首批国家 4A 级旅游风景区等一系列荣誉称号。

【角山大门】

角山景区大门是仿明代古城堡形式建筑。造型独特，设计古朴，如一个大写的“山”字，它中间一竖高 12.2 米，一横长 27 米，高大的门楼充分显示了山海关之山的雄伟壮观。门楣上有“角山长城”和“碧海雄风”的题字，分别由长城研究会原会长黄华和文化部原部长、当代诗人贺敬之题写。

【角山长城】

角山长城建于明洪武十四年，大将军徐达主持修建，明代嘉靖、隆庆、万历年间，又集中建设了长城敌台、烽火台。这里成为辽东镇与蓟镇两个军事重镇的分界线。

角山长城自旱门关 10 号台起，沿着巍峨的山势和险峻的地貌起伏盘旋，全长超过 4 千米，呈“厂”字形。角山长城是高山长城的代表，其特点是结构多样、依山就势、易守难攻。这段长城的建筑工艺和建筑风格，在长城建筑史上是一个典型。城墙一般高 7 ～ 10 米，宽 4 ～ 5 米，在山势陡峭之处有利用悬崖峭壁不砌砖石的“山险墙”，宽仅 2.7 米，甚至有 42 厘米的小墙，城墙高度更是因地制宜，高的 5 ～ 10 米，低的 2 ～ 4 米，而且利用地形地势，大部分墙体外侧高、内侧低，以利于登城防守。

在角山长城东侧山上建有一处镇虏台，是当时的通信设施，用燃放烟火来报告敌情。

【角山敌台】

角山敌台位于角山制高点，势雄貌威，敌台建筑呈四棱台形状，为二层结构，台顶近正方形。台面东西长 10.4 米，南北长 10.2 米，总面积 49.2 平方米。顶上有垛口、女儿墙、瞭望洞、射眼等，内侧凸出 1 米，建有台阶，可供上下；外墙凸出 5 米，设有箭窗两个，中间宽 1.9 米，两侧宽 1.8 米，券室之间有三道宽 1.15 米的拱门相通，建筑颇具匠心。

登上角山敌台，近邻断崖峭壁，远望群峰起伏，大海如在脚下，长城倒挂山间。有诗曰“自古尽道长城险，天险要隘在角山，长城倒挂高峰上，俯视关城在眼前”，观之令人情趣勃发，思绪万千。

【栖贤寺】

栖贤寺原名栖霞寺，因云雾缭绕而得名，始建明初，清初更名为栖贤寺。栖贤寺原建有山门、望海观音殿、龙神祠、肖显读书处、伽蓝殿、达摩殿、角山精舍、魁星阁、甘露亭、孚佑宫、神厨、京畲别墅、望京亭、山海亭等建筑。清乾隆、道光、咸丰年间，又重修和改建了关帝殿、桓侯祠等殿宇。栖贤寺新中国成立前毁于兵火，残垣断壁，瓦砾成堆。1990 年冬至 1991 年春，景区按栖贤寺原貌在原址部分恢复。栖贤寺是明清时期文人雅士读书消夏之所，我国明代尚书詹荣和明大书法家肖显少年时期都在此读书，故有“山海关文化摇篮”之美称。

栖贤寺分东、西两院，东院山坡上建有魁星阁，是一处集儒、释、道三家文化，融汇众家思想的多元性寺院。东院建有望海观音殿，内供观音、文殊、普贤三尊菩萨。正殿两侧建咳嗽神殿和传说中“威扬瀚海”的龙神祠和神水井。往前分别建有达摩殿、伽蓝殿、肖显读书处和三贤祠。寺内还有 1 个钟架，为清乾隆年间原物。由于历史悠久，钟架上的字迹已经模糊，隐约可见“捐银”者、“承办”者及“主持”姓名等字样。钟架上挂有一铜钟，正面写有“国泰民安，风调雨顺”，背面写有“万代遐昌，亿兆欢腾”。此钟为 2000 年仿造。

西院建有关帝殿，紧邻其侧是桓侯祠。往前行，拾级而上，便是栖贤寺最后一个景点——甘露亭。立于亭上，西观燕塞湖碧波如镜，东望万里长城雄伟壮观，北览群山峰峦叠嶂，南看林木郁郁葱葱，大似世外桃源之仙境。

【角山索道】

角山架空游览索道位于角山长城西侧 200 米处，是目前国内比较先进的运载索道，全长 833 米，高差 211 米，距地面平均 6 米。漫山林木之上，角山游览索道凌空飞渡，通向栖贤寺。索道山下站房为莲台，仿“瑞莲捧日”景观而建。乘坐游览索道，既安全省力省时，又可饱览角山绚丽的风光，看长城蜿蜒腾跃，听古寺钟声悠悠，俯瞰古城全貌及万顷碧波的大海，飘飘然宛若神仙。

【角山气象景观】

<山门云海>

“云以山为体，山以云为衣”，云山结合，成为山地一景。角山由于常常云挂半山，形成寺在云上之景。晴空万里之时，寺门以下云海翻腾，若赶上日出或傍晚红光初映，角山寺院有峨眉金顶之形胜，十分壮观。

<瑞莲捧日>

拂晓时分，站在角山之巅，俯视大海，可见东方一轮喷薄欲出的红日突破云际，四周绯红色云光聚拢，恍如莲座，冉冉升起的红日如同一株亭亭玉立的出水芙蓉，徐徐升起。片刻，

太阳跳出海面，云消雾散，莲座隐去。清代诗人王一士看到此景写下诗句:“蜃气才出绚彩霞，琉璃屏畔涌奇葩；捧来东海一轮日，现出西湖十里花。”

< 栖贤佛光 >

佛光是一种罕见的自然光学气象景观，称金顶宝光。当阳光从观察者背后照射至浩荡无际的云海上时，深云层把阳光反射回来，经浅云层的云滴或雾粒衍射分化，就形成了一个巨大的彩色光环，可见“光环随人动，人影在环中”的景象。佛光奇观在我国峨眉、庐山等高大山区经常出现，角山非常少见。1997 年 7 月 6 日角山早晚出现两次佛光，更为罕见。

< 山寺雨晴 >

山寺雨晴早在明初就列为山海关八景之一，是一种由栖贤寺周围小气候所形成的独特的降雨现象。由于受山后燕塞湖水的影响，云雾集散无常，形成山下阳光明媚、山上细雨霏霏，有时寺内风和日丽、寺外大雨瓢泼的景象。

角山景区是自然景观和人文景观的完美结合。角山以其独具的非物质旅游资源，于每年清明节和重阳节前后，吸引了大量游客。同时角山景区还有许多新近发现尚未开发的文化遗迹，如小月城、角山关、玩芳亭、京畲别墅等。

角山饱览了山海关的千古风云，是其沧桑变化的历史见证。1984 年邓小平提出“爱我中华，修我长城”的号召后，角山长城得到很好的修复，从而成为迎接四海游客、五洲嘉宾的角山风景区。

长 寿 山

长寿山景区位于山海关城东北方 9 千米处，因山上有大量的“寿”字书法而得名。长寿山东起黄牛山，与长寿河平行，呈东西走向，是集自然景观、人文景观于一身的风景名胜地。景区建于 1987 年，为国家森林公园、国家级地质公园、国家 4A 级景区，被誉为长城脚下的天然园林。

长寿山风景区以长寿河谷的自然风光为基础，集山、石、洞、窟、溪及中草药植物于一体，以长寿延年为宗旨，弘扬祖国的传统医学。以雕塑、书法、建筑、园林等手法为表现形式，独步世界旅游之林，是一个立意新颖、独具民族特色、又具时代精神的旅游胜地。

【“长寿山”摩崖石刻】

“长寿山”摩崖石刻三个字，全高 17.17 米，其中寿字高 6.2 米，笔力苍劲，气势夺人，神态如生，仙意似动，又饱墨浓意，力透石碑，系当代最年长书法家 108 岁的孙黑佛老先生之绝笔。石刻后面的小山称为牛头峰，块石垒垒，上面两块悬石有一触即倒之危，高者为“人石”，低者为“钟石”。“人石”如蹲如踞，“钟石”宛若洪钟兀立，实为天工造化、鬼斧神工。横亘在其中的山是形如卧牛的黄牛山，像一面巨大的屏风将长寿山的美景掩藏其后。

长寿山景区内还存两处摩崖石刻：“层峦叠嶂”和“范墨流香”。“层峦叠嶂”系明代崇祯十三年（1640 年）山海关督师范志完所题，在此放眼四望，险山峻岭，层层叠叠，起伏相间，百态千姿，山形树影，近壮远秀，一并入目，该题是周围环境的真实写照。“范墨流香”为明崇祯十四年（1641 年）北山左营副总兵王进科命人雕刻留下的，有与山河同在、留名千载的个人功利意味。然而时光流逝，岁月剥蚀掉原有意义，在今天，这“范墨流香”意随笔到、笔随势生的动感，与巨石和水痕浑然一体，成为游人的观赏对象。

【悬阳洞】

有“山海第一胜景”之誉的悬阳洞，是一个穿透式的花岗岩洞，被称为长寿山石洞之最。我国许多溶洞多为石灰岩洞，如此高大的花岗岩洞在我国北方实属罕见。悬阳洞呈纺锤形，前后宽阔，中间狭细，全洞长 117 米，前洞为悬阳洞的主体洞穴，进深 37 米，宽 14 米，高 13 米，呈拱门形，右上方 60 米为中洞，后洞 20 米。

悬阳洞最早垦辟和建设在明代。明初洪武年间，四川峨眉僧人到此建庙塑像，并以汉隶形式留下第一笔蜀人创修。之后随着明代魏国公徐达 1381 年在山海关建关设卫，边臣武将、僧人、道士云集，百姓香客络绎，文人墨客咏诵。儒、释、道三大宗教汇流于此。他

们和平共处，修真养道。悬阳洞三教并立，融融相生，成为历史上宗教文化现象的一大特点。

20 世纪 30 年代后，悬阳洞走向颓败。60 年代，由于“文化大革命”，这里的佛像、庙宇毁坏殆尽，只留“悬阳洞”“清虚凌空”“万善同归”“通天幻境”“别有洞天”“紫塞桃源”“蜀人创修”“洞天福地”“云根奇辟”“一窍通灵”十幅刻石，石刻书法真、草、隶、篆齐全，是十分珍贵的历史文化遗存。

沿着石砌台阶扶栏而上，洞由明变暗，又由暗变明，石阶由宽而窄，又由窄而宽，凉风习习，别有情趣。约行数十步，仰面而视，洞顶有双孔，为自然形成，有日光悬于其中，悬阳洞由此而得名，并成悬阳洞窥天一景。悬阳洞之奇恰恰就在洞中有洞，洞上有孔，孔能通天。

出洞后可见康熙四十四年（1705 年）留下的《造钟碑记》碑碣一通。向左平台上有两棵古松拔地而起，对峙而立，直刺青天，独峻于林，树高 30 余米，树围 3 米，为明洪武年间栽植，距今已有 600 余年。30 余米高的百年古松给人苍劲傲然之感，伴风送涛，凛然正气，其状如两巨人，威不可淫，故得名“双松挺峙”。

【药王岭】

药王岭上有一巨石如海豹，神态逼真，昂首怒吼，似有惊雷滚滚而来，令人胆战。相传，远古造陆运动中，海豹正在酣睡，海水撤走，海豹一觉忽醒，见身边突变，一声怒吼，直震青天，遂化成石。

< 神医石窟 >

神医石窟位于药王岭山腰峭壁之上，是以古代名医华佗、张仲景、李时珍等雕塑为主体的摩崖石窟群。神医石窟依山就势，半隐半露，窟壁上凿有神医的生平事迹和妙手回春的医术、名药方和名人题词，还附有“刮骨疗伤”“五禽戏”等典故的浮雕。

石窟群像为中国著名雕塑大师刘开渠，雕塑家付天仇、曾竹韶创作设计，“神医石窟”

为著名书画家吴作人题写，此外还有国际友人的摩崖碑题，此景集中医学、书法、雕刻艺术于一体，是依山就势而造的人为景观，立意新颖，别具一格，让人在领略祖国传统医学博大精深和炎黄子孙聪明才智的同时，也感受到了石窟巍峨挺拔、气势雄伟的独特风格。

【世外桃源】

“世外桃源”由中国著名书法家李可染先生题词命名，四个大字随山就势，展现了桃源山幽径深的意境。这里群山环绕，树木苍劲，山谷间有桃、杏、李、核桃、樱桃、山楂等药用乔木，以及数十种藤草类植物，是一个自然形成、稍加人工培植的中草药植物园。

【一线天】

人工开凿的一线天系石门要塞，身临其中，两崖之中，仿佛天系一线，令人毛骨悚然，上有飞来石，下踞长寿河，左依古堡，后依高句丽营盘遗址，大有“一夫当关，万夫莫开”之势。据传，薛礼征东时曾与高句丽兵激战于此，黄天霸与窦尔敦在此一决雌雄。这里两旁悬崖壁立，似刀削斧劈，中间河水通过，狭处仅二三十米，十分险要，称为石门天堑。巍峨对峙的石门山上的明代“百二山河”镌刻，古朴雄深，气势磅礴，蔚为壮观。

【璇靥潭】

花鸟翠树中有一奇石碧潭，游鱼戏水，微荡涟漪。相传何仙姑出游至此，见水清澈映影，便宽衣而浴，撩水洗面，忽觉脸上麻子皆无，复掬轻抚，则现一对迷人酒窝，故称“璇靥潭”，其放衣石被称为“衣架石”。

斯逢盛世，人思长寿。长寿山风景区山峻石奇，洞古窟新，水秀天清，林碧草芳，雕塑石刻，巧夺天工，淙淙溪水，蜿蜒川流，是快节奏生活群体追求自然、返璞归真的绝佳胜地。1995 年 8 月 12 日，江泽民总书记莅临景区时给予“我到过许多名山大川，长寿山独具特色”的高度评价。

燕　塞　湖

燕塞湖风景区坐落在旅游名城山海关城西北 6 千米、秦皇岛市区 18 千米、北戴河海滨 31 千米的燕山脚下，是集山、水、林、鸟、湖、峰、桥、亭于一体，具有优美、典雅生态环境的国家级森林公园。因坐落在燕山脚下，地处华北与东北的咽喉要塞，故而得名“燕塞湖”。

燕塞湖又名石河水库，是一座以供应城市用水为主，兼顾防洪、发电、旅游等综合利用的中型水库，对外旅游称“燕塞湖”。景区自 1979 年对外开放以来，利用得天独厚的旅游资源，依托优美的自然环境和优越的地理位置，经过不断开发和完善，1984 年被批准成为河北省旅游定点单位；2002 年被评为国家 4A 级旅游景区、秦皇岛柳江国家地质公园地质地貌景观区；2004 年被评为国家水利风景区。

这里，奇峰突兀、怪石嶙峋；湖水清澈、碧波荡漾；树木丛生、百草丰茂；珍禽奇鸟、千姿百态。景区环绕在深山峡谷之中，天工神韵，绚丽多彩，素有北方“小桂林”“小三峡”之盛誉。

【盘山观光小路】

进入景区后，左边的台阶小路便是环山而上后又顺山而下，可到湖边的盘山观光小路。小路长 900 米，落差 100 米，是景区 1997 年自筹资金修建的。登上盘山小路，既可在平坦地段漫步休闲，又可在陡峭地段攀山锻炼。景区已在危险地段设置了安全保护设施，游人在此可尽情游玩，俯瞰燕塞湖风景区全貌。

【鸟语林】

景区利用优越的地理位置和良好的植被条件，在 15000 平方米的山林中，设一根 38 米高的中柱、12 根 20 米高的边柱，建起阻燃网，形成 20 余万立方米的人工鸟巢。鸟巢里放养了黑天鹅、丹顶鹤、白鹭、孔雀、鸵鸟等百余种近 3000 只珍稀鸟类，是集驯养、保护、科普、观赏于一体的生态乐园，具有较高的观赏价值与趣味性。

<广场鸽>

鸽子是和平的象征，因为鸽子传书带来和平的消息。广场鸽不同于信鸽，是一种比较笨但却颇具亲和力的菜鸽。鸟语林人工湖畔落满了性格温和的广场鸽，游人可以喂食、拍照。在这里，人鸟共处，人鸟交流，祥和怡然。

< 游禽奇鸟 >

景区在小型人工湖中放养了多种游禽：高贵典雅、美丽迷人的白天鹅；体态婀娜、简傲绝俗的黑天鹅；形影不离、恩恩爱爱的鸳鸯以及鸿雁、绿头鸭等。它们游水嬉戏，神态潇洒，令人喜爱。人工湖右侧是不远万里迁居鸟语林的非洲鸵鸟，它是世界上最大却不会飞的鸟类，是走禽的典型代表。它善于奔跑，跑时羽翅煽动相助，一步可达 8 米，每小时可跑 60 千米。

< 鸟技表演场 >

这里是鸟的世界、鸟的天堂、鸟的乐园：红绿金刚鹦鹉色彩鲜艳、机灵敏捷；仙鹤体态轻盈、展翅作舞。在鸟技表演场可以欣赏到各种体态优美、羽毛艳丽、鸣声悦耳、翔姿矫健的鸟类以及它们表演的登坐滑梯、架上滚球等精彩的杂技节目。这里好戏连台，热闹非凡，其乐无穷。

【索道吊椅】

安全舒适的索道吊椅是直达骆驼山峰的特色交通工具。循环运行的索道像一条彩带翩翩起舞，五颜六色的顶篷在巍峨群山的映衬下艳丽夺目。燕塞湖风景区的吊椅游览索道是我国旅游区兴建的第三条索道，于 1986 年 6 月 1 日投入运营，全长 300 米，设有 50 个吊椅，单程运行 5 分钟，每小时可运载 600 名游客。乘坐吊椅可尽情饱览风景区大好风光。北望群山，层峦叠嶂，雄伟壮观；南赏二郎庙顶迎客松，傲然屹立，岿然不动；西观海湾码头，万吨巨轮，乘风破浪；东瞰燕塞湖，峰回水转，山清水秀。置身佳境中，心旷神怡之感油然而生。

【松鼠园】

1999 年景区利用燕塞湖独特的松林资源和山地优势，引进 220 万资金在松林里建成占

地10000平方米的松鼠园。园内放养石松鼠、花松鼠、红松鼠、飞松鼠、灰松鼠、黑缨松鼠王等几千只松鼠。游人可在天然的松林中与松鼠相伴相戏，共享大自然的神奇野趣。松林内还有一处益寿林，益寿泉从益寿石中流出，微风吹来，花香伴着潺潺流水、阵阵松涛，仿佛在向游人送去长寿的祝福。正所谓："红日松间照，清泉石上流，松鼠枝头跳，兔鹿林中游。"

【石河大坝】

石河大坝又称横空石壁，全长365米，高60.6米，设有九孔闸门、一个发电洞、一个输水洞和一个泄洪洞，既供应秦皇岛全市工农业生活用水，又起到防洪抗涝的作用。1979年国画家吴作人先生来到大坝观其壮观景象作诗一首：

人定胜天工，燕塞蓄翠洪；
坝头倾万斛，湖上立千峰。

诗句形象地描述出大坝屹立在滚滚的波涛之上，有着一夫当关、万夫莫开的气势。每当提闸放水时，奔腾的湖水如天缸倾翻，大水滔滔滚滚轰然而下，仿佛要淹灭整个世界，不由使人想起诗句"涛似连天喷雪来"。

石河大坝左面山峰上建有"燕春亭"，游客可登亭小歇，沐浴阳光，呼吸新鲜空气，享受大自然之美。燕塞湖中矗立的山峰，名为"洞山剑峰"，是燕塞湖景区里唯一一座四面环水的山峰。山峰山腰有洞，右侧石头犹如一把剑柄，由此得名。

【燕塞风光】

燕塞湖湖区延伸近15千米，环绕在深山峡谷之中，展现着山与水、力与美的相互渗透与渲染。踏妩媚青山，看醉人流水，放舟燕塞湖，享天然野趣。

通过林荫小道，登上18步台阶，便是"清风桥"。走过拱桥，登上山路，攀岩5米，眼前一座六角凉亭，名为"清风亭"。清风亭修建于1984年6月，仿承德避暑山庄烟雨楼旁一亭样式而造。建筑讲究，古朴典雅，点缀山水之间，更有清幽旷远之意。坐在亭内，观景歇息，燕塞清风，清凉宜人，仿佛置身世外桃源，其趣浓浓，其乐融融。

【燕塞湖酒店】

燕塞湖酒店依傍自然秀美的湖光山色，周边多绚丽多彩的景点风光。放眼望去，青山绿水，尽收眼底；诗情画意，尽在其间。这里鸟语花香，空气怡人，被誉为"人间天堂"。

酒店拥有普通标准间、普通套房、豪华套房、高级标准间、高级单人间等各种规格的客房数十间，内设空调、先进保安消防系统。餐饮部设有中餐厅、宴会厅、婚宴厅、会议厅、卡拉OK厅。酒店以燕塞湖的名贵鱼、虾、河中鲜及正宗台湾料理为特色菜品打造餐饮品牌。

此外，燕塞湖游乐场拥有各种娱乐设施和妙趣环生的游戏，是大人、小孩的乐园。这里处处荡漾着欢声笑语，充满了无穷乐趣。

燕塞湖风景区远离尘世喧嚣，这里平静祥和，宛如画境。苍松翠柏、野杏山桃，佳山丽水、奇石异景，珍禽奇兽、鸟语花香，蕴尽自然无穷诗情画意，彰显人与自然和谐共处。

乐岛海洋王国

乐岛海洋王国位于秦皇岛市山海关区龙海大道南侧，是一座以蓝天、碧海、绿树、金沙为依托，集观赏、娱乐、休闲于一体的高档次环保生态主题大型公园、国家4A级旅游景区。园区距离北京280千米，距离万里长城东部海上起点老龙头仅2千米，西距秦皇岛市海港区仅12千米，交通便利，可进入性强。

景区由海乐岛、水乐岛、风情迈阿密、海洋嘉年华四大区域组成，具有度假休闲、亲子玩乐、科普教育等多项不同风格游玩主题，独具特色又相得益彰。

【海乐岛】

海乐岛是一个人与自然、人与水、人与水生物亲密互动的综合区域，是一个集游乐、科普、海洋生物展示于一体的特色互动、寓教于乐的主题区域。

<海洋剧场>

海洋剧场是整个景区人流聚集的地方，可容纳观众5000人。这里的海豚受过专业训练，能在饲养员的陪伴下进行各种表演，如简单算术、顶球、转呼啦圈、急速飞游、空中跃动等。在场内大量水特效的陪衬下，海豚表演更加奇妙无穷，欢乐不断。

海洋剧场整个视角与大海湾彼此连接，观众坐在观看台上，可观看大海湾中精彩刺激的摩托艇飞人表演，马达轰鸣声声入耳，侧卧急转、海豚360、侧钻水等高难度花式动作精美绝伦、扣人心弦，表演场面壮观激烈，使人大开眼界、目不暇接。

<海豚湾>

海豚湾是为游客打造的人豚互动的场所，这里集趣味性、体验性、知识性于一体，是绝佳的海洋教室。游客在专业人员的教导下可以穿上潜水服进入海豚湾，通过正确的手势和海豚交流玩耍。

<大海湾>

大海湾主打刺激的表演和体验，包括好玩刺激的星际飞艇、惊险炫酷的摩托艇飞人表演、海底探秘的水下潜艇，这里还有比大熊猫稀有、濒临灭绝的国家二级保护动物——江豚。

潜艇探秘的航道卧旋于大海湾，探入海中800米，游客乘坐密闭舱缓缓下潜进入海底，与外界隔绝，整个航道的水下景观将公园风格及水下探秘主题相结合。透过明窗，游客可以观赏到海豚畅游嬉戏的奇异景观以及其他海底鱼类和水生植物。

< 极地岛 >

极地岛以极地文化为主题，包括北极狼、海狮、海豹、极地白鲸等多种极地动物。在这里游客可以观看精彩的白鲸表演，3 只 3 米长的白鲸在水中与穿着潜水服的饲养员一起互动，进行各种高难度动作表演，如浪漫的“鲸人同游”、美妙的“鲸声细语”、顶球、水中旋转等。不同于其他海洋馆，乐岛的白鲸可以游到室外，在露天阳光下与游客亲密接触。

< 德国水炮艇 >

这是乐岛精心独创的超炫大型互动区，中心区为仿过山车式旋转型水炮轨道，重在与游客间的互动。游客可以一边乘坐水炮艇环游极地岛观看游出室外的白鲸，一边向两岸游人射击水炮，而两岸游人也会在岸边各处水炮台与艇上人员进行射击互动。

< 海盗船剧场 >

大海湾处停有一艘巨大的海盗船，这是乐岛的海盗船剧场。游客在这里不仅可以体验刺激的海盗船，还可以观看海狗表演。整个场馆露天开设，游客可以和海狗近距离接触。

< 雨林水族馆 >

雨林水族馆是展示海洋动物及海洋生物元素的集中区域。馆外仿雨林建筑风格，简约大气。馆内最大的亮点是长 40 米、高 5 米的巨屏展缸，蓝色的海水波光闪耀，仿佛置身于真实的海底世界。

乐岛王牌项目——鲨鱼湾潜水也在此处，游客可以穿上潜水服，在专业人员的陪同下，穿游在海洋霸主鲨鱼、欢乐自在的海豹、肆意徜徉的海龟、各种五彩缤纷的热带鱼、海星、海参等海洋生物之间，尽享海洋魅力。

< 户外动物湾 >

这里是海狮、海豹、海狗、鳐鱼及小爪水獭等海洋动物的互动区，为游客提供了最真实的海洋生态环境。游客在观赏的过程中可以用手触摸它们，增加游玩体验的乐趣。

< 海底走廊 >

海底走廊汇集了各种稀奇古怪的海洋生物，有来自日本的火焰虾、长着牛鼻子的牛鼻鲼鱼、蓝点鳐、犁头鳐、吸盘鲨、火麒麟、火炬虾虎、圆点青蛙、魔鬼炮弹、海龙王、老鼠斑、朱古力花旦、红边蝙蝠、日本婆、巴里天使、闪电狭、七彩鳗、鳄鱼龙、虎纹海马、红斑节寄居蟹、小丑虾、假绵羊虾、食苔鲍鱼、海兔、海苹果、铅笔海胆、斑马八爪鱼……

海底走廊旁边是一条 50 多米长的“水草走廊”。水草是许多水生物的栖息地和庇护所，与水生动物、底砂、水共同营造了一个循环生态系统。水草走廊为游客展现了生命起源的最初环境，展示了一个微观的绿意盎然又奇妙生动的浅海底世界。

奇幻水母世界是国内首次展现、乐岛独一无二的亮点项目。不同种类的水母，采用不同的缸体和不同的高度进行展示，并通过高科技的灯光与起伏变化的音效控制，配合镜面墙体的反射，形成优美、奇幻的水母世界。

< 观光码头 >

观光码头是从大海中隔一弯海水而建的码头，位于摩天轮一侧。游客可在此乘坐观光

艇到几海里之外的老龙头看看气势磅礴的长城海上起点，也可以乘坐摩托艇、快艇在一望无际的大海中逐浪而去，自由翱翔。

【水乐岛】

水乐岛拥有丰富的水上娱乐项目，如世界最长空中漂流河、鲨鱼水下滑道、5000 平方米大泳池、儿童戏水区、无边泳池、人造海浪等，这里是淡水游戏的天堂。

< 土耳其城堡 >

土耳其城堡是水乐岛最具创意的体验项目。它将光景平台、戏水滑道、鲨鱼池及空中泳池融为一体。游客走在观景平台上能感受到浓郁的土耳其风情；走到滑道边，一跃而下，冲入鲨鱼池中，完全透明包裹着的亚克力玻璃，保护游客的同时带游客体验与鲨鱼同游的快感。

< 无边泳池 >

无边泳池周边由透明玻璃围成，边缘看似无任何遮挡，就像瀑布的边界一样，与周边景致融为一体，看似危险，却显浪漫。无边泳池犹如悬于崖边，戏水其中，边界未知，好像随时都会随着决堤的池水一同坠落。

< 空中漂流河 >

空中透明漂流河是水乐岛的明星项目，为世界最长空中透明漂流河，总长 33 米，腾空 5 米，由大城堡鲨鱼池上方的无边泳池一路直接滑入造浪池上方的无边泳池，像一座长桥横架空中，跨整个园区最中心地带。透过河底透明玻璃还可直接看到地面景象，犹如漂浮于空中，园内景色尽收眼底。

< 造浪池 >

人造淡水海浪区可造出钻石浪、波浪浪、摇摆浪、排浪等 20 多种浪花，可同时容纳几千人戏水。在这里既能感受大海的波涛，但又比真实的海洋更安全、干净。一波一波的浪头打在身上，结合地下变化起伏的过脚池，不仅实现了空间更大化，更体现了人性化设计。

< 漂流河 >

漂流河是乐岛独创明星区。漂流河水域面积 1000 平方米，河道蜿蜒，设有速度极快的变坡滑道、雾峡谷、雨淋廊、滴水岩洞等主要历险区，一路惊险刺激，配合独特的水特效、互动设施，极大地丰富了整个区域的层次性。河岸两侧模拟雨林环境，林树茂密，更有海豹、水獭、鳄鱼穿梭其中。

< 浮潜池 >

浮潜池是整个漂流河的核心，齐腰深的池水，保障安全。乐岛浮潜池更在原有景观设施的基础上，融入鳄鱼、海豹、小爪水獭以及各种不同种类的鱼群等元素，形成了一个露天的水底动物城。

< 欢乐水世界 >

欢乐水世界占地 20000 多平方米，可同时容纳 5000 人游玩戏水。这里不仅包括管状透明滑道、家庭乘筏滑道、雪橇滑道、陀螺滑道、海盗城堡、互动戏水屋、跳水等惊险刺激

的传统娱乐项目，还包括乐岛招牌水上设施——可供双人乘坐的浪摆滑道、超长彩虹滑道和超高 90° 垂直滑道。

< 儿童专属戏水乐园 >

儿童戏水区专门为5～8周岁的儿童打造。水源经过层层检测过滤，单独供给，水质安全，为儿童提供了洁净的娱乐环境。乐园里有艳丽的建筑色彩、可爱的卡通图案，还有水上滑梯、水枪、翻水桶、喷水树、喷水拱门、数字喷水玩具、喷水船、戏水池以及地面喷泉若干组的玩水设施，每一项都精心挑选，符合儿童喜好。

乐岛儿童戏水乐园旨在打造真正的儿童乐园，避免了传统“家长陪孩子”模式，营造一个孩子们互相玩耍、嬉戏、交朋友的小天地，家长可在儿童乐园周边特意建立的贴心凉亭中观看孩子们快乐地游戏。

< 奥运向前冲 >

“奥运向前冲”为乐岛的水上冲关项目，包括“跷跷板”“扭转乾坤”“千斤顶”“独木桥”“弹力球”“字母墙 + 指压板”“大 M 滚动”“争分夺秒”八个项目，精心设计，极具趣味性。

【风情迈阿密】

风情迈阿密是“水”与“沙滩”的集中地，包含迈阿密风情海滩、超级大泳池、音乐喷泉广场、海洋餐厅渔排湾、综合服务区五大板块。游客在此区域内可以尽情享受迈阿密的风情，在海中畅游嬉戏体验天然海浪、享受日光的沐浴。另外，海滩边设置了多处休息区、餐饮区、沐浴区，配套设施齐全，服务全面。

< 迈阿密风情海滩 >

整个区域以沙滩、水为主，游客可以躺在绵软温热的海滩上享受日光浴，或者带上泳圈、泳衣在海中畅游、嬉戏，也可放松地坐在海边凉亭中享受内心的宁静。

< 雨林水族餐厅 >

雨林水族餐厅既是一个建在海洋馆里的餐厅，又是一个建在餐厅里的海洋馆。餐厅占地 3000 多平方米，内部造景十分考究，三大鱼缸造景区、壁挂瀑布、人鱼同行地下廊道、高大椰子树、绿植伞塔……打造出了梦幻海底的感觉。整个餐桌桌面均为透明封闭景池，池中游动着小鱼、小虾，还有美丽的珊瑚、海胆、海星、海葵。餐厅食物以海鲜为主，螃蟹、皮皮虾、海贝、海胆、海螺、海虾、牡蛎等各种渤海湾特产鱼类，烹饪方式多样，清蒸、酱爆、烧烤、铁板烧，刺激游客的味蕾体验。

< 渔排湾 >

海洋餐厅正对着的是渔排湾，占地 3500 平方米，是戏水与美食的完美结合区，湾中海水由浅至深依次分为拾贝区、浮潜区和垂钓区。游客可以将垂钓上来的鱼、虾、蟹直接拿到海洋餐厅中加工。

< 超级大泳池 >

这是北方最大的泳池，面积为 5360 平方米，可供几千人一起玩耍欢腾。整个区域以蓝色、白色和绿色为色彩主旋律，结合浓郁的迈阿密海滨主题风格，带给游客震撼与惊叹的

感官体验，同时配合迈阿密主题海滨环境与完善的配套设施，充满着舒适简约的异域风情。

<音乐喷泉广场>

每天下午2点，随着音乐的奏响，乐岛中心广场的花样喷泉呼之而出，瞬间构筑成一个美轮美奂的水中跃动森林，其中心水柱可高达30米。同时还会有穿着草裙的舞蹈人员在喷泉中与游客进行互动，捧水互相泼洒，是一场别样的喷泉“泼水节”。

<SPA泳池>

围绕着喷泉广场有两个扇形按摩泳池，配合着洁净的白帐篷、清爽的棕榈树，让整个空间显得层次明确，舒适而自然。

<中心服务区>

临海的中心服务区是乐岛的游客服务中心，具有休息、餐饮、换衣、沐浴、寄存、租赁、咨询、客户帮助等功能，为游客提供全面周到的服务。

<空中泳池>

服务区上层是底部透明的临海空中泳池，四周、底部均为透明，乍看上去，游泳池仿佛悬在空中，里面的人似乎一不留神，就会从高空跌落海洋。

【海洋嘉年华】

海洋嘉年华是乐岛的机械娱乐项目区。2016年，乐岛除了保留为数不多的经典游乐项目外，其余设施均为全新引进。摩天轮、超级大摆锤、星际飞艇、海盗船、逍遥水母、迷你伞塔、疯狂海螺、旋转木马、海豚跳……以刺激性娱乐为主题的海洋嘉年华不断挑战着游客的神经极限。

<海上星际飞艇>

海上星际飞艇直插大海湾腹地，是乐岛的明星项目。游客乘坐外挂飞艇，围绕中心主轴错向旋转、摇摆，塔身徐徐上升，在优美轻快的旋律中、在转盘及离心力的作用下绕立柱飞旋，悬空于蔚蓝的水面。

<海上摩天轮>

海上摩天轮直径50米，可同时乘坐64人，坐上摩天轮，眼前是浩瀚无垠的大海以及整个山海关古城。该摩天轮是山海关乃至秦皇岛地区的地标性娱乐项目，是一项充满浪漫、包含激情、老少皆宜的娱乐项目。

<超级大摆锤>

造型美观、结构科学、气势磅礴的超级大摆锤是目前国际上流行的新型游乐设备，常见于各大陆地游乐园。乐岛独辟蹊径，将设备凌空于海浪之上，加深惊险刺激程度，一扫夏日的酷暑。

<海盗船>

海盗船总高度30米，可供64人同时乘坐，最高运行速度32千米每小时，最大摆角60度，随着由缓至急地往复摆动，犹如翱翔在惊涛骇浪之上，时而冲上浪峰，时而跌入谷底，惊险刺激，回味无穷。

< 迷你伞塔 >

迷你伞塔是一种带游客从 60 ～ 80 米高空乘吊伞降到地面的娱乐游艺设施。伞塔由塔柱、机械室、吊伞、曳引钢丝绳、悬臂、维护电梯、维护走台、导向钢索、避雷针等组成，为公众提供跳伞运动体验。

< 迷旋转盘 >

迷旋转盘项目始于美国迪斯尼主题公园，一经面世立刻风靡全美，被誉为“世界上最迷人的旋转游戏”。迷旋转盘不仅具有普通游乐项目的娱乐性和刺激性，还具有其他项目所不具备的参与性、互动性和趣味性。在现场 DJ 煽情的解说和疯狂的音乐伴奏下，游客可以充分体会到在高速旋转的瞬间从转盘上滑落的快感和惊悸，收获坚持、坚持再坚持的勇气和决心，以及乘坐结束后的满足和自豪感。

< 疯狂海螺 >

疯狂海螺是一种新型游艺机，可以使乘客体验到超重与失重的惊险与刺激，又能使人产生一种翩翩起舞的感觉。

< 逍遥水母 >

逍遥水母是一款新型的家庭型游乐设备，满足了儿童在公园里进行游玩的需求。设备可以同时乘坐 4 个大人，供家人一同游玩，充分体现了对家庭的关爱。

<海马转杯>

海马转杯是一种新型游乐设备。转杯造型优美，色泽别样，既能使游客感受到神秘的海洋风情，又能在海马转杯的公转和自转中拥有愉悦的心情。

<海豚跳>

海豚跳是专为小朋友准备的一款游乐设备。小朋友置身其中，犹如坐在海豚的身上蹦蹦跳跳，乐趣无穷。

<碰碰车>

碰碰车是一款经典的机动游戏设施，深受各个年龄段游客喜爱。车上一般最多坐 2 人，有加速用的脚踏和转向的方向盘，适合三五成群的好友及家人一起玩耍。

<儿童城堡>

儿童城堡包括隧道冒险、海洋剧场、娃娃家、警局等丰富多彩的游乐项目，是一个集游乐、运动、趣味、益智于一体的新型综合性的儿童娱乐活动中心。

<5D 影院>

5D 影院通过模拟电闪雷鸣、风霜雨雪、爆炸冲击等多种特技效果，将视觉、听觉、嗅觉、触觉完美地融为一体，以超现实的视觉感受配以栩栩如生的立体画面，使游客全身心地融入剧情之中。

乐岛海洋王国众多特色亮点项目，让游客全方位地体验神秘的海洋世界，享受夏日的激情和欢乐。全新的乐岛海洋王国，将更加人文化、情感化。景区内外不仅安排了大量的工作人员随时准备为游客提供游园所需帮助，还将服务设施进行了全面的改造升级。在全新的乐岛海洋中，游客可以畅游海洋国度，体验紧张刺激，感受戏水激情，享受休闲娱乐。

全域旅游　休闲圣地——北戴河区

北戴河区位于渤海湾北岸中部，河北省东北部，毗邻京津，南临渤海，东北与海港区相连，北、西部与抚宁区接界，总面积 122.71 平方千米，总人口达 10 万，因著名海滨景区、世界著名观鸟圣地而闻名。北戴河区下辖北戴河经济技术开发区、海滨镇、戴河镇、牛头崖镇和东山街道办事处、西山街道办事处，全区共有 69 个行政村、11 个社区。

北戴河犹如一颗镶嵌在渤海湾北岸中部的明珠，优越的地理位置为其带来了便利的交通。北戴河东北距秦皇岛市中心 19 千米，西距北京 279 千米，北距沈阳市 392 千米、锦州市 197 千米，东距大连市 209 千米、秦皇岛港 18 千米、山海关机场 25 千米。京山、京秦、津秦、大秦铁路和 102 国道、205 国道、京哈高速公路、沿海高速公路横贯境内，是连接东北和华北的交通要冲。区内还有北戴河火车站和北戴河机场，交通便利，可进入性强。

北戴河自然条件得天独厚，生态条件良好，是全国最大的休疗养基地和健身康复中心。金沙碧海，蜿蜒海岸，优质空气，满眼青翠，是这里优越生态环境的真实写照。北戴河濒临渤海，全年日照充足，气压稳定，气候宜人。这里空气清新洁净，富含氧、碘、钠等人体必需的元素，负氧离子含量每立方厘米达 4000 ~ 7000 个，是一般城市的 10 ~ 20 倍，素有“天然氧吧”之称，是一座国家级园林城市，城市绿化覆盖率达 57.4%，人均公共绿地面积 53.33 平方米。这里远离工业区，没有污染，没有噪声，有的是海洋、沙滩、空气、阳光和绿植，海洋旅游的五大要素样样具备，被外界誉为“在当今喧嚣的世界上，一块不可多得的绿洲”。

北戴河不仅是人类的理想居住地，也是鸟类的天堂乐园。这里林木葱郁，滩涂湿地广布，成为众多候鸟南北迁徙（西伯利亚、中国北方与中国南部、菲律宾、澳大利亚）途中的驿站。北戴河区能见到的珍稀鸟类达 416 种，占我国鸟类总数的 40%。每年春初到秋末，北戴河会吸引众多来自世界各地的观鸟爱好者争相观录“万鸟临海”的盛况。北戴河也因此被国际友人和鸟类爱好者誉为“观鸟的麦加”。

北戴河的文化源自于上千年的积淀，燕昭经营、秦皇求仙、汉武巡幸、魏武观海、唐宗驻跸，这些历史典故呈现了北戴河千年的历史文脉。在清光绪二十四年（1898 年），北戴河就被清政府辟为避暑区，成为中国历史上第一个也是唯一一个由国家中央政府确定的各国人士旅游地、居住地。20 世纪二三十年代，它享有“东亚避暑地之冠”“远东罕有其匹”的旅游胜地之美誉。康有为、张学良、徐志摩、朱启钤、梅兰芳等中外名人在这里都留下了难忘的足迹。毛泽东主席的不朽名篇《浪淘沙·北戴河》，更使得北戴河闻名于世。

北戴河是闻名中外的旅游度假胜地，被评为“中国旅游胜地四十佳”之一，拥有海洋、森林、湿地三个主要的生态系统，有联峰山、鸽子窝、中海滩三大风景群组 40 余处景观；拥有联峰山公园、鸽子窝公园、滨海森林湿地公园、集发观光园、奥林匹克公园、怪楼奇园、碧螺塔酒吧公园、老虎石公园 8 个大型公园。北戴河还是中国四大别墅区之一。19 世纪后期，24 个国家的政要、名人、巨贾在北戴河修建了风格各异的中外别墅 719 栋，现存百年老别墅 135 栋。北戴河已被确定为英雄模范人物和外国专家休疗养区，现有各级各类驻区休疗养院、培训中心 159 家，是中国规模最大的休疗养基地和会议培训中心。

运动之春、浪漫之夏、时尚之秋、休闲之冬，魅力北戴河四季皆宜。休闲、度假、观光、疗养、健身、会展，丰富多彩的旅游产品，满足游客的每一个需求。

鸽子窝公园

鸽子窝公园又称鹰角公园，位于北戴河海滨的东北角，紧傍大海，占地300余亩。由于地层断裂所形成的临海悬崖上有一巨石形似雄鹰屹立，故名鹰角石。该石高20余米，过去常有成群的鸽子或朝暮相聚或窝于石缝之中，因此得名“鸽子窝”。1996年人称“军中才子”的国防部原部长张爱萍将军来景区参观游览，亲笔题写园名。

鸽子窝公园以观海上日出为盛景，是秦皇岛市北戴河风景名胜区四大景区之一。在这里可以立长廊，观沧海，赏红日喷薄欲出，看海上渔帆点点，美景数不胜数。

【造型船】

进入公园之后，首先进入眼帘的是一艘大的造型船。造型船是为了体现北戴河海文化而设计建造的。每逢夏夜，海涛声声，凉风习习，名曲悠悠，灯光莹莹，景色如梦如幻，仿佛步入仙境。鸽子窝公园已名副其实地成为北戴河夜间休闲观光的一大亮点。

【碣石湖】

碣石湖过去只是一片滩涂地，地势低洼，常年废弃不用，直到1985年在这里修建了拦海堤坝，利用海水涨潮开闸注入海水，闸落便形成了一个平静的小湖。碣石湖的得名是因为公园东边靠海一侧有块被史学家和地质学家所考证的古代碣石。为了增添公园的娱乐性，小湖上有脚踏船、湖上垂钓等游乐设施。2012年，在湖的西侧新建拱桥两座，同时对绿化和亮化进行了提升，对人工湖进行了彻底清淤，并且改造加宽了环湖木栈道，在木栈道上新建避雨亭、观鸟平台和亲水平台，增加人性化休闲设施，完善了景区标识牌系统。

【樱花林】

碣石湖岸边的樱花林是在1998年《中日友好条约》缔结20周年之际，日本水泥株式会社和秦皇岛浅野水泥有限公司为鸽子窝公园送来了600株樱花树种。每年五一假期的时候也是樱花开放的时节，粉色的花瓣相互呼应，形成了碧湖樱花的美景。

【鸽子广场】

为使公园更加名副其实，景区工作人员精心饲养了一批广场鸽。1999年8月，我国著名书法家时年85岁的王世襄老人来到公园游览，欣然命笔留下了如下诗句：“当年鸽子宿岩头，今日成群住彩楼。换了人间都幸福，飞来掌上共嬉眸。”

【鹰角亭】

鹰角亭为单檐歇山式、石柱琉璃瓦。登上鹰角亭，海风迎面吹来，清爽无比。一望无际的大海美景呈现在眼前，让人心旷神怡，流连忘返。鹰角亭匾额是原全国人大常委会副委员长胡厥文先生于 1987 年题写的。鹰角亭是鸽子窝公园最早修建完工的景观，它完工于 1937 年，由朱启钤老先生修建，当时朱老先生修建了北戴河第一个大花园——联峰山公园之后，正准备修建第二个大花园——鸽子窝公园，但当时只修建了“鹰角亭”就发生了“七七事变”，所以朱老的这一愿望便未能实现。直到 1986 年，北戴河区政府投资对公园进行了修缮，并于同年对外开放。

鸽子窝公园是观赏日出胜地之一，“鹰亭迎日”也被评为秦皇岛的十佳美景之一。平坦的沙滩地上鹰角亭挺拔而起，而且正好面向正东方，地理位置极佳。每到旅游旺季，清晨四五点钟这里便站满了看日出的人。日出时，万籁俱寂，水天相连，色彩变幻。红日涌出一霎，水上水下红日相接，瞬间跃出水面，霞光、阳光洒满山峦沙滩，犹如覆盖上了一层金色的纱幕。当新日给世界披上彩装之时，人的心情也随之变得万分激动，新生的太阳总是给人们新的希望。

【大潮坪】

大潮坪是观察现代海岸沉淀的良好场所，这里每天一次涨潮落潮，都是月亮对地球的反吸引力所形成的。1962 年郭沫若先生在游鸽子窝之后留下诗句：“雪浪千层卷海来，松涛万顷际天开。青春高阁红云护，拂面雄风亦快哉。”

大潮坪南北有 700 多米长，呈外口大内口小的状态，大口向海，小口向陆，每次涨潮的时候，大口来的潮水顺着潮坪往上走，前方却略显狭小，潮水不能分散，就被慢慢地、远远地推向内陆。又有由西向东注入的新河河流，便形成了这块海滩特别的地形，海潮差不大，多在 1 米之内，深度比较稳定，素有“沙软潮平”之称谓。

等到潮水退去，一汪汪遗留在潮坪上的海水，构成了一幅美丽的图画。有位摄影师在这里拍摄了一张照片，取名为《青春的旋律》，把大自然瞬间即逝的造化之美定格成了永恒。老电影《第二次握手》中著名演员康泰、谢芳也曾在这片海滩留下很多珍贵的镜头。

潮坪一带树木丛生，百草丰茂，是鸟儿理想的栖息地，也是著名的世界级观鸟胜地。这里曾出现过 14700 多只鸟，每年春秋鸟类迁徙的季节，国内外的许多鸟类专家和爱好者都会来到这里观鸟。1997 年 3 月，世界湿地涉禽保护会议在秦皇岛召开，会上签署了《中国北戴河保护湿地鸟类宣言》。

有关资料显示，我国可见鸟类有 1200 多种，而在北戴河地区的可见鸟类有 451 种，占了我国可见鸟类的 35%。世界上很多稀有和濒临灭绝的鸟类在北戴河都多次被发现，如：白鹳、遗鸥等。1999 年和 2005 年在这里举办过国际性的观鸟大赛，我国台湾同胞也派出了代表队。

【毛主席雕像】

1992 年北戴河区政府为缅怀毛主席的丰功伟绩，纪念毛主席 100 周年诞辰，以毛主席 1954 年 4 月 21 日第一次来到北戴河并在海边拍下的珍贵照片为蓝本设计敬塑毛主席雕像。雕像高 3.2 米，仿花岗岩基坐高 2.7 米，东侧雕刻《浪淘沙 • 北戴河》。

1954 年 7 月 26 日，毛主席为筹备召开中华人民共和国第一届全国人民代表大会和起草第一部宪法草案第二次来到北戴河。8 月 10 日，北戴河地区暴雨成灾，戴河水位猛涨，甚至危及京山铁路，毛主席触景生情，百感交集，写下《浪淘沙 • 北戴河》：

“大雨落幽燕，白浪滔天，秦皇岛外打鱼船，一片汪洋都不见，知向谁边？往事越千年，魏武挥鞭，东临碣石有遗篇，萧瑟秋风今又是，换了人间！”

1957 年《浪淘沙 • 北戴河》在《诗刊》创刊号上公开发表。背景是，抗美援朝胜利不久，祖国大陆除西藏以外胜利地实现了土地改革，还有不久要召开的第一届全国人代会，要通过我国第一部宪法，从此中国正式走上了法制社会的道路。词的上阕体现了毛主席对人民生活的关心系念，下阕则是追忆历史。毛主席抚今追昔，感慨万千，中国人民从久经战乱中解脱出来，终于获得新生，毛泽东发出了胜利的欢呼：“萧瑟秋风今又是，换了人间。”《浪淘沙 • 北戴河》是毛泽东主席代表中国人民高奏的一首凯歌，也是赠送给北戴河人民的一份珍贵礼物。

诗词中的“魏武”指魏武帝曹操，“遗篇”指《观沧海》。公元 207 年，曹操率兵北征乌桓打了胜仗，班师回朝的途中经过碣石地，写下流传千古的《观沧海》：

“东临碣石，以观沧海。水何澹澹，山岛竦峙。树木丛生，百草丰茂。秋风萧瑟，洪波涌起。日月之行，若出其中。星汉灿烂，若出其里。幸甚至哉，歌以咏志。”

【鹰角岩】

鹰角岩高约 18 米，年龄已经超过 17 亿年了，它形成于新太古时期，是由变质花岗岩及侵入其中的石英脉形成。但由于长期的风化作用，古老的混合花岗岩被风化剥蚀，而坚硬的石英脉却高耸挺拔。由于受北侧东西方向深大断裂的挤压，岩石破碎。岩石的形状像一只振翅欲飞的雄鹰，因此叫它“鹰角岩”。

我国的史学家和地质学家一直对曹操一诗中“东临碣石，以观沧海”的碣石有着深入的考究，在秦皇岛附近地区共考究出了五处碣石，鹰角岩便是其中之一，另外四处分别是：北戴河金山嘴的南天门，昌黎县的碣石山，海港区的小东山以及辽宁绥中的孟姜女坟。

【望海长廊】

望海长廊建于 1984 年，为了方便游客休息观景，而沿着公园东侧悬崖峭壁的边缘修建。廊长 70 米，亭和廊相距 50 米，外观仿北京颐和园和承德外八庙长廊而设计。长廊内部为“苏式彩绘”，主要绘画了北戴河 208 个民间传说故事以及花鸟鱼虫等传统壁画。望海长廊的匾额由原国务院副总理方毅于 1987 年所书。在廊中还可以看见巍巍燕山支脉，欣赏到“秦皇岛外打鱼船”的景色。

【书阁】

书阁坐落在望海长廊西侧，其匾额由我国著名历史学家周谷城题写。书阁内主要抄录了历朝各代描绘、咏诵秦皇岛的诗句。内部放置了体现毛主席等老一辈革命家艰苦朴素作风和生前美好回忆的照片。2012 年景区对书阁东侧走廊进行了整体改造，将其打造成了一个廉政教育基地。

【浴日亭】

“浴日亭”是重檐攒尖顶的六角亭，位于望海长廊南侧的尽头，其匾额由我国著名物理学家严济慈老先生题写。亭脊上的走兽分别是骑凤仙人、龙、凤、狮。在鸽子窝看日出要看三个场景：日出云霞、红日浴海、日落洒金。鸽子窝最早就是因为红日浴海这一景观而远近闻名。而在浴日亭看刚刚出浴的太阳，霞光不仅染了天际，更红了心间！

【海水浴场】

沿着木栈道下来，就是鸽子窝 2012 年打造的海水浴场。这里修建了浴场小木屋，设有洗澡室和更衣室，增添人性化设施，让游客游玩得舒心、放心。沙滩上还增添了海南风情的遮阳伞，沙滩摩托、沙滩排球等娱乐项目。

【游乐广场】

鸽子窝公园游乐广场里面有丰富的儿童游乐大型器材，如海盗船、飞船等等。这里是孩子的乐园，为带孩子的游客增添了更多的娱乐选择。

【基础设施】

鸽子窝公园的门区部分是 2010 年景区改造工程的重点项目，改造工程由中央美院建筑学院设计，根据历史上鸽子窝公园及周边区域为外国人聚居区的实际，将建筑整体风格定为欧式建筑风格，改造面积 1230 平方米。

门区建设主要是将原公园入口改造为欧式塔门入口，为满足游客入园前临时休息的需要，建设了一座休息亭。同时，为满足暑期高峰游客入园需要，提升景区的管理服务水平，景区还安装了十台闸机。为方便残疾人出行，体现对残疾游客的人文关怀，公园内增设了无障碍坡道、低位服务台等设施。改造内容除门区部分外，还包括游客中心建设、办公楼建设和卫生间升级改造。公园围墙重建，将原有公园围墙改建为欧式铁艺围墙。鸽子窝公园改造完成后，与改造后的鸽赤路沿街建筑形成相互辉映的建筑景观效果。

鸽子窝公园不仅是我国的爱国主义教育基地，还是北戴河看日出最好的地方。站在这里可以一睹海上磅礴壮观的日出景象，漫步在182米长的望海长廊上任由海风的爱抚，在碧湖之畔，樱花树下静坐，看白鸽飞舞，清静雅致，怡然自得。

秦皇岛野生动物园

秦皇岛野生动物园位于北戴河海滨国家森林公园内，占地5000多亩，是目前国内城市中占地面积较大、森林覆盖率最高、自然环境最优美的野生动物园。园内放养着150余种、7000余头（只）来自世界各地的珍禽名兽以及我国一、二级国家保护动物，是国家4A级景区、河北省和秦皇岛的两级科普教育基地。

秦皇岛野生动物园充分利用林海、绿地，模拟各种动物的原生环境，并将动物分区隔离散放，营造返璞归真、回归自然的氛围，为野生动物提供休养生息的乐园。园区还是一个生态旅游、休闲娱乐的天然氧吧，由步行区、车行区、中心广场游乐区三部分组成。2017年景区投入巨资进行改造美化，引进多种珍贵野生动物。

【鳄鱼湖】

这里有十多条凶猛的鳄鱼。鳄鱼是古老而特化的现存最高等的爬行类动物，是世界上最古老的物种之一。在过去的一亿年里，鳄鱼体表只有极小的变化，是珍贵的“活化石”。鳄鱼与恐龙出自同一祖先，是研究恐龙唯一的活线索。鳄鱼一向以暴戾闻名，扁平的身体覆鳞，即使用刀、剑扎，也毫无作用。鳄鱼粗大的尾巴是游泳时的主要“推动器”，也是自卫和进攻时的主要武器，具有强大的杀伤力，所以鳄鱼可以在水中称王称霸。鳄鱼是肉食性动物，通常以鱼、虾、水鸟以及水中昆虫为食，寿命长达100多年。

与鳄鱼生活在一起的鳄龟又名肉龟、美国鳄龟、蛇鳄龟，原产于中美洲和北美洲。鳄龟长相奇特、粗看酷似鳄鱼，嘴突出，头伸于体外，不能缩入甲壳，上下颌略尖，眼短小，尾粗长，长有肉突，似鳄鱼尾。鳄龟属水陆两栖龟类，生活在浅水层或沼泽地，喜伏于泥沙、灌木、杂草里，性温顺，不会互相攻击，不会伤人。

【笼养区】

金丝猴别名仰鼻猴，生活在中国四川省西部，被喻为最美丽的灵长类动物，是中国最著名的珍贵动物。金丝猴身披长毛，浓厚的金灰色或金黄色背毛，长度可达20多厘米。脸庞呈蓝色，面型纯朴和蔼，还生有一对朝天翘的鼻孔，所以又得名“仰鼻猴”。金丝猴以树叶、野果、嫩枝芽为食。 金丝猴成群游荡，徐徐转移，好似一个大家庭。群内老幼雌雄都有，各群都有一定的活动范围和相对稳定的路线，周年来回迁移，寻找食物。

阿拉伯狒狒生活于苏丹、埃塞俄比亚和阿拉伯等热带稀疏草原和半沙漠地带，以植物为主食，也吃昆虫、蝗虫、蚂蚁等，喜欢群居集体生活，首领由群体中身体最强壮、个头

最魁梧、毛色最漂亮的雄狒狒担任。狒狒家庭等级分明，众狒狒从首领身边经过时，要表现出顺从的样子，违者会受到严厉惩罚；休息、吃饭时，首领要坐在中间；行进时，首领率队在前，雌性和年轻狒狒跟在后面，强壮的雄狒狒担任警卫。如有来犯者，所有的雄狒狒会立即采取行动进行自卫。

山魈又叫鬼狒狒，是世界一级保护动物，主要产于非洲中西部。山魈有浓密的橄榄色长毛，马脸凸鼻，血盆大口，獠牙越大表明地位越高。雄性山魈脾气暴烈，性情多变，力气极大，有极大的攻击性和危险性，主要以水果、坚果和其他植物为食。

节尾狐猴又名环尾狐猴，产于非洲马达加斯加岛东南和南部，因尾巴具黑白相间的节环和面似狐狸而得名。它们生活于较干旱的疏林岩石地区，体长 0.5 米左右，尾长 0.5 米左右，身体毛色浅灰，背部略显棕红色，腹部灰白色，毛质柔软光亮，面灰耳白，吻部突出，眼圈的倒三角额斑颇似中国的大熊猫，足趾可完全分开抓握物体。

松鼠猴体长 20 ～ 40 厘米，尾巴长达 42 厘米，体重只有 750 ～ 1100 克，树栖动物，极具观赏价值。松鼠猴眼距宽，眼睛大，耳朵大，体形纤细，毛厚且柔软，体色鲜艳多彩。松鼠猴生活在原始森林、次生林以及耕作地区，通常在靠近溪水的地带活动。

小熊猫属食肉目，浣熊科，生活在我国四川省境内海拔 1800 ～ 4000 米的山地森林和竹林稠密的地方，十分善于爬树，成对或小群同栖，傍晚和夜间活动。它喜食竹子，长着一条大尾巴，睡觉时蜷缩身体，尾巴放于头上。

浣熊原产自北美洲，因其进食前要将食物在水中浣洗，故名浣熊。浣熊眼周为黑色，尾部有深浅交错的圆环，皮毛多为灰色，也有棕色和黑色，还有罕见的白化种。浣熊为杂食动物，食物有浆果、昆虫、鸟卵和其他小动物等。

【猩猩馆】

猩猩是高级类人猿，英文名的含义是“林中野人”，馆中现有两只红猩猩。红猩猩产地极为稀少，只限于东南亚热带的两个岛。它毛色暗红，长而稀疏，体形矮胖，两腿短弯，两臂则特别长，头大，眼、耳、鼻孔小，眼距短，鼻塌下，嘴阔大，树栖动物，很少下地。树上采用臂行法，悠荡前进，地上勉强能直立行走，但一瘸一拐的姿势极为笨拙可爱。猩猩是一种孤独性动物，不喜群居。

【象苑】

象苑生活着两只大象和它们的孩子“欣欣”。雄象有象牙，雌象没有，小象的名字“欣欣”是从 150 多名秦皇岛市民建议的征名中精心挑选出来的，取其“欣欣向荣”的含义。

大象的长鼻子，就像人类的手一样灵活精巧。大象的两只大耳朵，平常可以听见任何风吹草动，也可以用来驱赶苍蝇。大象的两根象牙非常尖锐，是它们最好的自卫武器。大象寿命可以长达 70 年。同时大象孕育小象的时间也非常长，长达 22 个月左右，被认为是繁殖最慢的动物。

【猛兽区】

这里放养着非洲狮、东北虎、熊及野猪，游客可自行驾车在区域行驶，但禁止下车，或乘坐森林小火车，近距离观赏。人在车上游，车在兽中行，十分新奇、刺激。“从前人看笼中兽，今日兽观车中人”正是猛兽区的生动写照。

<狮园>

狮子以非凡的仪表、震慑百兽的吼声以及每秒 9 ～ 10 米的高速奔跑能力，在非洲大草原享有“百兽之王”的美誉。狮子喜欢群体生活，在采用围捕方式捕猎时，更是齐心合力，共同作战。雄狮体魄雄壮，头大脸圆，从头部到颈部有鬃毛，主要保护家族的领地，维系种群的繁衍与稳定。雌狮体形较小，负责狩猎、寻觅食物与育儿。雄狮优先享用猎物，即使是病弱的雄狮，在群体中的地位也很高。

<虎园>

虎是凶猛的食肉动物，世界上曾经有 8 个亚种，现存于世只有 5 种。我国是拥有虎的种类最多的国家。东北虎是世界上最大的虎，它的额头上有明显的“王”字标志，被称为“森林之王”。东北虎是十大濒危物种之一，主要分布在我国东北大小兴安岭以及长白山一带。它没有固定巢穴，是独行侠，主要利用尿的气味来确定势力范围，领地不容侵犯。老虎视觉非常敏锐，喜欢在夜间活动。

老虎捕食时，会悄悄隐蔽在灌木丛中或潜伏在猎物附近，当猎物接近时突然猛扑过去，一口咬住猎物的喉咙，猎物窒息而死后，拖到隐蔽的地方慢慢享受美食，一只虎在野外一次最多可食肉 35 千克，一次饱餐后可几天不进食。园中人工喂养的狮子与老虎主要以牛肉、羊肉及其内脏和活鸡、活兔、活羊为食。

<白虎园>

白虎原产于印度，全身皮毛为粉白色，黑色或深褐色条纹相间，眼的虹膜为淡蓝色，

在遗传上是杂合型基因与白色基因杂合的结果，属世界珍稀物种，曾被奉为神兽。世界各地现存的白虎均是莫汉（Mohan）和贝古姆（Begum）两只虎的后代。白虎园内还有十分罕见的白狮，目前世界上只有100只左右。白狮原产于非洲，是非洲狮基因遗传变异的结果，但变异原因尚不明确。由于它们的毛色为白色，在自然环境中较为显眼，隐蔽性差，致使其捕食率低，生存较为艰难。

＜熊园＞

这里生活着欧洲棕熊、东北棕熊和黑熊共20多只。熊是非常嘴馋的动物，看到饲料时，它们会站起来鞠躬作揖求食，是唯一允许在园内投食的猛兽区。熊园内，它们有时会蛮横地站在路中央寻求食物。由于熊习惯围住进园的车辆，熊园成为猛兽区最危险的地段，为了游客安全，景区现用电网将其与客车隔开。

棕熊肩部隆起，毛长皮厚，尾巴短，常常隐于体毛内，来自我国东北大小兴安岭以及长白山一带，有冬眠的习惯，为国家二级保护动物。熊善于游泳和爬树，并能直立行走。棕熊是侧行步，但当遇到危险时就会变换步法，跑得相当快。

＜狼园＞

狼处在草原生物链的顶端，是群居动物，有着极为森严的等级制度。狼性凶残，狼王通过殊死搏杀获得王位，并维持王位不失。

＜野猪林＞

野猪又名山猪。野猪为杂食动物，只要是能吃的东西都可以吃。通常白天不出来走动，早晨和黄昏时分出来活动觅食，大多群体活动，喜欢在泥水中洗浴。

【非洲风情园】

非洲风情园是一个非常美丽而又神秘的园区，蓝天白云下，如茵绿草上，长颈鹿翘首眺望，斑马、牛羚、剑羚、高角羚和大弯角羚悠然散步，跳羚自由奔跑。

长颈鹿是世界上最高的陆生哺乳动物，刚刚出生的小长颈鹿身高1.8米，成年鹿高6米，颈长2米，体重1吨左右。长颈鹿全身金黄色并缀以黑色斑块，其状如星，具有隐蔽功能。长颈鹿皮质厚达2厘米，坚实异常，可以自由穿行于荆棘灌木中，不会被刺痛，这是它们躲避猛兽袭击的最好“武器”。长颈鹿视力非常好，视野广达360度，配上长长的脖子，就好像一架高倍的望远镜，是草原最好的“哨兵”。长颈鹿有一个重达十多公斤的心脏，血压高达350毫米汞柱，这样就可以将血液输送到3米以上的头部。

斑马是马类家族中最漂亮的一员，性情温顺，胆子很小。斑马黑白相间的条纹主要是吸收和反射阳光，从而使它的轮廓与周围环境极其相似，躲避危险。斑马的奔跑速度快而持久，大群的斑马奔跑起来宛如大海的波涛翻滚，场面极其壮观。

跳羚外观极像蹬羚，但体型较小，肩高约50厘米，最明显的特点是前腿直立跳跃。在遇到危险时，臀上的臀斑全部上翘，呈大片白色，向同伴示警；剑羚体型较大，雌雄头部均长着像两把利剑一样的长长的角，整体为灰色；大弯角羚体型较大，头似鹿，大耳朵，角长可到70～80厘米，雄性长角，背部有明显的竖道白纹，两眼间也有一道白纹；白脸牛羚外形似牛，雌雄均长角，最明显的特征是脸部白色，两侧为褐色；黑尾牛羚又称角马，体型较大头似牛，雌雄均长角，整体颜色为灰黑色。

【娱乐中心广场】

娱乐中心广场集餐饮、购物、参观于一体。这里汇集了各种精彩的娱乐项目，如卡丁赛车、动物表演、跑马场等。聪明可爱的小猴子的家也在这里。

<猴园>

猴园以猕猴为主，园内有供采食的花果，供嬉戏和避敌的顽石，供饮用、沐浴的溪流。猕猴分布较广，好群居。每个猴群里都有一个身体强壮、富有战斗经验的中年雄性猴王。在猴园常见三种争斗：一是“争食”，游客投下饲料，猴子便互相争抢起来；二是“争雌”，尤其在发情交配期更为明显；三是“争领地”，领地被入侵，必会发生一场激烈的争斗。

【草食动物区】

草食动物区是动物园最大的园区，占地45公顷。这里可以看到许多国家级、世界级的珍贵食草动物，如来自青海的牦牛、印度大耳羊、双峰骆驼还有野马、野驴、矮马、梅花鹿、马鹿、黇鹿、麋鹿、岩羊以及一些小动物。

大赤袋鼠是袋鼠科中体形最大的一种，寿命约20～22年，生活于草原地带。它们结小群一起生活，主要在夜间觅食，食物为各种草类、野菜等。

麋鹿又叫“四不像”，它脸像马，角像鹿，蹄像牛，尾像驴。一个世纪前，麋鹿是中国皇家猎苑中的传奇动物，普通人无法看到，法国神甫大卫偶然发现并通过正当手段获得几只后，运回法国巴黎动物园展出，引起了世界各国的关注。从此，皇家猎苑中的麋鹿被各国驻华使节、传教士等用各种手段明买暗盗运出国门。八国联军侵华战争攻陷北京后，麋鹿被抢劫一空。1956年春，英国政府将两对麋鹿送回中国动物园。

野马体型和家马极其相似，颈背部鬃毛短，竖立，不垂向颈部，深棕色的背纹一直延伸到尾巴基部，整条尾巴长有长毛，四肢毛色呈淡棕色，下部毛长，颜色较深。马的鼻腔前部能分泌黏液，防止灰尘和异物进入鼻腔，嗅区位于鼻腔后上方，嗅神经细胞星罗密布。马在行走时鼻子会呼吸作响，它要将鼻腔中的异物不断排出，保持呼吸道畅通无阻，充分发挥嗅神经作用，准确识别道路。

在草食动物区，鹿科动物比较多，其中体型较大的是马鹿，体型稍小、身上带有梅花状斑点的是梅花鹿。鹿既有很高的观赏价值，又是一种经济价值很高的药用动物。特别是雄性梅花鹿头上的角，在没有化骨之前是一种名贵药材，称为鹿茸，鹿茸有壮阳补血、消肿益肾的作用。另外鹿皮、鹿肉、鹿血、鹿尾、鹿肾均可入药，鹿全身都是宝。

【鸟类区】

鸟是大自然的精灵，是人类的好朋友。在这里可游览雉鸡园、涉禽园、孔雀园和走禽园。

这里是游禽的乐园，涉禽湖仿自然湖泊建造，在这里可以看到正在湖泊中自由涉水觅食的白天鹅、丹顶鹤、灰鹤、白鹤、白鹳、黑鹳等珍贵品种。天鹅湖里生活着近20只来自澳洲的黑天鹅，还有30余只我国二级保护动物大天鹅、小天鹅以及鸳鸯、翘鼻麻鸭、赤颈潜鸭等。

走禽园里生活着来自非洲的鸵鸟和来自澳大利亚的鸸鹋。鸵鸟是世界上最大的鸟，奔跑时速可达 75 ～ 80 千米，鸸鹋在身高和奔跑速度上稍逊于鸵鸟，身高达 1 米，每小时可跑 60 千米；雉鸡园里有珍稀雉类，如白鹇、蓝马鸡、山鸡、白冠长尾雉、乌鸡、贵妃鸡、红腹锦鸡和珍珠鸡等；孔雀园是野生动物园最美丽的园区。孔雀被视为“百鸟之王”，是最美丽的观赏鸟，是善良、美丽、华贵的象征，被视为吉祥之鸟。孔雀分绿孔雀、蓝孔雀和白孔雀，主要是根据羽毛的颜色来划分的，其中绿孔雀最为珍贵。

秦皇岛野生动物园利用森林公园得天独厚的森林资源和优美的自然环境，采用大圈散养的方式，建成 20 多处动物观赏及娱乐休闲景点。在这里，郁郁葱葱的绿色林带、绵延 200 里的海岸沙滩、辽阔无际的大海交相辉映，形成一幅绝妙的天然画卷。大自然的恩赐加上人工精心雕琢，赋予了这里得天独厚的观赏内涵。

奥林匹克大道公园

奥林匹克大道公园位于河北省秦皇岛市北戴河区，是全国唯一以奥运为内容的主题式公园。公园于2003年10月开始筹划，2004年4月经国家体育总局、第二十九届奥运会组委会同意批准而修建，2005年5月1日竣工，2008年新增浮雕42块。公园外是一条全长2.6千米、双向六车道的奥林匹克大道，因此冠以“奥林匹克大道公园”之称。公园获得园林绿化工程金奖，被国家体育总局评为“全国十大优秀体育公园”。

奥林匹克大道公园以奥林匹克运动为主题，以奥林匹克浮雕墙为灵魂，以国际标准轮滑场、25米高的主体海鸥形象雕塑和大型音乐喷泉为背景，以各种方便全民健身的体育设施为基础，以奥运冠军手足印纪念柱为点缀，同时配以品种丰富、色彩各异的树木花卉，形成了极具特色的奥运文化园、健身园、植物园。公园总建设面积173160平方米，由科技奥运景区、人文奥运景区、绿色奥运景区三部分组成。

【萨马兰奇全铜雕塑】

萨马兰奇是前国际奥林匹克委员会第七任主席、国际奥委会终身名誉主席。1920年7月17日生于西班牙巴塞罗那，毕业于德语学院和巴塞罗那高级商业研究院。他热爱体育运动，喜爱射击、拳击、足球和骑马等运动。萨马兰奇的儿子胡安•安东尼奥目前也是国际奥委会委员。

萨马兰奇从1954年起任西班牙奥林匹克委员会委员，1967～1970年担任西班牙奥委会主席。1966年，萨马兰奇在罗马当选为国际奥委会委员，1974～1978年任国际奥委会副主席。1980年莫斯科奥运会期间，萨马兰奇当选为国际奥委会主席，1989年连任，1993年再次当选奥委会主席。1997年9月4日，他再次连任国际奥委会主席。1998年12月，盐湖城申办贿赂丑闻爆发，萨马兰奇经历信任危机。他带领国际奥委会迅速反应，开除受贿委员，制定奥委会委员不能参观竞选城市等一系列举措，使国际奥委会迅速走出危机。1999年3月17日，在国际奥委会特别会议上，萨马兰奇在89名委员中获得86张信任票，得到绝对信任。2001年7月16日，萨马兰奇在莫斯科举行的国际奥委会第112次全会上正式卸任，不再担任国际奥委会主席一职。1980年7月16日他在莫斯科当选，21年后在同一个地方卸任，给自己的国际奥委会主席生涯画上了一个完美的句号。新任国际奥委会主席罗格向他颁发了金质奥林匹克勋章，他还被授予了国际奥委会“终身荣誉主席”的称号。退休后他担任瑞士洛桑奥林匹克博物馆基金会主席。2010年4月20日，萨马兰奇因急性冠状动脉供血不足住进西班牙吉隆医院。2010 年 4 月 21 日逝世。

萨马兰奇是国际体坛上最有影响力的人物之一。在担任国际奥委会主席期间，他成功地使奥运会开始了商业化运作并允许职业球员进入奥运会，使奥运会成为一个全人类的体育盛会。

【奥林匹克浮雕墙】

奥林匹克浮雕墙采用产自绥中和福建的芝麻白花岗岩石材，采取圆雕、高浮雕、中浮雕、低浮雕及线雕五种雕刻艺术手法，全长 388.44 米，均高 3 米，共 284 块。

浮雕墙分千年圣火、生命旋律、奥运中国三部分，分别展现了古代奥运的起源、现代奥运会的发展历史、中国与奥运的渊源和中国奥运冠军榜。奥林匹克浮雕墙是展现人物数量最多、空间体量最大的室外空间雕塑，展示规模、形式及内容均为世界仅有，并申报世界吉尼斯纪录和联合国非物质文化遗产。

＜千年圣火＞

千年圣火集中展现了古代奥运的起源。奥林匹克的渊源可以追溯到古希腊时期。千年圣火以古代奥运的几个代表性项目和文字碑《古代奥运发展史》来讲述古代奥运的历史。

＜生命旋律＞

生命旋律按时间顺序，展示了从第一届到第二十九届全部现代奥运会的发展史，以每届奥运会为单元分别展示宣传画、吉祥物、举办城市及时间、著名的运动员和相关的体育项目及其名人趣事。这部分浮雕墙整个画面的选择基本原则是：从第一届奥运会起以后的每届内容为奥运会增加项目，第一、二、三届的内容选取有代表性的项目展示。

＜奥运中国＞

奥运中国着力展现了中国古代体育运动的源远流长，追溯了中国参加奥运会的历程，展现了中国申奥成功的历史时刻。金牌榜突出展示了新中国运动员在奥运会取得的巨大成就，同时也显示出奥运会逐渐成为群众性的体育活动。

【59 件单体雕像】

据国家权威人士提供资料，从奥林匹克运动开始至今共有 79 个项目，但随着时间的推移，根据体育项目的普及程度增加了新项目，淘汰了老项目。公园的单体雕像作品，是从由中国美协、中国雕塑艺术委员会和北戴河区人民政府联合举办，全国八大美院及国内业内人士 300 余人参加的雕塑大赛中经评委、群众投票选出的作品：奥运促和平、更高更强、冲浪、梦想成真、拳击、举重、掰手腕、田径、健美操、柔道、铁人三项、跆拳道、手球、排球、摔跤、蹴鞠、气韵、气、马球、跳绳、艺术体操、对弈、跳马妞妞、银绳、沙滩排球、棒球、滑雪、冰舞、曲棍球、冰上溜石、羽毛球、射击、追梦、乒乓球、世纪接力、足球、银色疾风、蹦床、花样游泳、丑小鸭、跳水、赛艇、前滚后翻、萨马兰奇与小女孩、古典摔跤、弋射、游泳、五环天使等。

【主广场】

主广场采用日本枯山水作法（中国简称旱溪），建筑面积 7040.8 平方米。其中耐火砖 1187 平方米，青石板 196 平方米，斧剁面石 3205 平方米，燕山绿 856 平方米，台阶 178.5 平方米，人行道 512 平方米，主要功能是举办庆典和群体活动。

【主雕塑】

主体雕塑高 25 米，抽象海鸥造型，不锈钢材质，奥林匹克运动的格言是："更高、更快、更强。"在这里矗立的海鸥就表现了奥林匹克不断进取、永不满足的奋斗精神和不畏艰难、敢攀高峰的拼搏精神。

【音乐喷泉】

音乐喷泉总建筑面积 5674.5 平方米，是京东最大的音乐喷泉。喷泉共有喷头 1684 个，

水下彩灯1640盏，电磁阀260个，各种水泵，可变换多种造型，间隔喷放。气势恢弘的音乐喷泉由11组小喷泉控制，水型变化万千，婀娜多姿，动感性强，既体现了你拼我搏的奥运精神，又突出了海滨城市活泼欢快的特点。

奥林匹克大道公园是一个完全开放式的、为广大市民和游客服务的免费公园。公园没有围墙和大门，只是利用栏杆和绿篱来达到疏导人流和限制人流的作用。在这里处处可以感受到奥林匹克不畏艰难、敢攀高峰的拼搏精神。

集发生态农业观光园

集发生态农业观光园坐落在国家名胜风景区北戴河，是全国首家高科技农业旅游 4A 级景区、全国农业旅游示范点、廉政文化进景区示范点、全国旅游标准化试点企业、河北省最美 30 景区和百姓最喜爱的景区。

集发生态农业观光园由综合活动区、民俗展示区、吃住休闲区、观赏采摘区、娱乐项目区、动物表演区组成，现已形成产品系列化、种养生态化、环境园艺化的高效农业生产格局。

【园中园】

园中园是集发生态农业观光园的一座花园。标志性建筑拓荒牛，是集发人“卧牛崛起、奔牛勤耕”创业精神的集中体现。1983 年，公司董事长李集周带领 24 户农民依靠原生产队分得的 3 辆马车、5 间平房、76 亩土地白手起家。2017 年集发生态农业观光园并入中秦兴龙控股公司，成为集团化产业公司。如今富裕起来的集发人依旧依靠这种艰苦奋斗精神，坚持科学发展观，创造佳绩。

【绿色农家饭庄】

绿色农家饭庄环境典雅，别具特色，用园内自产蔬菜制作地道北方农家饭菜，将北方农家菜和中国传统美食融为一体。

饭庄可同时容纳 1200 人，为给游客提供方便，饭庄增加了二楼的空中阁，也为婚庆宴请提供了场所。特色农家料理明档将传统的大锅炖菜、包粽子、蒸黏豆包、烀玉米、烤地瓜等特色农家菜肴的制作过程直观透明地呈现在游客面前。饭庄有一个大型生态雅间，可同时容纳 40 人，餐厅内有山有水，还原生态的环境。

【四季菜园】

在四季菜园里可以观赏到立柱式、管道式、塔式、海水栽培等无土栽培蔬菜种植技术。随着土地数量减少，利用立柱式栽培技术种植叶菜类植物，合理利用空间，节省土地面积，同时还可以绿化美化环境。管道式工厂化水培技术，方便搬运，节省土地面积，大大提高了空间的利用率，还可以利用管道下面的土地种植耐阴喜潮湿的菌类植物。利用立柱和管道式工厂化栽培技术，缩短生长期，提高产量。

【四季瓜园】

在四季瓜园可以看到集发的南瓜王、水培地瓜树和室内各种奇瓜长廊，奇瓜荟萃。集发南瓜王，从开花到果实成熟只经历了短短的 83 天而体重却达到了 300 多斤，生长最快时一天能长 5 ～ 6 斤。2007 年在集发观光园举办了全国首届南瓜王擂台赛，擂主便是集发南瓜王。水培地瓜树，地瓜是一种典型的旱地作物，经科研人员研究，树上结地瓜已成现实。金丝垂帘，是植物的气生根，如同一帘幽梦。这里还有蛇瓜长廊、变色瓜长廊、玩具南瓜长廊和观赏南瓜长廊等，果实挂满长廊时，景色非常美。

【四季花园】

四季花园占地面积 2000 平方米，种植有 150 多种来自不同国家、不同地区的热带风光植物，是花的海洋、植物的王国。它由热带雨林植物区、南国花卉观赏区和热带沙漠植物观赏区组成。在这里一年四季都可以看到鲜花盛开。小桥流水的景色，百花争艳的盛象，使人宛若置身于花的世界、花的海洋。

【四季果园】

在四季果园里果树一年四季生长，南北果品荟萃，分属 50 个品种。通过技术人员的科学培育，种植的北方果树每年春节前后开花，那时外面冰天雪地，而温室内桃花、杏花却竞相开放。果园内部分果树采用嫁接技术培育，每到果实成熟时，可以看到“一树多果”的现象，最多的可长出 6 种水果。

【丝瓜长廊】

这里有世界上最长最大的丝瓜长廊，长 150 米，高 4.5 米，每年的最佳观景时期是 7 月中旬到 10 月底，一根根两米以上的丝瓜，宛如一道道瀑布飞落九天，有着“万条垂下绿丝绦”的独特景象。世界上最长的丝瓜就诞生在这里，2003 年 2.8 米的丝瓜第一次打破吉尼斯世界纪录；2006 年 4.05 米长的丝瓜，第二次打破吉尼斯世界纪录；2008 年 4.55 米长的丝瓜，第三次成为世界最长的丝瓜。丝瓜生长到2米长的时候，为最快生长期，平均一天能长15～24厘米。每1小时能长1厘米，用“雨后春笋”形容最恰当不过。

【葡萄长廊】

葡萄长廊里有日本黑元帅、巨丰、昌黎红玛瑙等品种。当葡萄成熟后，会展现更为美妙的景色。那时候，不仅可以观看，还可以亲手采摘品尝。这里的葡萄论串卖，而不是论斤卖。要大要小，要多要少，要哪个品种，完全按照个人喜好。

【文化广场】

文化广场上一个个用五谷杂粮搭建的景观，将普通的农产品变成了一件件富有生命力的农耕艺术品。这些艺术品既体现了北戴河农民的智慧与创造，又让游人置身于丰收的喜悦中。

【购物一条街】

购物一条街是集发生态农业观光园特色商品展销区之一，在这里可随心购买经济实惠的北戴河纪念品。购物一条街既方便游客购物，又解决了周边农民的就业问题，为农民增收致富提供了一个平台。

【水杉树、银杏树】

游览主干线上有20棵冠部成塔尖状的水杉树。水杉树属杉科，落叶乔木，树可高达35米，胸径可达2.5米，在古老的中生时代广泛生长在欧亚大陆上，但因受冰川的侵袭，已成为稀有树种，是植物界的活化石。透过水杉树，可以看到叶子像小扇子一样的高大挺拔的银杏树，俗称“白果树”。它生长缓慢，需要生长几十年才能结果，也被称为“公孙树”。

【连心桥】

连心桥造型美观、气势宏伟，在我国北方地区也是罕见。它寓意着党中央和农民心连心，南、北戴河人民心连心，集发人和游客心连心。桥下的这条河便是戴河，南、北戴河风景区就是以这条河为分界线的。

【河西综合活动区】

河西综合活动区共占地300亩，露天果品采摘区150亩，从春到秋，花果满园，是采摘水果的好去处，也是集餐饮、住宿、会议于一体的集发大宅院、桃园游乐场和农家动物园。占地50亩的农家动物园建成于2006年，里面放养着云南蓝孔雀、非洲珍珠鸡、火鸡、梅花鹿、迷你香猪等几十种动物。在这里可以与小动物亲密接触，还可以看到小猪吃奶、母鸡孵小鸡、小羊吃奶、抵羊、小狗过关斩将、笨猪赛跑、小猪跳水、小猴登高望月、孔雀翩翩起舞等表演项目。

【飞天桥】

飞天桥是园内一个全新参与项目，也是园内一景。横跨在戴河上的飞天桥全长85米，高20米，如同一条纽带连接南北戴河，行走在上边会有腾云驾雾之感。

【儿童乐园】

2012年观光园为儿童开辟一块专属地，修建儿童乐园并服务游客。儿童乐园是专供儿童游乐的免费娱乐区，这里共有游乐项目 18 项，大部分是园内独有的娱乐项目，有利于开发儿童智力，培养其团结协作精神。

【热带植物园】

热带植物园拥有两栋全国最大的日光温室，是集发生态农业观光园充分展示高新农业技术的地方。百余种南方植物在这里开花结果，自动喷淋降温保湿，地热管为地表加温。为了适应这些植物生长，温度有严格的控制，即便是在寒冷的冬季，白天也要控制在 25 度以上，晚上不低于 18 度。1 号热带温室种植的是大型热带园林植物，如椰子树、槟榔树、旅人蕉等。2 号温室种植南方名优果树，如百香果、美丽异木棉、紫荆花、炮弹树、荔枝树、枇杷树、甜橙树、木瓜树，以及星星点点的红色南洋樱花等。

【百花园、百树园】

百花园中繁花似锦，有风姿绰约的三色玉兰、国花牡丹、芍药、玉簪等花卉。这里从清明节开始一直到 10 月，都能看到姹紫嫣红的鲜花。百树园种植 40 余种北方树木，有桑树、灯台树、柿子树、蝴蝶槐、枫树、火炬树等，在这里可以了解树木百科知识。

【颐养中心】

颐养中心在集发农业生态观光园南部新区，占地 3 万余平方米，投资 2000 万元，建筑面积 7000 平方米，可同时容纳 150 位中老年朋友入住。住宿标准为四星级宾馆，内设电梯，有 81 个房间，其中豪华套间 6 个，房间内电视、电话、网络设施一应俱全，临窗还可观赏到南、北方花卉果木，一年四季感受春意盎然。客房后面，建有 500 平方米的独立餐厅，配有专业的营养师，提供科学合理、营养保健的饮食搭配，还接待家庭聚会、生日宴会等单独聚餐。右侧是集休闲娱乐、健身、康体等于一体的室内综合活动中心，内部设置了乒乓球、台球、健身器材、电影放映、演出舞台等娱乐设施。这里是中老年朋友自娱自乐、老有所养、老有所乐、颐养天年的乐园。

【薰衣草基地】

薰衣草基地位于温室的南部，薰衣草原产自地中海沿岸，法国南部最多，花期由 6 月开始到 8 月上旬。薰衣草为芒香的常绿灌本或亚灌本，性喜干燥，花形如小麦穗状，花有蓝色、深紫色等，具有减压安神的功效。

【滑雪（草）场】

滑雪、滑草两用游乐场，于 2009 年 12 月份建成并投入使用，是全国最大的城市冰雪娱乐项目，集休闲、娱乐、健身、滑雪于一体。滑道面积 3 万平方米，顶高 38 米，坡长 150 米，有初级道、中级道、滑圈道三个主滑道，可同时容纳 1000 人滑雪。还有男女老少皆宜的雪上飞碟道，儿童乐园雪爬犁道，惊险刺激的雪地摩托，风情浪漫的狗拉爬犁。

【思源思进展厅】

为了让集发农业生态观光园艰苦奋斗的精神在廉政文化建设中成为对党员干部进行艰苦奋斗和廉政教育的生动教材，近几年，市、区纪委将集发观光园打造成了廉政教育基地。观光园按照致富思廉、以廉促进的思路，通过思源思进展厅和民俗大院将一部农民自力更生、艰苦奋斗的创业史展现在大家面前。展厅由勤廉奋进篇、开拓创新篇、和谐兴业篇、感恩奉献篇、关怀指导篇五部分组成。

【民俗大院】

民俗大院占地 40 亩，由院中园、室内演示、墙体手绘三部分组成，是二十世纪五六十年代传统生产生活历史场景的定格，汇集了农业生产劳动和农产品加工场景。

“院中园”以雕塑和参与活动的形式，展现了北方农村传统的马拉犁耕地、播种、收割、拉大据、石匠做活、辘轳井打水等劳动场景。内设 24 间展厅，分别展示了我国北方农村食品作坊和传统手工业制造以及生产生活器具。墙体上手绘了 24 幅中华民族历代尊老、敬老事迹，如“亲尝药汤、卧冰求鲤”孝子图解，景区千米外墙上绘制的 156 幅成语、谚语漫画，都是教育游客传承文明，树新风、促发展的孝廉文化典型事例。

集发生态农业观光园体现着自然的绿色之美，闪耀着现代高科技农业的灿烂光辉，在这里既可体验乡土气息，又能观海天一色的自然风光。

联峰山公园

联峰山公园位于北戴河海滨中心西部，占地 310.46 公顷，是北戴河最大的森林公园。联峰山因其峰峦秀美，山石嶙峋，山势联缀，故有联峰之称。又因其松林如海，山势远眺，像似莲蓬，又称莲蓬山。公园以“登山览胜，林中探幽，寻史访踪，氧吧洗肺”为特点，2017 年晋级为国家 4A 级景区。

联峰山山峦俊秀，林深谷幽，奇石怪洞，比比皆是。园内有三座松林覆盖的山峰，主峰海拔 152.1 米；主峰南面是龙山，海拔 133.2 米；主峰东北为鸡冠山，海拔 130 米。园内各式楼房别墅掩映在松涛之中，别有情趣，其中最著名的有“林彪楼”和“张学良将军楼”。民国年间号称的“海滨二十四景”中有 20 处就在这里。园内的避雨石、瓮石、莲花石、月亮石、狮子石、福地石、试剑石等各有妙趣。被山峰环抱的古刹“如来寺”“观音寺”“卧佛洞”等古朴壮观，会使人发出思古之幽情。神山景区、百福苑景区、莲花石景区等更是景色迷人。

【望海亭】

望海亭踞东联峰山顶，是眺望北戴河海滨全景、远观大海的最佳处。站在望海亭极目远眺，早看晨辉染海、晚瞧夕阳西下，有登临瑶池仙境之感。居高鸟瞰北戴河全景，东观市貌、南眺沧海、西赏村落、北顾青山，更是美不胜收。

【莲花石】

莲花石位于东联峰山山腰密林之中。这里奇石罗列，如莲花盛开，中间有一块形体浑圆、状如莲实的巨石，称“莲花石”。南面，树立着当年“公益会”筹建莲花石公园的纪念牌。中华民国北洋政府大总统徐世昌题诗:“海上涛头几万重，白云晴日见高松。莲花世界神仙窟，孤鹤一声过碧峰。汉武秦皇一刹过，海山无恙事云何？中原自有长城在，云壑风林独寤歌。”碑阴是朱启钤撰写的《莲花石公园记》，记述了开辟北戴河海滨与建设莲花石公园的经过，描绘了北戴河海滨的自然风光，并记述了创建地方“公益会”的历史。

仙人洞位于莲花石西 300 米处，宽约 5 米，高约 4 米，进深约 4 米。相传为仙人故居。莲花石东面是朱启钤家族的茔地，称“朱家坟”。这里处在林海中，每逢春夏之交，茔地四周密林碧海，琉璃花墙，绚烂多姿。朱家坟侧面丛林中，有一座尖顶、橘黄色琉璃瓦盖钟亭。亭内饰彩绘，悬古钟一口，为明嘉靖丙戌年（1526 年）铸造，民国初年由北京迁来。轻击此钟，山谷共鸣。

【观音寺】

莲花石北、东联峰山山腰处有一座观音寺。因该寺为仿造北京广华寺所建，故又名“广华寺”。寺庙始建于明末清初，为四合院式砖木结构。山门为单檐歇山顶，面宽、进深各1间，门呈拱形，门内正中有泥塑观音坐像1尊。东、西侧壁上绘有壁画，山门两侧各有1门，东配殿与南墙间设一角门，西北角有一回廊与静修禅院相通。东、西配殿均为单檐硬山直柱前廊式，面宽3间，进深2间，建筑上以小青砖铺地，白灰勾缝，清石台基，石极走边。正殿3间，内供观音立像，足踩洁莲，手持净瓶，面形恬静，线条流畅，系仿北京广济寺佛像雕刻而成。另有两尊木雕男女童像侍立两旁。寺院东南角有一口古钟，系明嘉靖四十年（1561年）铸造，寺内还遍植白果、罗汉松、虎皮松、龙爪槐等树木，掩映着红窗绿瓦，古朴幽静，肃穆典雅。

【瓮石】

东联峰山东侧的鸡冠山南坡有瓮石，石高5米，顶上平坦，中间一穴，穴口状若橄榄，用手拍打后穴内壁，会发出“嗡嗡”的响声，如击瓮一般。瓮石附近有奋臂松，生长年代不详，两干平伸，犹如两条钢铁臂膀。瓮石上方60米处，有两块巨石高5米，下部凹进，可容数人避雨，人称“避雨石”。

【福饮泉】

在中联峰山南麓，石壁上刻有“福饮泉”三个大字，下为泉址。原来泉水常年不竭，水质清冽，现已枯竭。福饮泉右侧为桃源洞，洞口约 3 米，上刻“桃源洞”三个字。洞口两侧有摩崖文字，曰“紫馆金台肩共拍，奚须世外又桃源”，石刻年代不详。从桃源洞两侧盘桓而上，这里山石嵯峨，千奇百态，有的直立如柱与劲松并肩，有的好似猛虎卧于山间。叠立在群石之间的月亮石，犹如半轮明月悬挂于蓝天之上。

【对语石】

西联峰山南麓，有两块相对矗立的巨石，形状略扁，高 2 米有余。两石之间仅能容一人侧身而过。两石紧紧相依，宛若二人头对头，嘴对嘴，在窃窃私语。在对语石西侧，有一块高约 3 米的巨石，形似莲蓬子，故名“莲石”。据地方史志记载，此石一人推之，似微微摇动，若二人并力推之，则又纹丝不动，甚为奇妙。对语石东南不远处，有巨石，高约 7 米，顶部平整可容 10 人坐。北面刻有人物像，人物高约 1.5 米，当地人称之为“二郎神”像。

【海眼】

海眼又名老虎洞，位于西联峰山西侧。其洞口狭小，约为 1 米，因在山顶石隙之中，不易被人发现。洞深约 20 米左右，初进洞内，需要侧身爬入，进深 10 米许，洞略宽大，人可站立。进深十五六米左右处，只能爬行，再进深则只能容头颅探视。用目测视，深不见底，洞深莫测。侧耳细听，洞内有阵阵海涛之声，传说此洞通向大海，因此旧志中称其为“海眼”。又因传说此洞曾有老虎居住，故又叫老虎洞。海眼能听到海涛之声，是因为其洞口狭小并处于顶风口之上，周围又有叠石和松林。当山风吹过松林便发出松涛之声，从叠石之间灌入洞内，便产生了犹如海涛翻腾的奇妙效果。

【通云洞】

通云洞位于西联峰山北峰山腰间，其洞口险峻，洞身狭窄，斜身而过，方可入内，并可直达山顶，故名通云洞。

【骆驼石】

在西联峰山后的果园之中，沿联峰山北公路可直达骆驼石前。骆驼石安卧于一簇巨石之巅，西南面向大海。石身高 5 米有余，长约 8 米，宽约 8 米，庞然大物状若骆驼，昂首望海，活灵活现。骆驼石腰向阳处，镌有“中华名胜”四个大字。

清代商邱荦作《海上杂诗》云：“千里惟遵诸，连峰不见山。”清人在《莲蓬山观海歌》中写道：“海滨有岭号莲蓬，悬崖削就金芙蓉；海光山势相争雄，怒涛隐隐凌太空。”联峰山，松林如海，浓翠欲滴，一栋栋别墅掩映在绿荫丛中，别有情趣。联峰山景区，山海相映，花木繁茂，幽雅恬静，如诗如画，古今游人多有吟咏，令人流连忘返。

怪楼奇园

怪楼奇园位于北戴河海滨黑石路上，为北戴河风景名胜区主要景区之一。1991 年，依照美国园林学博士辛伯森于 20 世纪 30 年代在北戴河建造的奇异别墅（怪楼）易地重建。怪楼奇园占地 110.8 亩，由怪楼和奇园两部分组成，著名漫画家华君武先生题写园名。

怪楼奇园承历史之精华，博采园内外景点之长处，结合奇与怪新构思，共设置奇景、怪景 99 处。怪楼内山石瀑布，楼道索桥，多门多屋，真假难辨；人身怪兽，天外来客，巨石灯罩，美人戏水；水晶宫晶莹剔透，镜中有缘，倒行逆设……令人不可思议。奇园中青松翠柏，绿树成荫，百花齐放，百鸟争鸣，叠水涌泉，暗道通幽……奇趣横生。景区内树木较多，为防止发生火灾，景区内严禁烟火。

【假山喷泉】

假山石名千层石，是保定特产。水从假山上倾泻而下，形成小型瀑布。喷泉的水能够喷到假山上，溅起千万颗水珠，晶莹剔透。如果走近，还会有水珠溅到身上。假山、喷泉，形成一幅赏心悦目的优美画卷。

【抬头看树、低头看路】

“抬头看树、低头看路”为怪楼一怪。当初修建公园时，园内把生态环境绿化保护放在第一位，没有人为修剪树枝，所以树枝可能会妨碍视线，甚至有的树枝距地面很近，如果不低头，树枝会妨碍行走。

【怪楼之路】

绕过假山喷泉便是八步路，这里共有八级台阶，路的两端共四级。取“八”寓意“发”。吊环路、单杠路处可以锻炼身体。累了，可以坐在情人椅和怪腿椅上休息。1992 年，外交部原部长钱其琛来怪楼视察，见到头盔椅、情人椅笑了起来，并风趣地说：“这个头盔椅应叫‘情人椅’，由一条男人的腿和一条女人的腿组成的椅子应叫‘怪腿椅’。”途经扬波湖，这里有拱桥、光控乌龟等。沿着护栏旁石阶而下，就可走到扬波湖中。在岸边可以看仙人对弈，据说这是天降棋盘，棋盘留有残局。

【怪楼】

北戴河原有一座怪楼，是北戴河二十四景之一。1928 年，耶鲁大学园林学博士辛伯森来到北戴河海滨，创办东山园艺场。辛伯森患三叉神经痛，久治不愈，医生建议他进行日光疗法。1936 年，辛伯森设计了一座从外部造型到内部结构都十分奇特的欧洲哥特式别墅。

别墅三层五顶，七角八面，楼顶的每一个角都用花岗岩做成尖形墙垛，直插云霄。全楼有44个门，46个窗，却没有一个方方正正的房间。别墅屋套屋，间套间，大大小小，相通相连。初次拜访，三拐两拐，很难再找着刚刚进来的门。大厅四周都是大玻璃镜子，往中间一站，到处都是人影，转上一圈，又很难找着出去的门。地下室正中有一口水井，围绕井口，修建盘旋式楼梯，贯通上下。水井是别墅的天然温度湿度调节器，夏季降温，冬季增湿。楼梯用藤条和果树枝干做成，走上去，忽忽闪闪，松松软软，颤颤悠悠，妙趣横生。这个离奇古怪的别墅修好不久，很快就赢得了“怪楼”美称。1940年，太平洋战争爆发前夕，辛伯森回到美国，他的“怪楼”却更加名声显赫，“怪”名远扬，成了北戴河的一道瑰丽而神秘的风景，吸引了许许多多的游人前来欣赏考察，但此楼毁于“文革”。

重建后的怪楼是将原怪楼和休闲娱乐设施结合于一体的古堡式建筑，能够同时容纳900人左右。怪楼入口是两只老虎，二虎守山门。暗道好似一只张着血盆大口、吐着鲜红舌头的猛虎，踏着这条舌头路，就走进了神秘的怪楼，楼内布设精致。

<八门>

通过镜片折射，这里可以看到上、下、左、右，共有八个门。这八个门其中有两个门是走不到尽头的，寓意着漫长多姿的人生之路。

<四明湖>

整个楼的四周都可以看到四明湖，是怪楼的一怪，相传原怪楼的湖水是通向大海的，当地老百姓俗称“海眼”，也由于这个原因，“文革”时期红卫兵说这些外国人都是间谍，利用海眼在海底传递情报，所以一把火把原怪楼烧毁。景区重修后又新增了一些景观，如巨石、灯罩、鳄鱼、美女，构成一幅完美的“四明图”。

<海底世界>

人在水里是不能正常呼吸的，然而在这里，不但可以自由呼吸，还可以看到海底的美景和沉船。巨大的轮船、小鱼、海草等装饰景物异彩纷呈，在灯光的照耀下闪闪发光。

<神秘小屋>

此屋结合原怪楼的特点，门和门相连，屋和屋相通，有日式、意大利式、明清时期等样式。四个活门是通往另一个房间的门，明清时期的屏风轻轻一推，另一个景观又出现了。

<雅山台>

边陲风貌的展现，竹节灯、竹节桥……传说，石头上的这些脚印是外星人来怪楼参观时留下的。

<楼梯扶手>

楼梯扶手全部是由桃树和苹果树枝干做成的，这一点也是吸取了老怪楼的特点。原怪楼里楼梯扶手是一棵千年古藤自然环绕而上形成的，堪称一绝。

<倒行逆设>

倒行是指牛倒着走，逆设是指门、柱子、窗户全是逆设的，但是当把视线看向头顶的镜片时，所有的东西全都正过来了。这里还有一位老寿星，如果真挚地为老寿星献“寿”，

他还会说一些吉祥话。

< 镜中缘 >

镜中缘利用镜子反射的原理，可以使游客看到自己的全身影像。人们常说，自己看不到自己的后脑勺，到了这里，就可以如愿以偿了。

< 游艺厅 >

游艺厅有三条路，一是走钢丝；二是走梅花桩；三是平坦大路。这里还有“歪门邪道”，即哈哈镜景区：门是歪的，路是斜的。在这里，你可以感受到身体形态变化的无限可能。

< 走投无路 >

引自成语“走投无路”，即走到路的尽头就无路可走了，但其他的路都是条条大路通罗马，在这里主要看灯光幻影，一个是美女，一个是海螺仙女。这里的时钟是倒着行走的。

< 顶楼观景 >

登上顶楼，西望联峰山，苍松翠柏，生意盎然，像一位披散着头发的美女。向东远眺鸽子窝，海天一色，碧波万顷，美丽的秦皇岛港尽收眼底。

【奇园】

走出怪楼是经典的奇园，这里也是怪和奇的集合，园区设有试胆石、二人弹、柳暗花明、美女路、怪兽喷水和惊心动魄等。

< 按摩滑梯 >

出楼门，便到了按摩滑梯，怪楼的滑梯具有按摩作用。这个滑梯由一根根小管子横向排列组合在一起，坐上去往下滑，好像按摩臀部一样，按摩滑梯连接奇园。奇园大门好似一只张着大口的青蛙。大门两侧写有“岭崖嶂壁展卷题咏，潭湖池泉扬廉飞瀑”。

< 梦中探宝 >

梦中探宝是指在一侧墙壁上有 14 个洞，每个洞口都用铁盖子盖着，掀开铁盖子，把手伸进去后再把手拿出来，铁盖子和石壁会奏出不同的音乐。墙壁的另一侧也有十几个洞，只是上面没有铁盖子。

< 美人路 >

美人路由美人鱼的身躯组成，前面是胸部，后面是腰部、尾部，大绣球是美女腰间的饰品。

< 海豚喷水 >

池塘里面有两只海豚，在海豚口中喷出两个水柱，水柱落下，溅起层层涟漪。水中还有鱼儿嬉戏，在池塘岸边的栏杆上还有闪光灯，夜晚，当灯光亮的时候，形成怪石发光的奇妙美景，非常迷人。

< 六步渡 >

六步渡的 6 块石头有实有虚，踩上之后摇摇摆摆，心惊肉跳，所以又叫“试胆石”。神奇的是左右脚的迈步顺序不同也会使人有不同的感觉。

< 柳暗花明 >

湖的中心有一个小岛，岛中栽植柳树，树间有两个石碑，刻有“柳暗花明”四个大字，

环岛周围的水面种植了大片荷花。在柳暗花明临山一侧有一条回廊，里面有一个正方形石屋，四壁由巴掌大的石块拼成。再向前是芳名录，可以请园区的专业人员题字。湖上人顶桥藏有一个“人”字，但是不易辨识。

<顽童戏水>

只要从这位顽童身边一过，他就会真的撒出“尿”来。这是根据比利时小英雄“于连”的典故塑造的。据说，敌人点燃导火索要炸毁比利时城堡，于连无意发现后，急中生智，用尿浇灭导火线，保住了城堡，成为比利时小英雄。

<三头六臂>

石壁犹如一个三头六臂、睁着大眼睛的怪兽。它的胸部有一块怀表，上面的时间指向4:45，谐音是“试试我”，寓意让游人找一下它的三头六臂。这里还有二人弹，奇妙的石琴由二人方能弹出美妙的乐曲。

<惊心动魄>

在这里有惊奇的刺激，人往上面一坐，便会发出轰隆隆的响声，令人胆战心惊。从“惊心动魄”处沿石阶而下，便来到七角怪兽处。在池塘里，有一怪物卧于水中，睁着大眼睛仿佛在打量着园中游客。怪兽张着大嘴喷起的水柱给炎热的夏日带来一丝凉爽。池塘上有石板桥和铁索桥，如果一路走过去，就可以到对面的悬崖前，攀登而上。

<阳关三叠>

这里有三个池塘，水是从上面流下来的，塘中有许多小鱼，在最上面的池塘石壁旁还有一流飞瀑。于此休闲垂钓，别有一番情趣。明泉是阳关三叠的源头，岩石上有“明月松间照，清泉石上流”的文字。这里泉水长流不止，但不能饮用。

【风情小木屋】

风情小木屋是夜文化和餐饮娱乐相结合的欧洲风情浓厚的游乐场所。这里的房屋用原木垒成，手工搭建，一般只用斧头、锯和钉子，有棱有角，规范整齐。这里有 100 平方米的俄罗斯风情小木屋，包括敞开式欧式木亭和长廊。俄罗斯风情小吃区以烤肉、啤酒、甜橙汁、咖啡为主，还有具有俄罗斯风情的小型娱乐设施迪厅等。风情小木屋周边设有俄罗斯国家典型意义的假山、绿植等建筑微缩品。

【醉汉路】

在俄罗斯风情小木屋西北侧，有一段醉汉路，路旁有一个大酒杯，杯中有酒，酒质清冽。在醉汉路上走，伴有优美的乐曲，有晃晃悠悠之感，仿佛喝醉了。

怪楼中走钢丝、踏花桩，其乐无穷；步一百单八登，随仙人过海，步嫦娥奔月，抚金龙盘柱，直上“刺云天”，秀丽风光尽收眼底。奇园内走发音路，听奇桶声；在芳沁架下，乘凉品磨；与仙人会棋，共研残局。夏日夜晚，观赏火树银花，欣赏彩色喷泉、发光巨石，目不暇接。在这里仿佛置身在多姿多彩的童话世界，亦真亦幻的感觉如影随形，时刻相伴，游怪楼奇园，会使人童趣大发，乐不思归。

老虎石海上公园

老虎石海上公园位于北戴河风景区中心，占地3.3万平方米。公园巨石延伸入海，形如群虎盘踞，故名老虎石。“老虎石海上公园”园名由原全国人大常委会副委员长程思远先生题写。公园具备当今国际海岸旅游五大要素——海洋、沙滩、空气、阳光、绿色。这里海水水质优良，环境清幽，得天独厚的天然海水浴场，吸引着国内外游客到此避暑游玩。

登石远望，入海畅游，在欢笑与波涛的交响乐中尽情享乐。这里的碧海、金沙、碣石，吸引着国内外玩水嬉戏的旅游者及赋诗作画的文人墨客。

【老虎石】

公园内形态不一的礁石，状似群虎，有的散落在沙滩里，有的雄踞在密林中，有的斜卧在海岸上，有的酣睡于阳光下。站在石上，可倾听大海呼吸，观赏渔船风帆。

关于这些形似老虎的岩石，还有一段美丽的传说。当年秦始皇东巡碣石时，途遇大山挡住去路，恼怒的秦始皇取出赶山神鞭猛抽三鞭，大山立刻拔起，碎石腾空，向东北方飞去，秦始皇持鞭策马紧追不舍，追至海边，巨石忽然不见，却见一群猛虎在海边嬉戏，猛虎看到狂暴的秦始皇后便就地化作形态不一的礁石，供人欣赏游览。

【老虎石浴场】

久负盛名的老虎石浴场是一个有着100多年历史的海水浴场。这里滩宽海阔，入海坡

度平缓，沙软潮平，水质良好，与海滨闹市区的中心街道紧紧相连，因而成为暑期海浴人数最多的浴场。

夏季，天还未亮，人们便成群结队地来到这里，或拾贝壳，或观赏潮起潮落，或徜徉在岸边。到了日上三竿，穿着五颜六色泳装的人们，在碧蓝清澈的海水里嬉戏畅游，在海浪滚滚涌来的时候欢呼跳跃。在大海里，就像在母亲的怀抱里，所有的疲惫和劳累、所有的困惑和烦恼，都被抛到九霄云外。

【娱乐公园】

1994年,这里建成大型海上娱乐公园。园内设有旅游快艇、游船、海上脚踏车、沙滩排球、足球等集参与性、刺激性、文化性于一体的娱乐项目。

消夏、观岩、玩水、嬉戏，在充满欢笑声与波涛声的大自然怀抱中尽情欢乐。老虎石，如镶嵌在渤海之滨的一颗明珠，闪烁着诱人的光辉，以其绚丽多姿的崭新面貌，迎接中外游客。

碧螺塔海上酒吧公园

碧螺塔海上酒吧公园位于北戴河最东端，北依鸽子窝公园，南靠金山嘴老虎石公园，东临大海。景区三面环海，形似半岛，沙滩、礁石、松林、大海交相辉映，景色宜人。公园被北戴河区旅游局指定为海上垂钓基地、沙滩篝火基地，并组建了潜水游艇俱乐部，是国家4A级景区、全球首家吧文化主题公园。

这里有独具特色的海上酒吧，神秘浪漫的海上潜水，休闲自在的海上垂钓，激情四射的沙滩篝火，视觉震撼的海上演出，配套完善的房车营地，屹立海中的啤酒花园，汇聚特色的世界美食。公园曾先后承办了亚洲小姐大赛、库汇海洋音乐节、沙滩音乐节、6789音乐节、第十届秦皇岛国际红酒节、北戴河情侣狂欢节、华语电影节等大型活动。2017年3月被河北省旅游文化局评为“不得不享”的十大休闲体验之一。

【早观日出】

清晨的碧螺塔是安静的。碧螺塔位于北戴河最东端，是北戴河第一个迎接日出的地方。黎明，当一轮红日与海平线轻轻碰触，天空朦朦胧胧，如同罩着金色的纱幔，海风带来一丝丝凉意，美好的一天从这里开始。捉捉螃蟹，捡捡贝壳，钓钓鱼，踩踩脚踏船，与大海零距离接触，返璞归真，轻松而惬意。

【夜赏演出】

晚上的碧螺塔是疯狂的。这里不仅仅有自然之美，还蕴含了文化、艺术和音乐之美。碧螺塔每晚上演大型演出和沙滩篝火晚会，使之名副其实地成为北戴河旅游夜文化的标杆。

< 海上大舞台 >

碧螺塔海上大舞台是大型奇幻风情表演《海上生明月之迷螺传说》的演出场地。这里以碧螺塔为背景，面朝大海，利用先进的声、光、电科技手段和舞台机械，以出其不意的呈现方式将梦幻之旅演绎得淋漓尽致，极具视觉体验和心灵震撼。

大型海上实景演出《海上生明月》已连续演出8年，观众达400余万人，是来北戴河不容错过的一场演出。2017年《海上生明月》第四版《海上生明月之迷螺传说》全新编排，重新定位。同年碧螺塔海上大舞台全新改造升级，可同时容纳4000人入座观看演出，为游客带来更舒适的观演体验。

< 沙滩篝火 >

这里是现代与传统碰撞的乐园，美女、DJ等元素加入传统篝火晚会模式，演绎出不同

的碧螺塔沙滩篝火。一样的篝火在跳跃，不一样的热情在燃烧。

<海上酒吧街>

这是一条以酒吧众多而得名的独具特色的酒吧街。在这里，酒只是附属品，邂逅浪漫才是最主要的目的。碧螺塔定期在黑秀酒吧举办小岛迷你音乐节。在这里，游客可以放飞自我，和志同道合的朋友一起挥洒青春。

【登塔祈福】

碧螺塔为海滨东山地区最高点，是世界独一无二的海螺形螺旋观光塔。由于人们喜欢在明信片上写下对亲人、对恋人、对未来的期许，悬挂在碧螺塔的墙壁上，故碧螺塔还有心愿塔之称。目前碧螺塔内展示的明信片有 60 万枚之多，每一张明信片都有一个故事。生活不止眼前的苟且，还有诗和远方，在离海最近的地方，留下最美的期许。

【无边界泳池】

落日时分在碧螺塔无边界泳池里游泳潜水最是浪漫，最适合谈情说爱。俯瞰海底，期待一份爱情，或守护一份爱情。感受海边美景，体味碧螺塔风情，度过一个悠闲的假期。

【口水街】

这里有天南海北的各地美食，每晚 9 点半之后，入园免费。天南海北，各地美食，既要抓住你的眼球，也要抓住你的胃。让你爱上这里的风景，也要爱上这里的美食。

【特色住宿】

这里有木屋、花园客栈、房车、海景主题酒店等多种住宿形式，区别于星级酒店的枯燥，这里更亲近自然，有翠绿的花园、透凉的海风、清澈的海水、湛蓝的天空和柔软的沙滩。当清晨的阳光洒满海面，开门便是满眼蔚蓝，信步沙滩，呼吸着淡咸海水味儿的空气，随手拾起海边的贝壳或海星，感受着沙滩和海水亲吻着脚丫的细腻。

<房车露营地>

房车是一种生活方式，露营不止于情怀。住在碧螺塔海上酒吧公园五星级滨海房车营地，吹着海风，喝着啤酒，吃着烧烤，谈天说地，把酒言欢。

<海景主题酒店>

碧螺塔园内海景房，设施齐全，干净整洁。门外即是沙滩和大海，晚上听着涛声入眠，一夜好梦过后，早上醒来便能看见最美的日出。

当然，碧螺塔海上酒吧公园不止以上。碧螺塔全新策划贯穿全年的主题活动——荧光夜跑、涂鸦大赛、泡泡大趴、湿身大趴、文化市集、DJ 大趴、情侣狂欢节、啤酒节、室内迷你音乐节等，为碧螺塔增添活力，为游客带来更多乐趣。

碧螺塔三面环海，礁石嶙峋，海水蔚蓝，水产丰富，沙滩洁净。这里既是理想的避暑、度假、摄影采风胜地，又是赶海捉蟹、海边垂钓的绝佳选择。一个缠绵迷离的美丽传说，一段难以忘怀的异域之旅，一场盛况空前的篝火狂欢，一次终生难忘的不同体验。不要去等谁，不期而遇正在路上等你，大海、沙滩、篝火、演出，总有一个能拨动你的心弦。

中俄文化艺术合作产业园

中俄文化艺术合作产业园位于北戴河怪楼文化艺术片区，由秦皇岛北戴河达维尔盛国际文化传播有限公司投资兴建，总投资 10 亿元，占地 43 亩，总建筑面积 3.3 万平方米。

中俄文化艺术合作产业园定位为建设国家层面的中俄两国文化艺术交流基地，以文化旅游和文化贸易为主导，打造具有深厚中俄历史文化底蕴，集国际高峰论坛、拍卖、展览交易、创意、信息、商务、休闲、购物、美食等多种功能于一体的中俄文化艺术合作产业园。

【一城三中心】

通过建设舌尖上的中国美食城、中俄文化艺术交流中心、中式文化展示中心、俄式文化展示中心，打造集“文化 + 旅游 + 生态 + 商务”于一身具有异域风情的综合体项目。

< 舌尖上的中国美食城 >

舌尖上的中国美食城建设在联峰路沿街地下一层，建筑面积 5000 平方米，与中央电视台社教部联合打造，共设置 43 个档口，引进 90 余种美食，可容纳 2000 人同时就餐。第二届旅游发展大会期间，举办了“舌尖上的中国”美食体验特色活动。

< 中俄文化艺术交流中心 >

中俄文化艺术交流中心建筑面积 15000 平方米，集中展示了中俄两国最具代表性的文化精品，同时承接国家级大型会议培训。交流中心已与俄罗斯列宾美院的歌舞团签订了 2017 年 9 月至 2018 年 9 月的演出合同，力争全年上演俄罗斯风情演出，解决旅游淡季难题。2017 年 9 月，举办了“一带一路中俄油画展暨中俄文化艺术合作产业园开馆展”，与列宾美院合作打造中国北方最高端的中俄油画交流基地。

< 中式文化展示中心 >

中式文化展示中心建筑面积 4000 余平方米，是具有中国历史文化展示、茶艺表演、酒文化展示、丝绸展示、中医理疗体验、四大名窑瓷器展示、书画创作展示等原汁原味的传统中式风格的交流中心。

< 俄式文化展示中心 >

俄式文化展示中心建筑面积 13000 平方米，仿照俄罗斯著名建筑夏宫，按照 1 ∶ 1 的比例设计建造，是一个具有俄罗斯艺术家创作、俄罗斯特色民族工艺品展示、俄罗斯珠宝玉石展示、阿芙乐尔号俄式餐饮主题酒吧等功能展区的交流中心。

这是一个具有文化底蕴、兼具中俄韵味、服务完善、独具特色的中俄文化产业交易之园，是中俄两国首脑会晤机制下重点关注、支持的示范项目，为优化京津冀一体化产业结构调整起到示范作用，为带动北戴河旅游产业转型升级起到促进作用。

创新驱动　康养基地——北戴河新区

北戴河新区北临戴河，南接滦河，西起京哈铁路和沿海高速公路，东至渤海海域，总面积425.8平方千米，下辖121个行政村，海岸线长82千米，人口16.9万。辖区分为托管区、两县暂管区、规划控制区3个区域。

北戴河新区与避暑胜地北戴河隔河相望，既不隶属又不辖北戴河区。这是一片充满生机、孕育希望的热土，它的组建与发展，是一个从无到有、从虚到实、不断推进的过程。2006年12月，河北省政府批准设立黄金海岸保护建设管理区；2009年6月，在管理区基础上设立北戴河新区；2011年1月，北戴河新区升格为副厅级机构，为省级经济功能区；2016年9月28日，国务院批复同意在秦皇岛市设立北戴河生命健康产业创新示范区。

北戴河新区坚持打基础、利长远不动摇，严守规划红线和生态底线，强化民生社会保障，蓄实永续发展的后劲，拥有“国家旅游综合改革示范区”“国家现代服务业综合改革示范区”“国家公共文化服务体系建设示范区”“国家首批智慧城市试点”“国家绿色建筑示范区”“国家级新能源示范产业园区”六张国字号名片。

北戴河新区交通便捷、可进入性强。新区距北京260千米，距天津243千米，距沈阳400千米，是连接东北与华北的海陆通道、渤海湾的黄金地带、环渤海经济区和京津

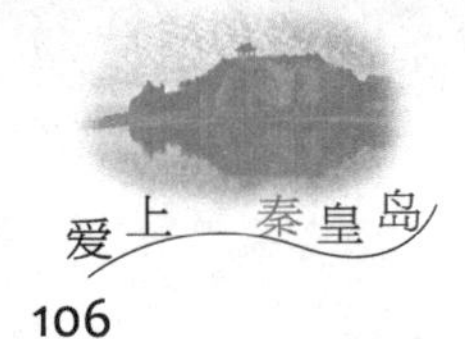

冀都市圈的唯一综合休闲旅游度假区。它紧临沿海高速公路，并专建京沈高速第二通道北戴河新区支线，距离津秦客专、京秦直达高铁北戴河站 10 千米，距北戴河国际机场 15 千米，距秦皇岛港 25 千米，并建有旅游综合码头，陆、海、空交通体系发达，便捷通畅。

北戴河新区既是潜力无限的双创沃土、康养基地，又是旖旎清丽的海洋大漠、唱晚林田。这里气候条件舒适宜人，冬无严寒，夏无酷暑，年平均气温 10.3 度，盛夏平均气温 23 度，150 平方千米的葱郁林带每立方厘米空气负氧离子的含量高达 3 万个以上，被誉为“天然的氧吧”。这里旅游资源丰富，拥有河、海、港、潟湖、沙丘、森林等自然结合的独特景观，汇集着阳光、海水、沙滩、森林、湖泊、沙山、温泉、鸟类等旅游资源，可与世界一流的旅游目的地相媲美，堪称世界级阳光海岸。

古有东临碣石，以观沧海，今有秦皇岛外打鱼船。自秦始皇求仙拜海以来，有 9 个朝代的 28 位皇帝东巡至此，从而开启健康养生之源。北戴河新区最大的资本、最强的优势、最靓的品牌，除了历史禀赋之外还有自然生态资源。被誉为“大海与金沙吻痕”的 82 千米的黄金海岸，海岸线占据秦皇岛市海岸线总长度的 51%，滨海沙丘是北戴河新区的特殊地貌类型，辖区翡翠岛沙丘最高达 44 米，素有“京东大沙漠”之誉。七里海潟湖湿地和滦河口湿地风光宜人，是多种珍稀候鸟迁徙的“中转站”，属于国家重点保护的鸟类有 68 种。北戴河新区南部地热资源分布较为丰富，钻井深度 1000 ~ 3000 米，可获地热水温度为 50 ~ 100 度，并含偏硅酸、氟、锂、锌、硒、铜、锰等微量元素，具有较广泛的医疗保健作用。这里还有横贯全境的入海河流，历史悠久的天然渔港，优质高端的旅游项目，极具民族风情的朝鲜族村。

随着京津冀协同发展进程的深入、“一带一路”等重大战略持续推进，以及供给侧结构性改革加快实施，北戴河新区的发展驶入了快车道。乘深化改革的时代东风，北戴河新区的明天一定会更加美好。

沙雕海洋乐园

沙雕海洋乐园地处北戴河新区滨海新大道D4段东侧，总占地面积1050亩。景区内沿海沙质细腻、海岸平滑，海岸边高大的沙丘、碧绿的树林、蔚蓝的大海，构成一幅十分壮美的自然景观，国内十分罕见。景区是集观光游览、海滨休闲、温泉度假功能于一体的国家4A级旅游景区，是秦皇岛地区具有鲜明主题特色的高品质旅游度假区和黄金海岸旅游线上的重要聚客锚地。

【游客中心】

游客中心建筑面积3500平方米，包括游客接待大厅、导游服务站、展示厅、展示长廊、医疗室、保安室、边防办公室、公共卫生间等各种接待设施，设备齐全，功能完善。

【遨游广场】

遨游广场集主题沙雕、地面铺装、休息廊架、涌泉景观、观光小火车站台多种功能于一体。两条50米长的巨型飞鱼沙雕与沿湖路上的有师台、花岛船歌等多个主题沙雕共同构成一条别具一格的沙雕艺术走廊。

【南国风情鳄鱼园】

在这里，旅游者可以欣赏到泰国著名的训鳄表演，有鳄口夺宝、人鳄拥抱、头入鳄口等训鳄绝技，惊险刺激。这里还有来自中国吴桥令人瞠目结舌的飞车特技表演，各种各样的表演花样迭出，令人目不暇接。

【卡丁车和沙滩车】

卡丁车是一项极具魅力的户外运动，这种流行于欧美的无车厢微型敞篷车，无减速风挡，能感觉到高于实际2～3倍的车速，尤其是弯道上产生3～4倍于重力的横向加速的超速感觉。在沙滩车车场上，旅游者可以尽情享受追风逐电的速度与激情，那种紧张和刺激，妙不可言。

【沙雕制作工艺及"速朽艺术"】

沙雕艺术造型，通过采用堆、挖、雕、掏等手段和手法，把一盘散沙塑成各种造型，供旅游者观赏。沙雕在制造过程中，主要用的是沙和水，作品完成后，在其表面喷洒一种特制的胶水，使其得以加固。沙雕在一定时间内会自然消解，难以长期保存，又被称为"速朽艺术"。大型沙雕作品具有强烈的视觉冲击力，是很多传统的雕塑作品难以比拟的，又被称为场面宏大的"大地艺术"。

<大赛作品>

2014年，景区大型沙雕作品展示区为国际沙雕艺术大赛专业赛区。清明上河图、四大名著等沙雕以历史、名人、名著为脉络，为国内首创、唯一的沙雕版中华文明五千年。这些沙雕作品为游客展示了炎黄子孙创造的一个个神话，把中华五千年历史上最辉煌的文明串联在一起，演绎了一幕幕交流与进步、发展与繁荣的美丽史诗。

<十八罗汉>

十八罗汉沙雕作品人物表情极为生动，是沙雕师傅的匠心之作。十八罗汉是指18位永驻世间、护持正法的阿罗汉，由16位罗汉加2位尊者组成。十八罗汉均为释迦牟尼的弟子，自唐代以来便受到我国佛教的普遍尊奉。

<弥勒笑佛>

弥勒笑佛是景区的迎客沙雕、镇景之宝。弥勒佛是释迦牟尼佛的继任者，笑口常开，一般放置在寺院前殿，被称为“迎客佛”。沙雕弥勒佛是景区内体量最大的沙雕艺术作品，弥勒笑佛依靠多年海风堆积的高大沙丘依势而建，总高37米，堪称沙雕奇观、世界之最。

【中心文化广场】

沙雕海洋乐园沙雕师傅以吉祥如意为主题，从一而十雕刻了十组小型沙雕作品，分别是一鸣惊人、好事成双、三羊（阳）开泰、四季平安、五福临门、鹿鹤同春、七星高照、八方来财、九九归一、十全十美。

【槐花林】

槐花林中树木枝叶茂密，绿荫如盖，有近百年的历史。槐树具有很高的负氧离子，对二氧化硫、氯气等有毒气体有较强的抗性，是景区中的“天然氧吧”。每年5月中下旬槐花

花期之际，景区便会举办槐花节，在欣赏茂密繁花之时，提供各种槐花美食。

【休闲广场】

休闲广场，迎合了现代生态学，注入了沙文化特色，并以多层次的生态环境组织人与自然、生态与自然交融的生态空间，强化园林空间的景观感受，提升整体景观空间的文化品位，为旅游者营造了一个良好的休憩胜地。

【海天温泉】

沙雕海洋乐园的海天温泉是景区一大特色，是以大海、蓝天、温泉三种特色组合而成的主题温泉区。泉水来自地下 1000 米，出水温度为 60 度，地表温度 45 度，含极丰富的矿物质，温泉热海、热海生物世界给人以全新的视觉感受与休闲体验。置身于水雾袅袅的海天温泉，休憩于海天一色的会所、客栈里，惬意游逛在林间雾里的海天休闲街，让人在自然间放松身心，流连忘返。

【戏水乐园】

沙雕海洋乐园的大型戏水乐园是目前环渤海地区最大的戏水乐园，占地 6 万平方米。戏水乐园一期建设梦幻水世界，包含巨兽碗、皮筏敞开组合式滑梯、超级大喇叭、水疗池、六彩滑梯、极速滑梯、波浪滑梯、儿童水寨等娱乐项目。戏水乐园二期建设极限水城，包括巨蟒滑梯、雪橇滑梯、炮筒滑梯、家庭组合滑梯、垂直极限、漂流河等水上项目。

【原生态海滩】

原生态沙滩浴场由德国设计公司进行专业规划设计，对景区沙滩整体景观及沙滩服务设施进行改造。

沙滩景观以极简主义建筑风格搭建沐廊，连接大海、金沙与槐花林。沐廊起点为海螺广场，广场呈上扬形式，站在广场前只闻阵阵海浪声却不见其形。在踏上入海广场的一刹那，一道海平线映入眼底。入海广场建有三个彩色海螺塔并配有景区 Logo，是拍照留念、回忆美好时光的好地方。驻足望海平台上，面朝大海，心旷神怡。左边为海蓝珊瑚花淋浴，是沐廊木栈道的开端。

沙细滩缓、水清潮平的浴场，环境优美，是海水浴、热沙浴的理想之地。这里还可以体验各种游乐活动：沙疗、沙滩排球、沙滩足球、沙滩拔河、拓展训练、儿童沙雕自创乐园等。为满足游客不同需求还增设了海边木质长廊、游客服务区等服务设施。

【滨海之夜】

滨海之夜，人人不眠。烟花篝火晚会之后，可以去沙雕影院重温一下往日的经典镜头，或到露天啤酒屋里小酌、烛光下品一杯温情的拿铁咖啡、光电舞台上忘我地炫舞、帐篷营地里宿营，或乘船再去欣赏一下被灯光打扮得梦幻、炫丽的沙雕艺术品。

沙雕海洋乐园，金黄绵软的沙滩，文脉悠远的沙雕，挑战极限的水上乐园，从静谧到澎湃，从文艺到欢声，乘坐环景小火车一路还可游览众多景观，体验游沙滩、穿林海、观沧海的乐趣，使旅游者在欣赏美景的同时又能得到舒适便捷的服务。海之滨观日出，林泉里赏夕阳，雨后的彩虹，漫天的星斗，碧蓝的天，金色的沙，蔚蓝的海，一切都在这里！

渔岛海洋温泉

渔岛海洋温泉景区位于中国最美八大海岸之一的北戴河黄金海岸中部，占地面积 1800 亩，因岛上盛产鱼、虾、参、贝而得名渔岛。景区集碧海蓝天、沙滩浴场、娱乐体验、康疗度假、餐饮住宿、农业休闲与观光等于一体，由多彩观光、激情表演、动感娱乐、海滨浴场、温泉养生五大区域组成，是国家 3A 级旅游景区、中国休闲农业五星级园区。

【原生态沙滩浴场】

渔岛沙滩浴场不仅有唯美的海岸线，还有与海岸标配的清澈优质的海水、绵细柔软的沙滩、舒适逸然的纳凉亭。天蓝海碧，沙细滩软，水清潮平，海岸浩渺，风光旖旎，天然优质的原生态海滩浴场是纵享海水浴、阳光浴、沙滩浴、空气浴、森林浴、温泉浴的不二选择。

【薰衣草庄园】

渔岛地处北纬 39 度，适宜的自然条件与园艺师的精心培育，使薰衣草在渔岛扎根发芽，生长绽放。每年 6 月中旬，渔岛“薰衣草文化节”吸引着数以万计的游人。淡紫色的花房、

浪漫甜美的花海、清雅宜人的香气总是那么迷人，让人充满着期望，期望邂逅那份爱情。

沿着木栈道，与爱人一路相伴，欣赏着造型别致、五彩缤纷的七彩花田，充满生机与活力的观景大风车，寓意美满爱情的“执手望年华”的心形景观。紫香漫境，沁人心脾，一路情缘，此生不变。

【薰衣草博物馆】

薰衣草博物馆为紫色伊斯兰风格建筑，又称解忧公主小街，是研究香草文化和科普教育的基地。这里拥有春黄菊、香春兰、神香草、椒样薄荷等 60 多种香草标本，打造了薰衣草系列产品，如薰衣草系列婚纱摄影、薰衣草精油，还可以亲手制作薰衣草保健枕、精油皂、香包，切身感受芳香馥郁的薰衣草带来的无穷乐趣。

【热带雨林式室内温泉】

热带雨林式室内温泉为蓝色贝壳形建筑，是一个集碧海蓝天、温泉体验、养生康疗、休闲度假、餐饮娱乐、会议住宿于一体的热带雨林式温泉度假酒店。菲奢尔海景温泉是将渔岛旺季无限延伸的康养项目，更是可以吹着海风看星星的四季观海温泉。

温泉水来自地下 1600 米的岩层水，是距今 1 亿年前火山喷发、岩浆侵入等地壳运动慢慢形成的富含氟、偏硼酸、偏硅酸等微量元素的氟水淡温泉，水质清澈透明，沐浴后细腻润滑，具有较好的医疗价值和康体保健、美容养颜等作用。

热带雨林式温泉采用多种热带雨林植物打造，共有 85 个泡池，可同时容纳 4000 人体验。水木清华，秀色氤氲，宛若海边的丛林仙境、盛开的温泉花园。温泉分为室内和室外两部分，室内温泉实现了温泉水造浪，有山林温泉、溶洞温泉、中医诊疗等特色主题。室外的迷情温泉湾是具有古罗马风情的泡池，近海十余米，可观海听涛。

【好莱坞特技秀】

“二战”时期，一架轰炸日本的美国 B-29 型远程重型轰炸机由于发动机故障在范庄子附近坠毁，7 名美国飞行员被迫跳伞降落在后七里庄，被中共昌黎工作委员会党员干部训练班学员和当地民兵所救。基于真实历史事件，渔岛打造了一场真人实景特技秀，有历史有未来。好莱坞特技表演场占地面积 12000 平方米，可容纳 4500 人同时参与。整个故事以欧式城堡为依托，采用声、光、电等现代技术，借助焰火、水炮等表演手段，展现熊熊燃烧的火焰、近在咫尺的惊涛骇浪、震耳欲聋的爆炸，让人身临其境，震撼无比。枪战、爆炸、飞车、漂移、搏斗，精彩的表演使人乐而忘返。

【水上飞人】

水上飞人表演场地位于空旷的沙湖上，又被称作水上钢铁侠，是由法国人发明的观赏性较强的水上表演。演员利用脚上喷水装置的反冲动力，在水面上时而俯冲，时而腾空，不断地舒展身躯做出惊险刺激的动作。水上飞人表演需要演员调动全身的肌肉和韧带来协调平衡，对体力有着相当严格的要求。

【渔岛码头风情商业街】

深紫与浅紫、明黄与亮蓝、嫩绿与绯红，色彩斑斓的欧式建筑群便是渔岛码头。风情街融入欧洲特色小吃、甜点、花式调酒与街头表演，加上渔岛本地特色产品，既增加了与游客的互动，又将景区的产品销售进行了提档升级。

【美食与住宿】

渔岛盛产鱼、虾、参、贝等海产品，特色美食自然少不了。渔岛不仅有菜品丰富的菲奢尔日式自助餐，还有产自渔岛自有养殖基地的各种海鲜大餐，如海参、海螺、扇贝以及渔岛特色烤大鱼等美食美味。

渔岛构建了多样式的住宿空间，有高端舒适的菲奢尔海景温泉度假酒店、充满诗情画意的海边木屋小别墅、全透明屋顶设计的个性集装箱，多种选择，可满足不同群体的需求。

作为新兴的特色景区，渔岛海洋温泉建设日新月异，景区发展与时俱进。各种大型娱乐设备的引进和水上娱乐项目的建设，以及天然的滑沙场地，让不同年龄的旅游者都能在这里找到属于自己的一方乐土。

圣蓝海洋公园

圣蓝海洋公园坐落在北戴河新区黄金海岸，是秦皇岛圣蓝皇家旅游发展有限公司耗时近 7 年时间精心打造的经典作品。景区占地约 500 亩，是集旅游观赏、科普教育、互动娱乐、餐饮购物、休闲度假于一体的大型主题景区。

圣蓝海洋公园由小鲸迎宾池、圣蓝小镇商业街、中华国鱼馆、冰雕馆、珊瑚岛、深海世界、海洋动物表演场、海龟池、海豹池、海盗城堡、3D•4D 影院、少儿科普中心、美食中心、儿童游乐场、穿越马里亚纳、疯狂嘉年华游乐场及休闲沙滩等 30 余个分项目组成。景区将海洋文化与旅游产业完美结合，融文化旅游、娱乐、科技为一体，是目前中国北方最具规模的海洋主题公园。

【公园精品项目】

圣蓝海洋公园将海洋文化与旅游产业完美结合。这里既有适合儿童的游艺场所，又为青年人设计了惊险、急速、刺激的游艺项目，同时还提供了老少皆宜的合家欢项目。除此之外，沙滩浴场聚集了各种沙滩休闲设施和海洋游乐项目，引领人们享受健康阳光的沙滩休闲运动。

< 小鲸迎宾池 >

小鲸迎宾池位于公园大门入口处，采用中国传统造园文化中的“影壁”概念而创建的水族箱，池中放养着轻灵可爱的水中精灵——小鲸，为世界首创，给旅游者以全新的震撼感受。在小鲸的曼妙泳姿之间，旅游者可以充分体验海洋的神奇与瑰丽。

< 中华国鱼馆 >

中华国鱼馆将最早由中国培育的鱼类——被称为国鱼的金鱼作为展示主题，以国鱼及中国园林建筑的特有元素及文化向世人充分展示中华文化的博大精深。中华国鱼馆占地约 900 平方米，展出黑龙睛、鹤顶红、望天眼等 200 余种金鱼。一座中式院落，一池身姿奇异、色彩绚丽的金鱼，漫步在极富中国文化特色的展馆中，步移景异，人鱼共游，趣味无限。

< 珊瑚岛 >

珊瑚岛是圣蓝海洋公园内最独特的建筑，模拟了澳大利亚大堡礁的造型及生态环境，馆内利用大面积自然珊瑚群展示五彩缤纷的珊瑚礁及大量色彩斑斓的珊瑚鱼类。实景美丽壮观，构思独特，是公园一大亮点。旅游者可以通过多个视角欣赏地球上这一奇幻的景观和色彩斑斓的珊瑚鱼类。

<深海世界>

深海世界引进国际上最先进的气泡和270°环形隧道技术，向旅游者展示深海鱼类及大型鱼类，既能给人以身临其境的震撼，又能收获丰富奇趣的海洋科普知识。在这里，旅游者可以通过“梦幻海底通道”下潜到海下深处，探寻未知的深海世界，通过全景电影、深海隧道、气泡隧道、鲨鱼等景观，欣赏一场场精彩的视觉盛宴。

<海洋动物表演场>

海洋动物表演场分为冬夏两馆，其中夏季馆可容纳近5000人同时观看节目，是目前国内最大的海洋动物表演场，也是园内游览的高潮项目。场馆专门设计冬季馆，填补了秦皇岛冬季无海豚表演的空白。同时，馆内设计了一条“地下观景通道”，可使旅游者在“水下”观看海豚的曼妙身姿。

<3D•4D影院>

3D•4D影院是利用现代高科技营造环境特效、模拟仿真效果而创造的新型电影产品，观众通过与电影内容联动，增强临场感受，是现代高科技精华的体现。

【服务配套】

圣蓝海洋公园内各类齐全的设施以及可进入性良好的交通环境为旅游者提供了方便周到的服务。餐饮休闲中心和商店分布于各处。其中美食中心独特的船形设计，独具特色。还有海洋风情商业街——圣蓝小镇，以奇趣可爱的海洋动植物卡通造型作为建筑立面素材，并以一切与海洋相关的符号为设计元素，从建筑及景观两个层面营造海洋文化氛围。同时提供各类以海洋为主题的旅游商品、纪念品和礼品，以供广大游客选择。

圣蓝海洋公园主要包含两个游客服务中心，占地分别为215.79平方米和176.84平方米，旅游服务中心设施齐全，功能完善。此外，为满足节日及暑期大流量高峰期的需求，圣蓝海洋公园配备了一个占地45142.4平方米可停放1600辆小车、120辆大客车的大型生态停车场和一个占地2791.7平方米的小型停车场以及六个4A级生态厕所。

圣蓝海洋公园是一个具有引领性的精品旅游文化项目。该项目的建成，为国内外广大旅游者提供了一个环境舒适、身心愉悦的旅游休闲场所，特别是为青少年和儿童提供了一个广泛参与、寓教于乐的旅游观赏和科普教育完美结合的场所。

中保绿都心乐园

中保绿都心乐园景区位于中国首个国家级生命健康产业创新示范区——北戴河新区国家生命健康产业创新示范区的核心位置，规划面积 14000 余亩。

心乐园隶属于中保绿都农林科技有限公司，公司以“亲子养生、文创园区——心乐园”和“现代农林科技田园综合体”为主要板块，规划建设“主题核心区、美丽乡村区、多功能服务区、生态群落区、森林游憩体验区”五大功能区。

心乐园在“创新、协调、绿色、开放、共享”的发展理念指引下，贯彻国家生命健康产业“创新驱动、市场引领、集约发展”的发展战略，利用生态、区位、文化底蕴优势，在整个景区“一核五区”功能空间布局中，承担“亲子养生、休疗度假、文化创意、绿色农业、生态涵养”五大职能，将乡村休闲度假、文化旅游创意、农业观光旅游、生态养生疗愈、美丽乡村建设等多个利国利民、共享共赢的产业链条有机整合，全链条、全过程、全维度融入北戴河新区国家生命健康产业创新示范区的“医、药、养、健、游”五位一体生命健康产业大格局。

现代农林科技田园综合体采取“公司 + 基地 + 农户”的经营模式，公司出资、农户以土地租金入股，实现土地流转。以整个园区作为主体，以现代农业、林业为基础，把土地流转到公司挣租金，来公司打工挣薪金，参股合作社挣股金，让农户们成为三金农民，打造一、二、三产业相融合的现代田园综合体，实现了社会效益和经济效益的统一。

心乐园一期建设面积约 753 亩，由台湾乡村旅游协会规划设计，以五行、养生、中医文化为主题。主要涵盖景观天桥、游客服务中心、人体馆、太极天文馆以及花卉景观与药草绿植。此外，在人体馆周围设置了五行馆及住宿群落，为旅游者提供深度体验中华五行养生奥妙、深入理解人与自然和谐共生法则的良机。

【太极天文馆】

太极天文馆以八卦太极为建筑主题，采用穹顶圆基设计，穹顶大型球幕中心为太极图，圆基周边配置二十八星宿，上方为北极星与太阳，并以北斗七星为方位指向。自穹顶太极图开始，依循“无极生太极、太极生两仪、两极生四象、四象生八卦，进而衍生出春夏秋冬四时、十二月全年和二十四节气”的理念，开八个门象征八卦，立二十四根圆柱象征二十四节气，馆内地面标出九宫、四时、五方、地支，馆中央设置面南背北站立的人体雕像，以象征“天人地三位一体”，说明天体运行与人体健康的密切关系。

太极天文馆体现了中华民族思想精髓，演绎先明天文而后顺应天时，进而达到“天人

合一”的养生观。在这里旅游者可以通过仰望苍穹理解勤劳智慧的中华民族先民在独创的天文历法体系下构建的《黄帝内经》养生医学理论体系，以及五星运动所产生的天象、物候与地理方位对人体生命活动的影响。

在科技飞速进步的当下，物质生活的极大丰富并没有解决人生幸福这一根本问题。置身太极天文馆，领悟道家、儒家和当代哲人对“天人合一”哲学的解读与阐释，内心自然萌生出热爱生命、热爱大自然的思想，从而能够领会所有生命的语言，时时处处感受到生命的存在，与大自然的旋律交融相和，能够取得对方生命的信任并和谐共存，实现与大自然和谐共存，人与物质、物质与物质极度巧妙完美的结合。

【人体馆】

人体馆是景区标志性建筑，是全国唯一一个以人体形状打造的五行养生主题馆。馆内以木、火、土、金、水五行对应肝、心、脾、肺、肾设置不同的养生设施，包含运动养生、艺术养生、音乐养生、香氛养生、饮食养生、心灵养生等八种养生体验区，形象地传达了人体内部结构和养生的关系。

<头部>

一层头部区域是圆形会议厅，以多媒体形式开设健康养生大讲堂。养生讲“三分调，七分养”，快节奏的生活，压力总是如影随形，不良的生活习惯导致多数人处于亚健康状态，大讲堂通过讲解养生知识，使旅游者意识到健康的重要性，进而培养游客良好的健康理念与生活习惯。

二层头部区域为五行养生餐厅。餐厅为游客提供营养搭配合理、适合自身体质的各类简餐，让旅游者通过调整饮食补养脏腑功能，进而提升身体机能，促进身体健康。

< 身体区 >

一层身体区域以人体五脏的功能与特点打造了不同的养生体验设施。

肾对应五行之中的水行，以观赏水池——肾好池形式展现。肾脏是人体最重要的调节水分代谢的器官，体内的废物需要肝脏和肾处理，可以想象一下，仅占身体 1% 的肾却要承受全身 1/4 的废物处理。通过一个水的景观形式，让游客对水在肾的正常运转中的重要性产生一个深刻的印象。

脾对应五行中的土行，以脾气小屋形式展现。中医认为，脾气能发则脾气充足，有利于怒气消解，适当发泄出压力有利于身体健康。《金匮要略 • 脏腑经络先后病脉证》有著名的论断 :“见肝之病，知肝传脾，当先实脾。”看到肝脏就要补充脾气的不足，在脾气小屋内游客可以把自己在生活中或者工作中遇到的不满和压力全部发泄出来，此区域的设计也是针对现在大部分城市白领工作生活压力大的问题。

肺对应五行中的金行，以氧气为主题，修建了肺叶形状的天然氧吧，内部种植大量绿色植物来净化空气。良好的空气环境有利于减轻肺部净化空气的压力，减少肺部毒素的累积。游客可以体验到天然氧吧带给自身的舒适感受，也可以意识到绿化对我们身体健康的重要性。

肝对应五行中的木行，以心情为主题，设计了小心肝游乐场，也是适合儿童的游玩场所。肝与情绪活动关系密切，中医讲究“肝喜调达”，积极乐观、舒畅开朗的情绪有利于肝脏健康。游客进行养生的同时，可以在和小朋友的游玩中最大限度地放松心情。

心对应五行中的火行，修建玻璃心体验区。二层身体区域是以小肠形象设计的滑梯以及以心脏为原型设计的多媒体体验区，滑梯可直达一层小心肝游乐场。心脏作为人体最重要的器官，把血液输送到全身各个部位，是人体循环系统的重要部分。体验区玻璃外形为红色心脏，游客可体验心脏跳动带来的震撼效果。

< 四肢区 >

一层左脚区域为五感体验区。视觉、听觉、嗅觉、味觉、触觉是生活中必不可少的人体感触。五感体验区设置暗镜迷宫、无声空间、触觉阵多媒体互动区。在五感体验区域内能让我们体验在失去视觉、听觉与触觉时的感受，从而更清楚地感知我们可以正常用五感感受世界的美好。

二层左脚区域为生活养生体验区。这里体现了八种养生方法中的节气养生、环保养生、居家养生、园艺养生等，游客通过参加不同的 DIY 手工制作活动，了解并切身体验八种养生方式的重要性。

一层的右脚区域为五行小商品城。这里提供人体馆内涉及的所有商品，包括五行茶叶系列、香氛精油系列、养生食品系列、养生 CD 系列、园艺养生产品系列、五行布艺商品系列、五行小商品系列、本地特色商品系列，游客可以在此购买自己需要的商品或者纪念品。

二层右脚区域为运动养生体验区，包含太极养生、瑜伽养生等多种养生运动体验。太极是一种合乎生理规律、轻松柔和的健身运动，它对中枢神经系统起着良好的作用。瑜伽也能够使身体保持活力，改善练习者的心智情绪和视力听力。游客通过运动养生，保持健

康状态。

一层左胳膊区域为五行体质检测区。《灵枢·阴阳二十五人》运用阴阳五行学说，结合人体肤色、体形、禀性、态度以及对自然界变化的适应能力等方面的特征，归纳总结出木、火、土、金、水五种不同的体质类型。此区域为游客提供身体体质检测服务，游客可以根据自身的五行体质进行相应的健康养生。

左手掌区域为五行音乐体验区。《黄帝内经》提出“五音疗疾”理论，《左传》中更说，音乐像药物一样有味道，可以使人百病不生，健康长寿。用音乐可以舒神静性、颐养身心。

一层左手指区域为五行精油体验区。体验区将纯植物提取精油与中医按摩手法结合，疏通经络，放松身体。《黄帝内经》里说："经络不通，病生于不仁，治之以按摩。"纯精油内含具有再生特性的有氧分子，增加身体含氧量，促进免疫系统的运行。

二层左手区域为五行养生茶区。不同季节、不同区域的茶有不同的养生功效。心乐园根据游客自身体质推荐适合的品种与用量，教授游人通过正确的用茶方式达到最佳的养生效果。

二层右手区域为养生书籍区，以书塔的形式向游客展示各类养生书籍。通过阅读书籍学习养生知识，寻找到正确的养生方式，也可以购买适合自己的养生书籍。

借助第二届河北省旅游发展大会在秦皇岛召开的契机，落实北戴河新区“打造全季全域旅游示范区、国际康养旅游度假目的地”的大战略，心乐园将成为北戴河新区大健康产业平台上魅力四射的亲子养生文创园区。

中保绿都农林科技有限公司是一家是以乡村休闲旅游、健康产业旅游、现代农林开发与技术推广、生态农业、美丽乡村建设为主的现代农林科技公司。公司立足秦皇岛北戴河新区，积极投身大健康产业的同时，时刻不忘“看得见山水、记得住乡愁”的初心，把生态环境养护作为根本大计，在森林与田野上谱写最美丽的绿色乐章，把带动父老乡亲共同富裕作为成功的标尺，真正把“绿水青山”变成“金山银山”，始终坚信所有的发展依靠人和自然、所有的发展为了人和自然的和谐生态发展观。二期工程将打造现代农林科技田园综合体。

【美丽乡村区】

中保绿都农林科技有限公司与前朱建坨村、后朱建坨村等 7 个村庄的村民达成战略共识，签署互惠协议，实现土地经营权的市场化流转。通过企业和农户之间股份合作的形式，企业提供产品、技术、管理、资金，农户以土地、资金和人员的形式共同参与完善股份合作制度的执行和落实。企业成为农户的领航员，农户成为企业发展的坚强后盾，真正从改变当地人民群众的生产方式入手，实现生活方式的改变，创造出有活力、有竞争力、有凝聚力、有吸引力的美丽乡村。

在这个区域规划建设的苹果种植园、绿色水稻种植园、优质果树及景观苗木繁育基地、油葵花海、农产品加工厂、仓储物流基地等不仅具备了生产功能、科研功能、示范功能，更有景观塑造功能和养生保健功能。

<密植苹果种植园>

规划占地面积3800亩的现代密植苹果种植园区，已经初具雏形。在这里，随着苹果树苗的茁壮成长，“果品栽植良种化、布局区域化、基地规模化、管理集约化、生产标准化、装备机械化、管理信息化、果农知识化、服务社会化、经营产业化”的现代果业体系枝繁叶茂，即将挂果丰收。

<水稻种植园>

北戴河新区留守营片区，水稻种植历史悠久，但是传统水稻种植品种退化、技术落后、品质较低。中保绿都农林科技有限公司发挥自身科技优势开发了2000亩特色水稻种植区。

盛夏时节，清晨的稻田薄雾弥漫，露珠晶莹；午间的稻田苍翠欲滴，生机盎然；最美的时刻是夜晚，在稻田田埂之上或走或坐，体会“七八个星天外，两三点雨山前”的意境，畅想“稻花香里说丰年，听取蛙声一片”的喜悦，怎一个“美”字了得！

<优质果树及景观苗木繁育基地>

中保绿都农林科技有限公司与中国农业大学、河北科技师范学院等高等院校农林科技专家合作，规划建设了500亩优质果树及景观苗木繁育基地，从优质果树及景观苗木繁育入手，在保证公司自身竞争力的同时，还致力于改变本区域农林科技发展水平，形成产区优势，打造产地品牌，提升市场竞争力，辐射带动更多农户发家致富。

<油葵花海>

中保绿都农林科技有限公司珍视每一寸土地，将土地作为画布，以植物为画笔，描摹出一幅幅壮美的画卷。公司引种高产油料作物油葵，盛花期的油葵田地就是金色的海洋，每一朵油葵花就是一张追逐着阳光的笑脸，置身其间，心中感受到无尽的希望。

山河壮阔是自然的馈赠，幸福安康是人民的福祉。中保绿都农林科技有限公司将深深植根在北戴河新区这片创新创业的沃土上，积极投身到国家生命健康产业创新示范区建设的滚滚洪流中去，敬畏自然，不忘初心，深耕田野，造福人民！

国际康养旅游中心

国际康养旅游中心由北大未名集团开发建设，占地面积 600 亩，计划投资 15 亿，总建筑面积 12 万平方米。中心以“散落在绿色森林中的宝石”为设计理念，每一栋建筑都以切割的宝石形态呈现。生命的基因是可编辑的，编辑后才会更加完美，就如同宝石需要不断地打磨、切割后才会更加璀璨夺目、光彩照人。

国际康养旅游中心共分为医疗体验区、康养游乐区以及度假休闲区三大功能片区，以生殖医学中心、北戴河国际健康城展示中心、细胞制备中心、健康管理中心与全球私人医生中心构建参观坐标群，集项目理念阐述、尖端技术研发与临床应用于一体，形成全方面展示体系。重点开展包含生殖医学、细胞免疫治疗、健康管理以及个性化私人医师等现代高端医疗体验和展示服务，使旅游者能够在游览度假之余，畅享现代化医疗的优势和便利，达到收获健康的目的。

【资源特色】

国际康养旅游中心项目利用北戴河独特的旅游资源优势，以健康旅游、医疗旅游为主旨，拥抱互联网，整合本地优势医疗资源和跨境医疗资源平台，全力打造医疗旅游热点，为旅游者提供健康体检、养生保健、慢病治疗、细胞治疗等保姆式医疗服务及智能化就医体验。

【生殖医学中心】

生殖医学中心为国际康养旅游中心的重点建设项目，总建筑面积 5000 余平方米，中心旨在透过国际视野开拓创新，参照国际标准为病人提供服务，秉持国际规范医疗与科普教育水平，沿用国际思维管理运营，建立技术研发相关国际合作和引进国际人才打造一所极致的生殖医学示范中心，主要提供生殖内分泌和不孕不育诊疗、辅助生殖技术、生殖健康管理以及特殊诊疗项目（远程诊疗、美国生殖专家全周期管理、VIP 贵宾服务）等服务。

【细胞制备中心】

细胞制备中心联合美国贝勒医学院肿瘤细胞与基因治疗中心，引进国际前沿的免疫治疗技术，建设同时符合中国、美国和欧盟三方标准的 GMP 免疫细胞生产车间、免疫细胞技术研发部实验室、质量控制部实验室以及临床应用室，通过引进、消化、吸收、再创新，重点开展包括 CAR-T 细胞治疗技术、特异性免疫细胞治疗技术以及溶瘤病毒在内的肿瘤免疫治疗与免疫保健服务，并为患者提供个性化“保姆式”免疫诊疗服务。

【健康管理中心】

健康管理中心是国家大基因中心重要的大健康服务平台，重点承担健康检测、健康管理、医疗诊断、高端康养等服务。以世界顶尖的医疗体检设备、国际权威的生物治疗技术、舒适优美的环境，向客户提供全方位、高品质的健康服务，为百姓的健康生活保驾护航。

【全球私人医生中心】

全球私人医生中心以健康理念融入生活为核心，打造专业的检测、监测、管理、干预和康复的闭环式服务。为会员及会员家庭提供健康咨询、就医指导、就诊陪护等全方位的私人健康管家式服务。

全球私人医学中心和美国哥伦比亚大学、康奈尔大学、贝勒医学院、加州大学旧金山医学院、北京大学医学部和南京医科大学等国内外权威医疗机构展开深度合作。

“基因主宰生命，生命可以逆转。”中心围绕推进“健康中国”建设，转变基层医疗卫生服务模式，以私人医生签约服务为目的，以维护人类健康为核心。依托实体医疗机构着力构建全球私人医生远程医疗服务体系，搭建私人医生在线公示平台、远程医疗会诊平台以及建立执业医师信誉档案。

【槐花林】

北戴河国际康养旅游中心的道路两边郁郁葱葱的树林，都是原始地貌保留下来的百亩槐花林，每当槐花开放之时，芳香满园，让旅游者的每一次呼吸都沁人心扉。

国际康养旅游中心即将建设的项目二期，以健康旅游、医疗旅游为主旨，打造健康版“迪斯尼”式的康养游乐服务区，通过交互性体验项目的方式调节都市人群的亚健康心理状态，使人们回归开心幸福的生活。

日新月异 希望之地——经济技术开发区

秦皇岛经济技术开发区是1984年经国务院批准设立的全国首批、河北省首家国家级经济技术开发区。全区规划控制面积128平方千米，常住人口约14万。开发区分东区、西区两区，东区位于万里长城的起点山海关老龙头东侧，西区紧邻著名避暑胜地北戴河，拥有海岸线6千米，海域面积23.81平方千米。

秦皇岛经济技术开发区地处正在迅速崛起的环渤海经济圈中心地带，毗邻京津，联结华北和东北两大经济区，距北京280千米，距天津220千米，区位优势明显，陆海空交通体系完备。

建区以来，秦皇岛经济技术开发区经过起步发展、快速发展和转型发展三个阶段，从无到有，由小到大，经济实力显著增强，实现了由“忽略不计”到“重要增长极”的巨大跨越，成为秦皇岛市最强增长极、河北省一流开发区、全国闻名特色产业园区，打造了一座经济与社会和谐发展的现代化新城。秦皇岛经济技术开发区先后获得“中国创造力开发区”“最佳投资环境开发区”“最具发展潜力园区”“河北省经济发展先进开发区”“全国首批民生改善典范开发区”等多项荣誉称号。2016年8月，被评为河北省开发区综合示范试点园区之一。

秦皇岛经济技术开发区按照“高起点规划、高强度开发、高标准配套、高效能管理”的思路，完善基础配套，强化功能服务，配套条件日臻一流。开发区内交通四通八达，水、电、热、气全线贯通，承接大项目、发展大产业的条件十分优越。为打造高标准的投资环境，启动山海关港续建、铁路扩能改造、东区直供水和净水厂等一批大型专项配套工程，基础设施建设提升到产业配套的新层次，承接大项目、发展大产业的支撑力显著增强。

秦皇岛星箭特种玻璃有限公司是一家集科研、生产、销售于一体的高新技术企业，拥有秦皇岛市抗辐照玻璃工程技术研究中心和3个实验室，公司始终坚持科技兴企、以技术创新为发展力的战略方针，共申请5项国家发明专利和1项实用新型专利，其中两项国家发明专利正在受理，其他专利均已授权。星箭公司被航天科技集团评为国内同行业中唯一一家合格供应商，国内市场占有率已达90%以上，已成为国内多个重点研究院所的主要定点供应商。

康泰医学是专业从事电子医疗仪器研发、生产和销售的高新技术企业、软件企业，产品通过了欧盟CE认证、美国FDA认证，已出口到180多个国家和地区。康泰科技园占地125亩，建筑面积10万平方米，拥有18条先进的自动化生产线，是中国最大的医疗仪器研发生产基地之一。公司研制的心电、脑电、监护、超声、血氧、血压等产品先后获得国家级重点新产品奖，被列入国家火炬计划项目，产品技术达到国际领先水平。现已形成自主体检、远程医疗、专家会诊、健康管理、健康咨询等子系统的一整套健康城市、智慧医疗解决方案。

秦皇岛经济技术开发区始终坚持以“诚”招商、以“优”便商、以“信”安商，不断优化服务举措，创新服务内容，全力打造与国际惯例和国际市场接轨的投资软环境。为打造最优投资环境，秦皇岛经济技术开发区于1996年创造性地建立了“三个服务体系”，组建了投资服务中心，推行网上审批，提高了办事效率和服务水平。2012年，成为河北省首家通过ISO9001质量管理体系认证的开发区。2015年10月9日，作为全省行政审批制度改革试点园区之一，秦皇岛开发区行政审批局揭牌并正式运行。同时，秦皇岛经济技术开发区大力发展金融服务业，打造地区金融中心，重点吸引和扶持金融产业相关企业投资，努力构建园区多层次、多渠道的完备投融资体系。

建区30多年来，秦皇岛经济技术开发区认真贯彻落实国家各项方针政策，坚持实施项目带动战略，以项目壮实力、聚产业、促发展，形成了结构合理、特色鲜明、优势突出的现代产业体系。特别是进入新世纪以来，开发区积极推进产业结构调整，着力发展战略性新兴产业，大力提升自主创新能力。目前，规划面积1.4平方千米的数据产业基地启动区已初步建成并投入使用，IBM秦皇岛数据产业研究院、中科院技术创新成果转化基地、中兴网信智慧城市、中兴恒和北斗卫星数据基地、千方科技智慧交通等项目落户，被授予“河北秦皇岛开发区特色数据产业基地”“全国数据产业最佳基地”等称号。

秦皇岛与京津地区地缘相近、人缘相亲、商缘相连，素有“京津后花园”和“夏都”的美誉。近年来，秦皇岛经济技术开发区始终发挥区位功能优势，科学合理定位，缜密长远谋划，

紧紧抓住京津科技外溢和技术成果转化急迫的内在需求，本着“优势互补、互惠互利、共同发展”的原则，以成果转化为突破，以项目引进为载体，以园区建设为平台，以人才引进为保障，深入开展承接京津特别是首都产业转移工作。

秦皇岛经济技术开发区是生态环境佳地，近年来在生态建设方面、城市管理方面、环境保护方面工作成效显著。开发区始终将绿色、低碳、环保作为发展方针，以人文生态立区、新型生态兴区为理念，坚定不移地推进发展升级、绿色崛起，努力打造国内一流高科技、园林式、生态型产业园区。早在“九五”时期，就鲜明提出了“以高新技术为先导、以现代工业为基础、第三产业协调发展”的思路，据此制定了第一个五年发展规划，并成为全省首家、全国开发区第三家“ISO14000 国家示范区”。

秦皇岛经济技术开发区不仅是产业的绿洲，更是民生发展的福地。多年来，开发区始终把改善民生作为发展的根本宗旨，采取一系列创新举措保障民生，让开发区的广大人民群众共享开发建设的成果，让全区百姓过上更加幸福美好的生活，并逐渐形成了就业扶持、政策扶助、保险托底、教育优先、文化塑造、民居改造“六位一体”的发展方略，走出了一条极具自身特色的民生发展新路。

20 多年来，在秦皇岛市委、市政府的正确领导下，秦皇岛经济技术开发区坚持“三为主，二致力，一促进”的发展方针，坚持走“统一规划、分步实施、滚动发展”和“开发一片、建成一片、收益一片”的开发道路。经过基础建设、起步发展、扩区开发、二次创业、跨越式发展等几个阶段，经济实力显著增强，在秦皇岛市经济总量中的比重逐步提高，一个经济发达、功能完备、环境优雅、充满生机和活力的现代化工业园区正在形成。

森林体育公园

森林体育公园坐落于秦皇岛经济技术开发区秦皇西大街中段。公园于 2001 年由天津园林设计院设计，2002 年开始建设，2006 年建成。公园占地面积 460 亩，共投资 5000 余万元。2008 年为迎接北京奥运会，公园秉承“体验奥运”的设计原则，将奥林匹克文化设计贯穿始终，人与自然这一主题在公园里达到了和谐完美的统一。

公园由入口区、娱乐区、健身区、休闲区、野营区、纪念林、过渡空间、湖光水色区、牡丹园等十大功能和景点区组成，日均接待游客近万人次，现已成为秦皇岛市的标志公园。

【入口区】

森林体育公园的北大门，气势雄伟，跨度 60 米，两侧柱高 25 米，似利箭一样，刚劲有力地斜拉在圆弧之上，犹如一张蓄势待发的弓箭，蕴含着开发区积极向上、拼搏进取的精神。

【过渡空间】

在森林体育公园的主轴路上，摆放着 30 组以“奥运记忆”为主题的铜制地雕。地雕上记载着历届奥运会的起源、会徽及获奖情况。

“奥运中国”包含 21 组雕像，分布在全公园的各个主要景点。在公园的中心广场上，耸立着全园的主体雕塑——《五环神韵》，高 25 米，最大跨度 22 米，共投资 600 万元。主体

雕塑以奥运五环的环状造型为母体展开创作，高低错落的环形与上部光芒四射的造型，构成雕塑动感多变的造型效果。它象征着开发区蓬勃向上的开拓精神及和谐发展的美好前景。

【湖光水色区】

公园的湖区，位于公园的中心地带，由三个湖上下连接而成。湖区面积 28000 平方米，喷泉是跑泉，湖里养殖彩色鲤鱼 3000 余尾。

【健身区】

<足球场>

公园内有一个国际标准的足球场，占地面积 12000 平方米，草坪面积为 10500 平方米，足球场的草种由加拿大引进而来。足球场内设有教练员与运动员的休息室、接待室、洗澡间及 1000 多个座位的看台，2008 年还成为北京奥运足球比赛秦皇岛分赛区的独立训练场馆。奥运期间，累计接纳 10 个国家的 21 场训练任务，接待运动员、教练员及多国家官员达 720 余人次，圆满地完成了奥运会的训练和预赛任务。自足球场建成以来开发区在此已举办了七届区直机关及企事业单位职工足球联谊赛。

<网球场>

足球场南侧是 6 个室外标准网球场。该场建于 2008 年，是经过秦皇岛市体育局审批建立的，现已成为市体校网球培训基地，做到了健身与休闲的有机结合。

<射击场>

位于公园东南角的射击场，占地面积 17000 平方米，设有 50 米、25 米、10 米移动靶场。现已先后承接河北省 11 届全运会决赛和射击锦标赛，多次接待河北、天津、山西等射击队夏训。

<其他体育场所>

足球场北侧有 2 个室外标准的篮球场和 2 个羽毛球场。足球场东侧有 2 间标准乒乓球室。

【休闲区】

<休闲广场>

休闲广场占地面积 9000 平方米，体育健身场所占地 3500 平方米。此广场是在原有的地势基础上，巧妙运用高差处理，形成错落的布局和独具匠心的景墙，是儿童嬉戏、市民晨练的主要活动场所。

森林体育公园绿地面积 214000 平方米，现有乔木 9000 株，野牛草 125000 平方米，湖区草坪 38000 平方米，绿篱 21000 平方米，足球场绿地 10000 平方米。

【牡丹园】

公园的牡丹园占地 2710 平方米。2008 年秋，从山东菏泽地区引进了 55 个品种 3700 株牡丹，当年栽植，当年成园。2009 年秋季，经过再次加密补植，牡丹园更有生机，现已是公园观赏的一大亮点。

森林体育公园将体育健身场地和生态园林环境巧妙地融为一体，设计和建设遵循“因地制宜、以人为本、回归自然”的原则，是市民自然休闲、体育活动和生态健身的综合性场所。布局合理、风光秀丽的森林体育公园已成为秦皇岛一道靓丽风景线和城市绿色氧吧。

戴河生态园

戴河生态园是在秦皇岛经济技术开发区“跨河发展，向西推进”的发展方针指引下，按照绿色、自然、人文的理念，通过完善设施、加宽河道、植被造景等改造方法，加强水利功能，提升景观效果，建设的一处集防洪、蓄水、生态、景观功能于一体的生态园。它位于秦皇岛开发区西侧，西临北戴河高速引线，西南与长江道连接，东北延伸至102国道，贯穿整个开发区。

戴河生态园连接深河与戴河，欲打造秦皇岛乃至河北省一流的绿化长廊、水景长廊、生态长廊、人文化廊。生态园按照20年一遇的防洪标准进行河道设计，蓄水量可达660万立方米，除满足日常和行洪要求外，也解决了开发区绿地灌溉用水紧张的问题。同时戴河生态园的建成将极大地推动当地及整个区域的生态建设，推动秦皇岛地区旅游业的发展。

【设计理念】

戴河生态园以“阳光之美，生态和谐”为主题，以“人文生态、精美现代”为特色，以植物、水体、地形等自然要素为主体，以建立对应尺度及种群的自然生物栖息地为目标，组成滨河连续的水绿空间和生物景观。戴河生态园融合具有地域特色的历史人文文化和现代生活文化，营造了一种“开放、包容、向上”的公共文化氛围。

【景观布局】

在规划设计理念的指导下，戴河生态园规划形成了一带、五大公园、十八大景点的总体格局。

＜一带＞

戴河、深河生态绿带。

＜五大公园＞

生态公园、综合性公园、生态绿地公园、郊野公园、社区公园。

＜十八大景点＞

望海探源、河庄营驿、深河通津、长桥卧波、平桥叠瀑、思宇音泉、石滩塔影、桦里人家、六桥烟雨、柳堤芦海、水映荷香、鹤舞花港、镜湖秋影、川荻栖凤、江中盆景、水上森林、石滩夏浴、鱼吟鸢飞。

【深河】

深河是戴河的重要支流，北起抚宁永宁寨，横贯开发区数据产业基地。原来河况较差，

行洪能力弱。为加快数据产业基地周边开发，提升景观品质、品位，打造国内环境一流的高科技、园林式、生态型、现代化产业园，开发区于 2011 年起，正式启动戴河生态园深河段建设。

戴河生态园深河段工程规划北起 102 国道，南至黄海道与温泉湖路交接处，景观段规划 4.5 千米，面积 90 万平方米，蓄水量可达 100 万立方米。整体工程分三个阶段进行建设，总投资约 6.4 亿元。

<一带、三章、七景区>

“一带”即以河为带，打造水上绿色人文公园带。河宽拓至 50 米以上，建设了七道滚水坝，满足河道防洪及蓄水要求。两侧绿带各宽 50 米以上，局部达 300 米。“三章”即深河滨水景观带自上而下的东北区、核心区、西南区并辅之以人文主题设计的生态自然、生态都市、生态人居乐章。“七景区”即将整个深河及其沿岸绿化景观以市政道路为界，分为七个相对独立的景区。

【工程进度】

2017 年 8 月，工程已完成核心区 B 段（2.3 千米核心区）、C 段（1.3 千米南区）的建设，建设面积 60.90 万平方米。其中绿地面积 25.3 万平方米，水体面积 21.3 万平方米，硬质铺装面积 14.3 万平方米。河道挡墙砌筑 7.2 千米，设置拦水坝四道，蓄水量约可达 70 万立方米。建设各类景观桥梁 11 座、园林建筑 24 座。

景区栽植乔木、灌木、藤本、地被等百余个品种。栽植油松、樟子松、银杏、白桦、白皮松、云杉等乔木约 20100 棵，花灌木约 10400 棵，球类约 20700 棵，其中栽植美国红枫、加拿大红樱等彩叶树种千余棵。同时，已完成功能照明和景观亮化。

戴河生态园理念科学、设计精巧、功能完善。景区内名木荟萃、摇曳生姿，长亭短拱、相映成趣，绿荫夹岸、碧水长流，既有江南水景的韵味，又有北方造景的风格，园内充满绿色气息、生态气息、人文气息，彰显着特有的环境魅力，是领导关注、市民称道的精品景观。

纯真山水 自在随行——抚宁区

抚宁北屏燕山，坐拥长城；南襟渤海，近邻夏都，下辖5镇2乡3个管理区1个街道。抚宁，西汉时置骊城县，唐武德二年（619年），取“抚我黎庶、宁我之妇”之意，始称抚宁。2015年8月，经国务院批准，抚宁正式撤县设区。

抚宁交通便利，路网密布。城区距秦皇岛30.5千米，距省会石家庄453千米，距首都北京240千米。2条国道、3条高速、4条铁路，横贯东西，纵跨南北，单位面积路网密度堪称全国之最。

抚宁地势北高南低，山地、丘陵、平原、滩涂呈阶梯状分布。北部重峦叠嶂，群峰嵯峨，雄伟的燕山山脉与万里长城连绵起伏、横亘北境；中部丘陵起伏，低山散落，花果飘香的丘陵，流域面积1109平方千米的母亲河——洋河，犹如玉带环抱城区；南部平坦如垠，沃野千顷，美丽的海岸线，沙软潮平，林木葱郁，既有槐花海，又有荷花园。

抚宁历史悠久，骊城文化厚重。“骊”为黑色之马，“马”为抚宁地域文化图腾，自古至今，深受尊崇膜拜。从黑色之马到天马行空，从摩崖石刻到“飞马”县标，“一马当先”“马到成功”“万马奔腾”“横刀跃马”成为抚宁精神的文化标注。凭借厚重的历史文化遗迹、杰出的地域文化代表，“中国吹歌之乡”“中华诗词之乡”“河北民间艺术文化之乡”等美誉成为新时期抚宁的一帧帧亮丽的名片。

抚宁，气候宜人，冬无严寒，夏无酷暑，绚丽之春、清凉之夏、金秋之约、冰影雪韵，构成四季不同的风景。这里自然人文旅游资源丰富多元，集聚了山、海、湖、长城、森林、温泉等近乎完美的多样化旅游元素。既有壁立千仞、险胜华山的背牛顶，又有碧海金沙、雄视全国的华侨城南戴河滨海国际旅游度假区；既有北方石林乱刀峪、探奇秘境冰塘峪、又有北方“人间瑶池”天马湖、道教名山天马山，还有奇崛冰瀑龙云谷、金马遗踪兔耳山、历史名村界岭口、燕赵古村箭杆岭；更有母亲河洋河、文化河戴河，像两条并行铺展的玉带，从界岭、宝石顶，穿山岳，过林莽，携百溪，纳涓流，直入渤海，在向游人展开自然经典画轴的同时，秀丽的山川里氤氲着浓浓的文化写意。基本形成了南部滨海休闲度假游、北部长城山地生态文化游，花开并蒂、山海呼应的旅游发展格局。

撤县设区的抚宁，因年轻而富有朝气、活力与诗意。区二次党代会响亮提出打造“沿海强区,魅力骊城”的目标定位,吹响“开启二次创业新征程”的创业号角,擘画“全域旅游、全季旅游、全业态旅游”的生动图景。以与深圳华侨城深度合作打造海洋欢乐谷、与秦皇岛经济开发区深度合作全面开发天梯背牛顶为两翼；以洋河景观带创意打造、戴河流域生态治理为两轴；以构造新兴智造之区、特色农业之区、文化旅游之区和集聚发展之城、文明宜居之城为两轮，坚定不移走生态优先、创新发展、区域协作、跨越提升之路，全面建设生态抚宁、魅力抚宁、活力抚宁、和谐抚宁、宜居抚宁。

华侨城南戴河滨海国际旅游度假区

华侨城南戴河滨海国际旅游度假区（原南戴河国际娱乐中心）始建于 1996 年，位于河北省秦皇岛市南戴河省级丛林公园内。度假区占地总面积 380 万平方米，陆域面积 200 万平方米，海域面积 180 万平方米，拥有海水、沙滩、山丘、森林、荷塘等自然资源，包含中华荷园、金龙山、欢乐大世界、碧海金沙、槐花湖五大主题区域，各个主题区均有丰富的主题文化表演，是国家 4A 级滨海旅游景区。

2016 年，华侨城集团利用 30 余年的先进理念与经验对华侨城南戴河滨海国际旅游度假区进行整体改造升级。景区内不仅有国内顶尖的时尚滑草场、滑沙场，还有往复式过山车、摩天轮、卡丁车等刺激的娱乐参与项目，以及海滨浴场、佛塔荷塘、瀑布喷泉、互动娱乐演出等众多人文景观。在主题节庆开展期间，还有各具特色的活动、竞赛及特色演出等精彩内容，让游人“远离都市喧嚣，回归自然怀抱”，是休闲旅游、度假娱乐、文化观赏、纵

享浪漫与欢乐的绝佳去处。

【主题酒店】

水乡酒店，是华侨城滨海国际旅游度假区的重要游客居住地，拥有6个庭院，包含近百间房间及会议中心、培训中心、休闲娱乐场所等配套设施。整体建筑风格汲取江南民居之精华，采用青砖黛瓦，内部装修古朴典雅，功能完备。2017年，秦皇岛华侨城按照四星级标准对其进行全方位改造提升，同时建设高科技VR展示中心，向广大来宾及旅游者展示主题酒店未来规划蓝图。

【五大主题区】

<碧海金沙主题区>

碧海金沙主题区拥有海岸线2000米，海滨浴场滩宽水清，沙软潮平，是中国首批健康海水浴场，也是旅游者进行海浴、沙浴、空气浴、森林浴、日光浴的理想之地，素有“天下第一浴”之美称。

<中华荷园主题区>

中华荷园主题区分为千荷湖、湖心岛、悦荷广场等八大景观。主题区因海构园，借势取景，将渤海之浩瀚、园林小品之雅致、江南水乡之清秀融于一体，是展现中华民族荷文化的主题公园。

荷园占地600亩，拥有国内外精品荷花300多种、睡莲35种，是环渤海地区规模最大、品种最丰富的荷花生态观赏繁育基地，每年7月中下旬至8月中下旬是最佳观赏季节。中华荷园被评为秦皇岛市十大美景之一，有“千荷烟雨”之美称。

<金龙山主题区>

金龙山主题区以滑沙、滑草为主打项目，是游人必到之处。滑沙、滑草项目为国内首创，刺激过瘾，让人流连忘返。海拔36米高的山顶具有得天独厚的观景优势，一面是烟波浩渺的大海，一面是碧叶红莲的荷园。十二星座滑草道彰显神奇与时尚。两山之间的百米悬索桥，将金龙山和银龙山相连接，为大型高空观光设施。

<欢乐大世界主题区>

欢乐大世界是集挑战性、娱乐性与刺激性于一体的时尚主题区域，百余种户外游乐设施集结于此，任你挑战驰骋。往复式过山车、大摆锤、极速风车等大型设施吸引了无数勇敢者释放激情；摩天轮、卡丁赛车等全年龄游乐设施打造一流的合家欢游乐体验；豪华转马等温和游乐设施备受小朋友的喜爱……在欢乐大世界里享受挑战的快乐，玩的就是心跳！

<槐花湖主题区>

槐花湖是占地500亩的自然风景文化主题区域，岸边由太湖红石镶砌而成，湖中小岛、亭台、风车、拱桥、假山，错落有致，相映成趣。在这片景色秀丽的天地间，有着生态长廊、芙蓉茶坊、槐花湖广场、莲之韵广场、莲语亭、馨香榭、荷风廊等景观，是游人小憩、品茶、垂钓、听涛的理想之地。

每逢5月槐花盛开，绵延30里的一树树槐花不仅颜色清新脱俗，更有幽香沁人心脾，

令人流连忘返。坐落在槐花湖主题区的槐花湖剧院造型优雅、气势恢宏，可同时容纳 1000 人在这里观看丰富精彩的民俗风情表演和格调高雅的音乐会。

【特色演出】

< 花车巡游 >

在激情动感的音乐声中，盛大的花车载着身着盛装的中外演员，沿园区主路进行巡游表演。滑稽小丑与游客搞笑互动，表演方队轮番登场热闹非凡，热力四射的绝赞舞蹈将演出推向最高潮。

< 极限扣篮 >

佤族演员将炫酷的花式扣篮与刺激的极限挑战完美融合，打造出令人屏息以待的震撼演出。每一个挑战者都必须完美配合、分秒不差地完成弹跳、飞身、传球、扣篮等一系列动作方能获得最终的胜利。

< 激情舞蹈 >

来自乌克兰的欧洲劲舞天团带来超一流的视听盛宴。异域风、民族风自在切换，时尚范、嘻哈范无缝对接，动感热舞、魅力炫舞共同引爆全场激情。

< 萌宠表演 >

超 Q 的宠物狗狗组团来“卖萌”，可爱的模样让你爱心爆棚，出彩的绝活让你目不暇接，滑稽的互动让你捧腹大笑。看萌宠如何秒变娱乐大咖，零距离感受激萌“小鲜肉”！

秦皇岛华侨城南戴河滨海旅游度假区为广大旅游者提供了一系列基于文化、娱乐和休闲活动的旅游度假体验。在这里，荷花文化、渔村文化、绵延的沙滩和海洋、诱人的美食与美酒、刺激的娱乐与多彩的演出完美地打造出一个渤海湾家庭综合度假娱乐休闲胜地。

冰塘峪长城风情大峡谷

冰塘峪长城风情大峡谷位于秦皇岛市抚宁区大新寨镇著名的历史文化名村——梁家湾村东，占地面积35平方千米，以冰洞神奇、山水秀丽、峡谷幽深、长城壮美著称，被誉为"北方小九寨"，是秦皇岛市长城山地旅游的代表性景区，2016年获评国家3A级景区。

冰塘峪长城风情大峡谷是一处四季各具风采、全年宜居宜游的综合性景区。奇峰怪石、美溪叠瀑、长城古道、玻璃吊桥、呐喊喷泉、盘山木栈、山中峡谷、日出晚霞，既有雄浑壮丽的自然之美，又有厚重深沉的历史古韵。

【"香山纪寿"石】

在大新寨镇梁家湾村东有一条长20多里的大峡谷，当地百姓称之为东峪沟，进沟约4里的香山脚下河沟西面横卧一块巨石，石长7.1米，宽3.2米，高2米，其西南面平整垂直，上镌"香山纪寿"四字，每字长宽30～40厘米。其左有11行小字，上刻"台头守张爵镌，万里庚辰十月朔日，少保戚公初度之辰。为东征至台头，闽中郭造卿称觞，因游击李逢时当此而品。山川可与少保争奇，少保当与山川敌寿也"。"香山纪寿"石生动记述了戚继光在此度过52岁生日的情景，戚继光生于1528年，万历庚辰为1580年，十月朔日，即阴历十月初一。"香山纪寿"石距今已有400多年历史，字迹依然清晰可辨，极为难得，为市级保护文物。

【长城精舍】

长城精舍采用中国传统四合院建筑风格，主体为灰色和白色，外墙用绿色植物掩映，内庭院种植花卉树木。这里八面来风，即使是三伏天，长城精舍也是一片清凉。此间，谈笑有鸿儒，往来无白丁。

【木屋别墅】

古铜色的木屋别墅，屋顶采用歇山顶结构，门前为木质台阶楼梯。别墅房间整洁卫生，设施齐全，功能完善。别墅外风光秀丽，景色迷人。奇峰怪石环抱，青山绿水掩映，置身其中，恍如远离了所有都市尘嚣，宁静幽远，清幽静谧，令人心驰神往。

【九叠池】

一叠池，一叠水，潺潺流水，顺阶而下，淌过了石上的彩绘，也淌过了儿时的回忆。九叠池将流水与彩绘完美结合，记录了逝去的时光，描绘出曾经的美好。石上的卡通人物在流水的冲刷下活灵活现，仿佛要破石而出。

【樱花谷】

4 月，大地回春，樱花谷中樱花烂漫。一朵朵、一簇簇、一树树，生机盎然，竞相开放。十里春风轻拂而过，携来片片樱花，飘然落地，美不胜收。眼中的繁花，鼻尖的清香，这一刻的冰塘峪宛若仙境，那世外桃源也不过如此吧。

【毛主席雕像】

抗日战争年代，冰塘峪长城风情大峡谷所处大新寨地区的军民们在党中央毛泽东主席的英明领导之下，谱写了一个个可歌可泣的英雄故事，历经艰苦岁月，终于翻身做主过上幸福生活。当地老百姓为表达对伟大领袖毛主席的怀念和仰慕之情，便在此地修建雕塑。

【放生池】

冰塘峪的山泉水质极好，手捧可直接饮用，并常有寿龟、锦鲤出没，不时有修佛养生之人来此放生，以求功德福报。《大智度论》云：诸余罪中，杀罪最重；诸功德中，不杀第一。放生池不仅仅是一个放生的池子，更是净化心灵的地方。

【玻璃吊桥】

在冰塘峪的峡谷中、长城间，不仅有长长的盘山栈道，还有一座远近驰名的玻璃吊桥。站在桥上，整个人仿佛悬空而立，透过玻璃往下望去，脚下是宛若刀刃的悬崖峭壁，让人胆战心惊。除惊险刺激外，万仞绝壁风貌尽收眼底，山间美景一览无余。

【呐喊喷泉】

在玻璃吊桥下，有 3 眼呐喊喷泉。呐喊喷泉是冰塘峪景区全新打造的一项娱乐竞技性项目。喷泉的高度由声音分贝的高低来决定，高可达百米。在这里，声音是那跳动的音符，喷泉是那舞动的精灵。用呐喊来释放情绪与压力，让声音穿透大山，让心情飞上蓝天。

【菜畦楼】

沿着崎岖的木栈道，欣赏着碧水青山便来到了菜畦楼。菜畦楼是整个景区内保存最完好的一座敌楼，1580 年戚继光将军奉命在此戍边御敌。十月初一是戚继光将军的生日，戚继光将军曾在此把酒言欢。

【三清观】

三清为道家哲学“三一”学说的象征，认为一化为三，三合为一，“用则分三，本则常一”。道教以此衍化出居于三清胜境的三位尊神，分别是玉清——元始天尊、上清——灵宝天尊、太清——道德天尊。冰塘峪景区内跟三清观相对应的西南方向有八卦图和“道法自然”的石刻。每逢雨水期，泉水因落差在此形成天然瀑布，景象美妙，寓意深远。道家“上善若水”之哲理用道法自然的形式充分得以表达。

【太公池】

太公池是景区里最大的一个山湖泉，据说是当年姜太公钓鱼的地方。在群山环绕之中，湖面波光粼粼，周边风景秀美，是景区一个重要的休息场地和功能分区连接点。

【木栈道】

走在木栈道上，沐浴着和煦的阳光，呼吸着清新的空气，不时有风轻轻拂过脸庞，感觉是那么惬意。从木栈道向四周望去，远山如黛、百鸟飞翔，像一幅淡雅的中国山水画，清新自然，意境悠远，令人遐想。

【福禄寿广场】

福禄寿广场是景区休闲娱乐集散场所。广场以百福石壁为背景，石壁集中了不同朝代、不同字体、不同体量的名人“福”字，字形各异，神采飞动，引人入胜，是中国传统书法与奇峰异石的完美演绎。异曲同工的百家书风，构成了中国历代书法名家之“福”字大成，表现了中华民族书法文库的独特神韵，构成了自然山水与书法艺术相融合的独特风景，让人回味无穷、流连忘返。

【金山驿站】

驿站是中国古代供传递官府文书和军事情报的人或来往官员途中食宿、换马的场所。中国是世界上最早建立组织传递信息的国家之一，邮驿历史长达 3000 多年。金山驿站是景区提供食宿的场所。游客在这里一同开怀畅饮，一同笑谈古往今来，周围苍松翠柏环绕，旁边潺潺流水溪涧，闲散的心境一如人生，慢慢地把岁月怀念，静静如水，淡淡如山。

【千古冰洞】

冰塘峪长城风情大峡谷西起梁家湾村，东至青龙祖山主峰香瓜顶南坡山谷，长约 15 千米。在峡谷中部有一冰洞，每年的 6 月中旬至 7 月下旬，洞内寒气逼人，而周边却是鲜花盛开，青翠欲滴。盛夏一过，周边草木枯黄，冰洞却热气蒸腾，隆冬季节尤甚，其成因无人能解。旅游者纷纷慕名而至，争相一探究竟，一睹芳容，“冰塘峪”由此得名。

【冀东最美山谷】

冰塘峪长城风情大峡谷是水的画廊，峡谷溪流不断，溪水清澈甘洌。这里有七座潭顺势排列，潭水幽深，碧绿如玉，叠瀑层层，堪与九寨沟相媲美。

冰塘峪长城风情大峡谷是石的天下，峰峦秀中藏秀，奇中出奇。峡谷两侧山峰连绵，奇绝险峻，雄伟突兀。笔架山、鸡冠山、薛桩子、南天门，山山象形；仙桃石、金蟾石、观音石，石石逼真。

冰塘峪长城风情大峡谷是绿的世界，藤枣、野葡萄、枸杞、楸子、青稞、松树、苦榴……它们以让人无法想象的耐力与执着，植根于山峦、谷底、岩缝、崖隙，以独有的蓬勃覆盖山野，让峡谷充满绿色与清新。

顺羊肠小路，穿荆榛草莽，脚前不时有松鼠溜过，崎岖的山路上几处石桥铺就，或平坦如垠，或溜滑圆润。累了，躺在上面休憩；渴了，掬一捧山泉水饱饮；或采一束山花闻香，或摘一枚野果品尝，或挖一把山菜咀嚼，体味自然的诗意，品味亲近的感觉。

【原汁原味古长城】

明长城由不远处的海边延伸而来，似水泄一般从南侧高山上奔涌而下，直到河谷，又像巨龙一样昂首挺起，直冲北侧山峰。

据史料记载，这里曾建有梁家湾城堡，驻军3000多人，围绕筑城、戍边的历史故事代代流传。而今，这里的长城未经过现代人工雕琢，依然保持着原来的风貌。长城经过之处集悬崖绝壁、奇峰怪石、蜿蜒溪河等自然景观和名胜古迹于一体，已构成冰塘峪长城风情大峡谷最精华部分，也是冀东长城最美的地带。

悬崖之上矗立的敌楼，从谷底望去，如空中楼阁。从敌楼下行至沟底的长城，近乎垂直，形如吊挂，令人称奇叫绝。这里大山汇聚，巨峰如柱，古堡巍巍，倒映于水面的长城敌楼，更呈现一幅绝美的画面。

冰塘峪长城风情大峡谷风景区，奇石秀水、香花异草、历史悠久、神斧洞天，是旅游观光、避暑度假、科学考察、游学讲义、绘画摄影的绝佳场所。

这里堪称人间仙境、世外桃源。

仙 螺 岛

仙螺岛位于河北省秦皇岛市南戴河旅游度假区正面近海 1 千米处，全岛总面积 14000 平方米，依托蓝天碧海的自然优势，援引美丽动人的民间传说，我国唐朝著名诗人白居易的名句——“忽闻海上有仙山，山在虚无缥缈间”正是仙螺岛美景的真实写照。仙螺岛不仅弥补了秦皇岛无岛的遗憾，更为南戴河旅游度假区增添了风韵独具的魅力。

仙螺岛景区于 1998 年 10 月兴建，1999 年 7 月 8 日正式对外接待。仙螺岛的开发建设立足高品位、高档次，注重文化性、趣味性、参与性的完美融合，是集观光娱乐、健身探奇、海鲜美食于一体的独具特色的旅游休闲好去处。

【望海长廊】

望海长廊，长 38 米，是一座古色古香的长廊，也是乘坐跨海索道的必经之地。廊壁上描绘了惟妙惟肖的彩画，有“秦皇求仙”“八仙过海”等历史古典传说。游客可在此乘凉休息，观赏有趣的历史故事，或伴着凉爽的海风欣赏仙螺岛和海边的美丽景色，体验度假的闲情与惬意。

【跨海索道】

仙螺岛索道是目前我国第一条跨海索道，为固定抱索器单线循环索道，全长 1039 米，配置双人半封闭式吊椅 134 个，是游客登岛游玩的主要交通工具，起点到终点 15 分钟，每小时可运载 600 人，运行平稳，安全可靠。千米索道，跨海相连，游客乘坐缆车途中，既可以观赏到碧海金沙南戴河与避暑胜地北戴河一脉相连的海滨自然风光，又可以领略到秦皇岛外打鱼船的海上美景，感受海鸥飞舞、鱼群游弋、水母翩翩的美好景象。

【海螺仙子】

面向大海，翘首遥望——这座 4 米高的人身螺尾塑像便是神话故事中的海螺仙子。在南戴河流传着这样一段感人的故事传说：相传在很久以前，海龙王的女儿海螺仙子违抗龙王之命，私自下凡到人间，与南戴河的渔民小伙子海娃相亲相恋，喜结良缘。美丽善良的海螺仙子入乡随俗，勤俭持家，每逢海面上风大浪急、渔民出海的船只无法靠岸的危急时刻，她就挺身显灵，高唱螺歌稳住风浪，同时用自己的身体螺壳承载渔民上下船，为他们排忧解难。为了纪念救苦救难的海螺仙子，当地的渔民铸造了一尊 4 米高的人身螺尾塑像，并且经常在出海之前祈祷平安，仙螺岛因此而得名。

【海中海喷泉】

如丝如织，喷涌交错，微风拂过，点点清凉，这就是海中海喷泉，传说中是海螺仙子洗浴的地方。海螺仙子下凡人间之后，这一片海域沾染了灵气，据说这附有灵气的海中海能够为人们洗去疾病和痛苦，带来清爽和舒适。

【海上表演馆】

海上表演馆坐落在仙螺岛的东南侧，占地 1000 平方米，可同时容纳 500 名观众进行循环观看，供不同年龄的游客进行观赏。海洋动物驯养历史悠久，技术成熟，可以给游客带来新奇感受。可爱的海狮在驯养员的驯导下，表演套圈、敬礼、拍手、洗脸、鞠躬、顶球转体 360 度等十几个节目，优美的动作、灵活的体态、滑稽可笑的表演，使人捧腹大笑，流连忘返。

【仙螺阁】

传说中海螺仙子原是普通的雌性海螺，在此修炼了 600 年才成了仙，仙螺阁因此而得名。仙螺阁坐落在仙螺岛正中，高 26 米，建筑面积为 800 平方米，底层为索道迂回站，二楼为祈福阁，三楼为仿古钟楼。在这座独特的建在海岛上的典雅楼阁中，游客可以尽情地眺望南戴河海滨美丽的自然风光，迎着海风高歌一曲，或悠闲地敲敲仙螺阁的大铜钟，或于祈福阁中参拜祈福。

【观光娱乐塔】

观光娱乐塔高 70 米，造型奇特，气势雄伟，矗立在仙螺岛主岛的西侧，被称为南戴河建筑之最。观光娱乐塔的塔身呈棱柱形状，塔的顶端两个鲜红色的半球相对，在其底部蔚蓝色围坪的衬托之下，形成了一幅海上日出的生动画面；塔的顶端，7 根金光闪闪的避雷针四面伸展，象征着旭日初升，光芒四射。塔上设有海上蹦极与塔顶观光项目。

<海上蹦极>

海上蹦极，位于塔高 48 米处，是全国首创项目。橙黄色的蹦极平台伸出塔外 21 米，站在蹦极点上，居高临下，挑战自我，需要足够的勇气，被誉为勇敢者的游戏。游客在蹦极前需要到蹦极服务处进行体能测试，通过后，才有机会体验高空弹跳的惊险和刺激。

<塔顶观光>

塔顶观光位于塔高 56 米处，站在高高的观光台上，可以眺望黄金海岸昌黎、碧海金沙

南戴河、避暑胜地北戴河三条沿海旅游带一脉相连的海滨自然风光。登高远眺，碧海金沙，游人如织，绿树红楼，林带环海，风景如画。

【游乐区】

游乐区位于仙螺岛西南侧，占地面积 11 亩，设有迪斯科转盘、豪华波浪翻滚、海盗船、碰碰车、摩托的士高等高科技游乐项目，游客可以根据自身条件及喜好，选择适合的游乐项目参与。每组项目载客量 24 ～ 38 人不等，在动力的作用下，伴随着欢快的音乐，或升降、或旋转、或倾斜，变化无穷，时快时慢，让游客置身其中，体验每个惊险动作带来的刺激感受！

【豪华游船】

为使游客体验深海观光游的乐趣，尝试一次仙境之旅，仙螺岛于 2016 年新购置三艘集观光、游览、娱乐于一体的豪华游船。船长 20 米，宽 5.2 米，舱内净高 2 米，核定载客 88 人，静水航速为 15 节，相当于时速 28 千米。内舱分为普通舱和贵宾室，宽敞舒适，设施齐全，内设中央空调、数码电视、卫生间等生活、服务设施。

坐在游船内游客可尽情领略大海的波澜壮阔，体验万顷碧波带来的冲浪刺激，同时还可以饱览南戴河与北戴河的怡人风光，伴着凉爽宜人的海风，在万顷碧波中驰骋，享受无限的轻松与惬意。

【聚仙阁】

相传，仙螺岛传说中，海娃最终战胜了海龙王，与海螺仙子团聚在一起，从此幸福、美满地度过了一生，海娃与海螺仙子的爱情故事流传至今。聚仙阁就是为了纪念海娃和海螺仙子而修建的，它建筑面积 800 平方米，和岛上的仙螺阁遥相呼应，底层是索道站的驱动站，二楼是贝壳展览馆，三楼是钟楼。

站在古朴典雅的聚仙阁上，伴随着隐约传来的钟声，透过海面上朦胧的雾气，遥看古色古香的亭台楼阁、别具新意的现代建筑，面对如诗如画般的人间仙境，意犹未尽地回味着景区的点滴。

<贝壳展览馆>

贝壳展览馆位于聚仙阁的二楼平台上，面积近百平方米，集科学性、观赏性、趣味性于一体，共展出 5 个纲目、1000 余种海贝外壳和海洋生物标本。其中有腹足纲的珍品——黄金宝螺，有被称为贝壳类活化石的鹦鹉螺以及双壳纲的代表品种——巨型砗磲贝，它长 113 厘米，宽 75 厘米，重达 300 多斤，在海洋中生存了几百年，实属罕见。

在贝壳馆，游客还可以透过高倍显微镜，观赏色彩斑斓、形态各异的微螺。这些细小的微型贝壳，直径在 0.3 ～ 0.4 毫米之间，生活在海洋深处的珊瑚丛中。此外，贝壳馆里还收藏着令人大开眼界、叹为观止的海龟、玳瑁、珊瑚石等珍贵的海洋生物标本。

当踏上仙螺岛的那一刻，才能真切地感受到这海市蜃楼一般的瑶池仙岛的存在。绿树掩红墙、碧水拥金沙、海鸥涛尖舞、海风怡人拂面来的仙螺岛犹如一颗璀璨的明珠，令人心旷神怡，陶醉其中。

天 马 湖

天马湖又称洋河水库，位于河北省秦皇岛市抚宁区北，由洋河东西两大支流汇合而成。洋河为冀东沿海独流入海的一条天然河流，位于峡谷之间，因其在天马山下，故得“天马湖”之名。天马湖景区始建于 1959 年，于 2002 年成立，是国家 2A 级旅游景区。

【天马湖】

洋河流域上游分为东西两支，东支发源于河北省青龙县，西支发源于河北省卢龙县，两支汇合经抚宁城西至洋河口村注入渤海湾。天马湖位于峡谷之间，宽阔坦荡，山清水秀。夏秋之交，日光岚影、渔船交错的天马湖就像是一颗镶嵌在秦皇岛版图上的璀璨明珠。

【白鹭园】

天马湖景区拥有得天独厚的自然资源，坦荡的水资源和自然的湿地是候鸟迁徙途中的

必经之地，每年会有上千只白鹭在此寄居。这里能见到的鸟有409种，每年春秋季节，国内外的许多鸟类专家和爱好者在此观鸟。这里自然环境优美，气候温和，空气清新，聆听着远处的鸟语、近处的虫鸣，领略着粗犷豪放的田园风光，恍如人间仙境一般。

【天马战青虎雕塑】

传说天马湖西坝头的“虎头岩”保护着天马湖附近的百姓，并留下了许许多多的神话。“天马战青虎”雕塑栩栩如生的画面，向游人展示了天马为保护一方百姓智斗恶虎的场景，给游人带来了无限的想象空间。

【拦河坝】

拦河坝全长1570米，坝高32.3米。高大宏伟的拦河坝宛如一幅巨大的水墨山水画展现在眼前，犹如一条巨龙伏在湖面上，保护着天马湖周边的百姓年年丰收。每到春季，天马湖开始向农田灌溉。俗话说春雨贵如油，天马湖的水养育了一方百姓。

天马湖景区岸边地势开阔，满目绿树葱茏，湖中渔船交错，烟波浩渺，置身其中，恍如人间仙境。天马湖素有“人间瑶池”之美誉，有着得天独厚的山水资源，正所谓“山为水增意蕴，水为山添姿容”。

天 马 山

天马山景区位于秦皇岛市抚宁区城北 10 千米处，属燕山余脉，海拔 295 米，占地面积 1000 余亩，因顶峰有巨石似云中奔马而得名。景区内风景秀丽，气候宜人，冬无严寒，夏无酷暑，年平均气温在零上 10 度左右。景区以道教养生、戍边文化为依托，是国家 2A 级景区。

天马山景区地理位置优越，交通便利。景区距京沈高速抚宁出口仅 4 千米，距 102 国道 9 千米，距 205 国道 20 千米，距抚昌黄快速公路仅 3 千米，距北戴河火车站 30 千米，距秦皇岛港 40 千米。

【游客中心】

景区游客中心坐落在景区入口西侧，内部设施齐全，功能完善，配备了影视系统、游客休息设施、特殊人群服务设施，宣传资料齐全，供游客免费阅览。

【步游路】

为方便旅游者参观游览，天马山景区步游路采用透水砖、石台阶等多种形式的生态游步道。景区注重人性化旅游管理服务，沿山观光区有步行道、残疾人专用道。在景区内重要景点设有专人讲解介绍景点概况。

【基础设施】

近年来天马山景区进一步加大了对景区景观及服务设施的投入力度。景区按照国家 4A 级景区创建标准要求，设立了游客中心，在停车场、入口处、售票处、卫生间、各个游览点等位置设置了公共信息图形符号，设计规范、精美、清晰，视觉效果突出，并与周围环境协调。在旅游者聚集的地方增设了游客公共休息设施，在满足旅游者休息的同时，也让旅游者感受大自然的美。休憩设施采用石质材料，与景区环境相融合。

景区修筑了进出道路，对景点护栏做了仿自然美化，修建了汉白玉九龙壁、百龙题字墙、老子出山汉白玉石刻壁、慈航真人汉白玉雕像、老子汉白玉雕像、景区汉白玉石雕牌坊、鲤鱼跳龙门等景观，增设了仿木制休息桌椅等设施，使景区接待能力、服务质量与品位大大提高。

【摩崖石刻】

天马山以文字摩崖最为著名，多为明代摩崖石刻，字迹清晰，笔锋苍劲秀拔。景区现存 5 幅题刻：“天马山”“天马行空”“山河一览”“海天在目”“带砺山河”，出自明代民族英雄戚继光及其部下黄孝感、傅光宅、孙仁、张臣之手，被列为河北省重点保护文物。

【象形石】

天马山景区巨石叠砌、洞穴众多，有“猴儿望海”“旱船”“晾甲山”“拴马桩”“试刀石”“仙居洞府”“燕子翻身”等景观，此外还有庙宇“玄真观”、巧夺天工的“钟架”、神秘莫测的“铜井”、缥缈云端的“点将台”、令人神驰遐想的“戚公亭”。威武的戚继光塑像、形如飘带的588级台阶、苍松翠柏相连的“天马山山门”与自然景观融为一体。

【天马山庙会】

1993年6月20日（农历五月初一），田各庄乡举办了“天马山旅游景区开业典礼暨玄真观首届庙会”，举办了商贸洽谈和戏曲文艺汇演活动，有数万群众参加。之后，天马山庙会改在农历三月初三举行。2009年1月21日，天马山庙会被秦皇岛市人民政府列入秦皇岛市第一批非物质文化遗产名录。

天马山玄真观主要供奉真武大帝。真武大帝为北方正神，能驱妖避邪、惩恶扬善，为道家和百姓所尊崇。农历三月初三是真武大帝的诞辰日。临近庙会，景区便人山人海，数以万计的香客来祈福、上香，热闹无比。

天马山群山环抱，绿水绕流，山峰突兀劲秀，岩隙青松争翠。石洞岩穴深浅有致，藏奇纳险；奇峰怪石卧立不等，以物传神。山间泉流琴韵，林深鸟语莺歌。荆草丛生走狐穿兔，山花烂漫斗艳争芳。真是自然造就神仙境，天公绘就山水图。

仁轩酒庄

仁轩酒庄坐落于抚宁区城北，占地1900亩，总投资4.8亿元，由种植园及生态观光基地、酿造生产区、高级休闲会所、滨海休疗度假区四部分组成。仁轩酒庄涵盖葡萄酒文化宣传、会议接待及会员服务等多项功能，是集高档酒庄酒生产、旅游度假、休闲观光于一体的特色庄园。

【地下酒窖】

酿制高品质的葡萄酒，恒温恒湿是酒窖最基本的要求，含有酚芳类物质的橡木桶对葡萄酒的储存和酝酿起着至关重要的作用。仁轩酒庄的橡木桶从法国圣哥安橡木桶公司引进。作为全球第一家获得PEFC认证的法国圣哥安橡木桶公司，在秋天到来之际都会在法国茫茫的森林里寻找150～200年树龄的橡树。圣哥安公司对合作伙伴的选取是精心和苛刻的。圣哥安公司的合作伙伴全球达到4500个，其中绝大部分是世界上最著名葡萄酒和烈酒企业。为此，法国总部曾派专人来仁轩酒庄考察，表达了对仁轩酒庄的高度认可。

【酿造车间】

一款精致葡萄酒的诞生，先进的设备是很重要的一个环节。仁轩酒庄酿造车间的酿造设备是从法国和意大利引进的具有世界先进水平的葡萄酒酿制设备。意大利“嘉尼米德”专利技术的引进，为仁轩酒庄酿制高品质葡萄酒提供了技术上的强大支撑。在葡萄成熟的季节，仁轩酒庄用科学数据来确定“最佳采摘期”，并在最短的时间内把这些成熟了的“生命浆果”送达酿造车间。严格限产的酿酒葡萄经过国家级酿酒师、世界先进水平的“嘉尼米德”专利技术、进口的先进设备、严格的工艺和精细的操作等各个环节，才会让入罐的每一滴果浆开始了葡萄酒“化茧成蝶”的浪漫之旅。

经过控温发酵和全过程的精心呵护，在恒温恒湿的地下酒窖里堆叠的法国优质橡木桶中，仁轩酒庄的酿酒葡萄涅槃重生为品质卓越的葡萄酒。

【种植园区】

酒庄种植园区居于北纬 30～50 度葡萄种植的黄金地带，占地 1060 亩。种植园引进法国赤霞珠、美乐、西拉、马瑟兰、霞多丽、胡桑、小芒森、赛美蓉、阿拉奈尔、雷司令、长相思、白诗南、维奥民等 20 余个精中选优的新品种。最佳的土壤、最佳的湿度、最好的管理和顶级的酿酒技术与设备，使仁轩酒庄酿造的葡萄酒酒体饱满、味道极佳。2015 年北京世界葡萄酒大会，仁轩酒庄被评为“最美酒庄”。

【酒庄音乐城堡】

城堡共 4 层，高 20 余米，充满着浓郁的巴洛克风情，是酒庄旅游休闲的佳处，是仁轩酒庄的标志性建筑，曾参与“河北省最美建筑”评选。城堡室内气质豪华，色彩富丽，一楼是音乐厅，旅游者可以在这里放声歌唱；二楼是私享影院和红酒卡座；三楼是翰墨室；四楼是露天观景台。

【仁轩红酒浴】

红酒浴是仁轩酒庄开发建设的全国第一家全新概念浴，它打破了传统的洗浴形式和洗浴功能，创新性地集健康、休闲、娱乐、健身、养生、理疗、品鉴、商务、住宿和文化艺术等于一体，给人以独特的视觉、味觉、听觉和触觉感受，并且配有豪华套房、养生汗蒸房、休闲大厅供游客休闲体验。

【仁轩酒庄休闲场所】

这里有酒庄举办大型演艺活动，庆祝葡萄丰收、释放快乐的演艺广场；专门为嘉宾准备的品鉴酒庄葡萄酒的法式品酒室；面向怡人的葡萄园和古朴的村庄；视野开阔、原生自然的酒庄客舍以及为行者们提供栖息场所的仁轩房车音乐酒吧。

别具一格的阳光房是酒庄的迷人之处，精致的玻璃房顶使房间内充满阳光，晚上躺在床上便可远望天上的繁星，感受不一样的视觉体验。

文化长廊既是仁轩酒庄普及葡萄酒文化的一个窗口，也是一个休闲漫步之地；仁轩酒庄健身中心主要包括网球、羽毛球、台球、乒乓球、模拟高尔夫球和各种健身设备；酒庄儿童乐园是北方地区第一家无动力保姆式的大型儿童游乐场所。

仁轩马术俱乐部的马匹是从英国、爱尔兰和阿拉伯引进的，体态优雅俊美，神采不凡。有皇家拉马车的弗里斯兰马，有擅长耐力和速度的热血马和阿拉伯马，还有适合盛装舞步跳跃障碍的温血马。

“仁轩”二字传递出酒庄主人仁心做事、轩风清朗、用仁厚之心酿精致红酒的发展和经营理念。仁轩酒庄在普及葡萄酒文化、引导葡萄酒消费的同时，创造了环境优美、产品优异、服务一流、愉快休闲的旅游度假庄园。

物华天宝 “七乡”福地——昌黎县

昌黎位于河北省东北部，北枕碣石，东临渤海，西南挟滦河，总面积1212平方千米，辖11个镇、5个乡、1城郊区，行政村446个，总人口56.4万人。昌黎始建于公元923年，取“黎庶昌盛”之意，是久负盛名的花果之乡、鱼米之乡、文化之乡、旅游之乡、干红葡萄酒之乡。1988年被国务院确定为首批沿海对外开放县，2005年成为全省首批扩权县。

昌黎地处环渤海经济圈中心地带，紧连华北与东北经济走廊，拥有发达的陆海空立体交通网络体系。昌黎区位优势明显，距北京270千米、天津滨海新区170千米、沈阳410千米；京哈铁路、205国道、沿海高速贯穿全境；以昌黎为中心的150千米半径内，汇集了天津新港、曹妃甸港、秦皇岛港、京唐港等多个世界级海港口岸；境内坐落有秦皇岛北戴河国际机场。

昌黎有400多年的葡萄栽培历史，中国第一瓶干红葡萄酒于1980年在这里诞生。华夏葡萄酿酒有限公司、奥地利施华洛奇公司等多家国内外大企业加盟“干红城”建设，涌现出了华夏长城、朗格斯等一批知名品牌。昌黎相继被国家有关部门命名为“中国干红葡萄酒之乡”“中国酿酒葡萄之乡”和“中国干红葡萄酒城”。2002年8月“昌黎葡萄酒”成为我国第一个获得原产地域保护的葡萄酒产品。

昌黎是文化部命名的全国文化先进县，文化底蕴深厚，具有浓郁而鲜明的冀东特色。这里有千古神岳碣石山，魏武帝曹操留下的诗句“东临碣石，以观沧海”堪称千古绝唱；

这里文化积淀深厚，拥有地秧歌、民歌、皮影戏三项国家级非物质文化遗产；这里有黄金海岸文化产业带、“碣阳酒乡”葡萄酒文化产业园等多元交融的特色文化产业集聚区，文化产业、商贸业和旅游业蓬勃发展。

昌黎海岸线长 64.9 千米，占河北省海岸线的 13.3%。昌黎海滨被誉为“东方夏威夷”。20 世纪 80 年代被中科院地理研究所的专家命名为“黄金海岸”，1990 年被国务院列为全国首批国家级海洋类型自然保护区，先后有 50 多位党和国家领导人前来视察指导。2005 年，在“中国最美的海岸”评选活动中，昌黎黄金海岸以“沙漠与大海的吻痕”的独有特色入选，位居第五。昌黎海岸风貌独特，由条件优良的海岸、雄奇苍莽的沙山、沧桑变化的潟湖、神秘魔幻的半岛、绵延百里的海岸防护林和原始风貌的自然保护区六大特色景观组成。

在昌黎的山、海、河、湖之间，蕴藏着滨海旅游、登山访古、生态健身、科考探奇、工业观光、地热温泉、文物古迹、革命教育、美食特产等多种旅游资源。依托丰富的旅游资源，从 20 世纪 80 年代开始昌黎县不断加大旅游投入，旅游业实现了快速发展。目前，昌黎县已经拥有以国际滑沙活动中心、翡翠岛生态游乐园、碣石山景区、五峰山景区、葡萄沟农业观光园、沙雕大世界、海滨浴场以及华夏葡萄酒庄园、朗格斯酒庄等为特色产品的生态旅游、农业旅游、工业旅游等景区景点 10 个，滨海高尔夫球场 2 个。昌黎黄金海岸旅游区已经建设成为休闲避暑胜地，拥有各类休疗院所 183 家，床位 3 万余张，年接待能力达 500 万人次，形成了功能完备的旅游服务体系。

2016 年，昌黎县尝试全域旅游的思维考量，与北京道顺公司共同完成《昌黎全域旅游暨碣石山片区综合开发总体规划》，谋划了“一核三带四组团”（风情小镇旅游核，东沙河休闲旅游带、饮马河休闲旅游带、滦河生态旅游带，黄金海岸旅游组团、碣石山谷旅游组团、空港园区旅游组团、南部乡村旅游组团）的发展布局，强调了昌黎山与海的特殊关系和深厚底蕴，开阔了借海、融海、通海、山海互相借势的薪新思维，提出了“王者足迹、山海大观”的大气格局和“黎庶昌盛近者悦，东临碣石远者来”的宣传口号，谋划了具有交通、产业、观光、文化等多种功能的东临步道以及多个商旅、文旅项目。2017 年 1 月，昌黎县与华夏幸福签署“一城四镇”（葡萄小镇、干红小镇、诗词花卉小镇、旅游小镇）合作备忘录，实现了“幸福”牵手。

昌黎自然风光秀美，历史文化悠久，现代气息浓郁，时代风采斐然。这里碣石高耸、松柏叠翠，千古神岳伫立于《山海经》等经典之中；这里渤海浩渺、鸥鸟翱翔、金沙叠嶂，波涛扬于金沙绿林之间；这里水岩古刹、源影古塔、钟声绵长、铿锵有力，从盛唐传来，掠过辽金，飞越时空，声声回荡在峰峦云霞之中；这里秧歌火热、民歌浅唱、吹歌昂扬、奋音奋韵，一首首绝美的民俗乐章不绝于耳。昌黎处处胜景，处处诗篇，处处美酒，处处华章！

华夏庄园

华夏庄园坐落于秦皇岛市昌黎县，背依北方神岳碣石山，距京沈高速公路抚宁出口 20 千米，交通便利，可进入性强。庄园东邻避暑胜地北戴河 30 千米，南依黄金海岸 10 千米，山环海抱，天高云淡，风景秀丽。

华夏庄园凭借优美的自然景观和先进的生产工艺先后被国家旅游局确定为首批全国工业旅游示范点和国家 4A 级旅游景区，并于 2017 年荣膺“乐行京津冀——最具潜力旅游地”称号。

【酿酒葡萄园】

华夏庄园拥有标准生产示范园 800 余亩，国际名优葡萄品种、品系及 30 年以上树龄葡萄苗木母本园 125 余亩，种植来自美国、法国、意大利、澳大利亚等国际著名酿酒葡萄品种 20 多个，诸如赤霞珠、梅鹿辄、西拉、品丽珠、黑品诺等红葡萄品种及小白玫瑰、长相思、小芒森等白葡萄品种。

葡园主要种植顶级酿酒葡萄品种——赤霞珠。赤霞珠葡萄藤都是取自 1986 年首批引进的葡萄苗，也是当时国内首批引进的赤霞珠葡萄苗，现已有近 30 年的树龄，是出产最优质葡萄的树龄。

华夏庄园拥有进口与自主研发的发酵、贮酒容器，全自动意大利进口生产灌装设备 200 余套。拥有 2 名国内顶尖酿酒大师，国家酿酒师、品酒师、国家级葡萄酒评委、专家 50 余人，国外专家顾问团（法国米歇尔·罗兰团队）1 个。

【亚洲第一大酒窖】

华夏庄园拥有亚洲最大的花岗岩地下山体陈酿酒窖，建筑面积约为 20000 平方米，存储 20000 余只进口优质橡木桶，是无数美酒旅游者向往的圣地。游客在这里可以寻觅浓郁的葡萄酒香，聆听葡萄酒沉睡中的呼吸。

酒窖内的公司发展历程展示厅充分展示了华夏人走过的历史和艰辛付出所收获的辉煌。观看展览，每一位参观者都能见证中国干红葡萄酒旗舰企业的成功之路。名人展厅内还汇聚了党和国家20多位领导人以及中外知名人士的珍贵留念。品酒厅内游客可以细细品味华夏长城美酒，感受“葡萄美酒夜光杯”的意境，收获更多的品酒知识，并与酒庄工作人员一起享受辛勤工作后的休闲生活。

【采摘园及自酿活动】

每到鲜食葡萄成熟的季节，游客可以亲身体验采摘的乐趣。葡园内果香浓郁，沁人心脾。华夏庄园拥有自酿体验基地，游客可在专业酿酒师的指导下，酿造属于自己的葡萄酒，感受自酿的快乐。

【特色产品】

华夏酒庄酒系列均采用15年以上优质树龄葡萄为原料，在亚洲大酒窖内，经百年法国橡木桶陈酿多年而成，酒体饱满，口感细腻，极具地域特色和典型性。“华夏醉美”旅游纪念酒套装荣获“秦皇岛旅游十大旅游商品”，采用375毫升小瓶装，以秦皇岛4个著名的旅游点：老龙头、山海关、亚洲大酒窖、鸽子窝命名，将长城葡萄酒的优质品质和当地旅游元素有机地结合在一起，极具地域代表性和景区个性化，能够充分满足游客个性化需求，是秦皇岛旅游不可或缺的精美礼物。

【庄园餐厅】

庄园餐厅拥有7个包房和1个婚宴大厅，能同时接纳400人就餐，是中小型婚宴、升学宴、谢师宴和企业年会的理想就餐场所。在这里，游客可以品尝到极具当地特色并多次被刊登到地方特色旅游指南手册中的盐西菜馅野菜包子。野菜包子作为地方特色美食的代表，荣获“第三届秦皇岛地方特色旅游名吃”称号和“秦皇岛首届特色美食烹饪大赛”银奖称号，众多游客慕名而来。

华夏庄园凭借得天独厚的自然条件和地理优势，累计接待党和国家领导人及国内外游客百万余人次，是集旅游观光、餐饮会议、文化交流、商品销售等功能于一体的综合性葡萄酒庄园，也是消费者体验交流中心和葡萄酒文化传播基地。游客在这里不仅可以收获到葡萄酒知识、葡萄酒美景及葡萄酒美味，还可以徜徉在葡萄酒的海洋里，享受忙碌之余的恬然。

黄金海岸国际滑沙活动中心

黄金海岸国际滑沙活动中心位于风景如画的黄金海岸国家级自然保护区内，占地面积600余亩，森林覆盖率70%以上，山青水碧，气候怡人。这里距北戴河海滨约15千米，距昌黎县城20千米，距京沈高速昌黎出入口仅10千米，交通便捷，沟通南北。黄金海岸曾被《国家地理》杂志评为“中国最美的八大海岸”之一，被誉为“沙漠与大海的吻痕”，是国家4A级旅游景区。

在海潮和季风的作用下，沿海岸形成了世所罕见的巨大沙丘，高度达三四十米。金黄色的沙丘，依海岸走向呈新月形，连绵起伏，陡缓交错，线条流畅，造型优美，形成了十分独特壮观的海洋大漠风光。凭借这得天独厚的自然资源，1986年昌黎人根据非洲纳米比亚人利用滑沙健身的信息，在这特有的沙山上，经过反复实验，推出了国内乃至世界第一家滑沙活动。因此这里是中国滑沙的诞生地，被誉为“天下第一滑”。

【观光索道】

坐在索道上举目观望，浏览一望无垠的沙海，观赏黄金海岸独有的沙漠风光。游客可以看到黄沙、绿林、碧海、蓝天浑然一体，交织成一幅天然画卷，自然又大气。

【沙山滑沙】

滑沙是坐在特制的滑板上，借助自身重力自然下滑，在重力加速度的作用下，最高时速可达每秒40米。这样快的速度，再加上近40米高的落差，从沙山顶飞驰而下，顿觉两耳生风、飞沙扑面，转瞬便滑到了山底，不可谓不刺激。景区滑沙场现有两处，一处由沙山滑向谷底，一处滑向大海。目前世界上除南非纳米比亚设有此项目外，黄金海岸的滑沙场可算得上世界第二家了。

在感受了惊险刺激的滑沙后，回望沙山，如此高大的沙山必是大自然的鬼斧神工。据专家考证，这里曾是滦河入海口，滦河从上游搬运来大量细沙，几千年来在季风和潮汐的作用下形成了沙山奇观。据当地老人讲，这里的沙山原有三道，毛主席号召大家防风固沙、植树种草，治理了两道，最后一道没治彻底，成了独特的旅游资源。

【海水浴场】

海水浴场远离城市和乡村，没有任何污染源，为国家一类海水浴场。沙细、滩缓、水清、潮平，非常适合游泳和海浴。黄金海岸国际滑沙活动中心适宜开展五种海洋疗法，可以依靠自然之力达到健身康复的目的。这五种疗法分别为海水浴、沙滩浴、空气浴、森林浴和日光浴。这里洁净的海水、舒缓的波浪对身体有很好的按摩作用，能够缓解游客旅途的劳顿。游客还可以把自己埋在柔软的细沙里，享受这里的沙滩浴、日光浴。此外，浴场还开辟了沙滩足球、沙滩排球、沙滩越野车、海上快艇等项目。

【高尔夫练习场】

高尔夫是一项古老的贵族运动，它起源于15世纪的苏格兰，由牧羊人消磨时光的游戏发展成当今世界上最为风行的体育运动项目之一。黄金海岸国际滑沙活动中心的高尔夫练习场长200米，宽100米，面向大海，背覆林区，自然环境优雅，是高尔夫运动初学者的理想练习场地。

此外，滑沙中心还设有管轨式滑道、高空速降、卡丁赛车、时空隧道、森林狩猎、滑行龙、豪华波浪、海盗船、三星飞旋、华夏飞碟、旋转木马等十多项娱乐活动，为游客提供了更为广阔的娱乐空间。

登沙山，览碧海，美景尽收眼底；沐海风，滑金沙，休闲惬意无比。黄金海岸国际滑沙活动中心，在游戏中猎奇探险，在自然中浑然忘我。

翡 翠 岛

翡翠岛属原生态自然景区，位于秦皇岛市昌黎县黄金海岸南区，地处黄金海岸国家级自然保护区的重要区域内。翡翠岛东、北、西三面由渤海和七里海（潟湖）环绕，是一座由黄色细沙和绿色植被相间构成的半岛。岛上沙山连绵起伏，造型优美，素有“京东大沙漠”之称。

翡翠岛的美在于沙与海的完美结合，渤海湾的风夹杂着海水带来的泥沙吹拂了近千年，细沙不断地堆积，沿着翡翠岛的海岸形成了一道道星月状的沙丘，连绵起伏、陡缓交错、线条流畅，最高处达 44 米，方圆 7 平方千米，是海洋大漠风光的典型岸段，被誉为“沙漠与大海的吻痕”。

登高远眺，碧海环绕、沙山横卧、绿树葱茏，犹如一块温润美丽的翡翠点缀在黄金之上，“翡翠岛”由此得名。

【景区入口】

初入景区，只见黄沙铺路，一丝孤独、寂静的感觉油然而生。为了保护生态环境，这里极少有现代化建筑和设施，景区旅游活动也是依托本性、突出自然。翡翠岛展现在游客面前的是自然的美，为了保持这种自然和谐，景区非常重视对海岸自然景观和海区生态环境的保护。

由于翡翠岛的原生态，每年有包括世界珍禽黑嘴鸥在内的 400 余种鸟类在此栖息停留。翡翠岛及其附近的七里海和滦河口，是秦皇岛市除鸽子窝大潮坪之外的另一处观鸟圣地。被动物分类学家誉为“活化石”的文昌鱼，在浅海 15 米等深线附近密度达 1035 尾 / 平方米，是目前全国文昌鱼分布密度最高的地区之一。表面的孤寂下，其实生机盎然！翡翠岛集海洋大漠风光、戈壁绿洲景象、远古遗存物种、濒危珍稀鸟类于一体，处处是自然之谜，洋溢着神秘的天然情趣。

【观赏区】

自然的造化神奇莫测，这里连绵起伏的高大沙山，是由于漫长的海洋动力作用而形成的，其沙主要来自于滦河携带的泥沙。据《昌黎县志》记载，滦河入海口几经改道，12 ～ 13 世纪从这里入海有 200 多年的时间，这些细沙在滦河口附近沉淀淤积，再经过几百年来风力和潮汐的作用，逐步堆积，才形成了今日的沙山。

【滑沙区】

滑沙是20世纪80年代在我国兴起的集娱乐与健身于一体的参与性旅游项目。游客乘坐特制的滑板从高高的沙山上滑下，速度极快，一瞬间令人惊心动魄，心情高度紧张，然而很快就会冲到山底，因此滑沙也被叫作极限运动。

沙山上设置软梯，是为了防止游人上山时带下过多的沙粒，从而超过海风自然的搬运力，使沙山高度降低，这也是维护自然和谐的一个举措。在这里脱下鞋，向上攀登，便能感受细沙揉足的惬意。

登上山顶，蔚蓝的海与葱翠的树林尽收眼底，在这里，闭上眼睛放松一下，做个深呼吸。据科学测试，翡翠岛每立方厘米中，负氧离子多达20000多个，是名副其实的“天然氧吧”。这主要得益于沙山背后这片6万多亩的苍翠林带，它对于调节气候和净化空气是功不可没的。

树林主要以刺槐为主，喜温暖湿润气候，在年平均气温8～14度、年降水量500～900毫米的地方生长良好，对土壤要求不高，适应性很强，正适宜在翡翠岛的自然环境中生长。这片林带最初并非野生，而是20世纪五六十年代沿海居民为了防风固沙而栽种的，现在形成了一道靓丽风景。

【沙疗区】

翡翠岛除了惊险的滑沙运动，还有沙药疗。它对治疗因受风、潮湿引起的风湿痛、腰腿疼效果极佳。

【沙雕区】

沙地上座座沙雕惟妙惟肖，生动有趣。翡翠岛具有得天独厚的细沙资源，这里的沙子不仅多，而且非常细，用水搅拌夯实后，可塑性极强，为沙雕爱好者展示自己的灵感与激情提供了天然的舞台。

【海滨浴场】

翡翠岛的海滩通透开阔，海滨风貌原始自然，海水清澈透明，浴场沙滩平坦宽阔，沙质纯净细匀，是环渤海最佳的海滨浴场之一。其特点为沙细、滩缓、水清、潮平，是海浴、日光浴、沙滩浴和沙滩活动的理想场所。

海浴之后，还可以约上七八个朋友来一场沙滩足球、排球比赛；或者浅海捕鱼拉大网，体验一下渔民的乐趣。爱好极限运动的游客还可以到摩托艇区和快艇区一展身手，体验一下乘风破浪的惊险与刺激。

【娱乐项目区】

翡翠岛景区目前开展的体育休闲娱乐项目有：海洋大漠观光、滑沙、滑草、海浴、沙滩足球、沙滩排球、驼队探险、划艇、快艇、摩托艇、卡丁车等。这里还是滑翔伞、帆板、水上风筝训练基地。

同时，景区利用翡翠岛独特的地形、地貌和自然资源，以拓展训练的理念，研发了一系列亲子、夏令营、野外生存训练等适合青少年及家庭进行户外活动的科目，如创意沙雕、浅水捉鱼、定向越野等活动，得到了业内人士的高度关注，也得到了参与者的认可和好评。

翡翠岛远离喧嚣、远离尘杂，独特的自然地理环境，使这里形成了国内独有、世界罕见的海洋大漠风光。连绵起伏的沙丘与碧海、蓝天、绿林共同构成一幅罕见的海洋沙漠景观。感谢造物主的神奇造化，让翡翠岛凝聚了世间自然美的众多精华。

茅台葡萄酒洞

茅台葡萄酒洞位于昌黎县东山葡萄酒文化公园内，全长 500 米，酒洞距山顶最低 6.7 米，最高 21.9 米，洞内温度冬季最低 12 度，夏季最高 16 度，洞容面积 3000 多平方米，储酒总量达 30 万支。从 2005 年开始在茅台葡萄酒洞洞内储藏葡萄酒，经过 10 多年的洞藏技术积累和探索研究，已形成一整套洞藏储藏理论和管理规范，创立了葡萄酒洞藏文化。

茅台葡萄酒洞是茅台葡萄酒文化和洞藏文化的完美结合。茅台葡萄酒洞不仅被称为中国葡萄酒第一洞、中国活力型陈酿第一支，还是国内第一个葡萄酒洞藏文化馆、北京大学洞藏葡萄酒研推中心、中国旅游洞藏葡萄酒培训基地。茅台葡萄酒洞的主人是中国葡萄酒洞藏及洞藏文化创始人。

【竹简——茅台葡萄酒洞记】

竹简主要讲述了酒洞的地理位置、构造特性、洞内环境。酒洞四季润爽，适宜储藏极品葡萄酒，经过洞藏的葡萄酒酒体饱满醇厚，口香余味，回味悠长。“一杯尽揽酒中趣，洞藏能观世外天”对联刻于左侧石山上。

茅台葡萄酒洞记：

渤海昌黎，碣石东里，有茅台葡萄酒洞，乃兴初之年万金凿之，通体花岗，岩厚十丈，四季润爽，宜酿宜藏。乙酉初年，储酒万升，无不源于葡园极品。置洞中数载，经年深藏，逾年出洞。其气味丰盈，益醇益稠，莫不叹，洞之罕，酒之甘。所藏醴酷，虽有工艺盛器之异，然概为“洞藏”尔，乃茅台国红之珍，萄酒中品级之最。始于茅台，藏于洞天。美哉，壶中日月，洞里尘寰。

茅台洞天记
癸巳年撰

【序厅——门厅】

门厅右侧是仿 16 世纪波斯的一幅挂毯，描绘了当时葡萄采摘、运输、压榨、入桶发酵的葡萄酒酿制场景。

【文化长廊】

文化长廊北墙通过手写、手绘的表现方法，用细腻的感情、优雅的词语、粗犷的形式，讲述了《种酒的农民》的故事，点明了茅台洞藏葡萄酒的由来、发展过程和未来愿景，是整个茅台的文化雏形和精神基础。

长廊南墙的三个板块分别展示：政府、茅台集团领导莅临酒洞指导的照片；酒界领导、专家考察酒洞的照片；各界名人参观酒洞的照片。

洞口北墙题有“茅台干红红天下，国酒风采彩五洲”，这是茅台集团董事长袁仁国的题字，原稿保存在茅台葡萄酒厂。需要注意的是，进入酒洞后，通信设备会失去一切信号。

【沙盘区】

沙盘区依次展示的是洞藏葡萄酒的种植基地、坐落在东部工业园区的茅台葡萄酒厂、茅台葡萄酒洞行走路线、正在建设的茅台精品酒庄。

茅台精品酒庄总投资 5 亿元，第一期工程已投资 3 亿元，生产车间、办公楼、综合楼主体工程已完工，建成后将成为集葡萄酒生产、销售、餐饮、娱乐于一体的国内高档葡萄酒庄园。

蜡像工艺描述了手工酿制葡萄酒，包括酒葡萄采摘、粒选、破碎、压榨、发酵、陈酿、灌装的全过程。

【橡木桶陈储区】

橡木桶陈储区展示的是标准的 225 升的橡木储存桶，一桶酒可灌装 300 瓶干红葡萄酒。高档葡萄酒都要经过橡木桶陈酿，橡木桶对提升葡萄酒品质有很好的作用，可以使葡萄酒适度氧化。橡木桶的木质细胞具有透气功能，缓慢渗入桶内的微量氧气可以柔化单宁，让葡萄酒更圆熟。同时，也让葡萄酒中新鲜水果香味逐渐酝酿成丰富多变的成熟酒香。橡木桶原本内含的香味也会融入葡萄酒中。除了橡木桶香味之外，根据制造橡木桶时熏烤的程度，可为葡萄酒带来奶油、丁香、香草、烤面包、烤杏仁等香味，使葡萄酒的香气更复杂、适口。橡木桶能改变葡萄酒的颜色，使葡萄酒颜色更亮丽。

此外，洞中桶储葡萄酒比洞外桶储好处多，橡木桶在恒温、恒湿环境下，桶体不干裂，桶内红酒呼吸着富含高负氧离子的空气，感受着空气中的各种矿物质，缓慢成长、成熟，实现葡萄酒生命的完美。

【酒窝储酒区】

酒窝储酒区是仿钟乳石做成的一个个酒窝，酒窝是红酒温馨的家。这里温度、湿度、光照等条件特别适合葡萄酒的自然呼吸，让葡萄酒在自己温馨的卧室里“沉睡”，有种家的感觉。

【生产体验区】

要培育出一支好的葡萄酒，需经过出生前、出生后两个阶段：一是出生前的孕育阶段，包括酒葡萄的种植、葡萄酒酿造的过程；二是出生后的培养阶段，就是活力型陈酿的过程。出生前要孕育好，这个过程取决于产区土壤、树形、品种、种植工艺、酿造工艺等诸多因素，环环优化，缺一不可。游客可在每年的 10 月中旬到 10 月底酒葡萄采收季节来酒洞亲自体验手工酿造葡萄酒的过程。

【瓶储长廊】

瓶储长廊左侧有一个《睡美人故事》，用拟人的手法描述了葡萄酒的一生。瓶储长廊右

侧石壁上插了许多葡萄酒瓶，下边是用葡萄酒瓶垒成的酒瓶墙。

瓶储长廊是茅台葡萄酒洞主要瓶储区，一支支葡萄酒在这里“沉睡”，实际上是进行葡萄酒培育的第二个阶段，即培养阶段——活力型陈酿的过程。葡萄酒在洞中“沉睡”5年以上，能够醇化酒体、细化单宁、陈化香气、呵护颜色、降酸溢酯。

活力型陈酿促进葡萄酒品质提升的原因是多方面的。一是洞内磁场强度大；二是洞内负氧离子含量多；三是花岗岩酒洞透水岩层的滴水中含有大量的矿物质元素。

据中国地质专家吉羊教授讲，碣石山形成已有1.4亿年，其他地方山脉为25亿年，年轻的花岗岩山体中几乎含有全球所有的矿物质，而物质都有三种形态，即固态、液态和气态，花岗岩也不例外，也会有液态、气态的游离物。洞藏红酒在这种洞藏环境中成长，促进了红酒品质的提升。此外，洞内储酒还有其他方面的有利因素：第一，恒温。由于花岗岩的特性，酒洞温度在冬季最低12度，夏季最高16度，而12～16度的温度变化周期正适合葡萄酒的自然呼吸。第二，恒湿。酒洞相对湿度全年保持在70%～85%，这样的湿度能防止酒体因瓶塞干缩过量氧化导致酸败变质。第三，洞内空气自然流通无异味，这是任何一个人工酒窖所无法比拟的。第四，光线。葡萄酒对光很敏感，光线太强可以改变葡萄酒的颜色，降低葡萄酒的质量，而洞内光线较暗，适合葡萄酒的成长。第五，无震动和巨声干扰。上述这些因素，决定了洞藏葡萄酒品质一定好于其他储存方式的葡萄酒。

【会员储酒区】

会员储酒区内每个储酒的格栏都悬挂着会员的名字，格栏内的红酒都是会员个人存放的，随用随取，免费保存。会员不愿公开自己名字时，酒洞会尊重会员意愿，改写为××

先生和 ×× 女士。

按照公司会员发展规划，酒洞只需要 99 个会员。成为酒洞正式会员后，按照金卡会员、VIP 会员、至尊 VIP 会员等不同等级，会员享有不同的权益。比如免费提供私家菜、西餐等餐饮服务，免费参观茅台葡萄酒洞，免费组织品酒会，免费为市内会员送酒，向会员赠送家用恒温储酒箱，等等。

【荣誉区】

“十年铸洞洞藏酒，百年育酒酒醉人”，茅台洞藏葡萄酒团队用毕生精力酿造茅台品质，把质量管理列入重要议事日程，常抓不懈，取得了较好效果。由于上好的品质，洞藏葡萄酒得到了社会各界及业内人士的好评，也多次在国内外葡萄酒大赛中获奖。

2015 年 12 月 4 日，茅台葡萄酒洞作为中国精品酒庄的优秀代表，携 08 洞Ⅲ和 13 洞Ⅴ收藏葡萄酒，现身法国巴黎卢浮宫贝丹德梭酒展。中国葡萄酒在“世界艺术圣殿”卢浮宫的首次亮相，赢得一片赞誉，与会世界各国葡萄酒业内人士惊叹中国拥有如此高品质的葡萄酒。此次参展的两款葡萄酒已写入世界著名的《贝丹德梭葡萄酒年鉴》中。

07 洞Ⅱ干红葡萄酒，在 2010 年第十一届中国秦皇岛国际葡萄酒盲品大赛中获金奖。20 亩地只产 7000 支，性价比和市场口碑都很高，具有很高的收藏价值，现已绝版，酒洞开始以高价回购这款酒。这款酒最大的特点是酒体柔顺、丝滑，伴随着优雅的橡木香，结构均衡，回味悠长，比较适合女士饮用。

08 洞Ⅲ干红葡萄酒，于 2010 年在“克隆宾杯”第四届烟台国际葡萄酒大赛中获得银奖，曾在 2014 年第十五届中国秦皇岛国际葡萄酒节果酒、葡萄酒专家委员评论会上得到一致好评：酒体晶莹透明，澄清有光泽，深宝石红，果香淡雅，酒香桶香浓郁，酒体饱满醇厚，较圆润，结构明显，质感强，口香余味风格突出，具典型的个性特点和洞藏潜质。

08 洞Ⅴ干红葡萄酒，于 2012 年获第五届亚洲葡萄酒质量大赛银奖，酒体澄清透明，晶莹有光泽，鲜石榴红色，果香馥郁，酒香雅致，酒体纯净丰满，骨架明显，单宁质感细腻柔顺，口感圆润有厚度，协调优雅，回味悠长，具典型的品种、产区及洞贮风格。

天然恒温、花岗岩质地的山洞，5 年深度挖掘的洞藏文化，7 年潜心积淀的洞藏精神，30 余年产区的地域文化，百年茅台的品牌传承，万年的大自然造化……茅台葡萄酒洞，必将继承国酒风采，将这红色茅台贡予天下。

碣　石　山

碣石山位于秦皇岛市昌黎县，有“天下神岳”之美称。碣石山连绵起伏，有大小上百座奇险峻峭的峰峦，其主峰仙台顶（又称“娘娘顶”）突起于屏峰障岭正中，峰顶呈圆柱形，远望如碣似柱，极像直插云霄的天桥柱石，因此得名“碣石”。

碣石山为佛、道、儒三教圣地，遗址遗迹众多，传封神榜中的三霄娘娘和赵公明在此修炼。秦始皇、汉武帝、曹操、李世民等七代帝王在此留下了壮美诗篇。郭沫若曾在北戴河疗养时远观碣石山，留下了“五岳之首是泰山，神岳之冠碣石山”的感叹。碣石山是京东地区著名的适宜春游、避暑、望秋、冬狩的国家级风景名胜区。

【碣石山】

碣石山东部是冀东地区油松林保护的关键地区，分布着北方地区比较完整、比较典型、面积比较大的暖温带半湿润大陆性季风型气候下的次生性森林生态系统；中部是山与水的完美结合、人文与自然的有机相融，以“奇松、怪石、雾海、冬雪”等诸多美景和悠久的历史文化，以及众多的名胜而享有盛誉；西部是联系中部并涵养碣阳湖水源、保护良好生态环境的重要区域。

碣石山 36 峰，磅礴雄浑，峻峭秀丽，错落有致，天然巧成，并以仙台顶、天柱峰两大主峰（海拔均超过 690 米）为中心，最高峰为仙台顶，海拔 695.1 米。

碣石山集名山之长：泰山之雄伟，华山之险峻，衡山之烟云，雁荡山之巧石，峨眉山之清凉。当代著名的历史地理学家谭其骧和原文化部副部长、著名诗人袁水拍先生游完碣石山后赞叹道：“神岳碣石堪称北国黄山”，更有“京东第一奇山”之称。碣石山可以说无峰不石，无石不松，无松不奇，并以奇松、怪石、雾海、冬雪四绝著称于世，春、夏、秋、冬四季景色各异。碣石山还兼有“天然动物园和天然植物园”的美称，有植物近 700 种，动物 100 多种。

【大、小碣石】

碣石山是渤海边上的一座大山，有大大小小上百座山峰，这些山峰簇拥着似天桥柱石般的主峰娘娘顶。长期生活在碣石山周围的人几乎都知道，碣石山有“大碣石”和“小碣石”之分。“大碣石”指娘娘顶，在山下，特别是海里，远远地瞅着，娘娘顶那高高耸起的顶尖很像一个指航的石柱子。而“小碣石”在碣石山前看不见，它藏在娘娘顶背后的一个山崖上，是一柱直立高耸的峭岩，有五六层楼高，远远看着像一个插在娘娘顶后坡西北角下的“棒

槌”，山里人起名为“棒槌山”，也有叫“天桥柱”的。古时候，人们都称娘娘顶为“大碣石”，称棒槌山为“小碣石”。

【水岩寺】

古刹水岩寺，又名“宝峰寺”，建在碣石山南麓的宝峰台上，占地30余亩，具有很高的历史文化研究价值。水岩寺是冀东地区规模最大、历史最久的寺院，寺内苍松翠柏，四季常青。殿内供奉着弥勒佛，弥勒佛两侧为四大天王。

水岩寺在创建选址、建筑手法和建筑风格上独具一格，是中国佛教北方发展的一个代表。据考证，该寺历史可以追溯到1000年前的辽金时代。2002年，水岩寺交由河北省佛教协会管理，现为京东地区唯一的合法寺院，首任住持为存海和尚。

碣石山著名一景：水岩春晓。春天碣石山下桃李盛开，远看如朝霞一般；水岩寺内小草吐绿，百花灿烂，生机勃勃，春意盎然。

【高公亭】

碣石山宝峰台上，有一座翠柏掩映的六角凉亭。这座凉亭为瓦顶、石柱，具有浓郁的民族建筑风格。亭中曾竖有一块石碑，正面镌有“高公斗山，虽死犹生”八个大字，后面镌有碑文，可惜这块石碑在“文革”期间被砸毁。由资料考证“高公亭”中“高公”指的是日军侵华时期一个叫高斗山的昌黎县知事。

【飞来石】

水岩寺东边是因极似一座香炉而得名的香山。香山北侧，有一块约300多吨重的巨石，一半接地，一半悬空，形似卧虎。清风徐来，那巨石也会发出“呜呜”的声响，如遇大风，就会四下摇动，但不离原地。人们称这块巨石为“飞来石”。

【龙潭洞】

水岩寺东北山崖高处有一个龙潭洞，洞深三丈有余，洞口有门，洞内有潭，潭深丈余。

龙潭洞挂在碣石山半山腰峭壁上，上有苍松翠柏掩映，下有羊肠小径相通，甚是幽静。洞壁为花岗岩青石，洞深处泉水涌出，涓涓流下，叮咚作响，常年不断。

【核桃林】

在龙潭洞与山心洞之间，有一片核桃林，树木枝繁叶茂，遮天蔽日，树上结有核桃，个大肉厚，美味异常。核桃林生机勃勃，果实累累，如今已成为游人乐而忘返的好去处。

【奇松】

碣石山延绵数百里，千峰万壑，比比皆松。碣石山松，分布在海拔 300 米以上高山上，以石为母，顽强地扎根于巨岩裂隙中。碣石山松针叶粗短，苍翠浓密，干曲枝虬，千姿百态。或倚岸挺拔，或独立峰巅，或倒悬绝壁，或冠平如盖，或尖削似剑。有的循崖度壑，绕石而过；有的穿罅穴缝，破石而出。忽悬、忽横、忽卧、忽起，“无石不松，无松不奇”，又被称为“石头上的森林”。

【怪石】

碣石山“四绝”之一的怪石，以奇取胜，以多著称，已被命名的怪石有 120 多处。其形态可谓千奇百怪，令人叫绝。似人似物，似鸟似兽，情态各异，形象逼真。碣石山怪石从不同的位置、在不同的天气观看情趣迥异，可谓“横看成岭侧成峰，远近高低各不同”。其分布可谓遍及峰壑巅坡，或兀立峰顶，或戏逗坡缘，或与松结伴，构成一幅幅天然山石画卷。

【雾海】

自古碣石山雾成海。碣石山是云雾之乡，以峰为体，以雾为衣，其瑰丽壮观的“雾海”以美、胜、奇、幻享誉古今，一年四季皆可观，尤以冬季景观最佳。依雾海分布方位，全山有东海、西海、北海；而登仙台顶、天柱峰可尽收诸雾海于眼底，领略“海到尽头天是岸，山登绝顶我为峰”之境地。

【冬雪】

碣石山冬雪可称得上是大自然的上乘之作，是精品中的“极品”，是当之无愧的碣石山“第四绝”。碣石山冬雪不同于北国的冬雪，它不是那种厚重严实、持久不化的雪。碣石山的冬雪，妙就妙在与碣石山的松、石、雾巧妙而完美地结合，飞雪、冰挂、雾凇堪称碣石山奇景。

自古以来碣石山与昌黎海滨作为统一的整体屹立在华北平原通向松辽平原的结合部上，它作为东方“夷岛”进入中原的“贡道”起点而载入最早的地理经典著作《尚书禹贡》之中。碣石山是昌黎海滨的望山与标志，而昌黎海滨则烘托了碣石山的崇高与神奇。“神岳”碣石，山清水秀，通古之幽，是北国旅游胜地之一。

观 沧 海

曹 操

东临碣石，以观沧海。水何澹澹，山岛竦峙。树木丛生，百草丰茂。秋风萧瑟，洪波涌起。日月之行，若出其中。星汉灿烂，若出其里。幸甚至哉，歌以咏志。

昌黎碣石国家公园

昌黎碣石国家公园位于秦皇岛市昌黎县境内，距离北戴河黄金海岸仅20千米。景区依托碣石山九帝登临特殊的历史文化底蕴，以及特有的地形地貌、产业特色、田园风光、乡风民俗，着力打造国内国家公园试点。

昌黎碣石国家公园由世界知名规划设计大师特里•梅洛带领的法国团队规划设计，遵循生态修复、文化传承、产业转型、美丽乡村四个核心，是多种业态融合发展的示范区和城市后花园。

【葡萄小镇】

葡萄小镇位于十里铺乡，面积约17.45平方千米。当地依托国家3A级景区葡萄沟，以美丽乡村建设为基础，通过整合各项资源、完善基础设施、提升服务品质、挖掘文化内涵将葡萄沟全方位升级，打造特色鲜明的葡萄小镇。

葡萄小镇采用“葡萄采摘＋特色民俗＋风貌展示＋主题旅游”的模式，专注于把葡萄产业做精做强，将葡萄产业、葡萄文化、乡村旅游融为一体，是一个特色鲜明、体制机制灵活、人文气息浓厚、生态环境优美、多种功能相互叠加的新型特色小镇。

葡萄小镇主要由村庄建设区、葡园、配套服务区、旅游服务区、山体旅游区等部分组成。在区域中部设置核心服务区，作为小镇的功能核心。葡萄小镇按照“一村一品”的设计理念，给予每个村子不同主题，保障核心竞争力。

葡萄小镇以品质、精致、极致为标准，运用“原始风貌＋科技手段＋时尚思维＋文化创意＋未来农业”的辩证手法，采取“集团带动、协会联动、农企互动、产业驱动”的模式，做足“葡萄＋”文章，将葡萄沟核心六村打造成具有国际品质的农业旅游示范园、文化创意孵化园、高新科技体验园、时尚生活伊甸园，构建浪漫温情的葡萄架下慢生活小镇。

【诗词小镇】

诗词小镇位于昌黎县杏树园村，总占地面积10.521平方千米，战略定位为“昌黎大健康葡萄＋生活”。

诗词小镇以健康为主导，融合文创设计、生活体验、科技落实，聚集一至三级创意产业，采用法式统合开发模式，重点建设“农业＋生态＋安全”的大农业项目集群；“自然均衡＋农创产品”的大食品项目集群；“法式文化＋在地创意”的大文创项目集群；“文化观光＋互动体验”的大旅游项目集群。

诗词小镇依托村庄的花卉种植业，结合碣石山山水文化旅游资源，形成以花卉种植为核心、多种旅游形式为补充的特色花卉产业聚集区；依托已成型的碣阳湖环湖西路、杏树园美丽乡村、水岩寺等优势基础，打造神岳碣石小镇、智慧旅游指挥中心、碣阳湖精品度假酒店、水岩寺禅修度假酒店、杏树园村花庭农舍民宿群等项目。

【干红小镇】

干红小镇包含两山乡的河西张各庄、河东张各庄、正明山、梁各庄、东林上、施各庄、前两山、中两山、后两山、东坎上、后营、段家店、樵夫山、草粮屯 14 个村庄，总面积约为 37.8 平方千米。区域主要空间结构由"绿海中的酒庄 + 绿海中的村庄 + 核心服务区"共同构成。公共服务核心位于区域核心位置，昌抚公路以东、东沙河以西。

干红小镇是以红酒文化为核心，酿酒葡萄种植、红酒研发生产、观光旅游、休闲度假等多要素并举的特色功能聚集区。小镇主要包括红酒博物馆、游客接待中心、星级酒店、红酒研发基地、小型会议中心、美食中心、红酒展销中心等。

以绿化代替建筑成为干红小镇的主要组成部分，干红小镇将"葡园、果园、田园"三种形式结合，塑造绿色生态环境。空间布局上，建设区以组团的方式镶嵌于大绿化体系中，共同构成区域主要空间结构。

<金士酒庄>

金士红酒养疗庄园是干红小镇的重点子项目，重点突出"红酒 + 大健康"理念，由天士力集团投资 10 亿元建设实施，占地 1300 亩，其中葡萄园 800 亩（引种马瑟兰、小味儿多等新品种），酒庄及居家康养示范区 500 亩，充分体现欧洲后现代风格的艺术品位。

该项目由意大利阿克雅设计公司设计，融合天士力集团“六个一”（做好一瓶水、一杯茶、一樽酒、一盒药、一套健康管理方案和一个儿童教育平台）的健康生活经营理念，结合乡村现有葡萄资源和乡村旅游资源，着力打造集中外葡萄酒文化展示、葡萄酒品鉴、休闲度假、健康养生和国际会议于一体的综合旅游休闲度假区。

景区内有综合功能区、居家康养示范区，包括建设世界最大的葡萄酒壁画群（5600 平方米）、精品葡萄酒酿造车间（2000 平方米）、旅游接待中心、葡萄酒文化展示中心、体验中心和健康管理咨询中心。酒庄突出生态先导理念，改变传统生产模式，将打造成京东地区最佳生态居家康养目的地，体验绿色健康生活。

昌黎县依托核心资源，按照优化供给、聚集带动、打造精品、培育品牌的要求，在昌黎碣石公园片区内打造三个风格不同的特色小镇，同时打造魅力动线，推动昌黎县旅游业迅速蓬勃发展。

五峰山李大钊革命活动旧址

五峰山李大钊革命活动旧址位于昌黎县城北 5.3 千米处。五峰山由五座山峰组成，这五座山峰峰峰异状，秀美奇丽近观如五指插天，远望似五友挽臂。其东峰名“望海”，满峰苍翠，上有望海台；东北峰名“锦绣”，山峰秀美如画；北峰名“平斗”，分东、西二峰，高耸插天，东峰绝顶石缝中有一棵百年松树，孤立不群，傲视苍穹；西峰名“挂月”，顶部平，多巨石；西北峰名“飞来”，海拔 507 米，是五峰山的最高峰。

李大钊是中国共产主义运动的先驱、伟大的马克思主义者、杰出的无产阶级革命家、中国共产党的主要创始人之一。李大钊在其光辉而壮烈的一生中，曾在昌黎五峰山进行过重要的革命活动，留下了璀璨的战斗足迹。李大钊在五峰山的革命活动，在其为中华民族解放事业而奋斗的一生中占有很重要的地位，特别是他于 1919 年夏天在这里写的《再论问题与主义》和《我的马克思主义观》，影响深远。

【李大钊问山处】

1907年8月，李大钊与三名同学冒雨初登五峰山，在界石岭上找不到路径，情急中呼喊“何处为五峰”，顷刻间有应声“此处即五峰”从云雾遮蔽的韩文公祠方向传来，李大钊等人发现隐蔽在东北山崖下的石径，顺路上山，找到五峰山韩文公祠。

【花岗岩李大钊纪念像】

雕像高3.5米，宽8.5米，是中央美术学院教授、著名雕塑家钱绍武先生为纪念李大钊100周年诞辰而创作的，再现了革命先驱李大钊同志方正、刚直而又沉稳、儒雅的伟大形象。

【“白云乡”刻石】

此摩崖刻石为清朝咸丰年间昌黎举人崔树宝于同治十三年（1874年）题。“白云乡”三字出自《庄子·天地》“乘彼白云，游于帝乡”一语，喻五峰山景有如仙境。

【玉液泉】

玉液泉原为泉井，井口为石砌，深不足丈，却常年玉液满盈，泉水甘甜喜人，上方镌有“玉液泉”三字。这里原来共有三个泉井，范志完《游水岩歌》中即有“三泉涓涓清且涟”的诗句。这一口泉井是李大钊当年来此山居时饮用过的，至今仍在使用。

【“三点水”诗刻】

源滋浩泽湛，清净法演洪；
江海深潭潽，济流派瀛溟。

一首字字皆“三点水”偏旁的五言绝句，落款为“万历丁未年春潭寿、潭亮重建”字样。这首诗抒发了“不积小流，无以成江海”的感慨，字字皆有水，很独特也很切景。此石刻东侧有“东洋砥柱”“名山古寺”“何必蓬莱”等摩崖刻石。

【李大钊读书石】

高出峭壁一道狭长平台的偏东部位有一天然石蓬，上岩壁面有明朝山石道员范志完题的“泰山北斗”“五峰环翠”八个大字。当年李大钊到韩文公祠避暑，遇到祠堂有游人到来太过嘈杂时，便到这里读书或写作。

【文笔峰】

文笔峰为韩文公祠东北方向锦绣峰前的高耸峭岩，其有如“文笔”。明朝崇祯十四年，驻守山海关的山石道员范志完来此游览，看到五峰山形如笔架，发出感慨：“此天成文笔峰也，昌黎文气全萃于斯，宜建韩文公祠以镇之……”在他的主张下，当地建起一座颇有规模的五峰山韩文公祠，以突显昌黎的文气。

【范公洞】

此洞为挂月峰峭壁高处的一个天然石洞，名为“刘九洞”，洞口峭壁上留有一句封洞之谣：“若要洞门开，还得刘九来。”相传范志完小名“刘九”，于是在他来五峰山时，时任昌黎知县蒋三捷便令石匠凿开洞口，修建一门，改“刘九洞”为“范公洞”。洞里原有范志完的石刻像，现已毁失。

【李大钊避险洞】

自 1907 年夏天起，李大钊曾先后多次到这里游览、山居、陶冶革命情操，从事马克思主义在中国的拓荒和传播工作。1924 年 5 月下旬，他为躲避军阀政府的缉捕，最后一次来到五峰山，并在此居住长达半个月之久。山岩高处有一个十分隐蔽的山洞，当时守祠人刘克顺曾领李大钊到此，嘱咐他情况危急时可到洞内躲藏，"李大钊避险洞"由此得名。

【响泉】

五峰山的泉水诸多。响泉名源自 1918 年夏天李大钊在五峰山所吟白话诗：

山 中 即 景

是自然的美，是美的自然。
绝无人迹处，空山响流泉。

【孤松】

平斗峰峰顶悬崖上长有一株百年松树，是李大钊生前最喜欢的五峰劲松。1919 年李大钊在发表《五峰游记》时，开始启用"孤松"这个笔名，取意于这棵孤立不群、傲视苍穹的苍松。"五四"时期盛传这样一首歌谣："北大红楼两巨人，分传北李与南陈；孤松独秀如椽笔，日月双悬照古今。"其中的"孤松"，指的是李大钊。

五峰山除了俊俏秀丽的山峰外，还有许多自然和人文景观。1998 年，五峰山被列为河北省爱国主义教育基地之后，作为红色之旅的革命圣地，声名鹊起，每年悼念先烈、春游踏青、觅幽览胜的游客更是纷至沓来。

孤竹浩歌　人文佳境——卢龙县

卢龙地处河北省东北部，属秦皇岛市辖县，总面积961平方千米，下辖3乡、9镇、1个经济开发区、548个行政村，总人口42.2万，因其北部依傍古之漆水（又曰卢水，即今之青龙河）而得名。

卢龙屏障京津、倚靠唐秦、连接东北，处于环渤海、环京津两大经济圈中心地带。102国道、205国道、津秦高铁穿境而过，京沈高速公路在县城设有出口，沿海高速设有引线，京哈、京秦、大秦三条铁路干线横穿境内，石门、印庄等5个火车站均匀分布。卢龙交通便利，可进入性强，具有“19432”的区位优势，即从县城1分钟可达京沈高速，90分钟到京津境内，40分钟到秦皇岛港、辽宁境内，30分钟到唐山，20分钟到北戴河新区和秦皇岛市北戴河机场。

卢龙属暖温带大陆性季风气候区，四季分明，年平均气温10.7度，年平均降水量725毫米左右。境内地势北高南低，呈梯状西北东南向倾斜，海拔22.7～627米。北部山地，中部丘陵，南部盆地、平原，西部为青龙河—滦河河谷平原。卢龙有滦河、洋河、饮马河3大水系，24条河流。百里引青灌渠贯穿南北，121座水库、216座塘坝、128座蓄水池分布全县，被喻为“银河下凡、群星落地”。

卢龙矿产资源繁多，地热资源丰富。境内已发现的各类矿种达32种，矿产地68处，已开发利用9种矿产资源。崔庄温泉位于卢龙镇崔庄村西青龙河河床之中，出水温度37度；九龙泉温泉位于刘家营乡刘家口村，出水温度45度。

卢龙农业特色资源鲜明。甘薯栽植已有100多年历史，是“中国甘薯之乡”，“一奇”等名牌薯制品享誉国外。卢龙处酿酒葡萄黄金种植带，有“中国酿酒葡萄生产基地县”和“中国葡萄酒之乡”之称。卢龙境内核桃种植面积11万亩，被命名为“中国核桃之乡”。“石门核桃”是世界公认的唯一与美国“钻石核桃”相媲美的优质品种。蔬菜产业初具规模，播种面积7.1万亩，其中设施蔬菜3.8万亩，形成专业化蔬菜基地22个。畜牧产业发展较快，建成了全市规模最大、品种最全的淡水鱼苗繁育基地和全市首个良种肉羊繁育基地。

卢龙，孤竹遗风尚存，文化底蕴深厚。殷商时期为孤竹国都，距今已有3600多年历史，隋开皇十八年（598年）始称卢龙。卢龙自北魏以来，素为郡、州、路、府、县治所，明清时期为永平府治，最为鼎盛，史称“京东第一府”。“老马识途”“金石为开”等成语的历史典故出自卢龙。卢龙县内有著名文物古迹20余处，已被命名为“中国孤竹文化之乡”“千年古县”“中华传统文化教育基地”“中华诗词之乡”，并挂牌成立了“中国孤竹文化研究中心”。

卢龙，人杰地灵，英才辈出。商末周初有不争权势、互让君位、被孔子尊为圣贤的孤竹国君之子伯夷、叔齐两兄弟。近现代，有邓颖超的老师、著名地理学教授白眉初，北洋大学工学院前院长、世界知名工程学家李书田，世界乒乓球双打冠军耿丽娟。马克思主义者、中国共产主义运动的先驱李大钊曾在卢龙永平府中学堂就读。

坐落在明长城脚下的卢龙，自然风光旖旎，历史文化悠久，缓缓岁月流过，依旧风采动人。

柳 河 山 庄

柳河山庄卢龙葡萄酒庄园位于卢龙县刘田庄镇冯家山村，是卢龙县乡村旅游的“后起之秀”。山庄拥有 3900 亩的优质酿酒葡萄基地。2015 年 8 月 8 日，在第十六届秦皇岛国际葡萄酒节的开幕仪式上，柳河山庄荣获“秦皇岛产批 AAA 级旅游酒庄”荣誉称号。2015 年 11 月 24 日，农业部、国家旅游局公布了 2015 年新评定的 153 个全国农业旅游示范点名单，柳河山庄名列其中。

柳河山庄遵循“低碳、环保、绿色”理念，打造“中国—柳河山谷”高端葡萄酒文化休闲体验区、现代农业示范区、特色农艺的展示窗口。山庄规划设计为两大功能区和一个配套体系，即主导项目功能区——以生态酒庄为核心的高端葡萄酒全链条观赏体验区；配套项目功能区——为体现葡萄酒元素的生态农艺园；服务保障体系——为地域文化展示、特色餐饮、住宿、娱乐、购物、现场指引讲解及基础设施和安全保障等服务系列。

柳河山庄通过大力发展葡萄采摘、葡萄酒生产、葡萄酒文化，建设香草温泉小镇、红酒小镇、苇子峪水上乐园、山地高尔夫等项目，立志打造成为一个集葡萄酒主题旅游、品鉴培训、会务休闲、田园度假、生态居住于一体的国际葡萄酒庄园聚集区和葡萄酒文化体验区。

【酒窖】

酒窖依山而建，为葡萄酒的储存提供了恒温、恒湿、避光、防震等得天独厚的条件。酒窖主体建筑近 5180 平方米，整体采用半地下结构，为储藏高品质美酒提供更加有利的环境。酒窖上方采用回填土方式，建造了 2000 多平方米的花园、草坪，既保持了外界环境的原貌，又能较好地满足酒窖内湿度、温度的要求。酒窖由橡木桶储酒区、尊贵 VIP 储酒室、接待大厅及文化交流区组成。橡木桶储酒区可同时容纳 4000 支橡木桶，储存能力达 120 万升。柳河山庄将统一建造 80 余个不同设计风格的专业储酒窖，为尊贵 VIP 提供更加有文化、有品位，更加专业、方便的储酒空间。

【葡萄种植基地】

柳河山庄葡萄种植基地位于柳河山谷，山谷地处北纬 39°48′，东经 119°，是世界公认的酿酒葡萄黄金种植带。山谷以低山、丘陵为主，属暖温带大陆性季风气候，年均气温 10.6 度，积温 4010 度，年均降水量 724.5 毫米，相对湿度 59%，平均日照 2739 小时，无霜期 180 天，昼夜温差较大。山谷土质多为褐色砾质土壤，通透性好，酸碱度中性偏酸，

富含多种适宜酿酒葡萄生长的矿物质。山谷小气候独特，春季回温较谷外快，生长期延长，利于糖分和其他有机物的积累；夏季气温不高，有利于色素和芳香物质的生成；秋季昼夜温差可达到15度，这使酿酒葡萄的平均含糖量比周边地区高20克/升。先天优越的基地环境，为柳河山庄酿造优质葡萄酒打下了得天独厚的天然基础。

2010年10月，柳河山庄与贵州茅台酒厂（集团）昌黎葡萄酒业有限公司签订长期合作框架协议，每年向其提供优质原酒2000吨。柳河山庄是柳河山谷葡萄酒文化旅游产业建设中的重要节点，柳河山庄与茅台酒业合作推出的葡萄酒享誉全国。

【产品介绍】

柳河山庄主营产品包含以下四种：茅台干红葡萄酒首芳系列、柳河山庄爱色系列鸡尾酒、柳河山庄系列葡萄酒、柳河山庄白兰地。四大类产品均有其产品内涵，如茅台干红葡萄酒首芳系列，“首芳”寓意其为美的天使、红酒中的公主，它淡雅、大方、充满现代气息，是都市男女的最爱。SOFUN是首芳的英文音译，其中文含义是很开心、很愉快的意思，此意和中文首芳相互陪衬，使活力与青春贯穿于整个品牌当中，彰显了柳河山庄“品味美酒、完美生活”的理念。首芳不仅是一款高档葡萄酒的名字，更是一种态度，一种对未来美好生活的期待。

基于四大主营产品，柳河山庄推出了多种不同类型葡萄酒，如：茅台葡萄酒——首芳

SF619 干红葡萄酒，选用优良葡萄为原料精心酿制而成。酒体呈宝石红色、澄清透明，具有优雅浓郁的果香、酒香、橡木香，入口圆润、舒适，平衡协调，余味绵长。柳河山庄LH599 干红葡萄酒，以酿酒葡萄黄金种植带柳河山谷产区的柳河山庄葡萄基地精选的赤霞珠为原料，基地严格控制亩产量和采收期，精心酿制而成，酒体呈宝石红色，口感圆润，香气悦人，余味悠长。茅台葡萄酒——首芳 SF919 干红葡萄酒、柳河山庄 LH699 干白葡萄酒、柳河山庄创 6 干红葡萄酒、柳河山庄白兰地、卢龙特产干红葡萄酒、爱色鸡尾酒等，都是柳河山庄优秀的葡萄酒品牌。

【配套服务设施】

柳河山庄服务功能分区明确，红酒休闲文化特色鲜明。游览过程中既能感受到高端红酒文化，又能体验到现代农业带来的采摘乐趣。山庄提供免费停车服务，接待中心设施齐全、功能完善。山庄建设有 23 栋生态木屋作为接待客房，房间宽敞明亮，屋内装饰自然纯朴，绿色环保。山庄配备独立餐厅、会议餐厅以及可容纳 25 人就餐的豪华音乐喷泉餐桌，主要提供山庄特色美食、绿色果蔬和优质美酒。星级卫生间以及全园覆盖 WIFI 等基础服务设施配套完备。

柳河山庄，一颗冉冉升起的新星，正在努力将自己打造成一个高端葡萄酒生产全程化展示的庄园，互动参与、体验感受葡萄酒文化的殿堂，生态观光旅游、休闲度假养生的宝地，绿色品质的高端葡萄酒基地，现代农业、旅游业、文化产业的亮点，展示卢龙魅力的靓丽窗口。

鲍 子 沟

鲍子沟景区位于秦皇岛市卢龙县蛤泊镇，西临昌卢公路，占地5000亩。景区以盛产葡萄而闻名遐迩，葡萄园占地1500亩，素有“十里飘香葡萄沟”和“渤海之滨吐鲁番”的美誉，是全国农业旅游示范点、国家2A级景区。

鲍子沟是一处以绿色庄园为特色，以山水景观和民俗文化为内涵，集生态价值和美学价值于一体的生态旅游精品景区，是京、津、唐、秦等城市首选的乡村旅游目的地。

【鲍子沟葡萄】

鲍子沟村人多地少，为缓解土地不足的矛盾，村民在房前屋后及山坡地开荒种植葡萄。据史料记载，鲍子沟种植葡萄已有300多年的历史，食用葡萄有玫瑰香、巨峰、龙眼、维多利亚、红提、青提、白提、黑提、美人指、玛奶等30多个品种，从6月下旬一直到12月，每个时节都能品尝到不同口味的葡萄。

鲍子沟地处北纬40°附近，地理条件优越。村内多石少土，三面环山，地势高，昼夜温差大，全年无霜期长，光照充足，降雨量小，蒸发量大等优势使这里的葡萄皮薄、肉厚、口感好，在京津冀地区很受欢迎，远销东三省、广州、福建以及俄罗斯和东南亚。2002年7月，“鲍子沟”食用葡萄成功在国家工商总局注册商标，并通过无公害验证。借助葡萄优势及自然风景优美的特点，鲍子沟村正在从一个以葡萄种植为主导产业的小山村逐步向生态旅游观光度假村转变。

【鲍子沟山地旅游】

鲍子沟三面环山，最高山顶为老绝顶，海拔591米。鲍子沟一带的山地由燕山期的花岗岩组成。燕山期是指从侏罗纪至白垩纪期间发生的一次大的地质构造运动。经科学家测定，鲍子沟一带花岗岩的同位素年龄是1.4亿年，在地球上是比较年轻的岩石。大约6500万年前，喜马拉雅造山运动将埋藏在地下的花岗岩缓慢抬升隆起，形成高山。

鲍子沟山地千姿百态，灵性幽雅。高山上，有情侣石、卧虎石、豹子石、海狮石、天狗石、四大金刚等花岗岩象形石。春风夏雨，秋霜冬雪，和人们相伴，为这个小小的村子增添了无限灵气。走在山中小路上，四周山峦起伏，巨石嶙峋，树木丛生，百草丰茂。

鲍子沟高山之巅，有一片大自然千百万年造就的平顶草原，面积五六百亩。这是由于花岗岩山体抬高，遭风化剥蚀，残积物堆积便形成肥沃厚实的土壤层，进而形成“百草峥嵘，百花齐放”的山顶奇观。登临平顶大草原，颇有一种“天苍苍，野茫茫，风吹草低见牛羊”

的感觉。而山坡上山林万亩，葱郁成荫，林间百鸟齐鸣，空旷悠远，更是让人心旷神怡。林中野鸡、野兔出没，仿佛是一个和谐神秘的野生动物欢乐公园。

鲍子沟风光秀美、景色宜人，鲍子沟人淳朴热情、和善可亲。在青山绿水中，品尝甜美多汁的葡萄，带着轻松愉悦的心情，沉醉在大自然的怀抱中。

柳 河 溪 谷

柳河溪谷地处卢龙县的燕山余脉，刘田各庄镇柳河北山村，是在原柳河北山景区基础上进行提升扩建的新景区。景区为河北省农业旅游示范点，国家2A级景区。

柳河溪谷山水相映、沟峪纵横、环境清幽、空气清新、林果资源丰茂、野生动物资源丰富、革命内涵厚重，是一座集红色旅游、绿色种植、生态采摘、休闲养生、度假会议、餐饮娱乐、旅游住宿于一体的原生态旅游景区。

【四大区域】

柳河溪谷景区共开发四大区域。红色旅游区由占地200平方米的冀东抗战纪念馆和占地3000平方米的大型活动广场组成。抗战纪念馆陈列着战争年代各种图片、武器装备；休闲垂钓区内，水库水面22亩，放养鲤鱼、鲫鱼、白鲢等鱼种100000尾，水库大坝上修建有一条长80米、宽3米的步游长廊，为游客提供了一个休息垂钓场所；餐饮住宿区建有餐饮与住宿设施。餐厅可同时容纳100人就餐，提供正宗卢龙特色的饮食。客房分三个档次可同时接待50人住宿，住宿环境清幽雅致；登山健身区内有一条天然形成的5000米山路，路旁点缀有小溪流水、一线天、仙女仰卧、双城子、卧佛等十几处景点。

<冀东抗战纪念馆>

冀东抗战纪念馆占地140平方米，是冀东地区唯一一座全面反映冀东抗日武装革命事迹的纪念馆。纪念馆对外展出了冀东抗日武装及李运昌、李中全、曾克林等人珍贵的图片和实物资料。馆内墙壁上记录了抗战时期发生的英雄事迹。馆名“冀东抗战纪念馆”由原北京军区司令员李来柱题写。

< 柳河北山烈士陵园 >

柳河北山烈士陵园总占地 15 亩，可同时容纳 800 人举行纪念活动。经征求烈士亲属和埋葬地所在村委会的意见，目前已有 20 多名烈士迁葬入园，今后将陆续接受县域内烈士遗骨迁入。

烈士陵园由台阶通道、景观雕塑、烈士墓区及展室四大部分构成，墓区分为有名烈士墓区和无名烈士墓区两部分。陵园毗邻冀东抗战纪念馆，将人文纪念功能、教育功能与陵园传统文化相融合，构建了公益性、文化性、纪念性、园林性的现代陵园格局，成为冀东地区追思先烈及进行爱国主义教育的重要基地。

【柳河北山】

柳河北山是一个地地道道的小山村，又称长寿村。村子里仅有 170 人，80 岁以上的老人 50 多人。柳河北山远离喧嚣、污染，这里四面环山，静谧祥和。山中青松翠柏，林间鸟语花香，风景秀丽，民风淳朴。

< 长寿树 >

柳河北山村内有一棵历经 120 多年风雨的长寿树。长寿树树体高大，枝繁叶茂，见证了村子祖祖辈辈的故事。长寿树历经百年仍屹立不倒，是村民的精神慰藉。

< 长寿泉 >

长寿泉是柳河北山村的生命泉，它像母亲一样滋养着这片可爱的土地和淳朴的乡亲。长寿泉已不知流淌了几个世纪，它的年代已无从考证。村民世世代代喝着这大自然的甘露，或许是山泉水养人，人也长寿。

< 长寿栗子沟 >

长寿栗子沟是一个让人流连忘返的百果园，园内有百年栗子树。柳河北山水果多，漫山遍野都是。苹果、桃子、李子、栗子、梨……花开时节，五彩缤纷，花香四溢，引来蝴蝶翩翩起舞。

< 双石顶 >

双石顶是一座象形山。相传 1500 年前，隋炀帝昏庸无能，无数贤臣良将受到迫害，大臣姜新本不满隋炀帝所作所为，带着妹妹来到此地，二人各占一座山峰，“双石顶”由此得名。为抵御昏君追杀，兄妹二人修建石砌城堡，现在仍隐约可见。山顶有块巨形大石叫“白马石”，形似一匹翘首而立的骏马，传说是姜新本兄妹观敌瞭阵的地方。登上山顶，举目远眺，层峦叠翠，美景尽收眼底。

未来柳河溪谷将通过延长农业产业链，融合旅游、农业产业和相关产业形成多种产业链，促进柳河溪谷景区和柳河北山村综合体的转型升级，形成具有柳河溪谷特色的现代休闲农业和乡村旅游产业链。

棋盘山绿色庄园

棋盘山位于卢龙县城东南 20 千米处，刘田各庄镇西侧，属横贯卢龙中部的阳山山脉之余脉，总面积 1.2 平方千米。棋盘山是燕山山地向冀东平原过渡的最边缘的山脉，北部为丘陵山地，南部为平原，山势平缓，视野开阔，植被良好，山水相连，气势苍茫。

棋盘山绿色庄园涵盖滨水休闲、康养度假、户外娱乐、红色旅游、文化体验、餐饮住宿等旅游功能。这里树木葱茏，草木旺盛，巨石屏列，如亭如榭。

【一座棋盘】

棋盘山山顶中间有一块奇特的巨石，平似棋盘。棋盘上十几个小石块恰似棋子镶嵌其中，纵横罗列。这些小棋子只可在固有的石槽之中来回挪动，却无法拿开。

相传曹国舅和吕洞宾在山上下棋，一砍柴村民在旁观看入迷，不觉腹中饥饿，准备下山回家。他回头只见柴刀锈蚀如泥，刀把儿和扁担毫无踪影，心中生疑。回到村里发现街巷房屋变化异常，更无一认识之人，便摸索到原住处，问一耄耆老翁。老翁说：“吾先祖入山未归之事，代代相传，已历四世矣！”村民大吃一惊，屈指算来，200 年过去了。后来人们在山上看到这块巨石棋盘，便将此山叫作棋盘山。

【两片花海】

百韵花海内，孤竹文化长廊连接荷塘莲池、棋盘山花海、油葵园、啜茗轩。梯田花海由 58 级梯田带状花海、野花花海组成，占地约 200 亩。阳光下，成片的鲜花摇曳着不同的色彩，奔放的红、耀眼的金、纯洁的白、柔和的黄、魅惑的紫，那么多的颜色在成片摇曳，花香四溢，惊艳了时光。

【三面观音】

三面观音雕塑高 16.7 米，正面观音手托杨柳枝玉净瓶，为净瓶观音；左面观音手拿念珠，为念珠观音；右面观音手持拂尘，为拂尘观音。观音神态安详，栩栩如生，惟妙惟肖。观音千面，只因人性复杂，不同的人看到的观音法相不同。每一尊法相都蕴含一种大智能及感应功能，能增福添慧、保佑平安。

【四园采摘】

棋盘山绿色庄园共设 4 个采摘园，分别是苹果采摘园、核桃采摘园、欧李采摘园、酸枣采摘园。

< 苹果采摘园 >

苹果采摘园共 100 亩，种植苹果树 11000 棵。棋盘山苹果以色泽鲜艳、清脆香甜、口感甘醇而远近闻名。棋盘山地势高，土质独特，气候温和，自然条件得天独厚。特别是夏秋季节，空气湿润，太阳光照充足，非常有利于苹果的生长。

< 核桃采摘园 >

核桃采摘园共 600 亩，种植核桃树 42000 棵。石门核桃远近闻名。这里的核桃具有个大、仁丰、皮薄、易取仁、脂肪和蛋白质含量高、风味香甜的特点，早在明末清初即已成为地方名产，素有“石门核桃举世珍”之誉。卢龙核桃自清朝末年开始出口国外，销往日本、德国、英国、加拿大等 20 多个国家和地区，而如今的石门核桃更是供不应求。

< 欧李采摘园 >

欧李采摘园共 10 亩，种植欧李树 800 棵。欧李营养元素丰富，果实中含有多种对人体有益的矿物质元素，其中钙元素含量比一般水果都高，所以欧李又被称为“钙果”。欧李曾作为“贡品”广受清朝皇族喜爱。康熙皇帝对其情有独钟，曾在皇宫专门种植。

< 酸枣采摘园 >

酸枣是枣的变种，又名棘、棘子、野枣、山枣、葛针等，原产中国华北，中南各省亦有分布，多野生。庄园中酸枣采摘园占地 30 亩。酸枣果小味酸、皮厚光滑，多圆或椭圆形，呈紫红或紫褐色。酸枣具有较高的药用价值，果仁饱满可作中药。

【五色山庄】

棋盘山绿色庄园是五彩斑斓的世外桃源。

这里的蓝，纯粹清澈。沐心湖、榴花湖，微波荡漾的湖面倒映着蓝蓝的天空，湖边垂钓也是怡然自得。

这里的白，干净纯真。皑皑白雪洒落山头，天地浑然一色，景色壮丽无比。

这里的红，激情澎湃。西周伯夷、叔齐在此守节隐居、采薇拒周。抗日战争期间，闻名冀东、威震敌胆的“滦山铁道游击队”曾驻扎在棋盘山下的碾子沟。阳山周围的九沟十八峪是冀东地区抗日模范根据地。棋盘山传承历史文明，弘扬中华美德，爱国主义革命精神熠熠生辉。

这里的绿，生态自然。棋盘山植被达近千亩，绿植覆盖率达 80% 以上，是名副其实的“绿色氧吧”。

这里的彩，缤纷绚烂。春回大地，漫山野花，赤橙白黄，好不热闹。棋盘山花海共种植鲜花约 20 种，花开灿烂，芳香扑鼻，蝴蝶齐舞，美不胜收。

棋盘山绿色庄园处处风景别致，赏心悦目。园中乔木浓郁叠翠，草坪绿毯如画，湖泊碧波荡漾，蓝天、白云、花海相映成趣，自然清新。

段家沟

段家沟景区位于卢龙县北部，东临李蛇公路，西靠青龙河畔，以万亩李子林著称，是河北省林业厅确定的小杂果基地。段家沟景色优美，蓝天白云，鸟语花香，被称为“童话的世界，自然的家园”。

【万亩李子园】

站在山上，放眼望去，是漫山遍野的果树，是漫山遍野的花，让人不由想起“待到山花烂漫时，她在丛中笑”。每年 4 月中旬至 5 月初，段家沟万亩李子花开似雪，香气袭人，宛如一个童话世界。6 月中旬，果实成熟，一个个饱满的大李子挂满枝头。不光有李子，这里还有白银杏、水蜜桃、苹果、梨。收获之时，沉甸甸的果实压弯了枝丫。置身山水中，亲自采摘并第一时间品尝这绿色、健康、无公害的水果，也是一种乐趣。

【青龙河】

青龙河，古称漆水，是卢龙八景之一“漆流玉带”。河水波光粼粼，两侧杨柳护岸。青龙河一边是卢龙县，一边是迁安县，它的发源地是河北省桃林口水库。青龙河有着顽强不息的生命力，纯洁的清流几千年来从未停止流淌。青龙河有着慈母般的情怀，孜孜不倦地灌溉着卢龙土地，养育着卢龙人民，见证着卢龙的沧海桑田。

【雷劈石】

青龙河畔矗立着一巨型方石，名为“雷劈石”。相传很久以前，此地有一座高山，山脚下住着一对以上山采石、捕鱼摆渡为生的淳朴夫妇。有一年，青龙河发大水，为了救落水乡亲，妻子不幸遇难，她临死之际，只说了一个“桥”字。从此，丈夫为完成妻子的遗愿，每天上山开凿巨石，年复一年日复一日，一天都舍不得休息。丈夫对妻子的深情和这种执着的精神感动了雷公。一天夜里，雷公劈开大山，用劈下的巨石在青龙河搭起了一座石桥。由于时间久远，原来的巨石已被岁月侵蚀，但是这种坚韧不拔、锲而不舍的精神流传至今。

【菩提树】

菩提产自天竺，四季常青，年底开花，果实可做念珠，被佛门视为圣物。佛祖释迦牟尼在菩提树下修行六年才得以大彻大悟，禅定“成道”。菩提树对生长环境要求严格，喜高温高湿天气，土壤以肥沃、疏松的微酸性砂壤土为好，热带地区常见，在段家沟生长实属罕见。

【高丽洞】

高丽洞位于悬崖峭壁之上，山上李子园绿树成荫，郁郁葱葱；山下深潭数十米，洞口

隐身于山石之后，洞深不可探。相传殷商末年，武王伐纣，箕子为避乱世隐居于此，后东渡建立高丽国。后人为缅怀箕子，便将此洞命名为“高丽洞”。时至今日，依旧有很多韩国人来这里寻宗访祖。

【农家饭庄】

农家饭庄为劳累的游人准备了一桌桌地地道道的农家饭菜。有贴饼子、白薯元宵、干土豆条、干瓜条、烀白薯、柴鸡蛋、白薯面饺子、炸青龙河小鱼等。夜间生活更加丰富多彩，拉拉家常、扭扭大秧歌、看看乡亲们自导自演的小节目、睡睡大火炕，充分体验最淳朴的田园生活。

段家沟远离了城市的喧嚣与嘈杂，这里安宁幽静，与世无争。花香、鸟语、春风、阳光，大自然的气息是那么近，那么真实。花海留念、水中嬉戏、林间小憩、洞中访古，真是不是神仙胜似神仙。

绿水青山　满韵清风——青龙满族自治县

青龙满族自治县位于河北省东北部、燕山东麓、古长城北侧，秦皇岛市西北境内，因青龙河由北向南贯穿全境而得名。1987 年 5 月实行民族自治后建立青龙满族自治县。2001 年被列为国家扶贫开发重点县，素有“八山一水一分田”之称。

青龙满族自治县总面积 3510 平方千米，辖 2 个省级园区、25 个乡镇、396 个行政村、1 个社区办，总人口 55.5 万，有满、汉、苗、回等 11 个民族，满族人口占 69.6%，民风淳朴，民族风情浓郁。

青龙物华天宝，开发潜力巨大。全县林地总面积 440 万亩，森林覆盖率 57.89%，位列全省第三。巍巍连绵的群山中，矿产、林果、畜牧、山野、旅游资源丰饶，极具开发价值。县城距秦皇岛港 120 千米，距北京市 250 千米，距天津市 265 千米，处在环京津、环渤海经济圈和冀东经济区内。

青龙盛产苹果、板栗、杂粮、梨、杏、核桃、山楂等农副产品，被评为中国苹果之乡、京东板栗之乡、河北杂粮之乡、中国黏豆包之乡。2016 年成功争创河北省休闲农业示范县、河北省全域旅游示范创建县、国家中医药健康旅游示范基地，并连续三年被评为“中国深呼吸小城 100 佳”。

近年来，青龙县委、县政府积极谋求资源优势向品牌价值转变，按照全域旅游示范区建设标准和“多规合一”要求，编制与经济社会发展规划、城乡规划、土地利用规划、生态环境保护规划相适应的全域旅游总体规划，谋划“一心四片”的旅游空间布局，打造东、西、南、北四条“三日游”旅游主线路，串联起沿线重要旅游景区。

围绕四季旅游，青龙满族自治县以春季踏青、夏季避暑、秋季赏叶为主题，推出若干条生态旅游产品，助力青龙全县域生态公园建设；以“两湖六河”为主体，打造经典水上游览和娱乐项目，推出水上漂流、湿地观光、水上观鸟等系列旅游产品；在深入挖掘地域资源优势的基础上，塑造红、绿、蓝、白多彩旅游产品，围绕红色文化打造“静动”结合、“红绿”结合的红色文化旅游景区和旅游纪念品，延伸红色旅游表现形式，带动革命老区快速发展；结合冬季寒冷多雪的气候条件，打造雪乡、雪镇、冰城、冰瀑等冰雪旅游产品。

青龙满族自治县深入落实“旅游＋生态”发展理念，以建设全县域生态公园和创建东燕山国家公园为统领，系统、协调推进全域生态资源的保护和修复，整合力量、集中资金，变粗放绿化为综合美化，在保护和修复“绿水青山”的过程中建成“金山银山”，打造一座具有旅游价值、充满浓郁满乡风情的绿色山城。

祖　山

祖山景区位于秦皇岛市青龙满族自治县东南境内，总面积 118 平方千米，分天女峰、望海寺、画廊谷、飞瀑谷及乌龙谷五大景区，七十多处自然景点，被评为河北十大名山之一，属国家 4A 级景区，是国家风景名胜区、国家地质公园、稀有植物及濒危野生动物自然保护区、河北省四星级森林公园、2009 年度央视网中国口碑最佳的国家级景区，素有“京东胜地”“塞北黄山”的美誉。

祖山古今闻名，因其高大雄伟如周围群山之祖，清代《永平府志》称其“祖山”。此外，史志还有“临榆山”“茶盘山”“老岭”和“黄崖”等别名。祖山景区同时具有“奇松”“怪石”“云海”“瀑布”“佛光”“木兰”六绝奇观，是集观景、观鸟、休闲、度假于一体的中国最有魅力的文化生态旅游胜地。

【画廊谷景区】

画廊谷景区是一条东西走向的十里长峡，谷底巨石叠卧，清溪绕流；两侧奇峰美石，依次排开，游于谷中如观画展。

<天然大石佛>

祖山景区天然佛教氛围浓厚，是老天赐予的佛教圣地。画廊谷里几乎等距离排列着三尊天然大石佛，第一尊是“佛祖望海”，第二尊是“观音送子”，第三尊是“罗汉浴日”。

“佛祖望海”，东望远处耸入云天的花岗岩山峰，光滑如镜，它圆头、宽膀、胖身，神似释迦牟尼坐在蓝天下远望大海。

“观音送子”，北坡山上高大的人形巨石，好似一尊头上罩着轻纱、身上披着斗篷的菩萨，怀里那根细小石柱，犹如捧在手里、精心呵护的孩子。

“罗汉浴日”，北面山崖上一块巨石，圆圆的头，宽宽的肩，厚厚的背，仿佛一尊罗汉一动不动地坐在山顶上晒太阳。

<五潭映月>

画廊谷的溪水流到岔河边，在凹凸不平的花岗岩上聚成五个水潭，每到月朗星稀的夜晚，漫步溪水边，不管走到哪个水潭，都能看到水潭里倒映着一轮皎洁的明月。

<神笔书天>

这是画廊谷南面的一座山峰。从外形上看十分秀气，宛若一支倒插在山里的巨笔。拔地而起之势，仿佛要以海水作墨、蓝天作纸，尽情描绘祖山秀美动人的姿态。

< 幽谷禅堂 >

这座天然形成的石洞留有前后两个洞门，别看洞门不大，洞里的空间却不小。相传古时谢虎曾在石洞里出家修行，他带领弟子在此念经参禅，石洞处在深山峡谷里，由此得名“幽谷禅堂”。石洞后门摆放着古代遗留的一尊石佛。

< 老君炼丹 >

南面山脊上耸立的三座山峰，外形超凡脱俗。中间山峰大肚小顶，好似炼丹的铜炉。侧峰有头有身，隔着铜炉相向而座，犹如两位仙人在亲切交谈。

< 棋盘拂云 >

仰望山谷南面，这座十分陡峭的大山叫“棋盘山”。倘若遇到云海，山腰以下会被遮住，只露山头，好似棋盘山在抚摸白云，由此得名“棋盘拂云”。

“棋盘山”不似棋盘，只因古代僧人在山腰建寺，为排遣寂寞，在寺院旁一块大平石上凿刻了一个棋盘。这个棋盘在古代远近闻名，清代《临榆县志》记载说:“棋盘山上有石棋枰，列子宛然，惟可推移，不可执去，传为仙人棋迹，今子犹存十数。”这个棋盘的走线是大底小口的石槽，僧人雕刻石槽时顺便在里面雕了棋子，棋子大肚小顶，只可以在石槽里来回推动，却没有办法从石槽里拿出来。棋盘不成满局，单单十几枚棋子犹如仙人下过的残局。

< 魏武吟诗 >

一座高大的石景，有头有身，正襟危坐，气宇轩昂，仿佛一位叱咤风云的英雄坐在高台上，面对滔滔渤海吟诗作赋。引用魏武帝曹操名诗《观沧海》，这座天然巨石形象地再现了曹操当年东巡时写诗赞美大海的情景。

< 奇峰挂月 >

峭壁上的圆形透天大窟窿，远远望去，仿佛一轮明月挂在奇绝的山峰上，由此得名“奇峰挂月”。在清代，地方史志称为“窟窿山”，其中，清代光绪五年《永平府志》是这样记载的：“窟窿山，在祖山北十五里，其巅石壁有门，高丈余，宽五、六尺，东侧石崖千仞。”

地理学家韩同林教授解释道："奇峰挂月"是250万年所形成的冰川遗迹。在厚厚的冰层覆盖下，冰川里的融水在冰层下面有时垂直冲击，有时横向冲击。横向冲击时，对途中阻挡水流的岩石，融水会带着坚硬的碎石高速旋转和猛力研磨，最后研磨出一条圆形通道，使融水顺着通道流去。冰川融化后，冰盖和融水消失，圆形通道所在的山体暴露出来，形成了"奇峰挂月"这一难得的自然景观。

< 童戏驼峰 >

画廊谷有一组生动有趣的石景叫"童戏驼峰"。在特定的位置往东南方向看，眼前一座山峰好像一头大骆驼，前面的横石是骆驼的脑袋，下面的斜石是骆驼的脖子，后面长方形绝壁是骆驼的肚子，上面参差不齐的几块竖石，大的是骆驼的双峰，小的是骑在驼峰中间或驼峰前后的孩子。这几个孩子调皮得很，有的紧紧抱住驼峰，生怕掉下来;有的看到美景，乐得前仰后合；有的倒骑在骆驼脖子上，嘲笑后面的同伴胆子小。

< 柳亭闻莺 >

"柳亭闻莺"处在画廊谷景区一半里程的位置，是游客中途休息的场所。"柳亭"是一棵古柳，树干为柱，树冠作顶，组合到一起便是一座绿色凉亭。夏天坐在这座绿色凉亭里，经常可以听到树林里传来的各种鸟鸣，人们就借鉴承德避暑山庄康熙命名的"柳阆闻莺"一景，给它起名"柳亭闻莺"。

< 王母晾靴 >

北山的山顶上，相隔不远有两座山峰，每座山峰上都顶着一个长形巨石，这两个长形巨石虽然大小不一，但却都一头尖、一头宽，犹如旧社会小脚女人穿的绣花鞋，由此这组石景得名"王母晾靴"。

< 孔雀迎宾 >

那座拔地而起的黄色山峰，有头、有嘴、有腿、有尾，而且头圆、嘴尖、腿高、尾宽，远远望去，就像一只引颈高歌、即将开屏的金孔雀，正热情迎接着来祖山拜佛观光的香客和游人。这是画廊谷西段最后一个景点，在最后安排"孔雀迎宾"一景，用来欢迎各位香客和游人光临望海禅寺。

【望海寺景区】

望海寺景区寺院宏伟，名僧住持，香火旺盛。金代和明清僧人在祖山建有多处寺院，佛教文化底蕴深厚。

< 望海禅寺 >

望海禅寺建在海拔1000米左右的祖山山腰上，三面环绕高山，一面通向峡谷，夏季凉爽无蚊，冬季避风向阳，是祖山的风水宝地。据清代《临榆县志》记载，望海禅寺始建于金代大定年间（1161～1189年间），由比丘张三峰创建，由于在寺院多处能望见大海，所以得名"望海禅寺"，至今已有800多年的历史。明代曾三次重修，清代康熙年间再度重修，清代中期以后无人再修。废砖烂瓦散落林间，别名"砖庙"。

2002年夏天，全国佛教协会副主席、河北省佛教协会主席净慧大师决心恢复望海禅寺。

当年冬季，他亲自主持奠基仪式。2007 年春天，由河北鸿舟集团董事长徐汉有先生出资重建，净慧大师的高徒、中国临济宗第四十五代法脉传人明奘法师任住持。

望海禅寺各殿均是实木结构，草白玉石料雕成佛像，档次之高、气势之宏伟，在全国高山古寺当中不多见。大殿合龙当天飞来仙鹤，空中盘旋好久方才离去。2009 年 6 月 20 日，望海禅寺举行了隆重的开光大典。

< 天王殿 >

天王殿正中供奉未来佛祖“弥勒佛”，也叫“布袋和尚”，是释迦牟尼的继承人，主管未来世界。两侧是威风凛凛的四大天王，也叫四大金刚。白色金刚为东方持国天王（“持国”：慈悲为怀，保护众生，护持国土），他手持琵琶是主乐之神，用音乐感化众生，皈依佛门，主要负责守候东胜神州；青色金刚是南方增长天王（“增长”：能令众生增长善根），他手握宝剑，保护佛法不受侵犯，负责守护南瞻部州；红色金刚是西方广目天王（“广目”：用净天眼随时观察世界），他手缠一条赤龙，看到有人不信奉佛法，就用绳索绑来，使其皈依佛门，负责守卫西牛贺州；绿色金刚是北方多闻天王（“多闻”：以有福有德闻名四方），他右手持宝伞，左手握神鼠，用以制服魔众，保护人民财产，负责守护北方郁单越州。还有一种说法是，四大天王手里分别拿着剑、琴、伞、蛇，在中国民间代表风、调、雨、顺，象征五谷丰登、国泰民安。

天王殿背后供奉韦陀菩萨，又称“韦陀护法”，是佛教二十诸天护法神之一，以神勇著称。这尊韦陀造像是青年武士形象，金盔金甲，手持金刚降魔杵。他拿金刚杵的姿势有两种：一种是双手合十，金刚杵横于腕上，表示接纳，这种姿势表明本寺为十方常住寺，可以接纳云游僧人在寺里挂单吃住和学习。另一种姿势是一手金刚杵拄地，一手叉腰，表示拒绝，这种姿势表示本寺为子孙寺院，不接纳外来僧人挂单吃住和学习。

< 南配殿 >

南配殿供奉伽蓝菩萨（武财神关公）。关公是三国时期蜀汉大将，刚直不阿，智勇双全，在北攻曹魏时被孙权手下所杀，后来民间把他奉之为神。中国佛教以关公为伽蓝菩萨，他与韦陀并称两大护法神，伽蓝右护法，韦陀左护法。

< 北配殿 >

北配殿供奉观音菩萨。在佛教中，他是西方极乐世界教主阿弥陀佛座下的上首菩萨，同大势至菩萨一起，是阿弥陀佛身边的服侍菩萨，并称“西方三圣”。他女相男身，端庄慈祥，手持净瓶，净瓶里插着杨柳，具有无量的智慧和神通，大慈大悲，救苦救难。他观察世间民众声音，所以被称为“观世音菩萨”。唐太宗时期，为避李世民名讳，将“世”字去掉，称“观音菩萨”。他与文殊、普贤、地藏并称“四大菩萨”，观音菩萨位居四大菩萨之首，是我国佛教信徒最崇拜的菩萨，拥有信众最多，影响最大。

< 大雄宝殿 >

大雄宝殿是寺院的主体建筑。宝殿正中供奉佛教创始人释迦牟尼。“释迦”是姓，“牟尼”是名，合到一起的意思是释迦族的圣人。他出生在大约公元前 1027 年至公元前 949 年，是

古印度北部迦毗罗卫国的王子。据佛经记载，他在19岁时有感于人世生、老、病、死等诸多烦恼，舍弃王族生活出家修行，32岁左右在菩提树下悟道，遂开启佛教，在印度北部传教，弘法49年，80岁左右实现涅槃。

释迦牟尼成佛后，有500名弟子随侍左右，人称五百罗汉，其中迦叶罗汉和阿南罗汉伴随释迦牟尼讲经说法，右边是迦叶罗汉，左边是阿南罗汉。

宝殿西北角供奉文殊菩萨。文殊菩萨和普贤菩萨同为释迦牟尼的胁侍，文殊菩萨驾狮子侍如来左侧。狮子表示智慧，狮吼声能解决一切烦恼，手中的宝剑表示智慧如剑，能斩断三千愁思。宝殿西南角供奉普贤菩萨。他乘六牙白象侍如来右侧，六牙表示六度，白象表示大行。

【环寺八景】

望海禅寺自然景观优美，素有“环寺八景”之称，著名诗人臧克家曾用“画境诗天”四字概括望海寺周围的自然风光。

<天女云床>

“天女云床”为臧克家老先生的题字。这里有一大一小连在一起的两个椭圆形石凹，小石凹像头，大石凹像身，仿佛一位美人在这里长期侧卧留下的痕迹。

相传天女特别喜欢祖山，经常驾着彩云来祖山，或赏花玩景，或到北龙潭洗澡，尔后飞到这座石床上晒太阳，天长日久，就留下了人体形的石凹。事实上这是第四季冰川期形成的“冰臼”，距今已有250万年的历史。在厚厚的冰层覆盖下，冰川融水沿着裂隙向下冲流，随着裂隙越来越小，水压急剧增大，便形成一个圆柱体的水钻，向冰层下面的岩石猛烈冲击，有时还带着坚硬的碎石，在岩石上快速旋转和研磨，最终研磨出平底、凹壁、小口的冰臼。冰臼基本上都是独体，像这种二合一的连体冰臼还是首次发现，属世界奇观。

<神龟探海>

这组石景由一块长石和两块扁石组合而成，长石向前端伸出，犹如乌龟的脑袋和脖子；后面两块特大扁石摞在一起，上面黑色扁石似龟甲，下面的白色扁石像龟腹，远远望去，犹如一只神龟正在与东面的蛟龙并驾齐驱，心里十分得意，但又明知自己撵不上蛟龙，可还不甘落后，就伸长了脖子，望望前面的游程到底还有多远。

<蛟龙竞游>

这组石景由多块不规则的巨石排列而成。前段比较粗壮的是龙头，后段逐渐变细的是龙身和龙尾，远远望去犹如一条蛟龙斩涛劈浪，在与西边的万年巨龟比赛游泳。

<醉卧刘伶>

“V”字形山口下方斜坡上，躺着一位屈腿侧卧的石人，他把胳膊作枕，把白云作被，常年睡卧深山，从不过问时事，人们称他“醉卧刘伶”。

<龟兔赛跑>

“醉卧刘伶”下方有只石兔，仗着自己跑得快，在前面睡起了大觉；后面有只石龟，知道自己爬得慢，不敢停歇，离石兔仅剩几步之遥，人称这组石景为“龟兔赛跑”。

< 秀才观榜 >

山崖上一块方形石壁形似皇榜，那细小石柱犹如一位正在皇榜上焦急寻找自己名字的秀才。诗人刘章曾给该石景写了一首讽刺诗：

君观皇榜我观君，一样神情两样心；
君观功名山岳重，我怜山水有诗魂。

< 玉皇笔架 >

“秀才观榜”上方的大山由三座山峰组成，中间山峰较高，两侧山峰稍低，犹如一只巨大的笔架，人称“玉皇笔架”。游客站在索道站观赏该景最为形象。

< 和合二仙 >

山坳里两个石人相向而立，好似两位仙人在亲切交谈。相传“和合二仙”是唐代人，一个叫寒山，一个叫拾得，两人亲如兄弟。后来两人爱上同一女子，但是互相不知道。拾得要和女子结婚，寒山知道后，弃家到苏州枫桥，削发为僧。拾得听说后，也舍弃了那位女子来到江南，寻找寒山。打听到住处以后，折一枝盛开的荷花前去见礼。寒山一见，急忙捧一盒斋饭出来迎接。二人见面，一荷一盒，欣喜若狂，后来拾得也皈依佛门。从此，和合二仙成为中国民间喜神，在我国传统婚礼仪式上，常常挂和合二仙画轴，以图吉利。

【天女峰景区】

天女峰景区处于祖山最高处，由五座海拔 1300 米以上的高峰组成，站在主峰能观赏到秦皇岛诸多美景。景区夏季云遮雾绕，山峰时隐时现，宛如天上仙境一般。

< 北天门 >

北天门石牌坊，三门、四柱、重檐，长 24 米，全部由上等花岗岩石材雕刻而成，是秦皇岛市第二大石牌坊。这座北天门石碑坊是天上和人间的分界线，过了分界线，便来到了“天上仙境”，因此天女峰景区的山峰多以神仙名字命名。

< 王母峰 >

王母峰海拔 1348 米，峰顶有两块巨石，南边方石像镜子，北边长石像贵妇。传说这是王母娘娘要举办蟠桃盛会，正在对镜贴花黄，打扮自己，由此得名“王母梳妆”，随之山峰得名“王母峰”。在这里，可以俯视望海禅寺大殿和画廊谷奇峰。

< 守门将军 >

犹如戴盔披甲武士的四座巨石静静矗立在路旁，日夜把守着北天门。据清代《临榆县志》记载：在祖山，“其石有人持戟荷戈之状”，便是描写的这几座巨石。

“守门将军”石本是一个庞大的花岗岩岩体，裂隙很多，抬升暴露地表以后，经过物理风化、生物风化、化学风化，周围岩石坍塌，残留四根石柱形成这一奇特景观。祖山其他景区的众多奇石形成原理亦是如此。

< 望仙亭 >

这是一座单檐六角青灰石亭，是观赏八仙峰的绝佳之地，因而命名为“望仙亭”。向南望，松林上的山峰就是八仙峰。

八仙峰海拔 1390 米，共分四重，每重都耸立着千态万状的座座奇石，其中有些奇石像仙人：头顶略平的是吕洞宾，扶墙而立的是铁拐李，长发飘飘的是何仙姑，席地而坐的是汉钟离……

<佛光亭>

这是一座单檐六角青灰石亭，1998 年 7 月 28 日清晨，雨后初晴，辽宁省科协副主席于明财在这里发现了八仙峰对面的佛光，并用相机拍了下来。为了纪念这个历史性的发现，2008 年景区在这里修建了“佛光亭”。

佛光是一种特殊的自然现象，形成原因是太阳自观赏者身后，将人影投射到前面的云雾上面，云雾中细小水滴或冰晶形成独特的圆圈形彩虹，观赏者身影正在彩虹中间，不管几个人同行，都只能看见自己一个人的影子，其他人的影子都看不到。佛光的出现要阳光、地形、云海等诸多因素结合到一起，只有少数具备这些条件的地方才能产生。在天女峰顶上也曾发现佛光。

<天女峰>

相传王母娘娘的乐队里有位吹笙的仙女，她厌倦了天庭生活，私自下凡到祖山赏花玩景，还把天上的木兰花移栽到祖山。王母娘娘知道后十分生气，把她贬到祖山化为“天女捧笙”石。从此，人们就把祖山主峰叫“天女峰”，把建在主峰上的亭子叫“天女亭”，把天女栽的木兰花叫“天女木兰花”。

天女峰海拔 1428 米，是秦皇岛附近最高的山峰。峰上重檐八角青灰色的天女石亭是祖山的标识性建筑，这座亭子在秦皇岛市区都能看到。亭子栏板上刻有关于天女木兰的神话传说。

天女峰虽然面积不大，却是祖山最好的观景台。近景由一座海拔 1400 米的黄色山峰组成，山峰犹如一口大钟悬在空中，每当大风吹来，便能发出音乐一样的响声，由此得名“响山”。响山多石壁、石穴，大风吹来，擦壁如琴，入穴如笛，所以才发出音乐声。

远景东南西北各不相同，三百六十度一度一景，步移景变。东望渤海湾和秦皇岛市容；南看避暑胜地北戴河、昌黎碣石山和抚宁天马湖；西观明代长城和战台；北赏起起伏伏祖山余脉。

<天女木兰园>

天女木兰又叫天女花、小花木兰，是一种落叶小乔木。它是太古第四季冰川期幸存下来的珍稀名贵花卉，拥有植物活化石之称，在国家稀有濒危植物名录中被列为第二级，属于国家三类重点保护植物，是世界知名的珍贵花木。1999 年昆明世博会，天女木兰首次展出，独占鳌头，很多国家元首在天女木兰前照相留影。

天女木兰在祖山成片生长，初步发现有五片之多。它的树干呈浅灰色，上面布满白色花纹；伸出的枝条挺拔向上，上面长满细细的绒毛；树叶呈倒卵形，油绿肥厚，叶脉隆起，叶背有白粉；花瓣分为三层，共有九片，全为白色；最里面的洁白花瓣围笼着红色的花心，红色的花心围笼着黄色的花蕊，白、红、黄三色相互映衬，使整个花朵显得既高雅又美丽。

它的花期在6月上旬至7月中旬，花朵盛开时节，由于花柄较长，随风摇曳，芳香扑鼻，犹如天女散花。

【飞瀑谷景区】

飞瀑谷景区有七挂瀑布，是北方少有的瀑布群。七个瀑布，两个常年流水，落差大，其余五个多为季节性瀑布。景区游览线路较长，道路较陡，但景色极幽。

< 万僧护经 >

游览过程中穿过隧道，隧道北侧山崖有一个极其狭窄的道口，古时候那里搭有板桥，要想进山观景非要过板桥不可，因为板桥很高，几乎与云相接，人们夸张地叫它“天桥”，这座山也就叫“天桥山”。天桥山的下半部，岩石一层摞一层，层层叠叠，就像一套套经书摆放在那里晾晒；上半部，一座座大小不等的圆头长石，有坐有站，高低错落地分布在山坡上，远远望去，仿佛是无数僧人在这里守护“经书”，由此称为“万僧护经”。

< 八戒寻兄 >

山谷里一座黑色石像，脑袋大，帽子小，眯缝着细细的眼睛，噘着长长的嘴巴，缩着短短的脖子，腆着圆圆的肚子，像活灵活现的猪八戒，人们都叫它“八戒寻兄”。诗人刘章看后写了一首非常诙谐的诗：

天桥石板长青苔，鹤唳风声老猪哀；
一个跟头十万里，猴哥何故不归来？

< 曲水流觞 >

晋代王羲之《兰亭序》写道：“此地有崇山峻岭，茂林修竹；又有清流激湍，映带左右，引以为流觞曲水，列坐其次。虽无丝竹管弦之盛，一觞一咏，亦足以畅叙幽情。”

眼前景致，谷底周围崇山峻岭，虽无修竹，但有茂林，脚下清澈的溪水，沿着天然形成的弯弯曲曲的花岗岩石渠淙淙下流。此地饮水作诗一首，也是意境十足。

< 飞流三跳 >

从“曲水流觞”沿着栈道往下走，一边走一边观赏山谷的底部。这里从上到下共有三道石坎，从“曲水流觞”流过来的溪水，先从第一道石坎跳到第二道石坎，再从第二道石坎跳到第三道石坎，每道石坎都形成一挂小小的瀑布，每个小瀑布下方都砸出一个小小水潭。这三个小瀑布、三个小水潭由高到低连在一起，组成少见的连环瀑，也是相当别致。

< 铁门飞瀑 >

峡谷两侧仿佛是刀子削过一样的绝壁，青石如镜，少有草木，犹如两扇半开半掩的铁门，当地人称为“铁门关”。溪水流过铁门关，遇到一片约60度的花岗岩斜坡，溪水贴着斜坡向下流淌，尔后砸向斜坡下面的乱石，卷起巨大的水花，最后越过乱石向下流去，形成上急下缓的两级瀑布，全长约70米。

< 龙潭飞瀑 >

龙潭飞瀑悬挂在64米高的陡壁上，它的水发源于祖山北麓，下游汇入石河，最后流进燕塞湖。这挂瀑布常年流水，汛期水量最大，声音震耳，那时站在潭畔交谈，只见张口，

不闻作声，连脚下的石头都感到一阵阵颤抖。

在瀑布南侧山脚处，从侧面欣赏飞瀑，别有一番情趣。瀑顶由于水口狭窄，瀑水呈弧状喷出，雪白雪白；中部岩石凹进一段，瀑水流到那里找不到依托，扯得又薄又透；下边岩石略略突出，瀑水砸在岩石上面，溅起一排倒卷花，然后密密麻麻地分成数股流下。水潭上面，飞沫如烟雾一样，阳光一照，一道彩虹悬在瀑布中间。

< 子期听琴 >

景区引用“俞伯牙摔琴谢知音”典故，通过大自然的鬼斧神工，塑造出“子期听琴”的永恒形象。山上那座圆头青石，仿佛是一个老头坐在山崖上听别人弹琴。

“子期听琴”一景来自冰川漂砾。冰川上的冰盖有的可以漂移，高山上的石块滚落到冰盖上，冰盖会载着石块漂移到冰川下游，待冰川和冰盖全部融化后，石块就会落到冰川所覆盖的山体上。这个石块和原本的山体并不连接，地质专家称其“冰川漂砾”。

< 幻松三变 >

顺着南坡栈道而上，由南向北行走时，数一数对面山顶上的松树，6 棵？ 5 棵？ 4 棵？ 3 棵？随着观赏角度的变化，松树棵数先后出现三次变化，因此得名“幻松三变”。幻松这种奇妙的变化出自奇妙的排列，而这奇妙的排列不出于人工，却出于自然。

< 龟假龙腾 >

在南坡旅游公路上向北望，眼前这条起起伏伏的山峦，宛如一条刚从“龙潭飞瀑”里飞出来的蛟龙。处于它脊背上那个巨形石景，很像趴在蛟龙身上的乌龟。乌龟本不会腾飞，于是爬上龙背，想借助蛟龙的力量自由腾飞。因此，人们借鉴“狐假虎威”的寓言故事起名“龟假龙腾”。

祖山景区奇峰林立，碧水如锦，空气清新，百鸟争鸣；山与水相依，人文景观与自然景观融为一体，是旅游者回归自然、观光娱乐、健身休闲的绝好去处。

南山生态观光园

南山生态观光园位于秦皇岛市青龙满族自治县县城，总开发面积5万平方千米，500米以上山峰6座，主峰海拔608米，植被覆盖率超过90%。园区主要由生态观光区、民俗风情园和滨水景观区3个游览区组成。

南山生态观光园春季五彩斑斓，夏季苍翠成荫，秋季满山红叶，冬季琼树银花，是集观光游览、民俗风情、休闲度假于一体的生态观光园，被评为秦皇岛市首批11个旅游参观点之一。

【生态观光区】

生态观光区主要以生态步游道、观光休闲亭、观光长廊为主，属一期工程，于2006年11月开工，2007年6月竣工，总投资300多万元。生态景观区建设理石台阶步游道2000米、支线步游路1000多米、汉白玉休息亭3座、万山红理石观光长廊30米、理石休息设施3处、仿木休息茶座5处，步游道危险处设有安全防护栏。山上植被好，无污染，既是一个天然大氧吧，又是广大市民休闲、健身的良好场所。

<听涛亭>

南山油松较多，处处弥漫着松花粉的芳香。松花粉有抗癌治病功效，空气里负氧离子可以为游人洗肺，强身健体。每当山风吹来，林子就发出呜呜、隆隆的响声，两者组成完美的音符，好似滔滔海浪低声沉吟。春天，游人在听涛亭南望可以观赏到大面积的梨花，高低错落，清新淡雅，犹如国画。

<观日亭>

晨起锻炼站在此亭，能观赏到东方金轮喷薄而出、冉冉升起的壮丽景观。随着太阳的升起，南山生态观光园生机一片，充满活力与激情的一天开始了。

<望都亭>

穿过万山红理石的观光长廊，一直往上，两条路映入眼帘，一条便道，一条石街路，均通往望都亭。

望都亭内远眺，两山之间狭长的城市，便是生机勃勃、魅力四射、生态和谐的青龙县城。透过层层山峦，远处那座最高的山峰，便是清代口外八景之一的都山。山峰海拔1846米，是燕山东段最高峰，也是秦皇岛内最高峰。都山山顶好似有一片白雪，其实是大片的白色石块，地质学称为石海。因酷似皑皑白雪，所以才称“都山积雪”，也就有了“望都亭”。

【民俗风情园】

民俗风情园于2009年2月开工，共投资3700万元。园内雄伟壮观、极具特色的民俗博物馆洋溢着地道的满乡风情。

<民俗博物馆>

民俗博物馆占地2500多平方米，建筑面积2400平方米。博物馆高29米，由清东陵古建筑工程有限公司承建，为5层框架结构，金黄色的琉璃瓦，红色漆柱，清代风格。

民俗博物馆一楼南侧为规划展厅，面积500平方米；北侧为民俗和书画展览馆，总面积1500平方米。二楼为文物展览馆，面积600平方米。三楼设有游客服务中心、旅游纪念品展厅和大众茶吧，占地面积200平方米。四、五层分别为茶馆和会馆，面积均为150平方米。

【滨水景观区】

青龙县城从东到西10里，滨河贯穿，为更完美地体现青龙山水特色，这里沿河修建临河木栈道、四道橡胶坝，丰水期会形成四个人工湖。湖面设有水上项目，彩灯装饰，晚上灯光一亮，山水倒映湖光，五光十色，美丽至极。

进入南山生态观光园，仿佛融于自然，青山碧水，绿树鲜花，登高远眺，美丽的青龙县城被群山环绕，3000米蜿蜒的石阶步游路，清秀的观光亭，还有那倒映在水中的南山，美景尽收眼底。

旅/游/专/项/推/介

人在旅途　福寿安康

——康养旅游专项

随着可自由支配收入水平的逐步提高以及余暇时间的日益增多，人们开始对生活品质投入更多的关注。近年来随着环境污染、老龄化、亚健康等问题的加剧，人们对于养生旅游的关注度持续上升。消费者开始寻求更健康的生活方式，并积极地通过药物治疗、营养补给、减重、水疗、健身、身心活动、美容等活动来保持健康。

在这样的背景下，很多人将旅游当成是一次减压或重返年轻的机会。越来越多的人渴望在旅行的时候能够保持健康的习惯，甚至特意选择一些保持或是改善个人健康和养生的旅游设施。这一需求正在潜移默化地促进康养旅游的兴起。

秦皇岛作为国内外知名的旅游城市和生态胜地，素有“京津后花园”“中国观鸟之都”美誉。秦皇岛生态良好，环境优美，这里冬无严寒、夏无酷暑，资源禀赋突出，在生态环境、发展环境方面优势明显，是理想的康养休闲旅游度假胜地。四个城区沿海岸线以绿色林带相连，呈独特的串珠式组团布局。北部山地茂密森林与南部绵延百余千米的滨海林带遥相呼应，多个自然保护区、风格迥异的自然群落以及点缀其间的诸多公园广场绿地，使整个城市充满盎然生机。秦皇岛市森林覆盖率、城市区绿化覆盖率分别达到41.9%和45.6%，人均公共绿地面积15平方米，空气质量好于二级的天数在350天以上。这里每立方厘米负氧离子含量7000～10000个，是一般城市的10～20倍，宛如一座“天然氧吧”，康养旅游所需的生态系统一应俱全。同时秦皇求仙、徐福东渡等传统文化和望海祈福、登高祈寿等风俗习惯赋予秦皇岛康养旅游以独特美好寓意。秦皇岛已成为国内外游客首选的养生地和康养旅游目的地，每年3000多万人次慕名而至，有“中国望海祈福第一地”“中国休闲生态旅游魅力之都”“国家园林城市”“最美中国•休闲度假、健康（养生）旅游目的地城市”等称号。

近年来，秦皇岛实施“生态立市”战略，立志打造国内一流的康养休闲旅游度假区，把健康产业作为主导产业来抓。在健康服务业方面，培育了光彩服务、泰盛健瑞仕、北大未名为代表的一批企业，有养老服务机构近40家，体育健身场所3000余处。秦皇岛加强与北京、天津以及国际科研院所的合作，加紧打造“国家级北戴河生命健康产业创新示范区”，把健康养老产业做大做强。示范区规划面积520平方千米，包括北戴河、北戴河新区、北戴河国际机场空港区，核心区面积20平方千米。目前，秦皇岛正坚持“驱动创新、集约发展、高端引领”的原则，利用资源优势，打造生命健康服务业、生命健康制造业、生命健康农业三大板块，形成集“药、医、养、健、游”于一体的大健康产业链，成为领先世界标准的大健康产业新平台。到2030年，生命健康产业增加值将达到1000亿元，将秦皇岛打造成为高端医疗服务区、生物医药技术创新转化基地、中国北方颐养地、滨海体育健身基地以及国际康养旅游目的地。

【北戴河区】

北戴河区已拥有百年的旅游发展史。清光绪二十四年（1898年），清政府将这片海滨开辟为“人士避暑地”。到1938年，这里已被建成一个避暑佳地。新中国成立后，北戴河区又新建了大量休养所、疗养院、海滨泳场、饭店、宾馆，成为中国规模较大、设施较齐全的海滨避暑胜地。孙中山、李大钊、毛泽东、邓小平等都曾在这里驻足流连。1954年，毛泽东主席更是在北戴河写下了令北戴河四海扬名的不朽词章——《浪淘沙•北戴河》。

北戴河拥有得天独厚的自然环境。冬无严寒，夏无酷暑，森林覆盖率为59.2%，人均公共绿地50.31平方米。空气清新洁净，富含氧、碘、钠等人体必需的元素，富含负氧离子，素有“天然氧吧”之美誉。北戴河远离工业区，没有污染，没有噪音，外界赞誉这里是“在当今喧嚣的世界上，一块不可多得的绿洲”。

现在，北戴河区大部分休养所和疗养院都已对外开放，优美的绿色环境与绝佳的自然生态每年都吸引着大量的中外游客。当地村庄的居民也将自己的民房改建成民宿，与游客共享这无比优越的自然和人文佳境。

以休养所与疗养院为主的相关业态充分发挥医疗优势，带动当地旅游经济发展。如中国煤矿工人北戴河疗养院，就坐落于北戴河海滨最繁华的中海滩，紧邻老虎石海上公园，占地面积约100亩，建筑面积5万余平方米，是河北省卫生厅批准的非盈利性医疗卫生机构、《中国疗养医学》杂志承办单位、“中国煤矿尘肺病防治基金会”首家定点医院和科研基地。疗养院为河北省职业健康检查机构、河北省职业病诊断机构、河北省本级工伤保险定点医疗机构、吉林省工伤保险定点医疗机构、秦皇岛市城镇医疗保险住院治疗定点机构。该疗养院还是中国CDC职业卫生与中毒控制所职业性肺病临床科研基地、中国煤矿尘肺病防治基金会首家定点医院、河北联合大会研究生培训基地和科研基地。

中国煤矿工人北戴河疗养院医疗技术力量雄厚，现有医务人员近百名，其中高级职称专家18位，国务院政府津贴获得者3名，中级职称30多位，有尘肺病诊断资质的专家9位；有岛津1000mA XO光机、阿洛卡5500彩超和耶格体描箱肺功能仪，以及用于6个肺灌洗治疗手术间的麻醉、监护等大中型医疗设备60余台件。主要开展的医疗业务有：通过肺灌洗手术治疗尘肺病及其他肺疾患、采用国内外先进疗法治疗骨股头无菌性坏死、利用体外电磁波源碎石机配合药物治疗结石病，以及对外开展健康体检和职业健康体检业务。

中国煤矿工人北戴河疗养院提供的疗养主要采用导引、运动、饮食、心理等综合疗法，结合罐诊、按摩、气功、针灸、熏熥、浴疗等传统疗法及现代化功能齐全的理疗设施，积累了60多年的临床治疗经验，使一些慢性病、老年病的康复取得满意疗效。中国煤矿工人北戴河疗养院从建院至今已先后接待全国煤矿工人、劳动模范近30万人次来院疗养、度假，为我国煤炭事业的发展作出了一定贡献。近年来，中国煤矿工人北戴河疗养院充分利用疗养院在煤炭行业的影响力，加强与国内煤炭企业集团的职工疗养合作，每年接待疗养员超过1000人次。同时注重发挥自身疗养优势，积极赴俄罗斯和满洲里口岸进行康养宣传，热忱为来院的俄罗斯客人做好康复理疗服务，目前已成为北戴河地区对俄接待人数最多的几家单位之一。

【北戴河新区】

北戴河新区地处河北省东北部，位于著名的旅游胜地秦皇岛市西部，北依碣石、南临渤海，拥有世界罕见的海洋大漠风光——翡翠岛和华北地区最大的潟湖——七里海，是连接中国华北和东北地区的海陆通道，在425.8平方千米的总面积中，有150平方千米都是连绵葱郁的林带。独特的暖温带半湿润性季风气候造就了这里夏季无酷暑、冬季无严寒的优质康养资源。在方圆50千米、车程1小时的范围内，集中了大海、湖泊、温泉、青山、森林、湿地和特殊地质地貌的各类康养资源，空气负氧离子含量更是一般城市的10～20倍，犹似一座天然氧吧，极其适合健康养生。

北戴河新区的街道两旁，各色花朵争奇斗艳，清风拂过，带来缕缕花香。夏日明媚的阳光洒在路面上，成排的参天大树悠长的影子影影绰绰，蝉鸣声此起彼伏，远处海浪涛声阵阵。造型优雅的灯饰沿着公路一字排开，将自然和科技糅合在一起，成就了美丽的北方“夏都”。

2014年，中国国民党革命委员会（以下简称民革）向国务院提交大力发展健康与养老产业的文件，提出将四川和秦皇岛打造成“一南一北”两个国家级康养产业试验区。

2016年9月，由民革中央和河北省政协主办的第二届中国康养产业发展论坛在北戴河新区举办。民革中央和中国国家部委有关领导及国内知名专家学者，生命健康、医药医疗、体育健身等领域企业负责人1000余人参加论坛。论坛设置了“健康中国秦皇岛论坛”“旅游休闲、文化体育产业论坛”“北戴河新区生命健康产业专题论坛”和“健康养老、康复产业论坛”四个分论坛。期间，秦皇岛围绕生命健康产业进行全面招商，万达广场、华大基因北戴河大健康基地、中国秦皇岛德国康养护理及管理专业国际中心项目等36个重点项目集中签约，总投资 475 亿元。

另外，多家医药和康养企业集群已将秦皇岛确定为未来的发展基地。康泰医学、华药、紫竹药业等 174 家健康制造业企业已经入驻当地，并形成了以北大未名、光彩服务为代表的健康服务企业。随着京津冀协同发展战略的实施，一大批京津医疗康养机构将外迁至当地，这些都为北戴河新区的康养产业发展注入了新的活力。

作为秦皇岛康养产业试验区的核心区域，总规划面积 55.4 平方千米的国际健康城已初见规模。未来，这里将被打造成包括实验室疗法特区、生物医疗综合保税区、生物金融小镇三大项目的生物经济孵化器和包括未来医疗中心、专科医院聚集区与养生养老示范区三大项目的生命过程示范区以及健康 CBD。

北戴河新区的生命健康产业创新示范区的发展目标是，到 2017 年，引进 10 余家京津及国际医疗、教育、科研、服务机构，承接医疗功能疏解取得显著成效，成为京津冀健康医疗服务微中心；到 2020 年实施医疗项目 50 个，健康服务业产值达到 200 亿元，基本形成国际化、高端化、现代化的健康服务业链条，达到创新发展、试验示范的效果，成为代表中国健康养老产业最高水平的综合性窗口和名片。

目前，国际健康城项目已被联合国项目事务署授予“亚太生命健康产业创新示范区”，并成功申报“国家级生命健康产业创新示范区”。

渔岛海洋温泉景区是北戴河新区温泉康养度假的首选。景区位于中国最美八大海岸之一的北戴河黄金海岸中部，距离避暑胜地北戴河仅 30 千米，地理位置优越，旅游资源丰富，是一个集碧海蓝天、沙滩浴场、娱乐体验、康疗度假、餐饮住宿、农业休闲与观光等于一体的综合性旅游度假区。

【秦皇岛市经济技术开发区】

秦皇岛市经济技术开发区紧抓京津冀协同发展机遇，立足高端引领、创新驱动，积极引进现代化的集医、药、养、学、研于一体的新型服务模式，康养产业迅猛发展，目前已集聚近 30 家从事生命健康产业的企业，实现产值近 50 亿元。

秦皇岛泰盛健瑞仕国际康复中心是国内首家将国际化康复理念与中国本土化特色相结合的康复中心，由秦皇岛开发区与美国规模最大的医疗保健组织之一 GRS 康复服务集团合作建立。该中心将为我国康复需求者建立一套成熟有效的护理和康复标准，从而推动康复活动由传统的静养为主向主动康复转变。

国家康复辅具研究中心秦皇岛研究院和国家康复辅具质检中心秦皇岛分中心，是我国第一家落户地方的国家康复辅具研究中心科研及质检分支机构，后者重点突破康复机器人检测标准和技术瓶颈，形成全国领先的康复机器人特色检测方向。

同时，北京大学第三医院北戴河国际医院项目将在秦皇岛开发区开工建设。项目以“小综合大专科”为办院模式，规划床位 800 ～ 1000 张，计划引入 20 个国家临床重点专科，建设成集医疗、教学、科研和预防保健、康复医养于一体的现代化、国际化综合性三级甲等医院，及国内领先的医、养、康结合示范基地，引领发展的京津冀高端医疗人才培训基地。

为优化康养产业发展环境，秦皇岛市经济技术开发区通过制定健康产业发展规划、建立健康产业服务机构、设立产业发展基金、建立健康产业协会等一系列积极有效措施，分析、研究、解决区内健康产业发展中遇到的各类问题，将人力、物力、财力等各种优质资源配置到健康产业中，为健康产业发展提供信息、技术、资金、人才支持，激发企业创新发展内生动力。对新引进的健康产业项目，适当予以奖补；对特别重大项目，实行“一企一策、一事一议”。在服务上，大力推行项目审批服务全过程、项目建设服务全方位和企业投产服务全天候。

不只健康服务业异军突起，在秦皇岛开发区，健康制造业、绿色健康农业等生命健康产业也蓬勃发展，形成生命健康产业集群，互相支持、相互促进，共同推动康养产业持续发展。

健康制造业方面，秦皇岛市惠斯安普医学系统有限公司的 HRA 疾病早期筛查及健康风险评估设备，具有快速、准确、无创、无辐射等优势，整个检测过程只需 5 分 38 秒，开创了生物医学应用于临床及体检的先河；康泰医学的脉搏血氧仪凭借其创新技术、可靠质量成为血氧仪的行业标杆。

健康农业方面，秦皇岛长胜营养健康科技有限公司成立了国内芦笋加工行业第一家“芦笋生物炼制实验室”，开发了速溶芦笋粉配方产品，调节睡眠有效率可达 93.3%；秦皇岛亿德力科技股份有限公司自主研发的食品溯源电子商务平台——“亿之鲜”，使老百姓餐桌上的食品具备了可追溯、可检测性，消费者只要扫描二维码就可以看到商品的产地、日期、质检报告等情况。

目前，秦皇岛市经济技术开发区内已涌现出河北中兴网信、吉斯朗、爱迪特、康姿百德、领先生物、华润紫竹药业、华北制药、金海食品、亿科农业等近 30 家从事生命健康产业的企业，实现产值近 50 亿元，涉及健康管理、养生保健、健康旅游、生物工程、远程医疗等新业态领域。拥有生物医学领域的博士、硕士专业研发人才百余名，医疗方面专利 200 余项。

【海港区】

海港区依山傍海，气候宜人，冬无严寒，夏无酷暑，海洋、沙滩、阳光、空气完美结合，自然风光旖旎迷人，历史文化源远流长。作为秦皇岛市政治、经济、文化的中心，海港区的交通、餐饮、购物、住宿、娱乐等设施齐全，功能完善，城市综合保障体系健全，城市发展欣欣向荣，被誉为渤海之滨一颗璀璨的明珠。

海港区南部海滨沙软潮平、碧波白浪、涛声阵阵，北部山区浓荫覆盖、翠染群山、鸟语花香。全区现已开发滨海度假、休闲康养、历史寻踪、海洋科普、体育旅游、乡村旅游、会议旅游、工业旅游、商贸旅游等多种旅游产品。

体育健身旅游是海港区的一大亮点，这里是 1990 年亚运会帆船赛和 2008 年北京奥运会足球预选赛的举办地，建有亚运村和奥林匹克体育中心。中国足球学校、国家体育总局秦皇岛训练基地也建在这里，海港区正在成为秦皇岛“体育名城”的核心。本地居民与旅游者既可以去设施先进的体育场地欣赏精彩赛事，也可以呼朋引伴到海边踏浪，享受滨海城市的浪漫与休闲情调。

海港区海洋文化源远流长，有绵延28千米的海岸线，是河北省唯一临海的主城区，是中国北方最优秀的海水浴场和海上活动场所之一。蓝天碧海，大海资源得天独厚；绿水青山，生态禀赋天生优越。西浴场新澳海底世界重点展示海洋生物，将科普教育、环保教育、休闲娱乐融为一体，为海港区滨海旅游锦上添花。东山秦皇求仙入海处于端午之际举办“望海大会”，万人祈福，只愿健康安然。

乐享山地旅游，攀山涉水，采花摘果，看逶迤山岭，赏蜿蜒长城。这里山不高却秀，水不阔却清，峰峻石奇、洞幽谷静，山势舒缓不失燕赵的苍凉，树草茂密堪比南方的秀丽。这里的柳江地貌展示了华夏大地25亿年地质演化，是地学界享誉国内外的天然实验室和自然博物馆，是一部中国的“地质百科全书”。峰峦如聚，浓荫密布，在纯粹的自然环境中，乐而忘归，美意延年。

【山海关区】

山海关区凭借优越的地理环境、便利的立体交通网络、优良的旅游资源与雄厚的旅游产业基础，在服务东三省和京津冀区域康养旅游者方面具有不可替代的优势。山海关北部为燕山山脉，中部为古城及道南新城区，南部滨海，城区西部为山海关的母亲河——大石河，另有潮河及万里长城南北贯穿城中，空间轮廓富于变化，韵味十足。

位于山水之间的山海关受海洋气候调节，与同纬度内陆地区相比，冬季偏暖，夏季偏凉，四季宜人。这里山地植被覆盖率高，空气中负氧离子含量每立方厘米4000～7000个，空气清新，生态良好，适宜“养生、养心、养老”。

古语云：药补不如食补。我国传统食疗养生法通过饮食调理，保健强身、防治疾病、益寿延年，给人感官与精神上的享受。“牛羊吃百草，百草是百药。”以羊为主要原料的清真食品鲜美可口，且有药补食疗作用。山海关清真美食众多，传统特色清真小吃回记糕点流传较盛。回记糕点始建于1945年，因初创人是回民，又姓回，而称“回记”。原料为当地所产绿豆以及白糖，依秘方调制而成。回记糕点油而不腻，松软香甜，口味醇正。此外，山海关拥有“中国大樱桃之乡”的美誉，是中国大樱桃三大产地之一，于每年六月举办大樱桃节。樱桃素有“春果第一枝”的美誉，果实肉厚，味美多汁，色泽鲜艳，营养丰富，铁含量尤为突出，居水果首位。樱桃性温，味甘微酸，具有补中益气、调中益颜、健脾开胃的功效。春食樱桃可发汗、益气、祛风及透疹。

山海关滨海资源丰富，海岸线西起西沙河口，东至金丝河口，全长14千米，其中沙岸12千米。海域水质洁净，年平均水温12℃。10米等深线以内海域滩涂面积2500多亩。沙软潮平、物产丰富，特产海蟹、海参、对虾等海珍品。优良的自然资源优势，奠定了服务康养旅游者的坚实基础。坐落于山海关渤海之滨的老龙头景区的入海石城犹如龙首探入大海、弄涛舞浪，吸引了历代文人墨客和帝王将相来此观海览胜。

山海关石河流域绿树成荫、碧水灵动，是回归自然、生态康养胜地。通过实施石河生态防洪综合整治工程，打造石河生态走廊，以景观之河、生态之河、旅游之河、文化之河、运动休闲之河的崭新面貌面向康养大众。

近几年，山海关区依托优良的地理条件以及得天独厚的区位条件，结合已有旅游资源，不断深化本地旅游资源供给侧结构性改革，加大力度推动旅游市场转型升级，逐渐由普通的观光型旅游向度假、休闲、康养旅游等新兴旅游业态靠拢。

这一切，都决定了山海关区将与康养旅游产业相伴发展。

【抚宁区】

2015 年 7 月，抚宁撤县设区。沿海强区，魅力骊城，年轻而富有朝气与活力的抚宁区正在全力以赴描绘全域旅游、全季旅游、全业态旅游的生动图景，全面建设生态抚宁、魅力抚宁、活力抚宁、和谐抚宁、宜居抚宁，打造集生态观光、休闲、度假、康养于一体的旅游胜地。

抚宁冬无严寒，夏无酷暑，气候宜人，环境宜居。这里四季风景不同，春之绚丽“满园春色关不住，一枝红杏出墙来”，夏之清凉“明月别枝惊鹊，清风半夜鸣蝉”，秋之气爽“湖光秋色两相和，潭面无风镜未磨”，冬之静谧“忽如一夜春风来，千树万树梨花开”。

这里温泉养生历史悠久，广受欢迎。抚宁温泉堡泉水产自地下 174 米，出水温度 42℃，属硫、硅、钠类矿物温泉，泉水是由数百年前的大气降水透过 2 千米的地壳断层，混入高热高压沿江中，再经过反复渗透汇聚而形成。由于其富含特殊微量矿物质并具有强大的渗透性，对各类皮肤病、心脑血管病、风湿、糖尿病等具有明显疗效，在美化皮肤、养颜瘦身、舒缓神经等方面也效果明显。

抚宁吹歌又称抚宁鼓吹乐，是一种源远流长的传统民间音乐形式。清代在县衙供职的鼓吹乐艺人被称为“官喇叭”。民国年间，抚宁鼓吹乐以唢呐为主，加鼓钹和其他乐器配合的形式，在民间婚丧、年节、迎送和庆典等仪式中演奏，既增添节日气氛，也表达了劳动人民对美好生活的愿望。吹歌乐器唢呐形制极为特殊且种类繁多，乐曲丰富多彩，鼓吹乐艺人的“借字”“双搬家”创作乐曲的技法、板式、速度、加花减字的变奏方法，深具古韵。鼓吹乐名人辈出，对中国传统音乐学、律学、音乐史学、民俗学等，都有着极高的研究价值，是中国民间音乐中的宝贵财富，引起了全国很多专家的极大兴趣。抚宁吹歌既可以锻炼身体，增加肺活量，又可以锻炼手指与大脑的配合，开发智力。

抚宁区物产丰饶，瓜果飘香。北部盛产苹果、板栗、核桃等多种干鲜果品，尤以京东板栗闻名遐迩，板栗个大皮薄，色泽鲜艳，外观整洁，果肉细腻有糯性，风味芳酣独特。经科学测定，果仁含蛋白质 10.7%、脂肪 7.4%、淀粉 60%、糖 20%，以及丰富的胡萝卜素、抗坏血酸、硫胺素、核黄素、尼克酸、维生素 C、B1、B2 等多种维生素和钙、磷、铁、钾等多种微量元素。热能及多种维生素和微量元素等成分，可供人体吸收和利用的养分高达 98%，营养成分居全国板栗之首，素有“干果之王”的美誉。大新寨镇“富宁”牌苹果有“果王”美誉。中南部适宜蔬菜、热杂果、水稻等作物生长，抚宁区被评为河北省“豆角之乡”“生姜之乡”，是河北省农产品加工基地县。留守营大米、黄宝峪“中华圣桃”、“茶棚牌”西红柿享誉省内外。

抚宁水系发达，资源丰富，西部有洋河，中部有戴河、汤河，东部石河，均为常年性河流，由北向南流经境内，注入渤海。有浅海养殖区 6000 公顷，浅海底播面积 2000 公顷，素有“鱼米之乡”的美称。洋河为独立入海的一条河流，古称“阳泽”，是河北省沿海诸河中最大的一条河，全长 100 千米，流域面积 1110 平方千米。洋河有两个发源地，东洋河源于青龙满族自治县界岭山下，西洋河源于卢龙县北冯家沟村，最终都汇入洋河水库，南至抚宁区洋河口村附近注入渤海。1960 年，秦皇岛市在抚宁区大湾子建成了洋河水库，又称“天马湖”。如今，洋河水库作为引青济秦的反调节库，又成为城市及洋河灌区的重要水源地。

舒适的生态环境、便捷的交通体系、丰富的健康美食、迷人的山水景致、好客的父老乡亲都使抚宁成为来秦皇岛康养旅游的中外旅游者必到之地。

【昌黎县】

昌黎县是久负盛名的花果之乡、鱼米之乡、文化之乡、干红葡萄酒之乡，在昌黎的山、海、河、湖之间，蕴含着丰富的康养旅游资源。这里空气清新，负氧离子含量极高，是天然氧吧。冬无严寒，夏无酷暑，阳光明媚和煦，是华北的阳光地带之一。

昌黎海岸线长 64.9 千米，占河北省海岸线的 13.3%。昌黎海滨，被誉为“东方夏威夷”。昌黎黄金海岸风貌原始独特、沙山雄奇苍莽，自北向南绵延 20 余千米，最高处达 44 米，形成了世界罕见的海洋大漠风光。七里海湖面开阔、水质清澈、风平浪缓、晶莹如镜，是开展水上运动的理想场所，也是我国华北沿海最大的潟湖。半岛神秘魔幻，岛上大漠茫茫，海天一色。绵延百里的海岸防护林浓绿如茵。围绕沿海资源，昌黎开发建设了黄金海岸旅游区、国际滑沙活动中心、翡翠岛生态游乐园、黄金海岸休闲体育滑沙公园、沙雕大世界、渔岛等景区景点。昌黎黄金海岸旅游区已经建设成为生态休闲康养避暑胜地，形成了功能完备的康养旅游服务体系。

1986 年，昌黎县旅游局借鉴西南非洲纳米比亚滑沙运动的信息，成功研制出第一块滑沙板，首创了国内滑沙运动。滑沙运动一经推出，便受到了众多游客的青睐。目前，滑沙中心以天然滑沙为龙头，开发建设了众多的旅游项目，同时进一步加强了基础服务设施的建设，向服务标准化、项目多样化、管理规范化的方向发展。翡翠岛生态游乐园是国家级海洋类型自然保护区的核心区域，北、东、南三面环海，方圆 7 平方千米，岛上沙山连绵起伏，陡缓交错，形成了世界罕见、国内独有的海洋大漠风光。借助大自然赐予的宝贵自然资源，翡翠岛开发建设了滑沙、滑草、拓展训练、户外露营等多种休闲娱乐项目。翡翠岛已经成为昌黎县知名景区，在京津等北方城市享有很高的知名度。

昌黎拥有 400 多年的葡萄栽培历史。1980 年，这里诞生了中国第一瓶干红葡萄酒。华夏葡萄酿酒有限公司、奥地利施华洛奇公司等多家国内外大企业加盟“干红城”建设。涌现出了华夏长城、朗格斯等一批知名品牌。昌黎相继被国家有关部门命名为“中国干红葡萄酒之乡”“中国酿酒葡萄之乡”和“中国干红葡萄酒城”等。2002 年 8 月“昌黎葡萄酒”成为我国第一个获得原产地域保护的葡萄酒产品。2000 年和 2002 年华夏葡萄酿酒有限公司和朗格斯酒庄先后开发了工业旅游项目。在那里，游客在欣赏企业优美环境的同时，还可以充分领略丰富的酒文化内涵以及古老与现代相结合的酿造技术。江泽民、李鹏、温家宝等党和国家领导人先后到华夏葡萄酿酒有限公司参观考察，对昌黎葡萄酒产业的迅速崛起给予了高度评价，并欣然题词。

昌黎文化底蕴深厚，具有浓郁而鲜明的冀东特色。“东临碣石，以观沧海”是魏武帝曹操于千古神岳碣石山留下的千古绝唱。这里文化积淀深厚，拥有地秧歌、民歌、皮影戏3项国家级非物质文化遗产。昌黎地秧歌是一种体现农民生活情趣、舞蹈风格鲜明独特的秧歌形式，反映了农业社会、农村生活的部分特征和农民乐观诙谐的精神风貌。地秧歌的舞蹈强调身体各部位的相互配合，肩、胯、膝、腕扭动灵活，扭起来红火奔放，欢乐开心。水岩古刹，源影古塔，钟声绵长，铿锵有力，从盛唐传来，掠过辽金，飞越时空，声声回荡在峰峦云霞之中。各种文化元素丰富多样，特点突出，相互交织在一起，经过时代的沉积和酝酿，形成了集帝王文化、韩愈文化、宗教文化、红色文化、民俗文化、海洋文化等于一体的碣石文化体系。

这里没有快节奏的生活压力，只有心灵上的休闲与放松。于秀丽碣石、松柏叠翠中，观浩渺渤海、金沙叠嶂、渔歌唱晚、鸥鸟翱翔。

【卢龙县】

卢龙历史璀璨，孤竹文化悠久。殷商时期为孤竹国都，明清时期为“京东第一府”。县内有20余处文物古迹，已被命名为“中国孤竹文化之乡”“千年古县”“中华传统文化教育基地”“中华诗词之乡”，并挂牌成立了“中国孤竹文化研究中心”。

卢龙县自然环境优越，地势北高南低，北部多山，中部多丘陵，南部为盆地、平原，西部为青龙河—滦河河谷平原。北部林地茂密，盛产瓜果。板栗、石门核桃营养丰盛，有益身体健康。西部水系发达，水网密布。境内有滦河、洋河、饮马河3大水系，24条河流。121座水库、216座塘坝、128座蓄水池分布全县，被喻为“银河下凡、群星落地”。地热资源较丰富，有崔庄温泉与九龙泉温泉。在清雅的环境中享受泉水的按摩，身心舒畅，康养效果极佳。

卢龙县整体旅游资源富集度较高，优势互补，相得益彰。卢龙县旅游资源类型丰富多样，种类齐全，山水旅游资源兼备，自然人文景观兼具，地形、地质资源多样，环境优美；葡萄酒旅游资源、水系旅游资源、长城旅游资源、孤竹文化旅游资源汇聚一处，具有极强的地域代表性，卢龙县正在逐步发展成为以生态、休闲、康养为特色的旅游度假胜地。近年来，卢龙充分利用现有的农业资源、自然生态资源和文化资源，开发旅游产品，优化旅游环境，使卢龙县旅游产业得到了健康、持续发展。

随着城镇居民收入水平的提升，大众休闲养老市场蓬勃发展，养老迅速成为市场主流。依托绿色生态发展的康疗养生、休闲度假等旅游活动已经成为游客出行的一大出游动机。康疗养生产业市场前景广阔，卢龙县也顺应时势，大力发展康养旅游产业，打造康养旅游项目精品，如碧霞山庄康养基地、夹河滩康养度假项目、柳河山庄休闲康养基地、柳河溪谷康养生态旅游项目、葡萄小镇康养旅游项目、棋盘山生态康养庄园、润杨山居康养度假生态旅游项目等，充分对接市场需求。

碧霞山庄康养基地位于卢龙县潘庄镇桃林营村。该项目主要打造包括生态观光园、休闲垂钓园、水上娱乐中心、干鲜果品采摘园、老年公寓楼、生态游步道、野奢营地区、自驾车营地、房车露营地等项目，打造集养老、观光、休闲、度假等于一体的乡村养老中心。

夹河滩康养度假项目位于卢龙城西，项目主要建设包括公共服务中心、康疗养老基地、绿色生态田园、养老配套区、生态康养旅游度假区、生态停车场、旅居家园、休闲运动娱乐区、森林康养区等，项目充分发挥区域优势，积极利用区域资源，打造集康疗养生、生态观光、休闲度假于一体的康养中心。

柳河山庄休闲康养基地位于卢龙县刘田各庄镇冯家山，项目建设有老年养生别墅区、综合接待服务区、绿色生态庄园区、特色作物采摘区、太极健身广场、红酒休闲安养区、原生态健身步游道、山林隐逸清修区、生态帐篷营地等，是集养老度假、生态采摘、娱乐休闲于一体的康养中心。

柳河溪谷康养生态旅游项目位于刘田庄镇，重点打造康养综合服务区、亲水度假区、葡萄酒体验区、农林野趣休闲区、天然氧吧休憩区、绿色生态采摘区、生态别墅康养区等，充分发挥区域优势，打造一个高品质的集观光度假、康疗养生、娱乐休闲于一体的康养度假项目。

葡萄小镇康养旅游项目位于卢龙县蛤泊镇鲍子沟村，项目区域内自然风光优美，生态环境良好，空气质量极高。主要建设内容包括康养度假中心、公共服务中心、医疗护理中心、绿色生态葡萄庄园、休闲垂钓园等。项目围绕葡萄相关产业展开旅游活动，包括葡萄种植、采摘、葡萄酒制作等多种活动的深层次体验，从不同角度满足旅游者需求。

棋盘山生态康养庄园位于卢龙县城，主要建设中式园林建筑风格的养老接待中心、孤竹文化中心（夷齐书画院）、养生殿、棋盘阁、健身道、休闲区、原生态氧吧、花卉观赏区等项目，打造成集康养度假、休闲娱乐、生态观光于一体的生态康养庄园。

润杨山居康养度假生态旅游项目主要建设区域包括公共服务建筑、润杨山居养老度假区、木易庄园乡野休闲区、原生态绿色庄园、生态健身栈道、森林康养区等，打造品位高端、富含特色的绿色生态休闲康养基地。

【青龙满族自治县】

青龙满族自治县位于河北省东北部、燕山东麓、古长城北侧，秦皇岛市西北境内，因青龙河由北向南贯穿全境而得名。青龙县历史悠久，民风淳朴，满族风情浓郁。

青龙属北温带温润大陆性季风气候，四季分明，日照充足，昼夜温差大，平均气温 8.9℃，平均降水量 715 毫米，年无霜期 162 天。境内青龙河、沙河、都源河、星干河、起河五大河系蜿蜒曲折，穿绕全境，其支流密布，水源充足，水质上乘。

青龙全县林地总面积 440 万亩，位列全省第三。巍巍连绵的群山，森林覆盖率 57.89%，是秦皇岛的自然生态屏障，为青龙满族自治县山野休闲旅游发展奠定了良好的基础。林地盛产苹果、板栗、杂粮、梨、杏、核桃、山楂等农副产品，被评为“中国苹果之乡”“京东板栗之乡”“河北杂粮之乡”“中国粘豆包之乡”。

青龙山川秀美，富有独特魅力。大自然赋予了青龙得天独厚的旅游资源。东有祖山、阳山洞，西有温泉、溶洞，南有桃林湖，北有都山，风光旖旎，四季如诗如画。

国家级风景名胜区、国家地质公园祖山，地处北京、承德、秦皇岛旅游金三角，主峰海拔 1424 米，以峰险石奇、花香草异、云海瀑布、原始森林等独特的自然风光而闻名，分天女峰、望海寺、画廊谷、飞瀑谷及乌龙谷五大景区，70 多处自然景点，被评为河北十大名山之一，属国家 4A 级景区，是国家风景名胜区、国家地质公园、稀有植物及濒危野生动物自然保护区、河北省四星级森林公园、2009 年度央视网中国口碑最佳的国家级景区，素有“京东胜地”“塞北黄山”的美誉。一年四季景色皆宜。

冷口温泉，常年水温 41℃，内含钙、镁、氯等元素和硫酸根、碳酸氢根等离子，长期沐浴，极具保健、理疗之功效。

都山海拔 1846 米，犹如一座摩天屏风，高耸在青龙西北部。清代曾有“都山高寒耸秀，俯视群峰，为群之镇”的诗句。

凉水河石灰岩溶洞，别具洞天。洞中有洞，景中有景，异景奇观。人在洞中坐，胜似洞中仙。

秦皇岛市以“十三五”规划“健康中国”战略为引领，积极融入京津冀协同发展，着力推动供给侧结构性改革，充分利用地理区位独特、滨海气候适宜、生态环境良好、旅游资源丰富等优势，持续推动高端医疗服务、健康养生度假、新型生物工程、医疗装备制造等产业加快发展，着力打造生命健康产业创新示范区，以康养旅游为核心打造新业态，发展全域全季旅游，推动旅游产业转型升级。

秦皇岛市以发展现代医疗服务产业为目标，积极引进国际化、高端化、现代化的新型医疗服务，积极创优平台，以京津冀协同发展为契机，全力推进北戴河生命健康产业创新示范区建设；重点打造生命健康服务业、生命健康制造业和健康农业三大板块，构建“医、药、养、健、游”高端产业链。力争 10 ～ 15 年时间，实现生命健康产业增加值 1000 亿元，年新增康养旅游 3000 万人次，全力打造中国北方生态宜养地、国际康养旅游目的地。

目前，秦皇岛的生物工程、医疗健康、医疗保健、康养休闲度假等相关康养产业已经逐渐发展成型，一应俱全的高端康养旅游服务企业、配套齐全的康养旅游综合服务设施体系也在不断完善，同时结合秦皇岛独特的区位优势与优良的自然生态环境，形成“医＋旅”“疗＋旅”及“养＋旅”相结合的康养旅游模式，秦皇岛正在成为国际一流的康养旅游目的地。

陶然忘归　醉美印象

——葡萄酒旅游专项

北纬 39° 附近有两个神奇的城市：法国波尔多和中国河北昌黎，它们坐落于公认的酒葡萄黄金种植带上，充足的水源、丰富的光热、稳定的气候、多样化的土壤结构，让秦皇岛昌黎县成为“东方的波尔多”。

目前，秦皇岛市拥有近 10 万亩酿酒葡萄基地，葡萄酒生产企业 65 家，年葡萄总加工能力 21 万吨，灌装能力 21 万吨。国内市场占有率达到 26%，拥有“华夏长城”“茅台”“朗格斯”“香格里拉”“越千年”等知名品牌。其中朗格斯酒庄被称为“中华第一人文绿色酒庄”，中粮华夏长城葡萄酒有限公司地下拱形酒窖是亚洲最大的地下花岗岩酒窖。

秦皇岛市酒葡萄种植和葡萄酒酿造的历史相对久远，可追溯到清末民初。1981 年成功引进酒葡萄名优品种赤霞珠，1983 年在昌黎酿造出国内第一瓶“北戴河”牌赤霞珠干红葡萄酒，组成了国内第一家生产干红葡萄酒的专业公司——华夏葡萄酿酒有限公司。公司生产的长城牌葡萄酒荣获巴黎第 29 届国际评酒会金奖、第 14 届国际食品博览会金奖和布鲁塞尔国际葡萄酒选拔赛金奖，在全国酒类饮品中第一个获得绿色食品认证，长城干红已经成为中国干红第一品牌。秦皇岛市昌黎县“越千年”干红葡萄酒被昆明世界园艺博览会确定为葡萄酒类唯一指定品。作为中国红葡萄酒的诞生地，昌黎县被誉为“中国干红葡萄酒城”“中国酿酒葡萄之乡”，在业界享有“东方波尔多”之美誉，被中国民间文艺家协会命名为“中国葡萄酒文化之乡”和“中国葡萄酒文化研究基地”。

【秦皇岛葡萄酒产业聚集园区】

2008年，秦皇岛昌黎干红葡萄酒产业聚集区由河北省人民政府批准设立，位于秦皇岛市西部，总规划面积162平方千米，含昌黎、卢龙、抚宁三个葡萄酒产业园，包括酿酒葡萄种植、葡萄酒酿造、葡萄酒贸易、葡萄酒文化休闲旅游、葡萄酒配套产业生产五大核心功能区。聚集区内现有酿酒葡萄基地10万亩，主栽品种为赤霞珠，品丽珠、霞多丽、梅麓辄、西拉等品种有少量种植，正常年份，其含糖量在19°～23°之间，最高达到25°，常年产量10万吨，先后被国家有关部门命名为“中国酿酒葡萄之乡”和“中国酿酒葡萄生产基地”。

为适应市场需求，为消费者提供多元化、高品位的饮酒享受，聚集区内各生产企业利用当地优质的酿酒葡萄，酿制具有民族文化和地域特色的葡萄酒。以干红为主导，干白、桃红为补充的产品体系已经形成。目前，“华夏长城”“茅台”“朗格斯”“香格里拉”等品牌已成为国内外知名品牌。聚集区基本形成以酿酒葡萄种植、葡萄酒酿造为核心的葡萄酒产业集群，相关配套产业包括橡木桶生产、制瓶业、彩印包装、软木塞加工、交通运输业、特色旅游等也得到了长足发展。目前，聚集区内拥有酿酒企业50家，85%以上的设备来自法国或意大利。年葡萄总加工能力及葡萄酒灌装能力21万吨。主导产品为干红葡萄酒，被中国地区开发促进会命名为“中国干红葡萄酒城”。

近年来，秦皇岛市按“生态为本、聚焦高端、文贸并举、集群发展”的战略，提高行业准入条件，推动葡萄酒产业转型升级，充分发挥资源优势，以陈酿型葡萄酒为主攻方向，着力打造一批“有特色、有品位、有市场”的精品酒庄，重点建设碣阳酒乡、凤凰酒谷、柳河山谷、宝祖利山谷、天马山庄五大酒庄集群。为扩大宣传，不断提升“中国昌黎”地域品牌，自2000年起，秦皇岛市开始举办一年一度的中国秦皇岛国际葡萄酒节。此外，昌黎县正在筹备葡萄酒博物馆、国际风情红酒街等项目，力求让游客享受到一站式葡萄酒旅游服务。

干红产业是秦皇岛潜力产业，预计到2020年，昌黎产区将完成优质葡萄种植40万亩，实现销售收入800亿元，使之成为能让世界认可、能与国际接轨的高档葡萄酒原产地和中国葡萄酒生态休闲地，在世界葡萄酒贸易交流中占有一席之地。

【葡萄酒旅游业态】

秦皇岛是中国干红葡萄酒酿造业的摇篮，产业基础良好，知名企业众多，如华夏葡萄酒庄园、茅台葡萄酒洞、朗格斯酒庄、仁轩酒庄等重点葡萄酒企业。秦皇岛葡萄酒产区发展潜力巨大。

华夏葡萄酒庄园背依“东临碣石，以观沧海”中的北方神岳碣石山，与世界著名葡萄酒产区波尔多相近的自然气候条件孕育了优质酿酒葡萄基地5万多亩；依山而建的地下花岗岩亚洲第一大酒窖，拥有20000余只进口橡木桶，建筑面积约为19000平方米，不仅让稀世珍酿在地下美酒天堂从容地走向辉煌，也成为无数美酒旅游者心驰神往的圣地。华夏酒庄是一座花园式现代化工厂，整洁的厂区背靠秀美的五峰山，眺渤海而望；红瓦白墙的欧式建筑与世纪长城共同构成美丽的画卷，庄园内绿草茵茵，游鱼在荷花池中嬉戏碧波……

走过历史，承接现代文明，在辉煌的自然风景及历史景观链条中镶嵌入工业旅游新亮点，增添了旅游风景链的内容。

华夏庄园营建时，便把秀丽的葡萄园风光建设在庄园周围。华夏万亩葡园是公司绿色长城的根基，自 1995 年华夏长城葡萄酒经检测符合绿色食品标准以来，华夏庄园一直致力于“AA 级绿色食品——葡萄酒”和“无公害葡萄与葡萄酒”的生产。轻轻走过葡萄长廊，串串玛瑙般的葡萄让人垂涎，摘一颗入口，好不惬意；沿着曲折的小径走进国际栽培模式的“国际名种示范园”，细细欣赏散发着泥土芬芳的田园风光；葡萄果实如玛瑙珍珠般眨着眼睛……让游客亲近自然，愉悦身心。

华夏庄园地下陈酿酒窖严格按照国际标准，又大胆采用中国拱形砖石结构，修建了独具特色的陈酿酒窖。华夏庄园还进口了近 5000 个优质橡木桶，储存着酒庄最好的年份葡萄酒。柔光下，一排排新橡木酒桶整齐排列，严阵以待绝不亚于秦始皇的兵马。当然，这绝对是葡萄酒市场上无人能敌的兵马，存放在国内最大的红酒陈酿基地。华夏庄园在特色葡萄之旅中准备有上好的美酒，园内有 4 款珍藏级葡萄酒，品酒是酒庄之旅重要的环节之一，好的红酒可以在您的味蕾上跳芭蕾舞，杯中摇曳的不仅是浪漫，而且是一种艺术，同时，派专业技术人员讲解世界葡萄酒发展历史，介绍葡萄酒酿造知识以及葡萄酒的品尝和欣赏……让客人在华夏庄园轻松享受，也在这里学会享受。

华夏庄园现代化生产车间整洁明亮，灌装车间里，国际先进水平的葡萄酒生产设备、林立的百吨大罐群、10000 瓶 / 小时灌装生产线飞速运转，足以体会现代化节奏。预计未来，让游客在特定的收获季节去葡萄园采摘葡萄，体验收获的喜悦，亲临葡萄酒酿造一线，了解生产工序，参与葡萄酒的酿造，体验手工或工业生产葡萄酒，过一个有意义的节假日。

朗格斯酒庄具有世界领先水平，给人的第一印象便是园区到处都可以听到奥地利乐曲。酒庄在葡萄园、酒窖甚至是办公区等都装有扬声器，悠扬的奥地利乐曲伴随着陈年的葡萄酒……酒庄主人认为，葡萄不仅具有生命力，也对外在事物具有细腻的感知度，所以只有沐浴着音乐的葡萄才能酿造出好酒。

为保证能够酿造出世界一流品质的葡萄酒，朗格斯酒庄全面引进了世界上最先进的自然重力酿造工艺。在酿造过程中，首先通过罐顶高位破碎葡萄，依靠自然重力入发酵罐，再以自流式分离转罐，最大限度地保持葡萄酒的自然特性，并在发酵过程中绝不添加任何其他原料。所用发酵罐均为全自动恒温罐，最后能够依据不同葡萄酒风格，在酒庄专属的橡木桶厂，量酒定做使用新橡木桶进行陈酿。浓郁的香气与饱满醇厚的酒体，加上细腻优雅的单宁，显示了极好的陈酿潜力。

朗格斯酒庄度假酒庄拥有国内独一无二的葡萄籽精华油 SPA 水疗中心。该中心引进国际先进美容保健技术，采用蕴含丰富维生素群，具有营养、缓和、治疗特性的葡萄籽油及无污染纯净水，对健康人可以滋养皮肤、健身美体、提高心肺功能和水中耐力，是一种娱乐和享受；对亚健康人可以起到放松神经、减缓压力和疲劳的作用，特别对延缓皮肤衰老、增强皮肤活力有明显的效果，是当前国际最流行的再青春疗法。

走进美轮美奂的朗格斯酒庄庄园，迎面而来弥漫着浓郁意大利风格的一组建筑是拥有四星级标准的集住宿、餐饮、养生、娱乐于一体的度假酒店。酒店共拥有标准客房 30 间，豪华间 2 套，高档标间 8 间，3 人间 6 间，大小会议室 9 间，并设有中餐厅和西式快餐厅，可同时容纳 300 人就餐。酒店中餐厅以经营特色菜肴为主。酒店还设有各式酒架、品酒台、艺术品等体现优雅葡萄酒文化的品酒中心。其间悠久的历史、多彩的文化、精致的工艺为真正的葡萄酒爱好者提供了一个品尝佳酿的享受天地。

“仁轩酒庄”这个名字，传递出它的发展理念和经营理念：仁心做事，轩风清朗，用仁厚之心，酿精致红酒。

仁轩酒庄占地 1900 亩，总投资 4.8 亿元，分为以下几部分：地下酒窖、酿造车间、演艺广场、文化长廊、健身中心、儿童乐园、音乐城堡、酒庄客舍、法式品酒室、种植园区、酒庄阳光房、房车音乐酒吧、采摘园、红酒浴等，其中尤以地下酒窖、酿造车间、音乐城堡、红酒浴最为出名。

仁轩酒庄地下酒窖恒温恒湿，酿酒橡木桶从法国圣哥安橡木桶公司引进，富含酚芳类物质。作为全球第一家获得 PEFC 认证的法国圣哥安橡木桶公司，曾派专人来仁轩酒庄考察，表达了对仁轩酒庄的高度认可，“漂洋过海”而来的橡木桶也成为仁轩酒庄一道亮丽的风景线。酒庄酿酒设备先进，工艺严格，操作精细，葡萄采摘期由科学数据确定并及时送达酿造车间。

仁轩红酒浴是仁轩酒庄开发建设的全国第一家全新概念浴，它打破了传统的洗浴形式和洗浴功能，创新性地集健康、休闲、娱乐、健身、养生、理疗、品鉴、商务、住宿和文化艺术等于一体，给人以独特的视觉、味觉、听觉和触觉感受。仁轩红酒浴有三个独特之处：一是诗意美：在洗浴的同时，通过落地大玻璃窗可以欣赏田园风光，享受阳光或者月光的照耀，四季的风花雪月尽入眼帘；二是情态美：可以穿上浴袍，端一杯红酒，和三五好友边品酒边聊天，或者去电影厅看一场电影，去休闲厅做一做理疗；三是心灵美：在红酒浴里养生，在室外游泳池里锻炼，然后，坐在吧台，放眼远山、田野、村舍，放松身体，愉悦心灵，独享生活的美妙与乐趣。

【旅游者体验】

逛葡园、游酒庄、品美酒、享人生。秦皇岛秉承“葡萄酒 + 旅游 + 健康”的发展模式，在味觉、视觉得到满足的同时，更是一种心灵的体验与享受。

“逛葡园”主要是游览以鲜食葡萄采摘体验、农家乐为主的鲍子沟、葡萄沟等景区。主要景点包括采摘集散中心、果园基地、果园集市、葡萄作坊、果业科普馆、生态餐厅、休闲果吧、休闲客栈等。由观光采摘向加工酿造、科普教育、农事体验、特色餐饮、节事活动等拓展，是集种植、采摘、观赏、体验、游乐于一体的旅游景点，游客可以体验采摘、榨汁、滚橡木桶和桶中抽酒等酿酒环节和 DIY 制酒服务、制作个性化酒标，在娱乐中掌握一些基本的酿酒知识。千亩葡园，绿意盎然，采摘乐趣，陶醉其间。

“游酒庄”主要是游览、参观酒庄、酒堡、酒城，现代花园式的华夏酒庄、奥地利乐曲遍布的欧式朗格斯酒庄、“仁心做事，轩风清朗”的仁轩酒庄……干净整洁的酿造车间、精湛高超的酿造工艺、缤纷旷远的千亩葡园、细致贴心的酒庄服务，亲自动手，DIY 一瓶属于自己的个性化葡萄酒。别致的酒瓶、微型葡萄酒生产线，亲自动手灌装，酒标涂鸦，压橡木塞，烤胶帽，制作一瓶独一无二的葡萄酒。赏欧式庄园风景，体验酿酒的过程，感受自然的气息，解脱城市的烦劳，聆听每一瓶葡萄酒背后的故事……

“品美酒”是品尝经典葡萄酒产品。秦皇岛著名红酒品牌有地王、越千年、长城、万达、龙都、龙泉会等，在品酒的同时，有葡萄酒顾问为您讲述专业的葡萄酒品饮知识，葡萄少女教您现场演绎葡萄酒舞蹈，参加更有趣味性的互动体验项目，在葡萄酒主题餐厅浓浓温馨气氛中享受专业、考究的美酒配美食。

“享人生”是通过独特的与葡萄酒相关的体验，享受闲适恬淡的人生。例如酒庄针对女士举办的美容沙龙，面对面传授您美容圣品红酒面膜、红酒手膜的制作方法，并交流女性容颜日常护理秘诀、护肤心得。有助身体血液循环顺畅、可收紧松弛肌肤同时有美颜功效的红酒浴加上美食和音乐，为生活注入健康与乐趣。

来到秦皇岛，不仅可以看海、玩沙、戏水，还可以享受欧式浪漫的庄园风情。在充满浓郁巴洛克风情的音乐城堡里感受欧洲文化的高雅气质，在法式品酒室品鉴还在橡木桶里陈酿的新鲜酒液，在丘陵上千亩葡萄园内找寻情怀，骑上优雅俊美的进口马体验不凡，在诗意的音乐酒吧释放疲惫，在酒庄的古典客舍中颐养身心，尝尝葡萄酒特色中西餐、洗洗全新概念的红酒浴……逛葡园、游酒庄、品美酒、享人生，在红酒的世界里遇见另一个自己。

沧海桑田　探索发现

——地质旅游专项

在地球漫长的演化过程中，由于地壳构造变动、岩浆活动、古地理环境演变、古生物进化等因素而保存在岩层中的化石、岩体、构造形迹、矿床、地貌景观等景象，具有独特的观赏、科学研究与普及教育价值，对游客产生了某些吸引力，这便是地质旅游资源。

秦皇岛市是一个地质旅游资源十分丰富的地区。其山海关区老龙头景区内石碑上镌刻的四个大字准确概括了秦皇岛一带的地形地貌特征：天开海岳。秦皇岛北依燕山，南临渤海，是一片山海相连、山海相依的土地。它拥有山地和海滨两种不同的地质地貌景观。同时，秦皇岛市位于燕山山脉东段与山前平原地带，地势北高南低，形成了北部山区－低山丘陵区－冲积平原区－沿海区逐级下降的阶梯地势。北部山区位于秦皇岛市青龙满族自治县境内和抚宁区、卢龙县的北部，海拔高度在 500 米以上，其中，1000 米以上的山峰有都山（海拔 1846 米）、祖山（海拔 1424 米）等。低山丘陵区主要为北部的山间丘陵区，海拔一般在 500 ～ 100 米之间，集中分布于市区北部和抚宁区、卢龙县和昌黎县的南部。本区还分布着抚宁、燕河营、柳江三处较大的盆地。冲积平原区主要在海拔 20 米以下的区域，分布在市区、抚宁区和昌黎县的南部。沿海地带主要分布在四个城市区和北戴河新区沿海。四个城市区，即北戴河区、海港区、山海关区和抚宁区，其沿海地带位于燕山东端，是一条非常狭窄的、由新太古界变质花岗岩形成的剥蚀平原。这个剥蚀平原，西北侧为山，东南侧为海，在山海之间向东北方向延伸，经过辽宁绥中、兴城、葫芦岛，直至锦州，是自古以来连接中原地区与东北地区的通道，因位于辽河以西，史称“辽西走廊”。秦皇岛市地貌类型种类繁多，是地球上各种地貌形态的集大成者。这里，既有常见的山地、河流、盆地、湖泊、平原景观，更有罕见的古火山、古冰川留下的遗迹，以及飞流直下的瀑布群、蕴藏珍贵化石的地下溶洞等岩溶地貌、依然处在运动状态的现代沙漠地貌和千姿百态的海滨地貌。

秦皇岛还是天然的地学博物馆，首推当是柳江盆地。柳江盆地南北长 15 千米，东西宽 15 千米，在这弹丸之地，却“五代同堂”——囊括了 25 亿年以来的太古代、元古代、古生代、中生代、新生代各个地质历史时期的地质遗迹，地层完整，化石众多，岩石矿物应有尽有，地质构造形态多种多样，被地质学界誉为“地质百科全书”“天然的地学博物馆”。1869 年，我国现代地质学的先驱者来到柳江盆地进行地质地理考察；1923 年，北京大学地质系 6 名师生开始到柳江盆地进行野外地质实习。现在，每年有 80 多所大专院校、15000 名左右的地质、地理专业和园林、中医药专业，以及美术专业的师生在这里进行科学考察和野外教学实习。柳江盆地是我国现代地质学的发祥地之一，是我国地质、地理工作者的摇篮。

柳江盆地是一处集典型性、稀有性、自然性、多样性于一体的具有重要科学价值和社会价值的地质遗迹区，备受国内外地学界的关注。1999 年 5 月设立了柳江盆地地质遗迹保护区。2002 年，柳江盆地与其周边的长寿山、祖山等合在一起被批准为国家地质公园。丰富的地质旅游资源为开展地质旅游打下了得天独厚的基础，在游览观赏的同时还可进行相关的科普教育和学术考察。秦皇岛以具有观赏及科研价值的地质旅游资源为依托，大力开展地质旅游相关活动，打造地质旅游胜地，为秦皇岛市旅游业注入新的内涵。

根据资源的形态特征及其自然属性，将秦皇岛地质旅游资源分为如下几类：花岗岩地貌旅游资源、变质岩地貌旅游资源、火山岩地貌旅游资源、岩溶地貌旅游资源、海岸地貌旅游资源、河口及湿地地貌旅游资源、基础地质旅游资源、水体地质旅游资源等。

【花岗岩地貌旅游资源】

秦皇岛市内的花岗岩地貌旅游资源主要有都山、祖山、长寿山、碣石山、天马山、背牛顶等。

都山景色秀美，植被茂密，为少见的原始森林分布区。都山地层为距今约 24 亿年的太古界地层，山体为 1 亿～ 2 亿年前燕山运动形成，都山岩体为早元古代旋回及侵入岩，其地质资源具有很高的研究价值；山内林地面积 4339 公顷，森林覆盖率为 94.2%。森林茂密，植物按海拔高程分布明显，种类繁多。初步统计植物种类有 90 科 330 种。在海拔 1500 米地带生长有少量的原始古树种云杉，以及国家二级保护树种黄樟椤、核桃楸、紫椴等，堪称天然植物园；都山动物有 11 纲 100 多科 200 种之多。山内有珍稀动物、国家一类保护动物、国家二类保护动物以及省级保护动物等，可谓是一个庞大的野生动物园。每年秋季，满山植被红、绿、黄三色明显，景色优美，令人赞叹。最独特的是天女木兰花，开花时香气四溢，香飘数里，是我国珍稀的世界级保护植物。

祖山是大约 1 亿年前燕山造山运动的花岗岩侵入体，经过多年提升、断裂、风化、剥蚀等地质地理过程形成的一座独立山体，因燕山东段、渤海以北诸峰皆以此山分支盘拔，

意群山之祖而得名。

祖山，山势跌宕，峰峦陡峻，以山、水、石、洞、花五奇著称，是一处具有一定历史文化内涵的山岳型自然风景区。春季繁花似锦，百鸟争鸣；夏季风凉气爽，云蒸霞蔚；秋季红叶满山，野果飘香；冬季银装素裹，玉树琼花，被誉为“塞北小黄山”。国家前副总理钱其琛视察祖山后，欣然留下了“祖山老岭，山清水秀，石奇林密，气清云飞”的题词。祖山山势雄伟，群峰林立。海拔千米以上的高峰达 20 多座。主峰天女峰，海拔 1428 米，是秦皇岛港显著的航标；奇乐峰（响山），海拔 1360 米，四周悬崖峭壁，山体裂缝纵横，山风掠过如管弦，奏出悦耳的乐章；香瓜峰（香瓜顶），海拔 1200 余米，山坡缓顶圆，如同“香瓜”，南坡是百亩天然草甸，东坡是天然次生林带；背牛顶，四周绝壁，高不可攀；八仙峰（八仙顶），悬崖怪石环绕，在云海的涌动下如林海蓬莱。祖山融山之奇险与水之柔美为一体，为国家级地质公园、稀有植物及濒危野生动物保护区，有杜鹃花（映山红）、天女木兰等奇珍花卉，共有 113 个景点。

天马山位于秦皇岛市抚宁区市区北 10 千米处，因顶峰巨石层叠，险峻挺拔，似云中奔马，故名天马山。天马山景区巨石叠砌、洞穴众多，有“猴儿望海”“旱海”“晾甲山”“拴马桩”“仙居洞府”“燕子翻身”等景观，此外还有庙宇“玄真观”，巧夺天工的“钟架”，神秘莫测的“铜井”，缥缈云端的“点将台”，令人神驰遐想的“戚公亭”，威武的戚继光塑像，形如飘带的 588 级台阶，苍松翠柏相连的“天马山山门”与自然景观融为一体。天马山自然景观秀丽多姿，湖光山色，交相辉映。整个山系高耸险峻，气势雄伟，怪石林立，人文文化与景观丰富，属旅游、怀古之胜地。

长寿山位于山海关城东北约 9 千米处，东起黄牛山，沿长寿河流域呈东西走向，是一处集自然、人文景观于一体的风景名胜区。长寿山自然风光优美，别具山情与水趣，有悬崖飞瀑、悬洞窥天、世外桃源等自然景观，有长城倒挂、摩崖石刻、神医石窟、寿字碑林等人文景观。整个风景区以长寿河谷的自然风光为基础，集山、石、洞、窟、溪及中草药植物于一身，以长寿延年为宗旨，弘扬祖国的传统医学。以雕塑、书法、建筑、园林等手法为表现形式，独步世界旅游之林，是一个立意新颖，独具民族特色，又具时代精神的旅游胜地。

碣石山，坐落在素有“花果之乡”美称的昌黎县城北，跨越昌黎、卢龙、抚宁境内，连绵起伏有大小上百座奇险峻峭的峰峦，其主峰仙台顶（又名“汉武台”，俗称“娘娘顶”）突起于靠近昌黎县城的屏峰障岭正中，顶尖呈圆柱形，远望如碣似柱，极像直插云霄的天桥柱石，因此名为“碣石”。碣石山自然风光俊美，且人文文化与景观丰富，为历史名山和著名的观海胜地。

背牛顶位于秦皇岛市抚宁区渤海林场森林公园内，距北戴河约 50 千米，是秦皇岛市附近一处著名的旅游风景区，海拔 965 米，万里长城从山顶蜿蜒而过。背牛顶有“华山之险峻，黄山之惊奇，庐山之清秀”的美称，为省级森林公园。整个风景区由龙潭、绿色长廊、背牛顶等景点构成，以风景优美、形势险要而著称。背牛顶为孤峰，四面陡峭壁立，高入云际，静若仙境。顶峰上有石碑 29 方，多为名人诗赋词咏，以及望海楼、关帝庙、无梁殿、金光洞等名胜。

【变质岩地貌旅游资源】

秦皇岛市内的变质岩地貌旅游资源主要是位于北戴河区的联峰山。联峰山由新太古代秦皇岛变质岩系列、姜女庙变质钾长花岗岩和山海关变质花岗岩构成。最高峰标高 152 米，山体呈浑圆状，均被植被覆盖，为北戴河最大的森林公园。

联峰山位于北戴河海滨中心偏西，傍海东西横列 5 千米，联峰山有东联峰山、中联峰山、西联峰山之分。此山于 1919 年就建成了北戴河最大的森林公园，联峰山山林合一，其间点缀着奇石怪洞，景色优美。联峰山以登山览胜、林中探幽为特点，原有的地形地貌和植被保存完好。园内有三座松林覆盖的山峰，因山势联缀固有联峰之称，远视又似莲蓬，亦称为莲蓬山。最高峰东联峰山海拔 153 米，是北戴河的制高点。游人观景登高主要以东联峰山为主。山顶建有望海亭，登亭远眺，北戴河海滨的秀丽风光尽收眼底。联峰山有观音寺、钟亭、朱家坟、桃园洞、三眼井、莲花石、翁石、避雨石、对语石、卧石等名胜古迹。联峰山山峦俊秀，林深谷幽，奇石怪洞比比皆是。各式楼房别墅掩映在松涛之中，别有情趣，其中最著名的有“林彪楼”和“张学良将军楼”。民国年间号称的“海滨二十四景”中有二十处就在这里。联峰山景区，山海相映，花木繁茂，幽雅恬静，如诗如画，古今游人多有吟咏，令人流连忘返。

【火山岩地貌旅游资源】

火山岩地貌旅游资源主要是位于山海关北 3 千米处的角山。角山是关城北山峦屏障的最高峰，山体呈尖顶状，标高 566 米。由侏罗纪张家口组凝灰岩构成。角山其峰为平项，可坐数百人，有巨石嵯峨，好似龙首戴角而得名。主要景点有角山长城、敌台、角山寺、瑞莲捧日等。1961 年被确立为国家首批重点文物保护单位。角山山势巍峨，绵延起伏，著名的万里长城从此跨过，为长城跨越的第一座山峰，所以又有“万里长城第一山”之称。

角山的主要景点有角山长城、旱门关、栖贤寺等。角山长城包括了角山的主峰大平顶，登临角山长城，远山近海尽收眼底，长城内外的美景可一览无遗。旱门关是角山南部的一座关隘，由城楼、城台两部分组成，地理位置非常险要，是山海关十大关隘之一。栖贤寺在角山长城内侧，是一座砖木结构的建筑，寺中有一大奇景，名为山寺雨晴，是角山夏季特有的景观，山下细雨绵绵，寺中却是天清气朗，红日高悬；有时，寺中大雨滂沱，山下却又是日上三竿，两处距离相近而景色殊异，令人叫绝。

角山山势巍峨，绵延起伏，是山海关的天然屏障。前山可俯视关城，眺望大海，后山可赏层峦叠嶂，观仙境燕塞湖，山色湖光，山水相依，令人心旷神怡。登上角山敌台，近邻断崖峭壁，远望群峰起伏，大海如在脚下，长城倒挂山间，有诗曰“自古尽道长城险，天险要隘在角山，长城倒挂高峰上，俯视关城在眼前”。观之令人情趣勃发，思绪万千，充分领略到“不到长城非好汉”的豪迈气魄。角山风景秀丽，环境清幽，实为探幽访古之佳境。

【岩溶地貌旅游资源】

岩溶地貌旅游资源主要有沙河寨象鼻山、板厂峪溶洞和长寿山悬阳洞等地貌景观。

< 沙河寨象鼻山 >

沙河寨象鼻山位于柳江盆地东部沙河寨村北。二象戏水，惟妙惟肖。象鼻山属岩溶地貌，也叫喀斯特地貌。岩溶地貌是地下水、地表水在二氧化碳的参与下，对碳酸盐类岩石发生溶蚀作用而形成的一种特殊地貌，常常形成峰林、石林、溶洞、暗河、天生桥、钟乳石、石笋等地貌景观，是重要的旅游资源。桂林漓江山水、云南石林、贵州织金洞、广州肇庆星湖这些旅游区，都是岩溶地貌形成的山水风光。沙河寨的象鼻山岩溶地貌景观在我国北方也十分罕见。

组成沙河寨象鼻山的岩石是距今约5.6亿～5.5亿年的古生界寒武纪的石灰岩。距今0.65亿年的喜马拉雅构造运动，形成了今天的柳江盆地的山水分布格局。沙河流经此处，水流方向与岩层走向一致，顺层发生溶蚀，天长日久，形成溶洞，然后溶洞贯穿，与所在岩石奇妙的形态背景珠联璧合，构成二象戏水的地貌景观。

< 板厂峪溶洞——灵仙洞 >

灵仙洞是一座天然石灰岩溶洞，依山傍水，洞口朝阳、向东南。原名“北洞”，因发掘过程中发现一块木牌刻有“灵仙洞”而得名。目前已经挖掘了150米，洞内最高处可达20米，洞内常年保持恒温（11～13℃），冬暖夏凉，特别是炎炎夏日，游客到洞中纳凉已成风俗，真所谓“上山汗如雨，入洞一身凉”。

< 长寿山悬阳洞 >

悬阳洞有“山海第一胜景”之誉，是一个穿透式的花岗岩洞，被称为长寿山石洞之最。我国许多风光溶洞多为石灰岩洞，像如此高大的花岗岩洞在我国北方实属罕见。洞呈纺锤形，前后宽阔，中间狭细，全洞长117米，前洞为悬阳洞的主体洞穴，进深37米，宽14米，高13米，呈拱门形，右上方60米为中洞，后洞20米。悬阳洞洞顶有双孔，有日光悬于其中，形成窥天一景。悬阳洞边臣武将、僧人、道士云集，百姓香客络绎，文人墨客咏诵。儒、释、道三教并立，融融相生。洞壁十幅刻石，石刻书法真、草、隶、篆齐全，是十分珍贵的历史文化遗存。

【海岸地貌旅游资源】

秦皇岛市的海岸线长162.7千米，以海岸组成岩性结构分为基岩岬角海岸、砂质海湾海岸和砂质沙丘海岸。

基岩岬角海岸主要分布在老龙头、秦皇岛南山、鸽子窝—金山嘴—崖角一带，累计总长约9.5千米，组成岩性多为混合花岗岩。呈凸入海中的岬角形态，其上多形成海蚀崖、海蚀柱、海蚀穴等，适宜开展观赏型旅游项目。

砂质海湾海岸包括东湾（老龙头—秦皇岛）、中湾（秦南山—鸽子窝）和西湾（金山嘴—崖角）。海岸组成物质多为冲洪积及潟湖相砂、砾石、黏土等，适宜开展海水浴场及海上游乐项目。

砂质沙丘海岸呈较平直的北北东向展布，平行海岸带有高大沙丘绵延分布，最高可达40米，宽度2000米，组成以风积、冲洪积细砂、砂性土为主，适宜开展海水浴场、滑沙及海上娱乐项目。

秦皇岛市境内的海岸地貌旅游资源典型代表有鸽子窝公园与黄金海岸。

<鸽子窝公园>

鸽子窝公园位于北戴河东山，是秦皇岛沿海侵蚀海岸。公园西北侧有2万余平方米的沿海滩涂，每年有400多种鸟类在此逗留，是北戴河最佳观潮、观鸟、观日出地。

鸽子窝景区属于秦皇岛岬弯式侵蚀海岸。在海岬地带基岩裸露，水深坡陡，是海蚀作用盛行的地方，海水动力（主要是波浪作用）长期强烈掏蚀和撞击海岸基岩，形成了海蚀凹槽、海蚀崖、海蚀台地、海滩等各种沿海地学景观。已开辟的鸽子窝公园依山临海，占地0.2平方千米，景区内有山、有湖、有海，自然环境幽静、清新，空气质量好，可以临海观赏亚洲第一大潮坪和秦皇岛外打鱼船的壮丽景象。主要景点有荷花池、明湖、鹰角亭、鹰角岩、毛泽东塑像和词碑、望海长廊、书阁、浴日亭、沙滩浴场、奇观洞、鸽子广场、樱花林、风车等。

鸽子窝地学旅游资源以沿海海蚀地貌景观为主，海蚀崖、海蚀平台、鹰角岩、大潮坪等地学旅游资源适宜开发观光旅游和探险猎奇旅游。鸽子窝鹰角岩海拔16米，由穿插在古老花岗岩内的伟晶岩脉经海水差别侵蚀而成，是较典型的海蚀崖，现为参观海蚀地貌的景点；鸽子窝大潮坪是观察现代海岸沉积的良好场所，可以见到波痕、雨痕、龟裂、生物洞穴等沉积构造，每日一次的潮涨潮落使旅游观潮人临海感慨，胸襟顿然开阔；鸽子窝沙滩浴场在鹰角岩东侧潮间带区域，沙质细，海水的深度比较稳定，特别适合海浴和游泳，是开发海滨浴场、提供游人休息娱乐的场地。

鸽子窝公园的两大特色资源分别是海蚀地貌景观和历代文人墨客游览遗留的人文景观。

鸽子窝公园鹰角亭是观赏海上日出的最佳之处，每逢夏日清晨，这里云集数万名游客观赏“红日浴海”的奇景。据有关史料记载，秦始皇、汉武帝、唐太宗、魏武帝等都曾在此观海抒情。

鸽子窝人文旅游资源多以其临海地学旅游资源为依托。1954年夏，毛泽东主席曾在鸽子窝公园极目远眺，临海感慨，写下《浪淘沙•北戴河》这一不朽词章。为深切缅怀毛主席的丰功伟绩，1992年北戴河区政府敬立了诗词碑和毛泽东主席雕像，雕像大理石基座东侧刻有毛泽东主席的词《浪淘沙•北戴河》。

<黄金海岸>

黄金海岸位于河北省秦皇岛市北戴河新区沿海，面积300平方千米，陆域岸线长47.22千米，纵深3千米，东距北戴河海滨17千米，西南到滦河入海口。黄金海岸地区海岸动力作用主要是波浪、潮汐和沿岸流。波浪到达岸边时破碎产生激浪流，它是塑造海岸的主要动力，以3～5月和7～9月最为显著。在海湾处波能辐散以堆积为主，当波峰线与岸线斜交时产生沿岸流，在岸线转折处发生堆积，秦皇岛地区盛行风向和海陆风向基本与岸线

垂直，在海滩后侧形成一系列风积地貌景观。

黄金海岸属于堆积海岸，主要地貌类型有海积平原、潟湖平原、沙丘、沙滩、沿岸沙堤、潟湖等。不同海岸地貌，可以开发为不同的旅游项目。

沿海沙丘和沙丘链是秦皇岛堆积海岸地学旅游资源的一大特色，黄金海岸的西侧海岸沿线形成了世界罕见的大沙丘及沙丘链，5000 多公顷连绵 40 多千米，蜿蜒起伏、造型优美，具有独特的海洋沙漠风光，景色极为壮观。高大的沙丘、碧绿的树林、蓝色的大海奇妙地组合在一起，构成沿海特色地质旅游资源，吸引着无数游客。

黄金海岸的七里海及其以北地区沙细、滩缓、水清、潮平，海滩波能较小，波高通常不超过 1 米，潮差小于 1.5 米。浴场沙滩宽度一般在 50 ～ 100 米，而且沙质细软，贝壳碎屑成分少，是进行海浴、沙浴、日光浴的最理想的场地。七里海是华北地区最大的潟湖。这里是林区和湿地相接之处，此处也是众多候鸟迁徙的路线，所以这里有丰富的鸟类资源。

翡翠岛位于黄金海岸南部，是一座由黄色细沙和绿色植被相间构成的半岛，岛上沙山连绵起伏，陡缓交错。最高处达 44 米，方圆 7 平方千米，素有“京东大沙漠”之称。翡翠岛东、北、西三面由渤海和七里海环绕（潟湖），岛上是鸟类的王国，几乎全国 1/3 以上的鸟类在这里都可以找到它们的踪影，是“世界珍禽”黑嘴鸥的主要栖息繁殖地之一，也是我国文昌鱼分布密度最高的地区。由于这里独特的自然地理环境，形成了国内独有、世界罕见的海洋大漠风光。20 世纪 50 年代风靡全国的电影《沙漠追匪记》便是在这里拍摄的。连绵起伏的沙丘与碧海、蓝天、绿林共同构成一幅罕见的海洋沙漠景观。翡翠岛上绿树葱郁，浓荫覆盖，恰似一块镶嵌在湖边的翡翠。依托翡翠岛的地形地貌，岛上还开展滑沙、沙滩排球、沙滩足球、沙滩卡丁车、渔船出海、摩托艇、快艇、海上飞伞、动力三角翼等项目。这里还是滑翔伞、帆板、水上风筝训练基地，也是沙雕活动基地、拓展训练基地、房车营地。

渔岛景区位于中国最美的八大海岸之一的黄金海岸中部，因其盛产鱼虾参贝、以鱼为主，故名渔岛。渔岛景区的主题是“碧海、金沙、温泉、游船”。景区的建设理念是在与自然环境和谐相处的前提下，为游客打造集休闲度假、旅游观光于一体的渔家特色旅游体验。

黄金海岸南侧 2 千米处（位于国际滑沙娱乐中心与翡翠岛之间）有“金沙湾沙雕大世界”。景区利用 2000 多年以来由于海潮季风的作用形成的 40 多米高的岸边沙丘，雕刻了 37 米高的沙雕大佛及 20 多座精美的沙雕艺术作品。在这里，还可以看海鸥飞舞，滑滑沙草，打沙滩排球，踢场足球赛；出海打鱼，深海垂钓，骑水上自行车；坐空中飞人，海上快艇，沙滩摩托，霹雳炮，再跑一圈马；拓展训练，定向越野，儿童沙雕自创乐园，沙滩迷宫；傍晚，可以在海边沙滩烧烤、举办篝火晚会、燃放烟火。

由于海潮和季风的作用，在海岸沿线形成了世界罕见的大沙丘，高度达 30 ～ 40 米。这些金黄色的沙丘呈新月形，陡缓交错、起伏有序、线条流畅、造型优美，形成了独特的海洋沙漠风光，景色极为壮观。黄金海岸滑沙活动中心就坐落在景区内，这里首创了滑沙运动。坐在滑板上，从沙山顶飞驰而下，一种运动的快感油然而生，而且非常安全。该中心还有观光索道、卡丁赛车、高空速降、沙山滑道、跑马场、沙滩越野车、海上快艇、拖曳伞、鸟艺表演等游乐项目。

【河口及湿地地貌旅游资源】

滦河是秦皇岛市最大的河流，是华北第二大河，发源于河北丰宁县西北的巴颜图尔古山麓。滦河汇集燕山、七老图山、阴山东端流水，形成支流众多，是水量比较丰富的水系。滦河汇合各支流后，奔腾下泻，至滦县后进入平原，河道常有变化，最后作为秦皇岛市昌黎县和唐山市乐亭县两县的界河注入渤海，全长877千米，流域面积44750平方千米，在入海口形成滦河三角洲。同时，这里也是一块十分宝贵的湿地，适宜开展河口地貌及观鸟等旅游活动。

北戴河湿地坐落于渤海之滨、著名的旅游避暑胜地北戴河北侧15000亩沿海防护林区域内，由生态保育区、森林氧吧和湿地鸟类保护区3个功能区组成。2006年以来，本着“科学规划、有效保护、合理利用”的原则，在省、市统一安排部署下，秦皇岛市园林局分期对园区进行了保护性恢复建设。特别是2011年，重点对原有植被进行了生态改造，丰富植物种类；对路网、桥体、高架栈桥、木栈道等设施进行整合与建设；对河道、水渠、池塘等水系分类进行改造利用。恢复、建设和改造后的园区，实现了科学规划、合理保护，自然天成而又人工造化、各具特色而又和谐统一，进而成为天水相依、花繁叶茂、鸟乡人境的美好乐园。

生态保育区占地115公顷，在这里可欣赏到荷花水鸟、水葱菖蒲、红枫绿柳、野草幽花，还可以小试钓竿、亲摘嫩果、细听鸟语、笑解蝉鸣。

森林氧吧占地300公顷，主要栽植林木有杨树、槐树、油松、白桦等，同时点缀了云杉、五叶枫、紫叶李、黄栌等彩叶树种。这里空气常年湿润清新，负氧离子含量每立方厘米达7000～9000个，是一般城市的10～20倍，是城市区间独有的天然氧吧。

湿地鸟类保护区占地50公顷，主要栽植红叶杨、黄栌、皇帝菊和芦苇等，还增添了水晶梨、巴梨、雪花梨等果树品种。这里还是我国北方重要的鸟类栖息地和鸟类保护区之一，在我国现存的1186种鸟类中，北戴河湿地就可观察到450种，其中国家重点保护的品种达68种，不少还是世界著名的珍禽。这里菖蒲蒹葭、芦花水榭、杨柳依依、花果飘香、鳞潜羽翔，是一个宁静清幽、诗情画意的美好世界。

【水体地质旅游资源】

秦皇岛市水体地质旅游资源主要有燕塞湖、天马湖以及花果山瀑布等。

燕塞湖亦称石河水库，是山海关这座军事要塞的一道天堑，隋、唐、辽、金时期的民族军事冲突多发生在这里。明末农民起义军领袖李自成率20万大军与明蓟辽总兵吴三桂和清将多尔衮大战在石河两岸；北洋时期的两次直奉战争也发生在这里；1933年1月，日本侵略军进攻华北，爱国将领何柱国将军奋起抗战也在这一地带。而今燕塞湖宛如画境，沿岸悬崖峭壁千姿百态、惟妙惟肖，自然景观星罗棋布，苍松翠柏、野杏山桃，映入水中如翠如碧，蕴尽诗情画意，素有北方“小桂林”“小三峡”之美称。燕塞湖风景区内有鸟语林一座，是游览和观赏鸟类表演的休闲乐园，这里放养着黑天鹅、丹顶鹤等百余种2000多只

珍稀鸟类，具有较高的观赏价值和趣味性。燕塞湖不仅富有佳山丽水，更有奇石异景，它像一颗瑰丽的明珠镶嵌在古老的长城边。洞山剑峰是燕塞湖内的湖心小岛，石河两支涧水汇于山前，形成深潭，其上半壁悬崖，青峰峭拔，山腰有一天然石洞，深不可测，常有蛇蟒出没。洞窟下绝壁濒临深渊，旁有樵夫小径可通山顶，传说石洞是吕洞宾斗苍龙之时，苍龙钻山撞击而成。燕塞湖内有一半岛，形如一弯新月，岛下湖水如镜。在湖中望岛呈半圆形，山影倒悬，月色幽静；形影合一，恰恰构成一个圆形。坐上游船，沿河道逆流而上，大有“山重水复疑无路，柳暗花明又一村”之感，令人流连忘返。

天马湖素有“人间瑶池”之美誉，有着得天独厚的山水资源，因其在天马山下，故今人以“天马湖”名之，正所谓山为水增意蕴，水为山添姿容，其中更蕴藏着“天马战青虎”“鲤鱼跳龙门”等神奇动人的历史传说故事。景区陆地面积为26000余亩，水面面积为68000余亩，陆地地势开阔，满目绿树葱茏，青翠欲滴，湖中渔船交错，烟波浩渺，置身其中，恍如人间仙境。春秋两季，游人熙攘，美丽的天马湖就像是一颗镶嵌在秦皇岛大地上的璀璨明珠。青翠欲滴的草坪，水光潋滟的波纹，渔船交错的美景，使游人如入画中。在此又可饱尝花果的馨香、湖里红鲤的美味，畅饮誉满冀东的天马美酒，把酒临风，其豪气与惬意可谓妙趣无穷。新开发建成的五栋别墅坐落于碧波梦园之中，梦园占地面积 4 万平方米，其间造型各异，均呈现欧式风格，给自然的景观平添一分巧夺天工的人文风景，真可谓自然与人文的统一、现代文明与古朴文化的和谐。正是这份恬淡与闲适的胜景，吸引了众多海内外名士到此观光。

【基础地质旅游资源】

秦皇岛市基础地质旅游资源包括标准剖面和地壳运动与地质构造形迹两类，其中，标准剖面类旅游资源共有 6 个标准剖面，均分布在柳江盆地内，分别为张岩子—东部落剖面、沙河寨西剖面、东部落—潮水峪—半壁店剖面、亮甲山剖面、石门寨—瓦家山剖面、黑山窑—大洼山剖面。地壳运动与地质构造形迹类旅游资源包括张岩子“吕梁运动”不整合界面遗迹、东部落东“蓟县运动”不整合界面遗迹、石门寨西门“加里东运动”不整合界面遗迹、黑山窑“海西运动”不整合界面遗迹、大洼山—瓦家山“印支运动”不整合界面遗迹、瓦家山“燕山运动”不整合界面遗迹。

【柳江盆地地质旅游资源】

柳江盆地在秦皇岛市海港区北部的石门寨镇和驻操营镇，南北长 20 千米，东西宽 15 千米，是一个很小的盆地。可就是这个小小的盆地，历尽沧桑，岁月留痕，保存着在地质年代所形成的历史久远的地质遗迹。柳江盆地是一个聚宝盆，别的地方难得一见的奇迹般的地质遗迹，在柳江盆地却举目便是，这是十分难得的。

地质遗迹可分为内力地质作用的遗迹和外力地质作用的遗迹。气势磅礴的地壳运动，沧海桑田的进退变迁，万水千山的循环往复，所形成的地质遗迹记录了地壳运动的过程，保存了气候变迁的印记，留下了生物进化的证据，是地球发生发展的历史档案。柳江盆地是一个袖珍的、迷你版的华北板块，读懂了柳江盆地，就读懂了地质学的精髓，读懂了山山水水的来龙去脉。

地质遗迹在柳江盆地广泛分布，品类繁多，被称为“柳江瑰宝”。瑰宝者，贵重而美丽，稀世之珍宝也。亿万年漫长时间的改造和销蚀，使这些蛛丝马迹渐渐成为稀世珍宝，难以寻觅。可是，在柳江盆地，这些遗迹却随处可见。也许，你不经意间随手一指，眼前的峭壁悬崖就是一座曾经沸腾迸射的火山;也许,你登上了一座高峰,走过层岩叠嶂,踩在脚下的,却是一片古老的海滩;也许,你轻轻敲打着的黝黑的岩层,就是几亿年前的沼泽和森林;也许,岩石断面上的一个淡淡的白圈，就是一只古老的海洋动物形成的化石。

现在，柳江盆地是国家级的自然保护区，是秦皇岛国家地质公园的核心景区，是我国现代地质学的发祥地之一，是我国历史最为久远、规模最为庞大的地学野外实习基地。2014年5月18日，柳江盆地地学博物馆正式开馆，柳江盆地名副其实地成为地学百科全书和人才摇篮，成为秦皇岛市青少年科普活动和素质教育的第二课堂，也是秦皇岛全体市民和中外旅游者钟情的山水休闲旅游胜地。

柳江盆地位于秦皇岛市以北的燕山脚下，6平方千米的盆地内荟萃了数亿年的各种地质现象，各地质时代、各种沉积环境的地层出露齐全、层次完整，地层单位界线清楚，化石丰富，是中国华北地区地质构造的缩影；地球上三大岩类在此出露齐全，岩石种类繁多，内外动力地质地貌景观千姿百态，盆地内分布着许多大大小小的溶洞，含有大量的哺乳动物化石；盆地邻近海岸，受海陆交互作用，形成了微缩景观式的地形地貌，具有很强的观赏价值。

20世纪70年代以来，秦皇岛柳江盆地就逐渐成为中国有关地学院校和地学科研单位的实习基地和研究基地，因此，柳江盆地又被称为“地质教育第二课堂”。

柳江盆地内三大岩类出露齐全，各时代沉积地层发育完好，地层单位界线清晰，化石丰富多样。盆地内太古代至新生代地层“五代同堂”，有24个组级地层单位，2个组级地层单位的建组剖面，以及集中反映区域性地质构造运动的“六大不整合面”，还有各种内外力地质作用形成的具有较高观赏价值的竹叶灰岩、藻灰岩，千姿百态的岩溶地貌景观均为本区珍贵的地质遗迹资源。

柳江国家地质公园遗迹丰富，完整且系统地保存了华北地区从元古至今20亿年的地壳演化、地理环境变迁和生物演化史，被誉为“华北地区地质演化的教科书”，是中国规模最大的地学教学野外实习基地。公园距秦皇岛市区12千米，以柳江盆地为中心，由地质遗迹景观区、地质地貌景观区和人文历史景观区组成，占地186平方千米。公园里的长城、祖山、燕塞湖等都是极具观赏价值的风景区。

地质公园以古生物化石、地层遗迹、岩溶地貌和花岗岩地质地貌为特色。地质公园的核心部分，位于秦皇岛市区以北的柳江盆地，其南缘距秦皇岛市市区12千米，面积有240平方千米，包含了对追溯地质历史具有重大科学价值的典型层型剖面、生物化石组合带地层剖面、岩性岩相建造剖面及典型地质构造剖面和构造形迹，内容丰富，为国内罕见。

多种类型的构造形迹对研究区域地壳运动发展史具有重要的意义，还有金属、非金属矿化、矿点;岩溶作用形成的象鼻山、溶洞、天井、石芽、溶沟等;流水作用形成的离堆山、跌水、河流阶地等其他地质遗迹。国家地质公园内荟萃了众多的内生、外生矿床，但大多因规模小而不宜开采，却适于科普教学，其成因分析具有重要的地学意义。

第四系洞穴堆积，可以使人们了解史前生物群落、生境及生物演化，是重要的科研、科普基地。距今25亿～16亿年间混合花岗岩构成了北戴河、山海关著名旅游区的地质背景；距今5.4亿～2.5亿年间古海洋中沉积物石灰岩形成了象鼻山、溶洞等华北罕见的岩溶地貌；距今2.5亿～6500万年间的中生代花岗岩山体高大雄伟，陡峭险峻，形成了山地旅游景观；现代海洋地质作用形成了我国最大的沿海沙丘和澙湖，形成了各种海蚀、海积地貌景观。可以说，是大自然的鬼斧神工造就了秦皇岛“天开海岳”的惊世之美。

天地精灵　共美旅程

——观鸟旅游专项

秦皇岛市位于华北与东北交界的辽西走廊（山海关走廊）西部，恰好位于亚洲东部候鸟迁徙通道的中间，是鸟类迁徙的途中停歇地。目前秦皇岛地区鸟类种类达到了504种，仅沿海地区就记录了412种，占全国鸟类总数的31%，国家一、二级重点保护鸟类68种，占14%。其中优势种19种，常见种244种，偶见种139种，稀有种102种，优良的海洋生态系统、森林生态系统、湿地生态系统为鸟类的栖息及迁徙途中的停歇提供了条件。因此，秦皇岛被誉为“观鸟的圣地”“观鸟的麦加”，是中国观鸟之都、世界四大观鸟地之一。

秦皇岛的观鸟历史可以追溯到20世纪初期，早在1910年就有丹麦人在海港区附近进行鸟类迁徙调查。1936年，我国著名鸟类专家秦振黄等在北戴河调查鸟类，1953年郑作新等也来秦皇岛进行鸟类调查与研究，改革开放以后，秦皇岛的观鸟活动有了突破性的进展。1985年，英国剑桥大学博士、著名鸟类专家马丁·威廉姆斯首次来秦观鸟，就被秦丰富的鸟类资源所吸引，欣喜地称之为“观鸟圣地”。随后，秦皇岛良好的湿地环境及丰富的鸟类资源也引起了国际鸟类科研机构及环保组织的关注和重视。1988年，美国鸟类考察团来秦访问，1994年瑞典自然博物馆馆长奥博斯坦来秦对鸟类资源进行考察，1997年3月东亚湿地与水禽保护国际研讨会在秦召开，并发表了《北戴河宣言》。从此以后，秦皇岛成为鸟类专家学者以及鸟类爱好者常驻之地。

秦皇岛的鸟类资源有三个特点：候鸟多、珍稀鸟类多、种群数量大。全世界有5种天鹅，我国有 3 种：大天鹅、小天鹅、疣鼻天鹅，在秦皇岛均可以见到；全世界有 15 种鹤，我国有 9 种，而秦皇岛就有 6 种；候鸟有 369 种，占全国的 92%；世界上鸥类有 43 种，秦皇岛有 18 种，鸥类、中小型涉禽都有许多种，多成群活动，海鸥悠然戏水、白鹭翩跹起舞，容易看见但不容易辨识，富有挑战性；春秋季迁徙鸣禽丰富且多变，每年都有新发现种，鹤类和猛禽集群迁徙极其壮观，其他地方难得一见，在秦皇岛可见的次数也在逐年减少。丹顶鹤、白鹤、大雁等在迁徙时成群结队地从秦皇岛上空飞过，万鸟齐飞共鸣，声势浩大。此外，秦皇岛市可以观看到的珍贵鸟种还有遗鸥、白鹳、大鸨等。

秦皇岛观鸟的最佳时节，是每年3月中旬至5月下旬、9月上旬至11月中旬。在其他月份，也有难得一见的鸟类奇观。

6 月开始入夏，有些鸟类在当地繁殖，如池鹭、黄斑苇鹤、环颈鸻、戴胜、金腰燕、黑尾蜡嘴雀、黑枕黄鹂等。这时，北戴河海滩不仅可以倾听阵阵松涛和大海谐鸣，而且在许多树上还可以听到黄鹂歌唱，其歌声嘹亮，终日不辍。在早晨和傍晚，还可以看见三五成群的金腰燕在空中活动，每天工作 12 个小时寻找食物。

7 月，大批的鸻鹬类继续迁徙，这时北戴河碧蓝的海面又点缀数十只展翅高飞、豪放多姿的白翅浮鸥，构成一幅动人的图画。

8 月种类众多的鸻鹬继续涌入北戴河的泥滩、河口和港湾。中旬，白腰燕向南移动，雨燕时而低空飞翔，时而腾空而起。特别在蒙蒙细雨时，一般鸟类总要赶紧回窝或找个地方隐蔽，白腰燕却不介意淅淅沥沥的小雨，反而显得更加活跃。中旬以后，少数猛禽及许多种鸣禽通过北戴河地区。

10 月中下旬又是各种鸟的迁徙高峰。在旋转的角度下，映着蓝色的海洋与褐色的陆地，成群的飞鸟缓缓移动，伴着富有音乐性的啼鸣，定格在一个个晶莹剔透的镜头下……

11 月上旬碰上寒流天气，会看到凌空而过的鹤群，为寒冷的空气注入一丝暖暖的生机。

【北戴河观鸟湿地】

北戴河观鸟湿地位于秦皇岛市北戴河区滨海大道 36 号，鸽子窝公园西北侧，濒临滨海大道。它是我国最大的城市湿地，面积达 50 多万亩，森林 6600 多公顷。在这里，已发现鸟类 412 种，占我国总鸟类的 1/3，属国家重点保护动物有近 70 种。每年都吸引大量的国内外鸟类科研工作者和鸟类爱好者前来进行学术研究和观鸟活动。北戴河是西伯利亚—东亚—澳大利亚鸟类迁徙途中的一个重要地点，每年春秋迁徙季节，有大量鸟类通过这一信道北上南下，涉及的鸟种包括游禽、涉禽、鸣禽、攀禽等不同生态类群，20 多年来，每到春、秋鸟类迁徙时节，北戴河都会迎来众多的国内外观鸟爱好者，他们在山林、原野、海滨、湖沼、草地等各种环境中，欣赏鸟类的自然美，观察它们的外形姿态、取食方式、食物种类、繁殖行为、迁徙特点和栖息环境等。因此，中国鸟类环志中心在秦皇岛设立了鸟类环志站。

【鸽子窝湿地】

鸽子窝公园位于秦皇岛市北戴河区海滨东北角鸽赤路，除了是观日出的首选之地，它旁边的大浅滩更是观鸟的绝佳之处。每年春秋时节，数以万计的珍稀候鸟在这里觅食、停留，成为又一大新景观。这里是水鸟的天堂，每逢春秋之际会有大批候鸟在此停留嬉戏，给摄影者创造了一个壮丽的自然景观，给观鸟者一个“万鸟临海”的壮丽风景，从每年 3 月开始至 11 月底，每天都可以观察到鹭科、鸥科、鸻鹬类等诸多鸟种。

【山海关石河入海口湿地】

山海关石河沿海湿地位于秦皇岛市山海关区关城南路，是目前远东地区保存最完好的湿地，是国际上公认的世界级观鸟圣地。地处山海关南端，是一块由洪水与海潮对冲形成的半岛式湿地。山海关石河口入海处每年都有近 400 多种鸟到这里驻足、休养、生息，是鸻鹬类重要繁殖地之一。其地址结构为河域湿地环抱砂质陆域湿地相结合的湿地，在国内乃至国际上都屈指可数，是多所科研机构和大专院校的科研基地。

【其他观鸟地点】

< 北戴河区 • 海滨国家森林公园 >

海滨国家森林公园是秦皇岛夏候鸟的重要繁衍地，其中有椋鸟科、雀鹎科、黄鹂科、鸦科、潜鸟科、鹭科、鹰科等。

< 山海关区 • 燕塞湖观鸟区 >

山海关区石河湿地主要有鸥科、潜鸟科等鸟类在此繁衍。

< 山海关区 • 老龙头观鸟地 >

山海关区老龙头海滨一年四季都有鸥科鸟种在此觅食。

< 海港区 • 金屋浴场观鸟地 >

海港区金屋浴场位于山东堡渔码头附近，每天都有许多鸥科、鸻鹬类在此捡拾鱼虾等食物。

< 海港区 • 汤河入海口观鸟地 >

海港区的汤河入海口是秦皇岛夏候鸟的重要觅食地之一。

< 抚宁区 • 天马湖水库 >

抚宁区天马湖水库水域辽阔，浅滩面积较大，一年四季都有鸟类在此繁衍栖息，冬春交际之时常见大群天鹅、东方白鹤等游禽和涉禽。

< 抚宁区 • 长城沿线 >

秦皇岛境内长城绵延 223.1 千米，到处都可见到鸟类出没，尤其鸠鸽科、杜鹃科、鸭鹃科、伯劳科、卷尾科、鸭科等，经常在长城附近树林中或残垣中筑巢繁殖后代。

< 北戴河新区 • 洋河入海口 >

北戴河新区洋河入海口一年四季都有各种鸟类觅食。

< 北戴河新区 • 七里海湿地 >

北戴河新区七里海湿地每年都有上百种游禽与涉禽水鸟繁衍生息，常见的有天鹅、灰鹤及各种鹭鸟和鸻科、鹬科、潜鸟科、鸥科。

< 昌黎县 • 翡翠岛 >

昌黎县翡翠岛及昌黎开发区内每年有数千只鹭鸟栖息繁殖，并有赤麻鸭、绿头鸭、鹊

鸭等候鸟在此觅食。

< 青龙满族自治县·祖山 >

青龙满族自治县祖山是林鸟的重要繁衍地之一，每年有大量的戴胜科、啄木鸟科、鸠鸽科、夜莺科、伯劳科、鸦科、黄鹂科、山雀科、绣眼科、莺科等在此栖息、繁殖。

< 卢龙县·桃林口水库 >

卢龙县桃林口水库是重要的鸟类繁殖地，在此繁殖的鸟类有几十种，其中我国濒危鸟种黑鹳就在此繁殖，常见的还有鸬鹚、苍鹭、白鹭以及各种游禽类和雀形目。

除了室外观鸟，秦皇岛还设有一处室内“观鸟”地——秦皇岛鸟类博物馆。秦皇岛鸟类博物馆坐落于北戴河海滨鸽赤路，占地面积 50 亩，场馆总面积 1947.39 平方米，展陈面积为 1650 平方米，是集收藏鸟类标本，多媒体展示鸟类起源、进化、发展，知识性、趣味性于一体的专题科普博物馆。博物馆共分为三大展区：鸟的世界展区 450 平方米，湿地与水鸟展区 900 平方米，4D 动感电影体验区 100 平方米。馆内收藏鸟类标本 88 种，恐龙骨架化石 1 个，恐龙蛋化石 3 组。参观鸟类博物馆可以了解到鸟的起源与分布、鸟的飞翔、鸟的生活、鸟的神奇、鸟与人类、湿地、中国湿地、湿地与水鸟等内容。通过鸟的生活地境景、展板及悦耳的鸟的声音介绍了鸟的生理结构、鸟翼的结构、鸟的飞行、鸟的食物与食性、鸟的捕食、鸟的繁殖、鸟的行为、鸟类的邻里关系等。不仅为大家开阔了对鸟的新的视野，还注入了鸟的生命、鸟的情感，激发了大家的好奇心和创造力。

【观鸟设备与技巧】

一些鸟类不易为人眼所识，使用观鸟设备能够更清晰、更真实地捕捉到精彩瞬间，因此在观鸟设备方面，建议如下：

一副 8 ～ 10 倍适合观鸟的双筒望远镜是必备品。观鸟单筒望远镜的倍率一般在 15 ～ 80 倍左右，主要用作观察距离较远而又位置相对固定的野鸟，但需要配合三脚架使用。一款镜头 300 毫米焦距以上的数码相机可以用来拍摄鸟类，作为观鸟的影像记录。观鸟中很多精彩的瞬间和珍稀的鸟种需要非常清晰的影像设备。观鸟过程中自己无法辨认的鸟可以通过照片日后辨识。

很多旅游者属于非摄影专业人员，但在观鸟过程中，又非常想要拍出效果好的照片，一些关于鸟类摄影方面的技巧必不可少：

< 必用长焦镜 >

鸟类很多时候是在天上飞，或是在水面捕食，或是在树上休息，要拍出大和清晰的照片，长焦镜如 300 毫米、400 毫米比较常用到，有时甚至可能用到 800 毫米，所以各位摄友可以先入手一些便宜的 300 毫米长焦变焦镜头（成像质量好的长焦镜头价格一般较高）来练习，加上 ×1.4 或 ×2 的增距镜便有接近 600 毫米的长焦了，但需留意加上增距镜后最大光圈也会相应减小。

< 光圈不要开到最大 >

大光圈虽然可以拍出浅景深令背景变模糊，但在长焦下很容易令景深变浅，而且鸟会

移动，景深过浅很容易令主体变模糊，因此在拍摄飞鸟时不妨使用 f/5.6 ～ 8 的光圈，令景深保持在合理范围而又能突出主体。

< 快门要快 >

根据要拍摄的鸟类动作来决定要保持的快门速度，一般会用上比较快的快门速度，对于飞行中的鸟类，1/800s 或以上可以清晰捕捉到它们的动作，而比较平静、在休息的鸟类最好也能保持最低 1/250s 的快门速度（如果你是用长焦，记得符合“安全快门”以免手震）。

< 不要害怕使用高 ISO>

由前文我们知道光圈不要太大，快门又要快，那么要让鸟有正确曝光我们便要提升 ISO 了。在大白天使用高 ISO 不会对照片质量有着重大影响，而且现在相机内置或后期软件的除噪点功能也很成熟，因此不要害怕使用高 ISO。按当时的环境光线来调节适当的 ISO 值，ISO800、1600 等便足够使用高速快门了。

< 善用“点测光”>

一般相机也会有 3 个不同的测光系统，最常用的是“平衡测光”，但为了让目标雀鸟有着正确曝光，我们可以把相机调到“点测光”并让鸟类保持在测光点，这样即使是向着天空拍摄，鸟也不会变得曝光不足。留意有些相机当调到“点测光”后，它只会为中间的对焦点测光。

< 先替相机作测试 >

使用连续自动对焦（AI-Servo / AF-C）和中间对焦点。对于飞行中的鸟类，我们可以善用相机的“连续自动对焦”功能 ，也可以开启多点区域对焦或自动追焦等功能，这样相机便会自动保持鸟类在对焦范围了。留意追焦速度和准确度跟相机是有关系的。而通常相机的中间对焦点也有着最强的对焦能力，因此可以把雀鸟放在中间，再利用剪裁功能作二次构图。

< 拍摄 RAW 文档 >

RAW 文档对于光暗的宽容度最大，有时鸟的白色羽毛会稍稍过曝或曝光不足，可以利用对 RAW 文档高光和阴影后期编辑无损地修正过来。

< 认识你的拍摄对象 >

在网上先学习目标鸟类的栖息习惯和捕食地点、时间、行为等，可以更准确地捕捉到它们的美态。

< 使用单脚架 >

一支单脚架，不但能减轻重量，也可以令相机更稳定，让你更轻松地拍出稳定的照片，对拍摄鸟类有很大帮助。

【注意事项】

观鸟是与大自然接触的方式之一，良好的生态环境给予了无数生命的可能，为了保护在秦皇岛停留的鸟类，应牢记一些观鸟的注意事项：

（1）由于湿地是自然保护区，所以一般不允许游客进入，请大家遵守相关规定；另外，切记“只可远观，不可近看”的原则，保持适当的观赏距离。

（2）外出观鸟尽可能避免穿着鲜艳抢眼的服装，最好是灰、黑、蓝、绿、迷彩等颜色。

（3）拍摄野生鸟类，应采用自然光，不可使用闪光灯，以免惊吓它们。

（4）有些鸟类生性害羞，隐秘不易观察，不可使用不当方法引诱其现身，如放鸟鸣录音带、丢掷石头、吹口哨、击掌等行为刺激鸟类。不要高声喧哗惊扰鸟类，驱赶鸟类更是观鸟大忌。

（5）注意保护好自然环境，不随地吐痰、扔垃圾，产生的垃圾请随身带走。

多年来，秦皇岛已经成为很多国内外鸟类专家研究鸟的基地以及爱鸟者的观鸟基地。秦皇岛人民也一直担负着保护湿地、保护水鸟的使命。秦皇岛曾经出现过很多保护水鸟的感人事迹。还专门成立了秦皇岛市观（爱）鸟协会。鸟类和我们拥有同一个世界，希望来到这片湿地的人们能够与鸟类分享共同的空间，与它们和谐相处，一起期待美好的明天。

当年明月　雄关漫道

——长城旅游专项

长城是中华民族精神的伟大象征，是中国人民的自豪和骄傲，它不仅是人类文明发展史上的辉煌奇迹，更是著名的世界文化遗产。

秦皇岛市境内的长城是我国明长城最精华的地段之一，东起山海关老龙头入海石城，西至青龙城子岭口，经山海关区、海港区、抚宁区、卢龙县、青龙满族自治县，全长223.1千米，有单体建筑905座、关堡62座，其中，敌台565座，马面224座，烽火台107座。目前，全市长城及附属建筑为全国重点文物保护单位的已达3处，其他长城段落为省级文物保护单位。

秦皇岛境内现存北齐、北周、隋代及明代长城，分布于山海关、抚宁、青龙、卢龙。明长城始建于明洪武年间，隆庆、万历年间陆续修建完备，属明九边重镇之一蓟镇管辖，总长约171千米。秦皇岛境内的明长城是万里长城的精华，墙体宽厚，墙心为夯筑的三合土，两侧包砌砖石，青砖或片石漫顶，顶部有垛口墙和宇墙以及射孔、瞭望孔、排水孔。沿墙体有空心骑墙敌台、实心敌台和烽火台600余座，大多数是戚继光任蓟镇总兵时所建。可贮粮、积薪、驻军、瞭望、御敌的空心敌台更是他独创，大大增加了长城的防御功能，也使万里长城从一条简单的“长墙”变为东西横亘、雄浑壮美、形式多样的坚固军事防线。老龙头、山海关、九门口等已成为世界闻名的旅游景点。此外，抚宁区九门口村西南的“子母台”在实心敌台外侧又建瓮城性质的半月形“子台”、界岭口平面呈扇形的实心敌台、大石窟村俗称“八角楼”的不规则八角形实心烽火台是万里长城线上的孤例。卢龙县刘家口水关门楼亦是明长城沿线少数保存较好的水门，对研究长城建筑有极其重要的参考价值。作为秦皇岛市唯一的世界文化遗产，长城既是旅游开发的重要资源，也是对外交流宣传的重要名片。同时，由于长城分布范围广，又是拉动长城周边经济可持续发展的重要动力。

山海关长城在秦皇岛市山海关境内，全长 26 千米，主要包括：老龙头长城、南翼长城、关城长城、北翼长城、角山长城、三道关长城及九门口长城等地段。老龙头长城是长城入海的端头部分，有“中华之魂”的盛誉。明洪武十四年（1381 年），明开国元勋徐达在此建关设卫。山海关长城集平原长城、山地长城、海上长城、河道长城四种长城类型于一体，26 千米长城沿线，城、楼、台、堡、关、塞、隘、口齐全，堪称万里长城的缩影，被我国著名长城专家罗哲文先生誉为“天然的长城博物馆”，其军事防御功能之完备、构思之奇妙堪称中国长城建筑史上的奇作，实属罕见。

长城文化的内涵博大精深，在山海关以长城为题材的诗词歌赋脍炙人口，传说故事、历史人物众多。多年来，河北省、秦皇岛市、山海关区为保护长城、弘扬长城精神、传承长城文化做了大量工作，对长城文化在国内、国际的传播起到了积极的推动作用。特别是 2003 年启动的河北省一号文化工程——山海关古城保护开发工程，累计完成投资 18 亿元，6000 米长城本体得到修复，复建了望洋楼、迎恩楼、服远楼、钟鼓楼、兵部分司、大悲阁等历史建筑，古城 4 条大街恢复了明清风貌，吃、住、行、游、购、娱一体的休闲体验度假式旅游产业链初步形成。一座明清风情浓郁、历史文化厚重、万里长城无双、百姓安居乐业的古城以全新的面貌展现在世人面前。为更好地挖掘秦皇岛、山海关深厚的长城文化底蕴，促进文化产业和旅游业的发展，山海关先后举办了四届“中国山海关国际长城节”“山海关国际友好音乐会”和“中国山海关首届国际烟花节暨艺术作品大赛”等一系列具有国际性文化艺术交流和富于时代精神的大型节庆文化活动，凸显了长城文化艺术活动的文化层次和文化品位，扩大和提升了秦皇岛、山海关在世界的美誉度和影响力。

【长城景点】

<老龙头>

“上下两千年，纵横十万里”的万里长城，宛如一条巨龙，奔驰腾跃在华夏大地。它从遥远的西部戈壁一路飞腾而来，穿越河川大漠，骄傲地在此把头延伸进滔滔渤海之中，形成龙头入海之势，搅海翻浪，戏水浴日，这便是闻名中外的万里长城唯一入海处——老龙头。老龙头位于秦皇岛市山海关区城南 5 千米处，是长城入海的端头部分，有“中华之魂”的盛誉，是万里长城唯一集山、海、关、城于一体的海陆军事防御体系。在 600 余年的变迁中，老龙头书写了一部历尽沧桑的历史，为爱国主义提供了良好的教材。长城横跨崇山峻岭，蜿蜒如一条巨龙跃入渤海，故长城之首称“老龙头”。

老龙头由入海石城、靖卤台、南海口关和澄海楼组成，始建于 1381 年。当时，筑有入海 23 米、周遭 0.5 千米的宁海石城，城垣上修有澄海楼。后毁于兵燹，仅存翘首海滨的一段颓墙残壁。1985 年重新修复了宁海城和澄海楼等景点。澄海楼高踞老龙头之上，初建于明代，清康熙、乾隆年间重修。楼上有明朝大学士孙承宗所书“雄襟万里”和清乾隆皇帝所书“澄海楼”匾额。楼壁镶嵌有数块历史名人手书的卧碑。自澄海楼南下3层城台有一独耸的石碑，镌刻着“天开海岳”四个苍劲有力的大字。

< 山海关城 >

山海关关城始建于明洪武十四年，是山海关长城的中心，呈不规则梯形，西北和西南转角处呈圆弧形，未设角台。山海关城由关城、东罗城、西罗城、南翼城、北翼城、威远城和宁海城七大城堡构成，四周有长4769米、高11.6米、厚10余米的城墙，墙体高大坚实，气势宏伟。关城在东、西、南、北建有四个城门，城东南隅、东北隅建有角楼，城中间建有雄伟的钟鼓楼。整个卫城建筑规模宏伟，防御工程坚固。山海关是明代创建“卫所兵制”的产物，明代的“屯田制”和改革政策又对山海关的巩固和发展起到了重要的作用。东墙为长城主线，关城东西南北四面各建有四座城门，东门为“镇东门”，即“天下第一关”，西门为“迎恩门”，南门为“望洋门”，北门为“威远门”，四门城台上均建有城门楼。关城四门之外均筑有瓮城，偏侧开门。城墙的东南、东北隅处于长城主线，各建有东南角台和东北角台，角台上分别建角楼，是关城转角处防御性建筑，镇东楼南北两侧还建有牧营楼、临闾楼。在关城的东南、西北和西南隅各设水门一座，墙外有护城河环卫。

关城长城是山海关长城的中部区段，全长7138米，其主线即关城东垣长1378米；附线即关城西、北、南垣共长3418米，东罗城垣长1519米，瓮城城垣长823米。主线上还建有六座敌楼（镇东楼、临闾楼、牧营楼、新楼（已毁，未复建）、靖边楼、威远堂（初建即未完工，今已不存）），二座城台。附线包括关城城垣、东罗城垣、瓮城城墙三部分。

< 山海关长城博物馆 >

山海关长城博物馆，位于山海关城内，“天下第一关”脚下，为一处精致的仿古建筑群，由前国家主席李先念同志亲笔题写馆名。博物馆陈列面积1247平方米，分设序厅、长城历史厅、长城军事厅、长城文化厅、山海关长城厅等六个展厅。山海关长城博物馆自1991年7月正式对外开放，是我国三大长城博物馆之一。

馆内陈列内容集中展示了我国“上下两千多年，纵横十万余里”的长城历史渊源、形式建制、人文风物、军事烽烟，特别是万里长城精华地段——山海关长城的古代军事作用和宏伟壮观的建筑艺术。其大量珍贵的长城文物和精美的模型、雕塑、图片及大型声光电为一体的“山海关文物沙盘”，全面而生动地展示了万里长城山海关的历史魅力和现代风采，是我国以长城为主题的博物馆中较具规模者，在国内外具有一定的影响力和知名度。

在国家文物局主办，国内一流博物馆专家、文物专家担任评委的全国博物馆十大展览精品评选中，山海关长城博物馆基本陈列荣获中国博物馆、纪念馆最高奖“全国博物馆十大陈列精品评选‘精品奖’”。这是全国所有参评的75家博物馆、纪念馆中唯一的县区级博物馆，也是河北省唯一获此殊荣的博物馆。山海关长城博物馆始建于1991年，与北京八达岭长城博物馆、嘉峪关长城博物馆并称为中国三大长城主题博物馆。

< 王家大院 >

王家大院，又叫山海关民俗博物馆，是一个典型的明清四合庭院。它坐落在雄伟的“天下第一关”西侧，位于山海关东三条，占地十余亩，是万里长城起点的第一家。

大院建筑布局非常严谨，院落错落有致，风格典雅别致。匠心独具的木雕、石雕与砖雕装饰典雅，内涵丰富，实用而又美观。馆内有上万件展品，是由一些民间收藏家和收藏爱好者长期集藏、精心保护的民俗旧物，内容涉及民间艺术、民间婚丧嫁娶、民间食俗和民间礼乐等。王家大院的建筑风格与山海关民俗博物馆的展品真实再现了古城文化发展的美丽画卷，是滔滔历史长河形成的宝贵财富。

< 孟姜女庙 >

中国四大爱情故事之一的“孟姜女哭长城”流传范围极广，后人景仰孟姜女的忠贞、感叹她的忠烈而在山海关凤凰山修建庙宇。孟姜女庙由贞女祠和孟姜女苑组成。2007 年中国民间文艺家协会隆重授予山海关“中国孟姜女文化之乡”和“中国孟姜女文化研究中心”称号，对山海关多年来挖掘、整理、研究、传承和弘扬孟姜女文化给予了肯定和褒奖。

孟姜女庙是一座灰砖青瓦、砖木结构的小庙，始建于宋以前，明代万历、崇祯年间、民国十七年曾三次重修。庙前 108 级台阶直通山门。庙内有前后两殿，前殿有孟姜女像，后殿原供观音。殿后有望夫石、振衣亭。庙东南 4 千米渤海中有两块礁石，传为孟姜女坟。

< 角山 >

角山是蓟镇长城从东部海中向北绵延所跨越的第一座山峰，有“万里长城第一山”之称。角山因似龙首戴角而得名，主要景点有角山长城、敌台、栖贤寺等。角山山势嵯峨，绵延起伏，是山海关的天然屏障，又是人文荟萃之地，早在明初就建有栖贤寺，哺育了众多名人贤士，因此，被誉为山海关文化摇篮。

< 长寿山 >

长寿山集自然、人文景观于一体，因山上有历代“寿”字书法得名，著名景观有悬阳洞、神医石窟、三道关、长城倒挂、寿字碑林、石门胜迹等，景区山峻石奇，洞古窟新，水秀天清，林碧草芳，雕塑石刻巧夺天工，淙淙溪水蜿蜒川流。景区背倚雄伟壮丽的万里长城，长城犹如一条巨龙蜿蜒于群峰众壑之间，三道关长城被称作“天险要隘”，三关直插云天，长城倒挂于绝壁，悬崖峭壁，峰高谷深，惊险非常。人无羊肠道，鸟飞无觅处，如何砌垒长城，已成千古之谜。

< 三道关 >

“长城倒挂”胜景位于举世闻名的“天下第一关”山海关东北 8 千米处，这里是万里长城的一道险关，山海关长城十座关隘之一的“三道关”雄踞于此。三道关是古战场抵御外兵入侵的三道关口。这里山高谷深，峡谷两岸崖壁陡峭，在两山对峙的峭壁峡谷之间设关三重。第一道关设在涧口，依山傍崖，锁口若瓶；第二道关悬砌在绝壁之间，险峻异常；第三道关龙盘岭腰，巨石高筑，劈山截谷。站在涧口仰望，三道关高耸入云。长城在这里踞险而布，砌立在陡峭的崖壁上，自上而下，自下而上，气势壮观。

“长城倒挂”谷底为花岗岩石，两山间相距 68 米。长城从谷底沿山背而上呈“V”字形结构。峪谷两岸崖壁陡峭，山高谷深，长城在这里踞险而布，因地而设，砌立在陡峭的崖壁上，自然形成倒挂之势。长城如游龙巨蟒从角山逶迤而下，直插谷底，又随即依另一侧山崖蜿蜒而上。这段长城要算整个长城中最险的一段了。若雨天来，可观看到崖壁飞瀑如“跳珠喷雾”的胜景。这时“长城倒挂”景色更显奇特、险峻、雄伟、壮观，与起伏的山峦交相辉映，构成了独特的长城风光和诗情画意，是万里长城风光中的一绝。

< 板厂峪 >

板厂峪景区古迹遗址较多，长城古堡保存完好，主要有天然禅寺、城砖窑遗址、灵仙洞、九道缸瀑布等景观。

明长城砖窑遗址是国家级保护文物，位于板厂峪村北 300 米处，至今共发现砖窑 200 余座，现已发掘并对外开放两座（2 号窑和 4 号窑）。板厂峪一次发现了 200 座砖窑，而且一半左右里面都码满了长城砖，这在长城考古史上是没有先例的，是震惊人类的考古新发现。

【长城建筑】

中国长城是世界上体量最为宏大、体系最为完整的古代军事防御工程。中国长城的建筑结构和构造形式，充分展示了古代农耕民族阻止游牧民族骑兵进扰的作用功能。中国不同历史时期修筑的长城，形式、结构、技术水平都存在差异。但其基本形式均是由城墙、关隘城堡、烽燧三个大的功能类型组成。明代长城是中国长城建筑的巅峰阶段。明长城壮观、科学、实战功能强，处处体现和洋溢着古代筑城将士及劳动人民的聪明才智。秦皇岛的长城主要是明长城，境内长城的遗迹虽然最早的可以推算到北齐和隋朝，但是在历史上修筑长城次数最多、工程量最大、质量最高、保存最完好的，无疑还是明长城，这里就是明长城的一个天然博物馆。

< 城墙 >

城墙是长城建筑体系中最为重要的组成部分。历史上存留下来的长城城墙多种多样，形式迥异。长城城墙的形式、结构、材料、做法等随时代和条件的因素而不同；地理环境和技术力量的差异、特殊的军事用途等，也是中国长城城墙形态多样、质量有别的原因。

明代长城城墙在历代长城中类型最丰富，它在包括了过去所有类型城墙的基础上，还有新的发展和创新。明代长城城墙种类一般见有砖包墙、石砌墙、夯土墙、土柴混筑墙、山险墙、劈山墙、木栅墙等。

中国长城中附属形式最多的城墙是明中期以后的长城城墙，尤其是砖包墙。附属形式一般见有垛口墙、宇墙、障墙、城台、敌台等。这些附属形式不仅是长城墙体的从属部分，同时也是特殊作战功能的需要。

< 关隘城堡 >

关隘城堡是长城防御体系中长期设防及驻兵的地方。关塞隘口踞长城要津及往来之处；城堡营寨与关隘结合或居长城附近。关隘在明代一般称“关”“口”；城堡的形式在汉代还以“障”或“坞”相称。

<烽燧>

烽燧就是烽火台，汉代烽燧还常与用于守望的“亭”“堠”并称，是长城线上报警及传递军情的重要设施。明代以后，烽燧称“烟墩”或“烟台”，设有严密的管理制度。长城边关和国家的军事中枢，由烽燧连接成一条特殊、有效、快捷的声光传递系统。

<长城敌楼>

敌楼即城墙上御敌的城楼。秦皇岛境内的长城，就是由敌楼与砖墙连接起来的。

秦皇岛境内长城建筑遵循的是“土筑砖包”的结构，在砖与土完美结合的过程中，历史以一种清晰的面目出现在我们的眼前，这些砖，当它们以整体统一的形象出现在巍峨的敌楼上时，你会发现长城建筑的精华所在。

秦皇岛境内的多数长城都是由明代著名抗倭将领戚继光修的，在徐达修了山海关之后的若干年后，戚继光在担任蓟镇总兵时，修了从北京居庸关至山海关1200多座敌楼，秦皇岛境内的就是其中的一部分，它们保存完好，文物价值和观赏价值都很高。

敌楼的形制分两种，一种叫墙台，一种叫敌台，也叫敌楼，敌楼不仅用来作战，还相当于兵营，是军士休息、生活的地方。敌楼的建筑也很有特点，有一券两过道的，有两券三过道的，有回字形的，有中字形的，等等。根据地形的不同创建不同的防御体系，是明代长城的一大特色，有些敌楼因为形制的特点，中间是镂空的，也被后人叫作空心敌台。

在这些敌楼中，最有特色的莫过于板厂峪长城的杨来楼，杨来楼分为上下两层，中部设有铺房，上下层之间以阶梯相通。下层可以遮风避雨，顶层可以瞭望射击，铺房可以储备武器与粮食。空心敌楼四面设有箭窗，俗称为四眼楼。这些敌楼虽已是残垣断壁，但其雄姿依然如故。

【长城村落】

长城村是秦皇岛长城旅游的另一个特色，也是游长城的驴友们必然要流连或者留宿之地。这些村子历史悠久，有很多老建筑、老房子，都有考古价值，而它们的特点是依长城而建，从院子里往上望去，可以看见长城清晰的轮廓。

明隆庆年间，戚继光任蓟镇总兵时，从浙江等地调来6000名抗倭子弟兵，为整肃军纪，重修东起山海关西至居庸关的长城——蓟镇长城。他们修了边墙、空心敌台、老龙头入海石城、烽火台、烟墩、点将台等；戚继光在任十几年，这些士兵一直跟着他，既守疆保土，又与当地人通婚生活，在此繁衍生息，构成了今天秦皇岛一个独特的群体——长城后裔村。

村子里的人多数都是长城后裔，他们自称是义乌人的后代，因为戚继光当年带过来的兵都是从义乌招过来的，这里有不少的遗址都能说明当时的历史，比如将军台，还有几年前人们发掘出来的石碑，连名字都有特色，像董家口过去就叫等将口，一听这个名字就有故事。

秦皇岛的长城村覆盖面积广，遍布区域大，会给游长城的爱好者们带来欣喜和收获。如董家口、花厂峪、城子峪、柳官峪、梁家湾、大毛山、蟠桃峪等，山海关区、抚宁区、卢龙县、青龙满族自治县这些地方，遍布了居于长城脚下的村庄，几乎村村有楼台、有长城。这些楼台个个有姓氏，耿家楼、孙家楼、吴家楼、王家楼、金家楼、陈家楼、佟家楼等，每一个姓氏里都有一个关于戍边的故事，这些长城村的居民们几乎个个都是长城通，他们的肚子里装满了先祖戍边的故事，是名副其实的长城后裔。

在长城村住上几天，远眺长城，手抚砖墙，看老院落，不得不说是一件惬意的事。

【长城文化】

秦皇岛长城文化是中国长城文化的重要组成部分，可分为长城物质有形文化和长城精神无形文化两种紧密结合的文化。

< 长城物质文化 >

在物质文化方面，秦皇岛市境内不但有保存较为完好的明代万里长城的精粹部分，而且还有清晰可见的北朝长城。

北朝长城在秦皇岛地区的大致走向据沈朝阳主编的《秦皇岛长城》所述："东端起于辽宁省绥中县万家镇的边墙子里村，西至抚宁区石门寨镇车厂村西南，全长约 47.4 千米。从其走向看，东段（7 千米）现属绥中县，中段（21.5 千米）属山海关区，西段（19.2 千米）属抚宁区。"北朝（北齐和北周）东端长城现只有在秦皇岛境内清晰可寻。

秦皇岛市境内明代万里长城大部分是在北朝长城的走向上修建的。它东自山海关南海边老龙头，西至青龙满族自治县杏树岭叉楼，全长 250 千米左右。其气势之雄伟、风光之奇丽、建筑之壮美、文物之丰富、敌楼关隘之众多为万里长城其他地段所少有。

秦皇岛长城出山入海，扼控山海关走廊，气势雄伟：老龙头石城拨浪弄潮，气吞海岳；山海关雄关两京（奉天盛京和北京）锁钥，举世无双；三道关隘口三道设防，易守难攻；老岭背牛顶长城以崖为墙，万夫莫开。

秦皇岛长城沿线有很多历史悠久的风景名胜：老龙头自建以来就成观海胜地；"天下第一关"久负盛名；角山长城上不仅可见"佛光"和"瑞莲捧日"的景观，还可以俯视燕塞湖；长城穿越的老岭（祖山）被誉为"塞北黄山"；近几年开发的"董家口长城""板厂峪长城"等长城旅游景观也都各具特色。

秦皇岛长城建筑保存较好。长城把山、海、关连成一体，既是古代完整的军事防御体系，又在建筑上有很高价值。明长城建筑的战墙、障墙等奇妙之处，在这里均有发现。以山海关长城为例，多种形式的建筑构成"主体两翼、左辅右弼"的科学格局，结构分明，造型美观，具有独特的民族风格。

秦皇岛长城文物资源丰富。境内长城中有许多印有各种文字的城砖，例如山海关东罗城城墙上就有 12 种印有制砖年代和单位的铭文砖。不少敌台的台门石券上刻有精巧图案和文字。长城上和散落在长城两边的有许多石炮、礌石、碑碣和守城士兵的生活用具，以及明代火器、火药和大炮。近年在板厂峪长城内侧发掘出全国规模最大的长城砖窑群。

秦皇岛长城敌楼关隘众多。据《秦皇岛长城》记载，秦皇岛市长城上有 700 余座敌台，其密集程度为其他长城沿线城市所少有。秦皇岛长城关隘多，从老龙头到九门口 26 千米的长城线上，就建有南海口关、南水关、山海关、北水关、旱门关、角山关、三道关、寺儿峪关、

滥水关、九门口10个关口，还有山海关关城和宁海城、南翼城、北翼城3个卫城。

< 长城非物质文化 >

在非物质文化方面，秦皇岛长城文化主要表现为历代大量的长城诗文和以孟姜女传说故事为主的长城民间传说故事，而发生在秦皇岛长城上的历史故事所反映的长城精神和象征意义，更是一笔特殊的宝贵财富。

秦皇岛地区历史上流传下来的有关长城的诗文很多。特别是自建立山海关后，有关的长城诗文的数量和质量是其他关口很难相比的。在众多诗作者中，既有帝王将相，也有平民百姓，还有英雄豪杰。诗文中反映的长城与大海相连的雄姿是秦皇岛长城文化的一个鲜明特色。

孟姜女传说为中国四大著名民间传说之一（其他3个是牛郎织女、梁山伯与祝英台、白蛇传），以历史悠久、流传广泛和深入人心见称，由于故事涉及了长城，因此又成为长城文化的一个重要组成部分。山海关是孟姜女故事流传深远的核心地区之一，也是广为流传的孟姜女故事的主要蓝本地。这个蓝本早就成型，并遵照民间故事的流传发展方式不断完善，具备独特的完整性、艺术性和人民性。历史上中国有很多地方建过孟姜女庙，但仅存山海关孟姜女庙，且香火不断。与孟姜女传说有关的遗迹还有望夫石和姜女坟及孟姜镇、望夫石村等地名。山海关成为名副其实的“中国孟姜女文化之乡”。

在秦皇岛地区，关于长城的民间传说也有很多，其中关于“萧显写匾”和“媳妇楼”的故事就有好几种说法。这些民间故事也是秦皇岛长城文化的重要组成部分。

长城文化博大精深，专家学者也进行了深入扎实的探索，长城文化也取得了一系列重大进展。

< 长城普查与考察活动 >

秦皇岛市境内的明代长城，各县区都进行过多次考察活动，主要有1978年前后的县区考察活动及1997年以后的长城普查活动。1980年后，秦皇岛市文化局会同公安部门对市区境内东起老龙头、西至山海关北侧的三道关段长城进行考察活动。同时，对长城的附属建筑姜女庙、三清观等也进行普查，摸清市区境内26里长城在“文化大革命”中被毁坏的情况。山海关区文物保管所于1978年开始对沿线长城进行大面积普查，在原有资料基础上建立完整的长城档案资料。尤其是角山至九门口段9里长城作详细普查。接着又对古营盘、水雷营、火药库等附属建筑进行查访，制作《长城现状图》2册、《长城现状照片集》2册，撰写《山海关长城志》初稿，划定长城两侧的保护范围，报请市政府审批。

< 长城学术研究团体 >

中国山海关长城研究会成立于1984年9月，是中国第一个研究万里长城和古代城堡的民间团体。研究会是由秦皇岛市时任市长顾二熊、中国老年文物研究会会长金紫光和长城专家罗哲文等联合发起的，由山海关区政府负责，办事机构设在山海关区文物旅游局内。其宗旨是本着“爱我中华，修我长城”的精神，以“古为今用”原则，遵循“百家争鸣”方针，研究长城的历史作用、建筑构造、人文历史、民族关系、内地与边隘的交通、农牧

业生产与民族文化的影响、文物古迹、旅游资源等。研究范围除中国境内长城有关专题外，还本着“洋为中用”原则，有选择地研究外国的城堡建筑、古代军事工程，以便借鉴。研究长城的目的是：保护长城，维护长城，开发长城，为创建《长城博物馆》提供依据、做出贡献。

秦皇岛市长城学会成立于 1989 年 9 月 25 日，挂靠在市政协文史办公室，是专门从事长城研究、宣传、保护的社团组织。时任市委书记顾二熊、市政协主席赵铭、副主席孙学海及市委宣传部、文化局、民政局领导出席成立大会。选举董耀会为会长，齐庆昌、吴启昌、孙志升、吴德玉为副会长，吴德玉兼秘书长，康力为副秘书长。做出贡献的老前辈郭述祖、王岳臣、郭继汾、康群被推举为秦皇岛市长城学会顾问。学会以研究、保护、维修、宣传秦皇岛长城，弘扬长城的伟大精神为宗旨。通过组织各种考察活动和学术研讨会，开展各项宣传活动，实现学会的宗旨。

< 长城研究学术活动 >

首届中国长城学术研讨会。

1990 年 10 月 6 ～ 8 日，由市政协和山海关区联合举办的首届中国长城学术研讨会在山海关举行。来自长城沿线 8 个省、市的专家、学者 40 余人参加研讨会。会上收到学术论文 28 篇。中国长城学会会长黄华出席研讨会，并就长城的历史地位和作用、长城与经济发展的关系等问题发表讲话。到会学者、专家分别就长城学的基本理论问题、长城在中国民族融合中的纽带作用、长城修复中的文物意识及培养长城研究人员等方面的问题交流了观点，并就改革开放后长城如何为社会发展与进步服务、为精神文明服务等问题进行了深入探讨。

山海关长城保护工作研讨会。

1997 年 12 月 16 ～ 17 日，由中国长城学会主办、市文化局和山海关区政府协办的山海关长城保护工作研讨会在山海关举行。中国长城学会的专家吕济民、杜仙洲、朱希元、成大林、董耀会、吴梦麟、韩光辉等和市党政领导杨玉忠、冯首生、范怀良、高兰栓及工作人员 60 余人参加研讨会。专家们听取区政府关于长城保护的情况汇报，并实地考察老龙头、角山、长寿山、第一关、孟姜女庙和长城博物馆。专家们就长城保护问题提出很多建设性意见。

< 相关著作 >

《山海关历代旧志校注》，山海关旧志校注工作委员会编。

《山海关志》，詹荣纂修，明嘉靖十四年（1535）。

《山海关志》，佘一元纂修，清康熙八年（1669）。

《临榆县志》，钟和梅主修，清乾隆二十一年（1756）。

《临榆县志》，高锡畴纂修，光绪四年（1878）。

《临榆县志》，高凌蔚纂修，民国十八年（1929）。

《山海关长城志》，郭述祖著。

《明长城考实》，华夏子著。

《长城万里行》，董耀会著。

《山海关长城》，张立辉著，文物出版社出版。

《山海关首届中国长城学术研讨会论文集》，市政协、《长城学刊》编辑出版。

《神游秦皇岛》，吉羊主编。

《万里长城入海处老龙头》，孙志升、刘学勇编著。

《秦皇岛长城》，沈朝阳主编。

《长城古诗二百首》，孙志升选著。

《长城，伟大祖国的象征》，岳辰（王岳辰）著。

《长城，中国社会发展的象征》，岳辰（王岳辰）著。

《秦皇岛境内长城考》，康群著。

《谈谈长城文化》，孙志升著。

【保护长城】

万里长城是世界古代工程的奇迹、文化艺术的宝藏、观光旅游的胜地，为越来越多的世人所仰慕。关注长城、研究长城、保护长城，许多人为之付出了心血和努力。

1984年，邓小平同志题词“爱我中华、修我长城”。2006年，李长春、刘云山等中央领导还亲临山海关视察，对长城的保护修复工作做出了重要指示。

中国的长城是全人类共有的宝贵文化遗产。中国长城的壮美雄姿、博大厚重的人文底蕴，不但吸引了来自全国的各民族儿女，同时也吸引了世界的目光，东方中国的长城上，还留下了海外嘉宾的笑脸和身影。一些国际友人和学者还直接投身于中国长城的保护和研究工作中。

多年来，不少地方党委政府尤其是文保部门，在严格执法、设立长城保护员、修缮濒危长城等方面，做了大量保护工作，付出了巨大努力。

国家文物管理部门在长城的修复上实行的是“保护性修复”原则。在一些重要或损坏严重的地段进行必要的、“修旧如旧”的修复工作。

2003年，河北省秦皇岛市首创“长城保护员”机制，将境内的长城分成78段，每段由一位长城保护员进行巡护。截至2015年8月，秦皇岛现有长城保护员258名，全年对秦皇岛市境内的长城进行巡查巡视，基本覆盖市内各重点长城段落。同时，各县区成立了长城保护领导小组，建立了完备的市、县、乡、村四级长城保护网，基本覆盖了境内各重点长城段落。

同时，京津冀三地也将联手推进长城文物保护与利用，加强三地长城保护联合执法。

中国民间群体对长城的保护热情从未消退，政府对长城保护的重视也在加强，在全面完善《长城保护条例》的基础之上，加快对长城本体的抢救性保护；同时，深入挖掘长城文化内涵和特殊的历史文化价值，弘扬长城精神，争取更多的社会力量积极投入长城保护中，让长城这张中国名片更加光彩亮丽。

【行走长城】

按照“以路串点、以点带面、城乡融合”的思路，秦皇岛市海港区政府投资 7.21 亿元，建设宽 6 米、长 176.58 千米的长城旅游公路。公路起点为北港镇出海路复线麻念庄，终点至驻操营镇义院口，把山海旅游大通道延伸至长城脚下，串连起北戴河、金梦海湾、祖山景区，以及北部山区的老君顶、板厂峪、董家口、九门口、圆明山等 20 多个旅游景点，贯穿海港区 6 个镇、40 余个村庄，形成旅游景观环线。

环长城公路环线和支线，其中环线全长 58.6 千米，路段中设置大桥 4 座、中桥 8 座、小桥 39 座、涵洞 66 道。支线共有 17 条，全长 116.77 千米，路段中设置中桥 2 座、小桥 22 座、漫水桥 29 座、涵洞 188 道。环线及支线均按四级公路标准建设，沥青混凝土路面，路面宽 6 米，路基宽 6.5 米。

长城旅游公路依托长城沿线风景秀丽的山水资源，以圆明山片区和北部新片区为发展重点，以长城文化和田园文化为主题，充分挖掘“长城古韵文化游”“田园风景休闲游”“乡村生态精品游”和“山林古寺文化游”等特色旅游资源，围绕文化体验开拓休闲农业和乡村旅游休闲活动项目，进而发展成集游、赏、娱、购、吃、住于一体且有深厚历史文化底蕴和田园风光的综合性乡村游休闲基地；通过整合长城沿线的圆明山、连峪、蟠桃峪等浅山区旅游资源，打造集休闲度假疗养、生态文化体验等功能于一体的省级文化旅游产业聚集区，不断壮大养生休闲产业；依托享有“天然实验室”和“地学研究自然博物馆”之称的柳江盆地地质遗迹国家级自然保护区，打造地质科普教育基地。重点实施板厂峪长城二期修复，聚焦“雄奇险秀”的核心优势，同步提升景区最完美明代“土长城”的影响力；大力引导老君顶对标整改，加快推进漂流续建、防护坝、登山步游路等基础设施建设，在标识标牌、游客中心、景区管理等多方面对照国家标准进行认真整改提升；重点打造车厂村艺术家部落。

沿着长城旅游公路行驶，视线中的景物绝对不会枯燥乏味，山海相映、清水潺潺、林幽树茂、花果满坡的生态景观时不时就能见到。在景观道路沿线两侧 150 米范围内实施绿化景观建设，经济林与景观林相结合，以“能绿则绿、适地适树”为出发点，采取“政府租赁、大户承包”为主，“政府补贴、自主造林”为辅的方式，建设林带 1 万余亩，并在林带外围结合农作物种植结构调整、引导农民改变种植结构，营造出“绿道葱茏、花海满目”的景观效果。

此外，这条公路的建成，在大大改善居民出行条件的同时，还方便了农副产品的运输，更能有效带动当地板栗、核桃、樱桃等果品种植、采摘旅游、生猪及禽类养殖、蔬菜种植、旅游农家乐等特色农业发展。

强健体魄　文明精神

——体育旅游专项

秦皇岛市是中国唯一一个协办过亚运会和奥运会的地级城市，体育设施功能完善，赛事承办经验丰富，体育文化氛围浓厚，体育旅游资源与产品齐全。

这里拥有国家体育总局秦皇岛训练基地、国家游泳跳水训练基地、秦皇岛奥林匹克体育中心等一批“国字号”体育设施，更有散布于城市街区与景区之间的群众体育健身场所与设施。

秦皇岛市以协办2008年北京奥运会足球分赛场比赛为契机，采取切实措施打造体育名城，加大力度包装城市、推介城市、发展城市，以带动城市经济的发展。

近年来，秦皇岛市突出服务中心、服务百姓、服务社会的宗旨，坚持创建“休闲之都，训练之城，体育强市”战略，着力实施“高端引领、两翼带动、一县一区一品”体育发展格局，振兴体育产业。

秦皇岛市坚持将体育融入城市，充分利用体育接触世界门槛低、辐射广的优势，立足自身区域特色，全力谋划品牌赛事，利用体育全力打造秦皇岛的城市品牌。突出城市品牌，积极承办重大国际、国内体育赛事，促进秦皇岛体育文化旅游产业融合发展。秦皇岛市先后成为全国校园足球布局城市、亚足联亚洲足球展望城市，并顺利加入了总部设在洛桑的国际奥运城市联盟，让秦皇岛的名字在国际上进一步打响。

秦皇岛市发起并成功举办了第十三届世界徒步大会，每年参与人数都在万人以上，成为秦皇岛市的一个体育品牌。

秦皇岛市还成功承办了第一届国际象棋国际公开赛、世界女子拳击锦标赛暨伦敦奥运会资格赛、国际青年足球邀请赛、全国围棋竞标赛团体赛、秦皇岛龙舟大赛、CBA 全国篮球俱乐部青年联赛等一系列国际、国内重大体育赛事。

针对各县区各具特色的体育基础，秦皇岛市还有针对性地进行引导和扶持，争取每个县区都有一个叫得响的体育品牌，让体育为城市经济发展起到积极拉动作用。

北戴河区围绕建设“生态型、园林式、国际性旅游休闲度假区”发展定位，强力推进休闲体育名城建设，投资数亿元，先后建设了奥林匹克大道公园、中国最长的奥林匹克浮雕墙、高标准的橡胶运动场、具有国际水准的轮滑场、小轮自行车赛场，以及沙滩排球、沙滩足球、沙滩篮球等各类球场和国内第一条健走步道等体育基础设施。

北戴河区先后举办了全国首届沙滩排球赛、亚洲“铁人三项赛”、世界 B 级自行车锦标赛、全国拔河锦标赛暨首届全国沙滩拔河邀请赛、“柳园杯”全国山地自行车冠军赛总决赛、秦皇岛金梦海湾帆船邀请赛等大型赛事活动，谋划实施了“运动之春”“浪漫之夏”“时尚之秋”“休闲之冬”四季主题活动，并谋划培育了在国内较有影响的“北戴河国际瑜伽节”“北戴河国际轮滑节”“北戴河铁人三项”“情侣狂欢节”等一系列时尚盛会。

同时，北戴河将包含体育产业的总部经济暨文化创意产业列入重点发展的产业之一，成功引进了中北米高体育用品北方总部、宣亚国际等一批具有实力的企业入驻，成为北戴河经济的又一支柱产业，促进了该区经济社会的科学和谐发展。

体育赛事与节事以及由此衍生的体育旅游活动在秦皇岛市其他县区蓬勃发展，山海关户外健身登山挑战赛、单车骑行大会、海港区海岸木栈道健走活动、漂流比赛、卢龙县鲍子沟金秋葡萄采摘、北戴河新区的翠岛沙滩跑比赛等多项丰富多彩、兼具体育和旅游的户外活动接连上演，扩大了秦皇岛的影响力。

2011 年以来，秦皇岛市每年完成 100 多条全民健身路径，三个城市区适宜安装健身路径的小区覆盖率已经达到了 100%，农村达到了 60% 以上。同时，积极培育壮大体育社团，让群众身边的人带领群众科学健身。目前，全市各类体育协会发展到 31 个、体育俱乐部发展到 30 个。举办了“全民健身日”系列活动、大众体育项目创纪录大赛、“百姓健康舞大赛”等，利用各种渠道鼓励群众参加体育锻炼。

体育旅游爱好者可以在秦皇岛尽情体验健步走（徒步）、马拉松、骑行、漂流、游泳、滑沙、滑草等不同形式的体育旅游产品和服务。

【足球】

秦皇岛城市名片：中国北方足球城。

秦皇岛，作为中国足球发展的历史见证者，为中国足球的发展付出了巨大努力。足球，毫无疑问是这个城市最具动感的名片。在这个城市里，足球的光荣与梦想不断积淀，历久弥新。

2008 年，秦皇岛高标准、高质量地协助北京完成了足球预选赛，为中华百年奥运梦圆增添了光彩，同时为秦皇岛留下了弥足珍贵的奥运财富。

2005 年至今，秦皇岛已承办 100 多场国内外足球赛事，其中包括：奥运会足球赛（预赛阶段比赛）、“好运北京”国际足球邀请赛、“中国之队”四国足球邀请赛、全国中甲联赛、全国中乙联赛、“谁是球王”北区总决赛等。一场场国际国内大赛，一次次考验和历练，中国北方足球城的名片一步步叫响。

2009 年，秦皇岛确立了“体育名城”发展战略，尤其将足球运动与城市发展紧密结合，确立了发展足球项目的专项资金；2011 年 4 月，秦皇岛成为“亚洲足球展望城市”；同年，秦皇岛市足球运动管理中心成立，为秦皇岛足球事业的发展夯实了基础。

如今，秦皇岛人的足球热情高涨，足球人口达到 3 万人左右。随着足球运动的普及与发展，硬件设施也逐渐完善，在现有 20 块标准足球场地的基础上，越来越多的社会力量投入到足球事业发展中。前不久，由奥通足球俱乐部建设的梧桐球馆又为球迷提供了一块竞技的乐土。

2015 年春天起，当四面八方的球迷来到这里，来看一场场高水平的中甲比赛时，他们不仅高呼着球队的名字——华夏幸福，他们还将球队所在城市的名字刻在脑海里——秦皇岛。拥有一支职业联赛的球队，可以让更多人记住这个城市，认可这个城市。

而秦皇岛拥有两支职业足球俱乐部，分别是“河北华夏幸福足球俱乐部”和“河北精英足球俱乐部”。此外，常年参加活动和比赛的业余足球队和俱乐部达到 40 个左右。

秦皇岛有着深厚的足球底蕴和渊源、完善的足球训练设施，以及相关部门一流的软件服务支持，形成了一个优良的足球发展环境。

足球影响一个城市的生活方式，许多港城人的生活方式因为足球而改变。河北华夏幸福队来到秦皇岛，让港城人有了归属感，球队的胜败成为港城球迷生活中的主题，成为大家引以为荣的资本，港城人要与自己的球队荣辱与共。

对球迷来说，每年夏天都是“到秦皇岛看足球赛、到秦皇岛奥体中心看中超”。从 2015 年开始，中国顶级联赛中超升班马——河北华夏幸福足球队主场就设在这里——秦皇岛奥体中心，作为一项顶级赛事，华夏幸福足球队每次主场作战都吸引了各地数万名球迷来此观看。

如今，秦皇岛足球运动已经超越了一种单纯的娱乐方式，成为支撑城市精神的一个支点、一张越擦越亮的名片，迸发出一种城市力量：活力四射，勇往直前。

【马拉松】

秦皇岛国际马拉松赛 2014 年鸣枪开跑以来，该项赛事便吸引着越来越多的中外人士参与其中。

马拉松运动的魅力之一就是参赛者的普及性。相较其他运动，马拉松参赛选手的水平差距巨大，有顶尖的世界级专业运动员，也有非专业的长跑爱好者，年龄段的跨度也会比较大，无论专业运动员还是业余爱好者，大家都可以同场奔跑、各得其乐。除此之外，马拉松的开放性不论对于运动员还是观赛者都是一件赏心悦目的事情，马拉松赛的场地多从城市道路选取，对参赛者来说，每跑一步、每过一段都是不同的风景。参赛者可以在跑步的过程中欣赏途经的美丽风景，感受当地的风土人情；而观众更是不用按号就座被束缚在看台上，而是可以近距离为选手呐喊助威，体会和分享奔跑者的激情与快乐。

秦皇岛举办马拉松赛意义深远。它是继2008年北京奥运会足球赛、2012年世界女子拳击锦标赛之后，秦皇岛市举办的又一次面向世界、具有深远影响的国际体育大赛。通过举办马拉松比赛，进一步提高秦皇岛市体育事业发展水平，提升全市居民健身意识，宣传展示城市形象，扩大秦皇岛乃至河北省在国内外的城市品牌知名度，而且对促进秦皇岛旅游市场的发展、加快对内对外开放步伐、更好地融入京津冀协同发展都具有十分重要的意义。

秦皇岛马拉松赛作为体育界的一大盛事，每年都会吸引来自全球数个国家和地区近20000名选手参赛。赛事每年都设有丰厚的奖金，第四届秦皇岛国际马拉松的总奖金甚至达到195万元人民币，是国内奖项最多、奖金最高的马拉松比赛。秦皇岛马拉松凭借着优秀的服务、优美的赛道、优良的口碑，成为国内荣获“金牌赛事”称号最年轻的赛事之一。

数万名选手的参与，不仅带动秦皇岛体育事业的发展，同时也促进了秦皇岛旅游产业的发展，每年秦皇岛马拉松赛举办期间，游客纷至沓来，或参与马拉松比赛，或去欣赏这座城市的美丽；当地居民也将这一天选作自己的狂欢节，参与到赛事的热潮中去，有的作为参赛者参与其中，感受马拉松这项运动迷人的魅力，有的作为志愿者，为前来参加比赛的选手提供贴心的服务，展示秦皇岛人的热情。秦皇岛马拉松是当地居民与外来游客的一场夏日狂欢，美丽的秦皇岛欢迎您！

【健步走（徒步）】

秦皇岛拥有全国最长的林海沙滩木栈道，该木栈道全长约4200米，与北戴河区原有的7500米木栈道对接后全线总长度1.17万米，整个木栈道东起秦皇岛体育基地游船码头，西至北戴河湿地公园，呈波浪形蜿蜒10.4千米海岸线。每天都有大量的市民与游客来此散步休闲，跑步健身。2005年至今，这里连续举办过13届世界徒步大会。大会秉承“运动•健康•和谐”的主旨，每届都由主办方确定一个年度主题口号。从2008年开始，徒步大会固定在每年四月的最后一个星期六举行，以此行动来倡导和推广徒步健身。

徒步大会将秦皇岛体育、文化、旅游、环境的独特魅力向全国乃至全球直观地传播、展示出去。期间直接影响的徒步人数达到60多万，吸引了全国乃至国外徒步爱好者的积极参与，不仅有效地为城市经济发展做出了贡献，更扩大了城市影响力、提升了城市形象。

徒步大会吸引着数万名徒步爱好者与国际友人前来秦皇岛，观海听涛，健步健身。2015年5月16日，秦皇岛被国际休闲运动合作组织、国际市民体育联盟、世界徒步大会授予“世界最佳徒步城市”称号。

【骑行】

中国最美的骑行城市之一秦皇岛，骑行氛围也是异常浓烈，在海边木栈道旁边就是一条新建好的骑行道，每天都能看到全副武装的人在这里骑行。而滨海大道更被称为是秦皇岛最美的街道，两边绿树茵茵，路中间花草繁茂，非常适合骑行。

本专项特推出10条适合在秦皇岛骑行旅游的路线，带上你的背包，跨上一辆自行车，

以漫游的姿态向我们心向往之的城市道声你好，去感受每一寸土地、每一缕海风和每一处风景！

< 爱穿越，寻找历史遗留的印记 >

骑行路线：天下第一关→王家大院（山海关古城民俗博物馆）→山海关长城博物馆→老龙头

单程距离：约 8.2 千米，骑行约 30 分钟

这条路线可能是秦皇岛最具“穿越”性质的路线。骑行于此，我们可以寻找历史的印记和那古老的神韵，可以看到威武雄壮的“天下第一关”箭楼，建筑严谨、风格典雅的王家大院，精致的仿古建筑群山海关长城博物馆，龙首探入大海、弄涛舞浪的“老龙头”。这些都真实地再现了山海关文化发展的美丽画卷是滔滔历史长河形成的宝贵财富。

< 爱文艺，感受中外艺术的神奇魅力 >

骑行路线：天鹅堡→北戴河海滨汽车站→北戴河艺术村

单程距离：约 10.7 千米，骑行约 40 分钟

各具风格的建筑使北戴河充满着异国情调，骑行于此，心里总有一种说不出的浪漫。在这里，你可以听大海的呼吸，还可以享受极其美味的海鲜，穿过交通枢纽海滨汽车站，望着对面的人工瀑布，惬意感随之而来，骑行终点是个别具一格的村落。这里集创意、自由、体验、回归于一体。不一样的北戴河，不一样的骑行。在这里，梦想可以一一实现。

< 爱清净，享受一呼一吸的骑行之美 >

骑行路线：河北大街→金海湾森林公园→滨海大道→秦皇岛野生动物园→北戴河湿地→鸽子窝公园

单程距离：约 16.7 千米，骑行约 1.2 小时

秦皇岛的美丽，或许是踏入金海湾森林公园的一抹绿意与雅致，或许是骑行在宽敞的滨海大道上探寻藏身于森林与海的碰撞。如果要选择一条美丽的道路来骑行，那么这条路一定是首选，因为你可赏森林的鸟语花香，还可品沿途的旖旎风光。

< 爱风景，享受诗情画意的美好时光 >

骑行路线：河北大街→东港路→秦山公路→燕塞大道→新建村→望峪山庄

单程距离：约 19.2 千米，骑行约 1.5 小时

这是一条不能错过的天然“氧吧”路线，最好是清晨出发，沿着蜿蜒的山路来到望峪山庄，站在高处俯视云海，看山峰构成一幅幅美丽的“山水画”。夕阳西下，看落日的余晖把天边染成红霞，任时光荏苒，只愿醉于此景不复醒。

< 爱激情，做个风一般的骑士 >

骑行路线：河北大街→中国足球学校→山东堡立交桥→滨海大道→联峰路→海滨汽车站→老虎石公园

单程距离：约 15.2 千米，骑行约 50 分钟

绿茵点亮梦想，激情舞动青春。中国足球学校每天上演着足球不了情，一路吹着微咸

的海风，远离城市，享受一路飞驰的感觉。

< 爱自由，与春天来一场亲密约会 >

骑行路线：汤河公园→北戴河火车站→集发生态农业观光园→仙螺岛

单程距离：约 25 千米，骑行约 1.6 小时

春暖花开，阳光正好，骑行于汤河岸边。平静的湖面会让你整段骑行都非常舒适。北戴河火车站，宛如一个巨大而华丽的白色贝壳。现代化的建筑让人欣赏到北戴河喜迎天下客的一面；骑行至集发，怎能不停下来歇歇脚，去处处洋溢生机的生态观光园转转；你还可以去仙螺岛的海边漫步，看海、听海、赶海、踏浪、拾贝，体验海水、阳光、沙滩所带来的美妙感受。

< 爱深沉，感受最美海岸风景线 >

骑行路线：河北大街西段→西部快速路→黄金海岸风景区→沙雕海洋乐园

单程距离：约 43 千米，骑行约 2.8 小时

绵长无垠的海岸线，虽然春季还不适合在沙滩上懒懒地躺着晒太阳，但是可以在黄昏的时候，呼吸纯净的海风，沿着海岸线散步，看秦皇岛特有的日落，美得让人无法呼吸。

< 爱惊险，追风路上勇敢的探路者 >

骑行路线：河北大街→海阳路→杜庄镇→大道村→秋子峪村→祖山镇

单程距离：约 30 千米，骑行约 2 小时

这是一条有难度的线路，如果你没有半年以上的骑行经验，很可能骑行一半便中途放弃。所以，想要选择这条路线骑行，一定要做好心理准备。

< 爱休闲，小岛深处的世外桃源 >

骑行路线：河北大街→秦皇岛森林体育公园→秦皇西大街→宁海大道→榆关镇→仁轩酒庄

单程距离：约 105 千米，骑行约 4.3 小时

暖春时节，各种花朵含苞待放，无意间却点缀了一路的景色，沿途依次排列的运动健身器材让你忍不住停下脚步，也来练上几把；一路骑行，感受小岛最具休闲的乐趣，若是到了仁轩酒庄，你的心绪会在田园和山川里留恋。让你恍然这里是尘世，不是虚无缥缈的海上蓬莱。

< 爱碰撞，革命气息和大自然的完美结合 >

骑行路线：河北大街→海阳路→石门寨镇→槐树店村→潘家庄→洪水村→花厂峪

单程距离：约 38 千米，骑行约 2.5 小时

这条骑行线路，是革命气息和大自然的完美结合。一路有山有水有公园，是最佳城市郊区结合地段。在这里走走，可以和某位老人坐下来喝喝茶、聊聊天，没准他就会给你讲讲当时抗战的故事。如果不想错过这撩人春风，那就约上三五好友，开启一段骑行之旅吧。

【轮滑】

2005 年以来，秦皇岛北戴河先后举办了系列轮滑主题活动，至 2017 年已经成功举办

了 13 届。荣获中国轮滑培训基地、全国首个中国轮滑名城荣誉称号，建成了亚洲唯一的轮滑博物馆；中国轮滑协会决定将北戴河确定为全国少年速度轮滑赛永久赛址，轮滑成为秦皇岛北戴河的城市品牌，轮滑节以赛事及各项活动为平台，积极与文化旅游交相融合，展现全民健身运动、健康、欢乐、和谐的城市魅力。

每年的轮滑节都会吸引数千名来自全国各地的轮滑运动员及爱好者参与。如 2010 年第六届轮滑节共有来自北京、上海等 19 个省、市、自治区和港、澳、台地区的 70 余支轮滑代表队 1500 余人参加活动;2017 年第十三届国际轮滑节更是有来自中国、西班牙、俄罗斯、匈牙利、法国等 20 个国家和地区的近万名专业运动员和轮滑爱好者参与。

除了精彩纷呈的体育赛事，作为轮滑节的传统经典活动，由警察封道进行的海滨轮滑专线千人大刷街还是不变地进行。越来越多的市民加入这种休闲体育活动中。千余名来自全国各地的小学生、中学生、大学生、中年人和老年人沿海边刷街 5 千米，每年都能吸引人们的注意。海岸星空狂欢夜暨沙滩露营大会更是一次又一次地刷爆轮滑赛事热点，吸引越来越多的本地居民与外来游客来共度这个狂欢的夜晚。

北戴河的轮滑氛围浓厚，奥林匹克大道公园内特设轮滑场，如今，北戴河已建成亚洲首座轮滑专项博物馆，并被中国轮滑协会命名为“轮滑培训基地”。从 2005 年以来北戴河已连续举办了 13 届“运动之春”轮滑盛事，其中开展的多项活动，如“北戴河万人轮滑刷街”“滑动五环迎奥运”万人签名等已成为轮滑迷们记忆的经典，实现了轮滑运动与旅游业发展的紧密结合，北戴河日益成为国内外轮滑爱好者的胜地。北戴河轮滑活动呈现了层次更高、形式更新、内容更广、互动更多等特点。

【游轮、游艇、帆船】

秦皇岛游轮，带你体验海上的感觉。

长城号游船，泊于北戴河海滨东山旅游码头，总吨位 347.8 吨，总长 42.56 米，行宽 12.6 米，船上卫生及生活服务设施齐全。船上不仅有豪华舒适的座椅，还设有贵宾厅、多功能厅、餐厅、观海平台、歌舞表演台，可同时容纳 600 人。白天游船在北戴河海域巡回，可到秦皇岛锚地看万吨轮船;西可到避暑胜地北戴河，亲身感受“夏都”的魅力与风情，赏黄金海岸风光。

“王子号”和“公主号”作为秦皇岛著名的旅游品牌，长期以来受到广大游客的欢迎。登上王子、公主号，在游轮离开港口的那一瞬间，仿佛逐渐在投入大海的怀抱，一段不同寻常的体验就此开始。硕大的船尾推开海水，两排浪花飞溅，海风袭来，星星点点的海水扑面而来，顿觉沁人心脾的凉爽。

秦皇岛海上观光的豪华游轮“公主号”“王子号”，每天从秦皇岛游艇俱乐部码头起航，是秦皇岛最豪华的环保游轮，游客在秦皇岛市区内西浴场的游船码头登船，可在海上观赏到秦皇岛港、北戴河沿岸秀美风光。游轮是集观光、休闲、餐饮娱乐于一体的中型游船，可举办“海上宴会”“海上音乐盛宴”等具有国际水平的海上旅游娱乐项目。

游艇是一种水上娱乐用高级耐用消费品。它集航海、运动、娱乐、休闲等功能于一体，满足个人及家庭享受生活的需要。近几年，秦皇岛游艇产业逐步发展成熟，已形成较大规模的产业，为游客提供度假、娱乐、游艇出租、海上垂钓、婚纱摄影、海上日出、聚会观光等一系列旅游项目与相关服务，代表性的游艇俱乐部以及相关公司有：秦皇岛游艇俱乐部、秦皇岛英洋国际游艇会有限公司、秦皇岛渤海国际游艇俱乐部、秦皇岛南戴河梦之湾海上观光游乐有限责任公司等。目前，在秦皇岛乘游艇出海“兜风”已成为一种新时尚。

第十一届亚洲运动会的帆船、帆板比赛在秦皇岛举行，由此也带动了帆船运动的发展，秦皇岛目前涌现出一大批专业的帆船俱乐部，使得旅游者能够更近距离地贴近大海，领略海上风光，留下难忘的出海体验。代表性的帆船俱乐部有蓝途航海俱乐部、飞驰海上帆船俱乐部、蔚蓝海岸帆船俱乐部、新澳帆船快艇俱乐部等。如蓝途航海俱乐部通过将职业帆船运动与品牌建设深度嵌合，以提供帆船运动、帆船体验 / 休闲旅游、青少年 / 成人帆船私享特训营、专属品牌帆船赛队托管、高端定制帆船拓展活动、国际 ASA 帆船培训认证、各级别帆船专项进阶培训、校园常设帆船体育选修课、帆船赛事组织和承办、亲子 / 家庭帆船体验团等全方位专业服务为依托，实现多方共赢，致力于为旅游者提供重参与、深体验的帆船旅游活动项目。

【游泳】

游泳是很受欢迎的健身运动项目之一，适当地游泳锻炼，不仅能给人带来心理上的愉悦，塑造流畅、优美的体型，还能够增强心血管系统的机能，增强体质、提高协调性。

秦皇岛游泳运动种类较为丰富，开展游泳相关活动也较为多样化。秦皇岛作为沿海城市，海滨资源丰富，沙质、水质优良的海滩不在少数。从山海关沿海岸线一直到秦皇岛、北戴河、南戴河、黄金海岸，到处都是海滩，都可以游泳，尤其是昌黎黄金海岸的沙滩，游客可以随时随地下海游泳、戏水，尽情地享受旅游的乐趣。另外，新澳海底世界附近的沙滩、北戴河海滨浴场、老虎石公园等地，都是海泳的好去处。北戴河沙滩多，阳光充足，夜间凉爽，绿化好，空气清新。沙滩平均宽度 30 米，沙质洁净绵软，浴场分布广，绝大部分北戴河浴场免费。同时北戴河水质优良，保持在 A 类，非常适合游泳。

秦皇岛地区开展游泳运动有着得天独厚的先天条件。依托优良的海洋资源，秦皇岛市建设了一批功能完善、极具特色的海滨浴场以及配套齐全的公共服务设施。秦皇岛浴场海水清澈、海滩平缓，蓝天、大海、花草树木和清新空气每年夏天都会吸引众多游客来此度假休闲，同时浴场内贝壳碎屑少，适游海域宽广，沙滩宽敞开阔，沙粒均匀，海水水质优良，水温及水深都很适宜游泳，同时部分浴场内还有其他配套功能区域，如自行车广场、沿海木栈道、骑行栈道等，使得游客在游泳健身的同时，可以漫步海边，休闲身心。典型代表如东山浴场、西浴场、金屋浴场、浅水湾浴场、金山浴场、一杯澜浴场、渔岛海洋温泉浴场、阿尔卡迪亚浴场、黄金海岸浴场等。此外，为了打破游泳的时间限制，满足市民以及旅游者的多样需求，秦皇岛的室内游泳场地也十分丰富，尤其以星级酒店的内部设施为主，其中初具规模、比较有代表性的有开发区体育中心、热电厂游泳馆（晨砻活动中心）、秦皇岛香格里拉大酒店、秦皇岛国际饭店、秦皇岛大酒店、君御大酒店、世纪星健身娱乐有限公司等。

【滑草、滑沙】

滑草是一项前卫运动，和滑雪一样能给运动者带来动感和刺激。它比滑雪更具有娱乐性，更能体验人与大自然的和谐。滑草时需要的场地较大，甚至占据整个山坡，在感受风一般速度的同时又能领略到大自然的美好。滑沙是国内新兴的，也是黄金海岸独有的旅游项目。急速刺激，有惊无险，深受游客欢迎。黄金海岸国际滑沙中心、沙雕大世界、集发观光园以及华侨城南戴河国际滨海旅游度假区都有此项目。

在秦皇岛黄金海岸的西侧有5000多公顷连绵40多千米的沙丘蜿蜒起伏，黄金海岸国际滑沙中心即建于此间。黄金海岸国际滑沙中心滑沙场现有两处，一处由沙山滑向谷底，一处滑向大海。目前世界上除南非纳米比亚设有此项目外，黄金海岸的滑沙场可算世界第二家了。到黄金海岸游览，应先去滑沙场，早晨到达可省却排队等候时间。滑沙者由索道缆车载至沙山顶上，然后坐在滑沙板上滑下，下滑时随着坡度的加大，速度也随之加快，于是两耳生风，呼啸而下，冲到谷底后随着惯性作用在平地上还可冲出几十米远；另一处则可冲入大海。这项有惊无险的运动，使人感到新奇、刺激。

滑沙、滑草项目也是华侨城南戴河国际滨海旅游度假区品牌旅游项目。驻足景区沙山，南可眺望渤海湾蔚蓝的大海，金色的沙滩，海面上穿梭往来的渔船，层叠相逐的雪浪及近岸浅滩消暑嬉戏的游人；北可回望景区内一望无际的槐林，环绕林间设置的各种娱乐项目，阳光下熠熠生辉、曲折相通的湖泊。滑沙运动起源于非洲，是其独有的体育游乐项目，相传在非洲西南有一个叫“纳比”的地方，是地球上最古老的沙漠，滑沙运动最早便从那里兴起。滑沙惊险刺激但很安全，玩起来需要很大的勇气和胆量。乘坐特制的滑沙板由沙山倏然滑下，但觉两耳生风，感觉惬意，瞬间直抵沙山脚下。

滑草场面向茂密的森林和中华荷园，背靠碧蓝的大海。滑道分为两种：快行道和慢行道，草坡引进美国耐滑草和适应沿海生长的牛筋草栽植而成。游客乘特制的滑草板沿滑道冲向山底时，能体会有别于滑雪乐趣的独特魅力，下滑时只觉两耳生风，绿草摇曳，芳香扑鼻，使游客真正体验到回归自然、融于自然的美妙之感。

【潜水】

随着潜水这项运动的盛行，海洋的秘密逐渐被人们揭开。在秦皇岛，你将有机会深入海底，探秘海洋。潜水的好处不仅在于水中的奇异世界给人的精神带来的巨大享受，而且更重要的是能够提高并改善人体的心肺功能，在美国及日本，潜水运动甚至被作为一种治疗癌症的辅助手段。据科学论证，水对人体的均衡压力有助于血液循环，水下长时间地吸氧可以有效地杀死癌细胞，并抑制癌细胞的扩散。

得天独厚的自然条件使得秦皇岛海域非常适合潜水，尤其是在北戴河海滨和北戴河新区相应海域的海底世界里，水草茂盛，生物品种繁多，一片生机盎然的景象就宛如水下的热带雨林，三四米高的水草随波荡漾，绿色的海白菜长满了整个海底，盛开的海菊花点缀其中，还能见到各种各样的鱼类和螃蟹、海参、海星、章鱼以及各种贝类。

在礁石附近的较浅水域进行潜水，可以看到成片的绿色海洋植物和2米高的水草群、小螃蟹、小鱼、贝类及其他小型水生物。如果您运气好的话，还会赶上上万只刚出生的小鱼小虾群游的壮观场面。

【漂流】

驾着无动力的小舟，利用船桨掌握好方向，在时而湍急时而平缓的水流中顺流而下，在与大自然抗争中演绎精彩的瞬间，这就是漂流，一项勇敢者的运动。一条蜿蜒流动的河，延伸在峡谷坚硬的腹地。乘着橡皮艇顺流而下，天高水长，阳光普照，四面青山环绕，漂流其间，迎面而来的是一种期待——期待刺激！期待惊险！期待与自然的搏斗！期待“有惊无险”后的轻松！在忙碌的都市生活中，人们一直在寻找的就是这样的一种激动、一种区别于平凡生活的独特感受。就是这样一种感受，使都市人为之倾倒，使之成为生活的一部分。目前秦皇岛地区漂流体验首选老君顶河谷漂流。老君顶河谷漂流里程长达 2.8 千米，沿途尽可观赏到老爷崖、白马山、百亩楸林、卧龙湾、青牛顶、老君像、怡然亭、碧云潭等 13 处自然景观，景色优美，让您流连忘返。

口福之娱　美食专享

——美食旅游专项

美食是一座城市的名片，美食既是文化，也是文化的载体。秦皇岛的餐饮文化源远流长。孤竹古国文明璀璨，始皇东巡遣使求仙，魏武挥鞭碣石遗篇，唐宗东征流连此间，戚家铁军戍守边关，移民浪潮三次闯关，雄图霸业一杯浊酒，万千黎庶以食为天。秦皇岛优越的地理环境，使这里的物产非常丰富。美丽的渤海湾为秦皇岛提供了对虾、螃蟹、大小黄鱼、扇贝、皮皮虾等海味食品，鲜活的海产品更能激发人的食欲。除了尽享美味海鲜外，北方地区几乎所有的谷物蔬菜、干鲜果品，都可以在这里找到踪迹。秦皇岛西近京津，东接辽宁，北望内蒙古，随着人员交流的频繁，特别是交通的便捷，使得这座城市的美食文化兼容并包，京、鲁、川、苏、湘、鄂、闽、粤等风味佳肴应有尽有。对美食的追求，使得秦皇岛的餐饮形成了海鲜、烧烤、南北菜系和地方美食共存的特色。

为进一步挖掘秦皇岛地方特色饮食文化，打造旅游美食新品牌，完善旅游产品要素结构，延长旅游产业链条，创造旅游兴市新亮点，2015 年 5 月，秦皇岛市旅游协会和市烹饪协会公布了“2014—2015 年度秦皇岛十大旅游美食评选活动”结果。本次评比获奖菜品是以本地原料为主，代表本地文化，突出本地特色，符合饮食卫生标准，色香味俱佳，在秦皇岛有较高知名度、流行较广，并为广大游客认可和喜爱的地方特色美食。

荣获“秦皇岛十大地方特色旅游美食”的有熘虾段、蒸焖子、海鲜烧烤、柠椤叶饼、山海关四条包子、青龙老豆腐、山海关浑锅、盐水皮皮虾、清蒸梭子蟹、昌黎赵家馆饺子。

获得“秦皇岛十大便携旅游名吃特产”的产品有海琪花系列产品、抚宁白腐乳、卢龙石门核桃、青龙栗仁、青龙宁家果园山楂条、北戴河渤海之鲜速冻食品系列、北戴河四姑娘私房酱、北戴河“杨长子”系列食品、山海关清真回记绿豆糕、张香食品礼盒。

【十大地方特色旅游美食】

＜熘虾段＞

熘虾段是秦皇岛的传统美食，原料为本地产渤海对虾，又称中国对虾，体长而侧扁，甲壳薄，光滑透明，营养价值极高，富含蛋白质和钙，且低脂肪，能增强人体的免疫力。熘虾段色泽枣红亮丽，味香飘逸，鲜嫩微甜，油润可口。

＜蒸焖子＞

焖子是秦皇岛地方美食，原是农家过春节必备菜品，现在已成为城市风味菜。焖子的主料是优质白薯淀粉，肉汤去掉杂质后倒入焖镟子，兑温开水与淀粉搅拌均匀后，上笼屉旺火蒸熟，切小片装盘即可食用。焖子怕冻，可放在保鲜柜里，装盘后再上笼屉蒸透，味道更好。也可以将蒸熟的焖子进行油煎，味道更香，另外，炖菜、烩菜、火锅放焖子也都是美味之选。

＜海鲜烧烤＞

秦皇岛人最爱吃海鲜，对于海鲜烧烤更是不可抵御。海虾、鱿鱼、生蚝、小黄鱼……都可以作为烧烤的食材。海虾以养殖虾为主，其烤熟后，外皮酥脆可以直接吃掉，肉质鲜嫩，口感极佳，是夏日烧烤之必备。烤蚝，南方人称为蚝，北方称海蛎子，放上一点蒜，一点小葱，再加一些粉丝，味美滋补。盛夏的夜晚，坐在街边的大排档，烧烤海鲜加冰镇啤酒，妙不可言。

＜柠椤叶饼＞

长城柠椤叶饼是秦皇岛山海关区汉族传统面食之一，相传明朝将领戚继光率领以浙江义乌人为主力的“戚家军”镇守山海关，北方粗粮较多，戍边士兵生活艰苦，因此有人利用每年五月长城沿线柠椤叶鲜嫩时机，制成长城柠椤叶饼，粗粮细做，改善生活。柠椤别名柞树，叶含蛋白质 14.9%，可饲柞蚕；种子含淀粉 58.7%，含单宁 5.0%。柠椤叶饼选用秦皇岛山上的柠椤树叶内裹淀粉作皮、三鲜为馅，饼皮隐约透明。三鲜馅和着柠椤叶散发的沁人清香，美味至极。

＜山海关四条包子＞

山海关四条包子铺创建于 1958 年，因坐落关城内“四条”街上而得名。其制作的包子造型美观、皮薄馅大、鲜香浓郁、口味独特、醇而不霸、肥而不腻，吸引了很多游客，名气也越来越大，先后获得“河北省烹饪技术大奖”“河北名吃金质奖”“河北省冀菜展示大赛金奖”和“河北省名吃金鼎奖”等荣誉称号。

＜青龙老豆腐＞

“老豆腐”是最具秦皇岛特色的代表菜，制作时泡豆、磨豆、煮豆、点豆都很有讲究。值得一提的是，与水豆腐用石膏点制有所不同，青龙老豆腐点豆所用的卤水是从海水中提炼出来的。青龙老豆腐不仅入口软、滑，有一种原汁原味豆子的清香，使人吃到嘴里回味

无穷，还有很好的药膳作用。

<山海关浑锅>

“浑锅”是老山海关人最爱的美食，火锅多为铜制，中间烧木炭。先将肉汤倒入锅中煮沸，然后将粉丝、牛羊肉片、五花肉片、酸菜、丸子、豆腐、海鲜、焖子等层层放入锅内，边煮边吃，又鲜又香，让人欲罢不能。

<盐水皮皮虾>

皮皮虾是秦皇岛的主要海产品之一，每年4—6月间的肉质最为饱满，是岛上老少皆宜的风味佳品。制作时将生抽、醋、姜末、葱花调成蘸料备用，在沸水里加盐和花椒，皮皮虾入锅后中火煮六七分钟，虾变成红色即可。

<清蒸梭子蟹>

秦皇岛的梭子蟹个头较大，身形扁长，为浅青色，当地又称其为“大海蟹”，深秋的海蟹体大肉肥，最重可达一斤左右。梭子蟹肉肥味美，有较高的营养价值和经济价值。螃蟹有清热解毒、补骨添髓、养筋活血、通经络、利肢节、续绝伤、滋肝阴、充胃液之功效，对于淤血、损伤、黄疸、腰腿酸痛和风湿性关节炎等疾病有一定的食疗效果。

<赵家馆饺子>

久负盛誉的赵家馆饺子，是昌黎县传统的老字号风味食品，始创于1921年，其特点是选料讲究、味道鲜美、香而不腻、水灵可口，被人赞誉为冀东名肴，曾被多家媒体报道，并先后荣获“河北省著名商标企业”“秦皇岛十佳风味名吃”“商务部中华老字号”等荣誉称号。

【十大便携旅游名吃特产】

<海琪花>

“海琪花”品牌被誉为“来自深海的海鲜美厨”，精选来自深海纯净海鲜食材，采用独家研制3S保鲜制作工艺，不仅百分之百保证海鲜品质，更让口感鲜不绝口，美味与营养俱佳，在海鲜行业享有非常高的品牌名誉度。生产厂家秦皇岛金海马海产品有限公司成立于2002年，秉承“优质、创新、健康、时尚”的经营理念，将传统美食工艺与现代食品生产技术相结合，保证每款产品的风味独特。该公司通过了ISO9001：2000国际质量管理体系认证及HACCP食品安全管理体系认证。

<抚宁白腐乳>

抚宁好祥香油白腐乳是抚宁特产，具有百年历史，2007年成为抚宁区第一批非物质文化遗产，2009年荣获中国调味品及食品配料博览会金奖，2013年成为河北省第五批非物质文化遗产。产品为罐装，传统工艺制作，加以传承百年的秘制汤料，经6个月天然发酵，使腐乳具有香甜鲜软的特点，回味悠长。

<卢龙石门核桃>

卢龙被称为“中国石门核桃之乡”。“石门核桃”是世界核桃知名品牌，它的品质为世界核桃最优，纹细皮薄，滋味香甜，个大仁实，因乳白色分心木不发达，极易剥取整仁或半仁，出仁率一般很高，富含蛋白质、脂肪、碳水化合物、钙、磷等营养成分，素有“石门核桃

举世珍”的美誉。石门核桃现已成为地理标志保护产品。

<青龙栗仁>

袋装栗仁产品采用青龙本地产优质板栗，为绿色无添加剂食品，老少皆宜，价格适中，为秦皇岛特产，是馈赠朋友的佳品。生产厂家秦皇岛富滋食品公司于1968年开始生产经营，目前已发展到两家直销店，公司建筑面积22082平方米。

<青龙宁家果园山楂条>

青龙宁家果园山楂条原料为青龙当地优质铁山楂和枸杞，采用百分之百鲜果原料，不含防腐剂，不含人工色素，不含化学糖浆，包装精美，制作精良，味道甜香，是新一代的健康产品。

<北戴河渤海之鲜>

产品主要为速冻纯手工海鲜水饺。渤海之鲜水饺采用渤海天然海鲜物产，以大虾、皮皮虾、八爪鱼、鲅鱼、扇贝等为主料，配以冷鲜猪肉、新鲜蔬菜、优质面粉、高档调料、珍鲜秘制，采用科学的低温工艺，纯手工包制而成，具有滋美味鲜的海鲜风味，皮薄、馅大、汁多，深受广大游客喜爱。

<北戴河四姑娘私房酱>

纪念北戴河的老味道，传承北戴河经典文化，四姑娘私房酱包含海鲜、香辣、孜然等多种口味，产品外包装精美，便于携带，是馈赠亲友的佳品。

<北戴河杨长子>

杨长子是秦皇岛当地特色火腿肠，外形切成薄片，色泽为玫瑰色，具有西式风味，是在北戴河久负盛名的一种特色食品。创始人杨庭珍曾在山东济南给一家德国老板制作火腿肠。1932年杨庭珍在天津开“胜利肠子铺”，1941年胜利肠子铺迁至北戴河海滨。从那时起，杨肠子作为杨庭珍的艺名名扬四方，后改名为“北戴河杨长子”。

<山海关回记绿豆糕>

清真回记糕点部始建于1945年，至今已经半个多世纪，因创始人回长忠老先生是回民、又姓回，故而称回记糕点。回记糕点的主打品牌是回记绿豆糕，回记绿豆糕选用山海关特产的绿豆和白糖，依秘方调制而成，油而不腻，松软香甜，入口即化，口感细腻醇正，形态精巧，色泽深绿，中间嵌有褐色或红色馅心，深受冀东、辽西百姓喜爱。

<张香食品>

公司成立于1989年，张香食品目前已成为地域性知名畅销品牌，礼盒中包含的熟食制品采用张氏祖传秘方，口感独特。张香食品全程透明制作加工，打造阳光下的健康食品工程，让消费者看到食品制作过程。先后获得“河北省知名商标”“秦皇岛市放心食品企业”“消费者信得过食品”和“放心熟食达标企业”等称号。

真正的美食不只是厨艺的问题，更多的在于吃美食时人的心情，投入秦皇岛的怀抱，或者让小岛住进你的胃里，海鲜加啤酒，红酒配大海，唤醒沉睡的味蕾，细品时间的味道，留住舌尖上的风景。愿美食常伴我们的生活，更愿好心情伴我们一生！

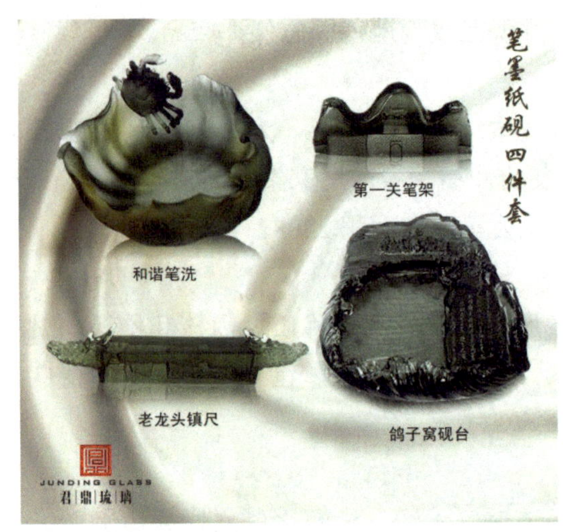

伴手之礼　千里情谊

——购物旅游专项

购物作为度假旅行的必修课，是旅行过程中必不可少的一环，而在秦皇岛，琳琅满目的物品可以满足您的一切购买欲望。近几年，秦皇岛商业业态逐步完善，集中的商业区也形成了较大的规模，秦皇岛大部分的大中型商铺都云集于此，其中有秦皇岛商城、华联商场、现代购物广场、金原商场、茂业购物广场、新天地购物广场、世纪港湾、太阳城步行街等，大型连锁超级市场货品琳琅满目，店铺覆盖全市，其中兴龙广缘超市、家惠超市、利联超市、艾欣超市、家乐福超市和乐购超市最为著名。

同时，秦皇岛旅游商品资源丰富，种类齐全。经过近年来的精心培育和发展，全市旅游商品已经拥有“品味浪漫，鉴赏美食，追寻历史，感受科技”四大系列、千余种旅游商品。“秦皇岛礼物”是秦皇岛市旅游委员会按照品牌化提升、特许式经营的市场化运作模式，以促进秦皇岛旅游消费水平为宗旨，打造的秦皇岛旅游商品专属品牌。同时，“秦皇岛礼物”也是能体现秦皇岛地域特点、文化内涵、风貌特征、城市形象的旅游商品中的精品。

通过“秦皇岛礼物”，旅游者可以感受秦皇岛特有的风物特产以及其深厚的历史文化内涵。

【秦皇岛礼物体验店】

“秦皇岛礼物旅游商品购物店”是秦皇岛市旅游委按照“品牌化提升、特许式经营”的市场化运作模式，以促进秦皇岛旅游消费为宗旨打造的秦皇岛专属旅游购物品牌。

<南戴河“秦皇岛礼物体验店”>

南戴河“秦皇岛礼物体验店”是由秦皇岛市旅游委授权挂牌、市旅游商品分会负责经营的全市首家综合性旅游商品购物场所。店内集中展示和经营了最具我市文化和民俗特色的 30 大类 1000 多种旅游商品。进场所有商铺证照齐全、明码标价、统一管理、诚信经营，广大游客可以放心选购。同时店内引入一种全新消费体验形式——“会说话的礼物”，您可以通过扫描商品二维码、关注微信公众号等方式，来了解旅游商品的功能、特点等信息，优美动听的声音、声情并茂的讲解，必将给您带来耳目一新的消费体验。

<山海关“秦皇岛礼物体验店”>

山海关“秦皇岛礼物体验店”位于山海关古城景区内，是秦皇岛市旅游委授权的综合性旅游商品购物体验场所，店内集中展示和经营了具有山海关当地文化的花生糕、黑芝麻糕、长城砖踏等各类特色食品和旅游纪念品以及全市特色旅游商品，共计 100 余种。同时，店内还设有游客休闲体验区，为游客演绎评书、相声、鼓书、古彩戏法等传统曲艺节目，让游客从听觉、视觉和味觉上全方位体验山海关厚重的历史文化，真正了解山海关、体味山海关、感受山海关。

<石塘路市场>

石塘路市场坐落于闻名遐迩的旅游避暑胜地，具有“夏都”之称的北戴河石塘路中段。市场依山傍海，位置优越，交通便利，是北戴河最大的购物场所。

石塘路市场总投资 5800 万元，规模宏大、构思新颖、设施先进、配套齐全，是一座大型封闭式综合市场。市场占地面积 1.6 万平方米，建筑面积 2.4 万平方米，有固定摊位 700 个，年成交额 2.7 亿元。平均每年接待中外游客 300 万人次，暑期平均日客流量达 3 万余人次。经营项目有项链、工艺品、旅游纪念品、干鲜海产品和服装等 30 大类、1000 多个品种，可提供商品批发、零售、展销、存储、金融汇兑、货物联运等多种服务。市场内部管理与服务机构配套齐全，设有工商所、税务所、派出所、储蓄所、邮政所、医务室和市场服务部，可随时为顾客和经营者提供各方面的热情服务。

石塘路市场内的项链工艺品专业市场是目前全国最大的项链工艺品市场，经营面积 5200 平方米，经营摊位 310 个，经营者 800 多人，年成交额 1 亿元。经营 50 大门类、上千个花色品种，商品辐射全国 20 多个省、市、自治区，远销国外，成为我国北方著名项链工艺品集散地。石塘路市场也是北方最大的珍珠批发市场。

石塘路市场四次蝉联“全国文明市场”荣誉称号，两次获得省“爱卫杯”，曾被命名为“全国计量先进单位”，2002、2004 年连续两次被省委、省政府评为省级“文明单位”，2002、2004 年连续两次被秦皇岛市委、市政府评为市级“文明单位”，先后获得秦皇岛市“商贸十强企业”“容貌环境五星级达标单位”等荣誉称号。

【秦皇岛十大旅游纪念品】

<君鼎琉璃>

作为失传已久的传统工艺，君鼎玻璃企业为目前中国的琉璃产业开辟出了一个崭新的

市场，它以其传承的琉璃技法，将琉璃独特的表现力与丰富的文化内涵和设计思想融合，创造了琉璃艺术品一个新的细分市场和选择空间。

秦皇岛君鼎琉璃作为全国艺术玻璃十强企业，“云纹琉璃大缸”2013 年 1 月 29 日获世界吉尼斯纪录，并取得 3 项专利技术，工艺和技术达到了世界领先水平。企业生产的旅游商品“文房四宝”曾获 2013 年中国旅游商品大赛银奖，“天女木兰系列”曾获得 2014 年中国旅游商品大赛铜奖。

<邦信•钛晶杯>

钛晶杯汇聚了当今最前沿的无机抗菌和光催化技术，在普通玻璃杯上镀制抗菌净化膜层，使其具有抗菌净化功能。经中国科学院理化研究所检测，产品的抗菌率为 99%。国际领先，国内唯一。钛晶杯根植于秦皇岛玻璃产品的沃土，是一款具有鲜明本地特色的专利产品。钛晶杯 2010 年获河北省旅游商品大赛银奖、2013 年“秦皇岛礼物”巡展“最佳人气奖”、“专家推荐奖”、2014 年获评河北省 50 种必购地方特色产品。央视 10 套（非商业广告）科教节目、北京电视台重点推介产品。

<德庆堂•沙土画>

德庆堂沙土画是秦皇岛市级非遗保护项目，传承人王爱民一直从事沙土画的创作和泥土文化的学习和研究工作，沙土画用人们最常见的、最亲近的泥土做载体，将泥土文化和作品紧密联系起来做成美图，是人类泥土文化的浓缩，是现代的瓷器瓦当，相信随着时间的推移，其历史文化价值会更加凸显。

<耿氏•角雕>

耿氏角雕是抚宁耿守志父子根据水牛角、黄牛角、牦牛角及各种羊角的天然形状和颜色的不同，分别精心创造出以鱼虾、各式草虫、羽毛为特色的各种规格的浮雕、立体雕作品。全部作品材质真，质感强，古朴典雅，不走形不褪色，既有国画韵味，又不失天然本色，在全国角雕艺术界自成一家。作品选材精良，刀工深厚，造型逼真，可称巧夺天工的艺术珍品，其作品“荷塘情趣”曾在河北省首届艺术节博览会荣获二等奖。耿氏角雕是馈赠亲朋好友、个人收藏最理想的艺术佳作。

<广田•工艺葫芦>

秦皇岛广田生态农业开发有限公司，是集产、供、销于一体的大型农产品开发公司。现有葫芦种植面积 315.5 亩，在种植农业的同时注重创意农业的发展，开发研制的烙画工艺葫芦、手工雕刻葫芦、彩绘葫芦等多个纯天然作品，具有较高的观赏性和收藏价值，是商务往来与人际交往的馈赠佳品。

<玖格•骨质瓷变色杯>

玖格骨质瓷变色保温杯外罩采用高硼硅玻璃，内胆采用优质骨质瓷，具有吸附、降解有毒物质，吸附重金属，抗腐耐酸等作用。玖格骨质瓷变色保温杯围绕着秦皇岛绿色、环保、健康的特色为设计理念，水墨印染景点特色图片（水墨印染属于国家专利产品），倒入 40 度以上的水即可完全变色，使杯子成为一杯两景，具有观赏性和收藏性。商品获得 2016

年中国旅游商品大赛铜奖。

< 光照科技 • 康养系列产品 >

“光照科技康养系列产品”，包括安装在手机上的应用软件、无线血压计、无线血氧仪、无线血糖仪和无线心电监测仪。这项业务让用户在平时注意预防，时刻关注自己的身体健康状况，以预防为主，是一种智慧医疗的选择。本系列产品有监测、应急、全球定位等优势。

< 秦皇岛神韵 • 系列纪念品 >

秦皇岛国际旅游纪念品研发中心、秦皇岛神韵文化用品公司，是集设计、研发、生产、销售于一体的旅游文化用品公司，近年来设计和研发了长城钥匙扣、经典绝联金石镇尺、金镶玉摆件、邮票珍藏册、仿古小屏风、好人兴家楹联等一系列具有独特秦皇岛元素和文化底蕴的旅游纪念品。其作品曾荣获 2012 品牌中国（文化行业）金谱奖、国家旅游商品大赛铜奖、秦皇岛市外宣纪念品金奖、第五届国际版权博览会最佳创意奖、传播优秀文化特殊贡献奖、文化展览金奖等众多奖项，深受广大游客的喜爱。

< 秦皇岛求仙祈福 • 纪念品 >

秦皇求仙之秦皇岛连环画：中国首部望海祈福主题历史连环画，同时也是秦皇岛首部讲述城市起源历史的连环画，一套四册，分别为始皇求仙、东渡之路、碣石之谜、祈福胜地。秦皇岛因秦始皇东巡入海求仙而得名，这套连环画体现了旅游与文化的完美结合，既是标志性的旅游产品，又是地域性的文化产品。

秦皇求仙入海处纪念怀表：怀表是中国机械表的始祖，写意一个时代的亮丽印记，成为当时上流社会人士的常见用品和装饰。此表为银色翻盖精钢材质，表盘直径约为 5 厘米，表链 32 厘米，表盖正面镶嵌秦皇求仙入海处景区标志性建筑——秦始皇像。他屹立于海边，手捧金樽、表情虔诚、祭奠沧海，企盼着入海的使者能够早日带回长生不老之药，以便能永远地统治中国。

秦皇求仙入海处纪念镇尺：镇尺为长方体，全长 24 厘米，宽 5 厘米，厚 2.3 厘米，上镌刻“秦皇求仙入海处”七个字，将现代工艺与古典文化完美地结合在一起，是传统与前卫相映浸透的艺术结晶。

琉璃祈福挂件：所谓“福”，过去指五福，即“长寿”“富贵”“康宁”“好德”“善终”，现在人们对福的理解就是幸福。无论现在还是过去，我们都有一个共同的愿望，那就是企盼福气的到来。一个“福”字寄托了人们对幸福生活的向往，祈福，成了人们对美好未来的祝愿。而秦皇求仙入海处正是祈福颂愿灵验之地。

< 昌黎 • 民俗纪念册 >

皮影纪念册：以昌黎皮影为题材，由昌黎县著名皮影艺人采用驴皮雕刻制作而成。里面包括四个皮影头茬，分生、旦、净、丑四个传统皮影戏行当，旁边配以中英文对照的简介说明。本产品做工精美，便于携带，是具有地方文化特色的旅游推广产品。

地秧歌剪纸纪念册：由昌黎县知名艺人裁剪雕刻而成，以昌黎地秧歌为主题，分别是昌黎地秧歌生、旦、净、丑四个基本行当以及“跑驴”和“戏蝈蝈”两个“出子”场景，主题是秧歌人物，背景配以昌黎风景名胜，向观者介绍了昌黎地秧歌，又充分反映了昌黎的地域特色。

【秦皇岛十大旅游商品】

<海琪花•即食海产品>

海琪花，海鲜行业领跑者，被誉为“来自深海的海鲜美厨”，精选来自深海纯净海鲜食材，采用独家研制“3S 保鲜”制作工艺。不仅百分百保证“头道海鲜”品质，更让口感鲜不绝口、美味与营养俱佳，在海鲜行业享有非常高的品牌美誉度，是旅游品尝、馈赠亲朋的“头道海鲜美食”。

2013 年“海琪花”荣获秦皇岛市“名优特”产品称号。2014 年“海琪花”系列产品荣获“河北旅游必购商品”称号。2014 年“海琪花”系列产品荣获河北省第七届旅游商品大赛暨全国旅游商品博览会“特殊贡献奖”。2014 年 12 月“海琪花”品牌荣获“河北省著名商标”。热销产品有鲜而酥黄花鱼、黄金烤丝、扇贝、高锌海蛎子等。

<华夏•醉美旅游纪念酒>

长城华夏酒庄位于燕山脚下的美酒之源头——昌黎。酒庄葡园全部种植从法国引进的优良酿酒葡萄品种。原料采摘后经传统工艺酿造，而后橡木桶陈酿。华夏最美旅游纪念品套装采用 375 毫升小瓶装，以秦皇岛著名的四个景区——老龙头、山海关、亚洲大酒店、鸽子窝命名，是彰显秦皇岛地域风情、满足游客个性化需求的特色旅游商品。

<茅台珍藏干红葡萄酒>

茅台珍藏干红葡萄酒原料产自河北昌黎——凤凰山葡萄产区，严格控制亩产量，选择最佳的采摘期，采用先进工艺酿造，经橡木桶陈酿而成。深宝石绿色，清澈明亮，馥郁的品种香与陈酿后的橡木香气和谐醇厚。入口细腻，悦怡，余味绵长，此款产品获得第二届亚洲葡萄酒质量大赛银奖。目前本款产品为 CCTV 央视商城联合发布产品，让人爱不释手。

<林氏•秦里饼>

“三十里的南戴河、三十里的海、三十里的金沙滩、三十里的槐花海。”彭妈妈一曲《槐花海》歌颂了半个多世纪前在周总理的领导下，秦皇岛人民怀着乐观积极的心态与沙丘荒漠展开了艰苦卓绝的斗争，在海滩沿线广种槐树。最终，植树成林，战胜了沙灾，让槐花香飘渤海之滨，歌曲唱响了秦皇岛，唱响了长城内外。五十多年后的今天，秦皇岛市林氏食品有限责任公司研发团队受此启发，采用大胆创新的设计理念，选用秦皇岛本地新鲜槐花作为原材料，经过秘制加工，形成馅料，制成具有独特芳香且风味浓郁的一款秦皇岛特色旅游食品——槐花饼。

在此工艺基础上创新而成的秦里饼是采用本地特产板栗、红豆等食材秘制而成，产品包装独特，口味香甜，具有丰厚的历史文化底蕴，是一道能带走的风景。

<卢龙棋盘山•石门核桃>

永平投资管理有限公司凭借河北农业大学、河北林业科学院等单位的技术支撑，以生产、加工、销售石门核桃为主业，集良种繁育、果树生产、果品加工，产品销售于一体。公司

占地 800 亩，建有采穗圃、苗圃、核桃庄园、加工厂、仓储库和销售六个功能区，年加工、销售石门核桃 1600 吨，产品外销意大利及东南亚等国家和地区，内销全国 30 个大中城市。

<秦皇岛之韵旅游纪念酒>

秦皇岛之韵是红禅广告刘贤涛精心选取秦皇岛市内的七个景点，以中国传统绘画的方式呈现在酒的包装之上，以使其成为代表秦皇岛的礼物。

<山海关关源昌糕点>

老商号“关源昌”兴建于明代中叶，始终秉承“诚信经营、戒欺”的经商之道。商号主营：“秦皇岛最具特色旅游名吃”关源昌花生糕、“山海关历史名吃”关源昌桲椤饼（制作工艺为河北省非物质文化遗产）、“秦皇岛市双十佳风味名吃”清真回记绿豆糕、“首届秦皇岛特色旅游名吃”鲜花饼、“古城传统老字号”四条八宝饭、徐氏风干肠、各种海产品等。作为山海关传统土特产，在外形包装上遵循老糕点的传统做法，让人们从包装上就能想到小时候，想到家乡。

<天富滋·栗仁·袋装烤薯干·软白桃罐头>

天富滋公司生产的袋装板栗源自燕山粒粒精选，小包装栗仁经炒制、去皮后采用高档复合铝箔袋充氮包装，运用国际先进的调理杀菌工艺精制而成，口感更香糯、甘甜。产品无任何添加剂、着色剂和防腐剂，保质期长，方便携带和使用，是理想的营养保健、休闲食品。

风味烤薯干，据《本草纲目》记载，红薯有“补虚乏，益气力、健脾胃、强肾阴”之功效。本产品精选特种甘薯为原料，经糖化、烘烤精制而成。产品既具有烤红薯的诱人香味，又不失其干软、劲道的口感，是营养时尚的休闲食品。

软桃罐头，传统的桃罐头采用成熟度较低的普通原料，火碱去皮，产品有火碱残留且口感硬。公司原料采用河北特产的大久保桃且自然追熟后加工，采用了蒸汽手抓去皮。防腐剂零添加，产品味香，质软，口感滑嫩，色泽通透，味甘而不燥，风味独特。易拉罐马口铁包装，高档且方便食用，是理想的果肉休闲食品。

<北戴河“杨长子”·火腿肠>

“杨长子”牌熏煮香肠，是经历上百年的研究改进，选用上乘原料，辅以多种有益健康的名贵调料，利用传统工艺生产的熏煮香肠。本品呈淡玫瑰红色，鲜香浓郁，品味醇厚，回味悠长，片薄而不散。肠体通透圆润，色、香、味、形俱佳，风味独特，实为聚朋待客、馈赠亲友的美味食品，有河北省著名商标、2009 年市级非物质文化遗产“手工艺制品”、中国质量万里行定点单位、河北省消费者信得过产品、秦皇岛十佳风味名吃等美誉。

<渔岛薰衣草香包、枕头、精油、花浆纯露、精油皂>

薰衣草香包采用优质布料手工缝制而成，里面填充优质的薰衣草花粒，有安神解郁的作用。薰衣草枕头是以优质布料手工精心缝制而成的，内填充优质荞麦皮和精选的薰衣草花粒，具有缓解精神紧张和助眠的作用。薰衣草精油用园区自产薰衣草鲜花经反复提取所得，有美白、淡斑、去痘等 90 多种功效，是目前发现的植物精油中功能最多的一种。花浆

纯露是精油萃取过程中分离出的百分百饱和带植物香气的非只溶性液体，具有保湿、美白肌肤、防蚊虫叮咬、治脚气的功效。薰衣草精油皂采用优质皂基和薰衣草精油经手工打造而成，具有去痘润肤、长期使用可改善肤质的作用。

亲爱的朋友来秦皇岛，感受阳光、蓝天、绿树、碧海、金沙、长城之余，顺便带走心仪的礼物，任凭时光磨砺，展现在您面前的将是您旅途中最珍贵的回忆。

秦皇岛礼物——深长纪念，甘美回忆。

博物风雅　秦皇文化

——博物馆旅游专项

博物馆作为一个城市乃至国家的文化符号，承载了丰富的文化内涵。当前，随着城市旅游的日渐兴起，博物馆的旅游功能日益突出，博物馆逐渐成为展示城市独特历史文化、提升城市文化旅游吸引力的重要载体。博物馆旅游是近几十年来国内外逐渐兴起的一种旅游形式，集观赏艺术作品、鉴赏历史文物、学习文化知识、追求休闲娱乐等功能于一体，它可以满足不同社会群体的不同需求，如科研人员的专业研究需求，在校学生“实物教学”的需求，儿童接触世界、启迪智力的需求等，进而使得旅游活动由一般的游览观光上升到高文化含量的游憩活动。

秦皇岛博物馆旅游资源种类多、范围广，文化内涵丰富。山海关长城博物馆、秦皇岛玻璃博物馆、秦皇岛鸟类博物馆、北戴河轮滑博物馆、港口博物馆等比较著名，深受游客喜爱。秦皇岛作为旅游城市，自然景观具有独特吸引力，而博物馆作为人文景观的重要组成部分，展现着秦皇岛的发展历史和地域特色，增添了秦皇岛的历史文化底蕴，是自然景观的有益补充。

【山海关长城博物馆】

山海关长城博物馆，位于山海关城内，天下第一关脚下，为一处精致的仿古建筑群，由前国家主席李先念同志亲笔题写馆名。全馆分设序厅、长城历史厅、长城军事厅、长城文化厅、山海关长城厅等 6 个展厅。山海关长城博物馆于 1991 年 7 月正式对外开放，是我国三大长城博物馆之一。

馆内陈列作品集中展示了我国“上下两千多年，纵横十万余里”的长城历史渊源、形式建制、人文风物、军事烽烟，特别是万里长城精华地段——山海关长城的古代军事作用和宏伟壮观的建筑艺术。其大量珍贵的长城文物和精美的模型、雕塑、图片及大型声光电为一体的“山海关文物沙盘”，全面而生动地展示了万里长城山海关的历史魅力和现代风采，是我国以长城为主题的博物馆中较具规模者，在国内外具有一定的知名度和影响力。

【秦皇岛玻璃博物馆】

秦皇岛玻璃博物馆成立于2010年12月，是我国第一家国有玻璃专题博物馆。

1922年，“中国玻璃工业摇篮”耀华玻璃厂在秦皇岛设立，开亚洲玻璃工业之先河，秦皇岛也因此有了“玻璃城”的美名。2001年，随着城市的发展，耀华玻璃厂整体“退城进郊”，为记录这段历史，部分工业建筑被保留下来。2008年该遗址被河北省人民政府公布为第五批省级文物保护单位。秦皇岛玻璃博物馆即是依托这个有着近百年历史的耀华厂遗址建造而成。经两年筹备、两年建设，2012年8月6日面向公众开放，至今已接待参观者12万余人。精美的展陈、高等级的藏品，特别是居业内之最的玻璃文物数量，使秦皇岛玻璃博物馆得到社会各界广泛关注，并获普遍认可。

秦皇岛玻璃博物馆不仅搭建了一个全面展示玻璃文化与玻璃艺术的平台，也成为世人了解玻璃历史、了解城市历史的一个重要窗口。秦皇岛市玻璃博物馆将进一步推进玻璃艺术与玻璃产业的深度融合，全面推广玻璃文化，其必将成为承载文化精髓、塑造城市形象、展示艺术魅力的一道亮丽风景。

博物馆的展品品类繁盛，既体现了我国玻璃文化的开端和玻璃工业辉煌鼎盛时期的生产状态，又涵盖了我国历代玻璃工艺的演变；既有反映民俗文化的琉璃饰品，又有体现当代艺术的玻璃艺术珍品，更有汇聚异国风情的舶来异宝，充分显现了玻璃在民众生活中的重要作用与独特的文化艺术魅力。

【秦皇岛鸟类博物馆】

秦皇岛鸟类博物馆坐落于北戴河海滨鸽赤路，占地面积50亩，场馆总面积为1947.39平方米，展陈面积为1650平方米。它是将收藏鸟类标本和多媒体展示鸟类起源、进化、发展相结合的，集知识性、趣味性于一体的专题科普博物馆。

该博物馆由北戴河隆兴观光园和天津自然博物馆合作建设，是国内第一家专业鸟类标本博物馆。目前，该馆已展出鸟类标本260多种，包含鸟类600余只。其中，国家一级、二级保护动物150余种，丹顶鹤、玉带海雕、白尾海雕、东方白鹳等珍贵鸟种一应俱全。博物馆制作了大量图版，并给每只鸟类标本加上标签，逐一介绍鸟类知识。

秦皇岛鸟类博物馆共分为三大展区：鸟的世界展区450平方米，湿地与水鸟展区900平方米，4D动感电影体验区100平方米。

秦皇岛鸟类博物馆建筑源于对场地海风的利用和诗情的表达，着重体现建筑的文化性格，整体形象纯净、雅致，采用现代语汇，是一组“秦皇岛外打鱼船”泊于海湾的意象写照。整体肌理与场地设计的条带肌理相融合，延续了带状乔木林和灌木丛的肌理，采用谦逊与隐蔽的姿态，与环境共同构成统一的大地景观；建筑平面穿插、错动，同时建筑体块又与树丛交错咬合，通过形体的穿插变化，产生丰富的明暗效果，实现体量的虚实对比，为参观者提供多种空间体验。

【北戴河轮滑博物馆】

北戴河轮滑博物馆是亚洲第一座轮滑专项博物馆，由秦皇岛市北戴河区人民政府和中北米高体育用品有限公司于2008年联合投资创建，建筑面积约721平方米，2008年8月15日，正式对社会免费开放。目前，该馆收藏近百份珍贵的轮滑资料，轮滑展品实物200余件，各类图片500余张。

北戴河轮滑博物馆展出空间分为中央精美厅、世界近现代轮滑发展史、世界现代轮滑发展简史、中国轮滑发展简史、北戴河轮滑风情、多姿多彩的轮滑运动、世界当代轮滑发展简史7个陈列厅，展品主要分为产品实物、复制模型、图片等，内容涉及轮滑鞋及头盔、护具、服装等多种产品。以展览鉴赏、体验交流、研究测评、综合服务为宗旨，集权威性、知识性、学术性、互动性于一体，把收藏、展览、研究、测评和宣传教育功能有机结合，形成基本陈列、专题陈列和临时展览互为补充、交相辉映的陈列体系，从多角度、多侧面向公众展示轮滑运动和文化，成为宣传和推广轮滑运动与文化的多功能性综合设施，是全面了解国内外轮滑发展的一个重要窗口。

同时，轮滑博物馆与北戴河奥林匹克公园内的国际标准轮滑场相呼应，进一步增添了公园内浓厚的奥运、体育氛围，体现了北戴河轮滑运动与旅游、环境和人文的完美结合。北戴河轮滑博物馆还负有促进国内轮滑氛围的引导与文化建设、推进公众对轮滑运动的深入了解、加速与国际轮滑发展接轨的重大使命。用丰富的内容为不同层次、不同需求的参观者提供多元化轮滑信息，在展览中充分利用现代高科技手段，以便捷的文化服务为公众提供轮滑文化享受。

【港口博物馆】

港口博物馆是河北港口集团投资近500万元打造的一项公益性文化建设项目，位于秦皇岛海港区南山街2号，占地3000余平方米，环境幽雅宁静。博物馆门票免费，但是开放时间需要预约。秦皇岛博物馆的建成，结束了港口大省河北省、百年港城秦皇岛没有港口博物馆的历史，为旅游城市秦皇岛开发工业旅游增添了一处靓丽的历史人文景观。

港口老建筑作为秦港历史的载体，犹如一座里程碑，镌刻着百年大港的发展成就。秦皇岛港口博物馆在保持原建筑风格和格局的同时，因地制宜、化繁为简，将秦皇岛港百年发展历程浓缩于此，展现了秦皇岛港悠久的历史和深厚的文化底蕴。

港口博物馆室外展区有20世纪八九十年代港口主力机车、经修葺整理后面貌焕然一新的“上游1115号”蒸汽机车，以及反映旧秦港时期单身码头工人生活状态的雕塑群，营造出秦港特有的历史文化氛围。

随着2013年秦皇岛港西港区的搬迁，港口近代建筑群被列入国家级重点文保单位，秦皇岛对其进行了开发性保护利用。如今，这些建筑焕发出新的生命力，不仅梳理着秦皇岛百年工业文化，保留了物质文化遗产和城市记忆，还成为独具秦皇岛特色的工业文化展示、旅游基地。

【中国航标展馆】

中国航标展馆是我国唯一一座航标专业展馆，坐落在秦皇岛市风景秀丽的东山公园南侧，展馆外形为圆形体建筑，具有鲜明的航标特征。中国航标展馆由交通运输部海事局主办。参观中国航标馆可以引导孩子从小学习有关海洋、航海的知识，激发学习兴趣，开阔孩子眼界，同时此地又是秦皇岛观海最好的地方。

该航标展馆于2011年在秦皇岛建成。航标是维持海上（水上）交通畅通、保障船舶安全的重要助航设施。早在4000多年前，中国就出现了航标的雏形，在经历了漫长的发展历程后，最初的自然航标、人工航标已演变成现在的高科技电子航标。浓缩中国几千年航标发展史的中国航标展馆是目前国内唯一的航标展馆，也是世界上为数不多的国家级航标展馆之一。

【柳江地学博物馆】

柳江地学博物馆位于河北省秦皇岛市抚宁区上庄坨村，由地球科学厅、柳江盆地地质遗迹厅、岩矿化石标本厅、秦皇岛国家地质公园景观厅等5个单元组成。该博物馆运用图版、视频、模型、仿真场景、实物标本等手段，揭示了宇宙及太阳系、地球结构、地质作用、生物演化、柳江盆地海陆变迁的奥秘，展现了秦皇岛宝贵的地质遗迹资源和奇特的地质自然景观。

为展示柳江盆地丰富的地质遗迹，帮助前往实习的师生进行专业研究，并满足地学野外实习和地学知识科普活动的需要，2006年，柳江盆地自然保护区开始谋划筹建地学博物馆。博物馆投资6400万元，于2009年正式开工建设，建筑面积8122平方米，展示内容涵盖了地球科学、柳江瑰宝、岩矿化石标本赏析、秦皇岛地质风光等，具有科普教育和地学知识宣教等功能，是集科学性、知识性、观赏性和趣味性于一体的地学博物馆。博物馆展出的所有岩石标本均采自柳江盆地，看似一块普普通通的石头，却都是由亿万年地质演化所形成的。

【抚宁历史博物馆】

抚宁历史博物馆总面积990平方米，共分“历史文物”和“文化民俗”两个单元，其中“历史文物”单元，按照石器、夏商周春秋战国、秦汉、隋唐宋元、明清、民国的顺序分成了6个展厅，最后还单设了一个介绍当地长城文化的特色展厅。

所有展品都出自抚宁区，茶棚乡大所庄出土的旧石器时代工具、大新寨镇双岭马家黑石村北出土的唐代菱花形双龙镜、抚宁镇郦各庄出土的辽代白瓷碗……这座博物馆今年刚刚免费开放，展出文物实物近300件，还配合辅助展品，复原了抚宁的历史遗存和文明片段，把抚宁的来龙去脉、民俗渊源和文化精髓巧妙地展现出来。

【青龙民俗博物馆】

青龙民俗博物馆位于青龙满族自治县南山生态园内，是举办大型活动的场所，平时不开放。青龙历史悠久，是多民族聚居区，同时，青龙又是满族自治县，虽不是满族的发祥地，但青龙满族人民仍保留着自己的民族传统，民间各种习俗仍具有浓郁的满族风情。一层为规划展厅和民俗、书画展览馆，共有沙盘模型、县域挂板等 9 个展区。展馆以灯箱、图板、模型为主要展示手段，充分利用声、光、电及多媒体互动技术，全面诠释了青龙城乡规划建设的成果与构想。

【山海关甲申史鉴馆】

甲申史鉴馆为四合院式建筑，坐落于山海关古城西大街 66 号。展馆分为“要塞烽烟”“石河鏖战”“甲申史鉴”“居安思危”“任重道远”5 个方面的主体陈列内容。

作为河北省廉政教育基地，山海关甲申史鉴馆通过大量的历史资料、文物、图片和现实范例，采取电子挂图和实物陈列相结合，辅以影视设备、复原沙盘等现代手段展示了李自成和农民起义军因胜而骄、因骄而奢、因奢而腐、因腐而亡的演变过程，反衬了中国共产党历代领导人汲取李自成失败的历史教训，居安思危，警钟长鸣，促使共产党人探索具有中国特色反腐倡廉建设道路的历史进程。

【山海关民俗博物馆】

山海关民俗博物馆，又称作“王家大院”，占地 10 余亩，是一个典型的明清四合庭院。它坐落于雄伟的“天下第一关”西侧，是万里长城起点的第一家博物馆。博物馆主要收藏陈列民俗用品，展示明清生活用具，反映明清时期的起居文化、民间生活及民俗民风。

馆内 10000 多件藏品是由一些民间收藏家和收藏爱好者长期集藏、精心保护的民俗旧物，内容涉及民间衣食住行婚育礼丧等各个方面。在民间艺术、民间婚俗、民间食俗和民间礼乐等 8 个陈列展示厅内，枕箱被帐、屏风绣墩、香儿条案、笔洗镇纸、滴砚印章和琴筝笙箫等生活器物，以及抚琴吟唱、把玩古董、着装拍摄和体验婚拜等参与性活动把游人带进北方“长城人家”的民俗文化之中。

【冀东抗战纪念馆】

冀东抗战纪念馆是冀东地区唯一一座全面反映冀东抗日武装革命事迹的纪念馆，占地 140 平方米，馆内墙壁上记录了抗战时期发生在这里的动人故事，馆内还征集到了冀东抗日武装及李运昌、李中权、曾克林等人珍贵的图片和实物资料，第一次正式对外陈列展出。

冀东抗战纪念馆于 2007 年 9 月 28 日落成开馆。馆名“冀东抗战纪念馆”是原北京军区司令员李来柱将军题写的。一进大厅，映入眼帘的浮雕上面是冀热辽军区主要领导的塑像，分别是司令员李运昌、政治部主任李中权、副司令员詹才方、参谋长彭寿生。纪念馆主要分为三个展馆：第一展馆，主要是红色记忆，记载当时抗日战争的事迹；第二展馆，主要展出战斗事迹和军民鱼水情的情景；第三展馆，主要展出抗战年代通信设施和当年使用的工具。马镫就是当年马本斋骑马时使用的马镫，军号是当年八路军的军号，刺刀是老步枪刺刀。除此之外，机枪部件、老无线电台、引爆器和子弹等都是当时中国人民勇敢抗战的见证。

文化旅游是城市文明的象征，是较高品位和格调的消费方式，博物馆作为社会文化活动中心，有利于提高秦皇岛的文明程度，促进经济的发展和社会的进步，在提高人口素质、探索自然变化与古代科技发展、科技创新等方面将发挥不可替代的作用。在此，秦皇岛以博大的胸怀欢迎各地游客来秦享受一场独具匠心的文化盛宴。

旅 / 游 / 节 / 事

山海关“二月二”龙抬头庙会

绵延万里的长城是中华民族“龙”的象征与化身，山海关老龙头则被誉为巨龙之首。长城是中华文明的重要象征，龙是中华民族凝聚力的文化认同。当承载着自强不息、坚韧不拔精神的长城文化和蕴含着喜庆祥和、繁荣昌盛之意的中华龙文化在老龙头相映生辉，便赋予了“二月二”龙抬头庙会丰富的内涵。“二月二、游龙头、龙抬头”是山海关地区流传和盛行的民间习俗。千百年来人们依然保留着“二月二、游龙头、摸龙头、抬龙头”的传统，并逐渐形成了华北和东北地区盛大的民间庙会。

农历二月初二，俗称青龙节，传说是龙抬头的日子，是中国城乡的一个传统节日。这一天，人们庆祝“龙头节”，以示敬龙祈雨，让老天佑保丰收。二月二，表示春季来临，万物复苏，蛰龙开始活动，预示一年的农事活动即将开始。此时正值雨水、惊蛰、春分之间，春回大地，万物复苏，冬天里蛰伏在洞穴里的动物开始苏醒，传说中的龙也从沉睡中醒来，人们希望借龙威以慑服蠢蠢欲动的虫子，祈求农业丰收与人畜平安。古书记载，龙“春分登天，秋分潜渊”，龙抬头便得名于此。民谚流传有“二月二，龙抬头；大仓满，小仓流”，寄托了人们祈龙赐福，保佑风调雨顺、五谷丰登的强烈愿望。古时人们庆祝二月二都要焚香设供祭祀龙神，祈求雨水普降，消除虫害。随着时代的变迁，人们保留了祭祀祖先等传统习俗，同时也衍生出了剃龙头的习俗，期盼着这一年里能够鸿运当头。

山海关“二月二”龙抬头庙会从2011年开始举办，到目前为止已经举办了七届。每年的二月二前后，秦皇岛当地的市民便会齐聚在山海关老龙头景区，和来自北京、天津、辽宁、河北、内蒙古、山西、吉林、黑龙江等十余个省市的游客一起登长城、赏民俗、舞龙、观海、迎春纳福，在海边长城下共享我国传统民俗节日“二月二•龙抬头”节的欢乐喜庆。“二月二”庙会通常会持续三到四天，庙会活动包罗万象，赏经典节目，观民俗荟萃，品特色美食，逛特色商品，为游客带来一场民俗盛宴。

【经典节目——穿越古今“赏龙头”】

“二月二”龙抬头庙会当然少不了这一传统节日的习俗再现。山海关景区在对“二月二”节日文化深度挖掘的基础上，利用多种多样的表现手法再现了原汁原味的“二月二”，形成了一系列特色的经典节目。正衣冠，拜仙师，开天眼，剃龙头，祭神龙……每一个传统习俗都不容错过。

< 点睛开目 >

龙是祥瑞之物，是和风化雨的主宰，每逢农历二月初二，是天上主管云雨的龙王抬头的日子。为了唤醒冬眠的春龙，山海关盛行“点龙睛，龙抬头”的传统仪式。当地阁老宣读祈文，春龙点睛开目，为人间行云布雨。此时，春回大地，万物复苏，农民告别农闲，开始下地劳作，应合民谚：“二月二，龙抬头，风调和，雨顺畅，大仓满，小仓流，人得谐，家幸福，国安泰，民安康。”

< 祭海迎祥 >

望海祈福是生活在山海关沿海的历代渔民将平安和丰收的希望寄托于海神的虔诚祈拜，是渔民在漫长的耕海牧渔生活中创造的一种独具地域特色的渔家文化。老龙头周围许多渔村都有“二月二祭海神”的习俗。庙会期间沿海渔民自发组成的祭祀队伍抬着三牲五谷，举着祭旗，喊着号子，从各自村庄步行来到老龙头海边举行庄严的祭海祈福活动，表达了世代渔民耕海万顷、养海万年、回馈大海、感恩自然和对美好生活的祝福和祈愿。

< 启蒙开笔 >

农历二月初三是文昌帝君诞辰日。古时，儿童在这一天举行人生的第一次大礼——开笔礼，表明正式开始读书学习，祈祷科举登第。庙会按照传统民俗举办了龙抬头开笔礼，目前已经成功举办两届，通过正衣冠、朱砂启智、拜先师等仪式，表示少儿开始识字习礼，开始新的学习生活。活动以博大精深的儒家文化熏陶、激励孩子求知求学的欲望，培养他们对知识及传统文化的热爱。

< 鸿运当头 >

农历二月初二，是民间所说“龙抬头”的日子，素有“二月二，理龙发”的说法。庙会期间会有担着剃头挑子的理发师傅和关城传统剪发师傅在万里长城之“龙”首，现场为

游客“理龙发”，应合“二月二，理龙发，鸿运当头，福星高照”之意。剪下的头发会珍藏至礼品盒中，为游客留下珍贵的纪念。

< 龙头祈福 >

龙是中华民族最具代表性的文化象征之一，常用来象征祥瑞，而老龙头是巨龙之首，自古民间就有登龙头、摸龙头的习俗。老年人摸龙头免灾害、寿延年；中年人摸龙头万事顺、百业兴；小朋友摸龙头保平安、学业成。庙会期间，游客可在海神庙、龙王庙、关帝庙参加祈福活动。

【民俗荟萃——感受技艺“观龙头”】

山海关“二月二”龙抬头庙会早已成为百姓的节日，成为一场民俗的盛宴。庙会期间，四面八方的民俗技艺表演家共同亮相老龙头，为游客献上一幕幕精彩绝伦的民俗表演。

< 龙狮欢舞 >

“龙抬头”节怎么能少了龙的现身助兴呢？龙狮欢舞是庙会期间必不可少的民俗表演。舞龙、舞狮是中国传统的民俗民间活动，象征着幸福、吉祥和欢乐。庙会期间，山海关景区请来了舞龙、舞狮表演队，将武术和舞蹈艺术有机结合起来，为游客呈现一场气势恢宏的表演。

< 非遗荟萃 >

抚宁的太平鼓、昌黎的地秧歌、青龙的猴打棒，还有抖空竹、踩高跷、跑旱船、猪八戒背媳妇儿、二贵摔跤、二月二回娘家等秧歌小曲儿，这些非物质文化遗产不约而同地来到了山海关龙抬头庙会，让游客尽情感受传统文化的魅力。

< 说唱民俗 >

山海关是一座多元文化融合之城，关城老艺人个个身怀绝技，他们将二月二的来历、风俗以及谚语以单弦、快板、山东快书等说唱表演的形式展现出来。大鼓书、数来宝、评剧选段，为游客带来一场听觉盛宴。同时，庙会上还可以看到吹糖人、捏面人、拉洋片等传统艺人的表演，让游客不仅可以深入了解中国传统文化，还能欣赏到难得一见的民间老艺人的精彩演出。

【美食精宴——过足嘴瘾“品龙头”】

提到庙会，第一时间呈现在脑中的就是那垂涎欲滴的美食了，山海关“二月二”龙抬头庙会同样也会让游客大饱口福。每届庙会，群星云集的美食都吸引了大量游客驻足。

为了给庙会活动增添浓厚的节日气氛，山海关景区为游客准备了地道“应景儿”的时令美食。届时，景区内的龙武营士兵房、粥房以及北门冷饮厅都将为游客现场制作美食，游客可以边欣赏传统美食的制作工艺，边体验一下“龙抬头节”上咬“龙鳞（春饼）”“龙须（龙须面）”“龙耳（饺子）”“龙眼（馄饨）”，为新的一年求得一个好兆头。除了“龙肉拼盘”，与二月二有关的民俗食品，如爆米花、年糕、艾糕、驴打滚、棉花糖等更是不可或缺的重要吃食。而山海关当地的四条包子、椁椤叶饼、花生糕、张老六花生米、老亮风干肠和各色干鲜海产品等风味美食也纷纷亮相。身着长衫，手挎食篮的小贩在景区内到处可见，吆喝声，售卖声，声声入耳，给人一种穿越至古代的感觉。

【商品精选——乐游美购“逛龙头”】

在庙会上，风筝、剪纸、吉祥物、沙画、葫芦制品、糖人、面人、手指画、草编等特色商品汇聚一处；古城女红制品、龙形玩具、小饰品、泥人、风车齐聚亮相；为二月初三开笔礼制备的特殊纪念品——限量版状元笔及仿古线牛皮本，以及龙抬头庙会首日封、长城砖刻笔筒、老记忆油纸本、明代海防文牒、龙头腰牌等极具收藏价值的纪念品让游客乐游庙会美购不停。

【视听精品——古今人物“汇龙头”】

庙会期间景区将全天进行“帝王巡游”“戚帅巡城”仿古表演，以及“美女餐桌”“街头雕塑”等行为艺术表演，更有龙形风筝展演、太极拳展演、武术展演、广场舞展演、“欢乐节拍”大家唱等丰富的娱乐互动节目精彩呈现。景区内设置了游客参与互动的唱歌、跳舞、猜谜活动，满足了不同年龄段游客的需求，增加了活动的趣味性、项目的丰富性，让游客有了更多的选择。

孟姜女庙庙会

在老山海关人的节日习俗中，农历四月十八的孟姜女庙庙会是一个特别重大的节日。这一天，周围四乡八村的乡亲们一大早就聚集在山海关孟姜女庙景区内，有买有卖，驾车挑担，热闹非凡。庙会上各种商品应有尽有，吃的、玩的、穿的、戴的任人挑选，加之各地民间艺人前来助兴，进行武术、杂技等各式表演，人们尽情欢乐，热闹非凡，一派节日盛景。

孟姜女庙庙会在山海关一带可以说源远流长。孟姜女庙庙会由来已久，但具体源于何时已不可考。20 世纪 60 年代初，庙会被取消；到 1991 年，为了更好地挖掘和弘扬孟姜女文化内涵，打造华北、东北地区最具影响力的“庙会游城市”品牌，进一步提高山海关的知名度，山海关又重新恢复了孟姜女庙的庙会，各种活动丰富多彩，初步恢复了昔日庙会的盛况。每年的农历四月十八前后，孟姜女庙景区都沉浸在节日的气氛之中，持续时间长达一周左右。迄今为止，孟姜女庙景区已经举办了 27 届孟姜女庙庙会，这已经成为山海关及周边地区百姓间盛行的民间习俗，具有深厚的群众基础，对于打造和宣传山海关旅游文化品牌起到了良好的推动作用。

山海关孟姜女庙庙会是从中国古代四大民间爱情故事“孟姜女的传说”演化来的（其他三个分别是“牛郎织女”“梁山伯与祝英台”和“白蛇传”），千百年来一直以口头传承的方式在民间广为流传，最早的传说可上溯到《左传》。相传，秦代江南松江府孟、姜两家种葫芦，葫芦内得一女，两家争执不下，遂取名孟姜女，后配夫范杞梁。范杞梁被抓去修长城，孟姜女独自送寒衣，见夫已亡，哭倒长城，跳海殉夫。这段忠贞的爱情故事广为后人传诵，逐渐演变为中国古代家喻户晓的民间故事。山海关关于孟姜女的故事在明朝的《永平府志》中就有记载，现在还保存有孟姜女庙、姜女坟、望夫石等遗迹。据统计，全国范围内原建有祭祀孟姜女的专祠达 14 座，至今唯独山海关的这座孟姜女庙完整地保存下来。早在 1956 年，孟姜女庙就被列入河北省第一批重点文物保护单位；2006 年，山海关孟姜镇又被中国民间文艺家协会命名为“中国孟姜女文化之乡”；2014 年，孟姜女传说被正式列入第四批国家级非物质文化遗产名录。古时，每逢农历四月十八，民以崇敬而瞻仰，官以吊古而祭祀。

孟姜女庙庙会每年都会突出“灵气福祉·爱情圣地”的主旋律，并根据这一主题推出了许多特色主题活动。祭祀孟姜女，再现清朝百姓祭拜孟姜女、祈福幸福生活的场景；大清科考，与游客互动的脱口秀，体验古代科考趣闻趣事；抛绣球，演绎古代民间员外府邸招亲场面，接到绣球者现场“拜堂成亲”，亲身体验古代传统婚礼现场氛围；月老赐婚，月

下老人在古代结婚证——“合喜婚贴”上签夫妻或情侣的姓名，系上红线，加盖火漆印，钦点鸳鸯；捉拿杞梁，城门上公示“捉拿杞梁通缉令”，由士兵“盘查”过往游客，捉拿逃犯杞梁；还有精彩的古装快闪，“四大才子”、“乞丐”夫妻、“春夏秋冬”四香、秦始皇及其随从人员等，齐齐穿越，来到景区与游客相遇。看完这些主题活动，游客还可以来到“福”路，偶遇“福禄寿”三星下凡，体验“祈福”文化，为自己和家人祈福，一起祈福走“福”路，敲“福”钟，敬“福”香，写“福”字，跨“福”桥，猜“福”谜，打“福”钱，系“福”带。福路又同福禄，寓意走这条路的人都可以收获幸福和禄位。走完福路挂福铃，福路两侧的树枝上均被挂满了福铃，风吹铃动，声音美妙清脆，佑人吉祥、平安。

庙会必不可少的就是传统文化浓厚的民俗表演。在孟姜女庙景区的秦宫主舞台，一场视觉的盛宴正在上演。全民广场舞、彩龙彩凤、大头娃娃迎宾、军鼓表演喜迎八方宾客的到来；传统民俗活动踩高跷，带领游客踩高跷上高墙——节节高升喜洋洋。游客可以在这里欣赏传统曲艺表演，在数来宝、评剧、京剧、快板说唱中听那古老的传说故事，感受孟姜女寻夫的哀婉凄凉；欣赏穿越时空的小剧场，再现仿古情景，仿佛梦回秦朝。歌舞、杂技、相声、走秀、二人转、魔术杂技、小丑气球，还有喷火、川剧变脸等惊险刺激的非物质文化遗产绝活表演，将孟姜女庙庙会打造成为群众自己的民俗文化盛会。

孟姜女庙庙会不仅是这些特色活动的展示舞台，也是民间艺术、民间特产的展示舞台。庙会期间会开展民间艺术展卖，面人、糖画、泥人、软陶、布艺、草编、葫芦烙画、手绘书签、五行信物、桃木饰品、蛋雕、糖人等应有尽有。还有秦皇岛当地的精美风味小吃，如棉花糖、糖葫芦、柠椤叶饼、花生糕、年糕、回记糕点等。可谓吃喝玩乐面面俱到，市民游客在此期间可以尽享庙会旅游之乐。

除了逛孟姜女庙、观看民间传统表演项目外，情侣们还可以趁此机会购买象征孟姜女庙文化符号的爱情纪念品，如“盟约庚帖”“爱情火漆印”等。此外，游客还可以去观看3D壁画，了解孟姜女的传说故事，感受流传千年的爱情文化。

山海关大樱桃节

又是一年樱桃红，繁枝硕果喜相迎。每年6月樱桃成熟之际，山海关的樱桃园就变成了红色的海洋。在这个丰收的季节里，秦皇岛迎来了一年一度的山海关大樱桃节。

河北省秦皇岛市山海关石河镇毛家沟村及周边村庄拥有大规模樱桃种植基地，是中国大樱桃“三大产地”之一，也是历届山海关大樱桃节的举办地。自2006年举办第一届山海关大樱桃节以来，至今已成功举办12届。于每年5月末6月初举办，持续20多天的山海关大樱桃节吸引了大量秦皇岛当地及周边城市的旅游者前来参加。山海关区政府连续多年组织开展“大樱桃节”等系列特色节庆活动，旨在弘扬“山海关”这一享誉国际的民族品牌，带动当地乡村旅游文化产业发展，树立特色旅游品牌，打造国际化旅游项目。山海关大樱桃节对提升“山海关”品牌的附加值和含金量，促进果农增收，进一步拉动地方经济增长具有很强的现实意义和深远的社会意义。

2001年9月，山海关区被国家林业局命名为“中国樱桃之乡”；2008年12月，山海关大樱桃被中国绿色食品发展中心认定为绿色食品A级产品；2015年秦皇岛山海关区还引进大樱桃储藏保鲜和加工生产技术，延长大樱桃的保鲜期，让游客在冬季也能品尝到山海关大樱桃。

山海关北依燕山，南临渤海，纬度在39° N～40° N之间，土壤微酸，夏无酷暑，冬无严寒，极适合大樱桃生长繁育。山海关自1985年开始引进栽植大樱桃，至今已有33年的历史。目前，全区大樱桃栽培面积已达3万亩，盛果期面积达到2.5万亩，年产量超过2万吨，产值2亿元以上，主要栽培有红灯、意大利早红、美早、砂蜜豆、黄香蕉、拉宾斯、滨库等30多个品种，栽植范围遍及山海关区3个镇、53个行政村、1.1万余农户，是北方大樱桃主产区之一，也是全国大樱桃品质最好的产区之一。近年来，山海关区依托得天独厚的自然条件，以举办大樱桃节为契机，努力挖掘大樱桃种植产业内涵，通过市场化方式推进传统农业向现代乡村休闲旅游农业的产业链延伸，使大樱桃产业成为该区特色支柱产业。为了深入宣传和推介山海关大樱桃产业，实现大樱桃与旅游的有机结合，促进农业产业向二、三产业整合发展，由山海关林业局主办的山海关大樱桃节网站正式开通上线，这是山海关区建设的首个以大樱桃节为主题的综合性网站，是深入挖掘和宣传山海关大樱桃文化、推动大樱桃产业发展的又一重要举措。

山海关大樱桃文化旅游节更加突出互动性、趣味性和科普性，注重与新媒体的结合和

对文化内涵的挖掘。在20多天的节庆时间里，精彩的主题活动陆续登场，带给游客一场丰收的盛宴。除了樱桃采摘活动，拍客可以在“樱桃情缘”微电影、创意广告片评选活动中展示自己的创意，可爱的吃货们可以在吃大樱桃比赛中大显身手，微达人可以在“寻找最大樱桃”之大樱桃采摘之旅微信评选中自由徜徉，同时游客还可以在大樱桃科普展及科普养生讲座活动中学习樱桃知识。“最美樱桃人”“十佳大樱桃科技人才”“樱桃大王”“十佳大樱桃采摘园”“大樱桃节Logo创意设计”“大樱桃雕塑创意设计”“樱桃•印象大樱桃书画摄影大赛”“樱之韵大樱桃文学艺术创作”“古灵精怪樱桃趣味表情创意大赛”等系列主题评比活动为大樱桃节增添了无限亮点，都是节日中不可错过的看点。

已连续成功举办12届的大樱桃节，现已发展成为远近闻名的特色乡村旅游节庆品牌，樱桃节的活动中也逐渐加入了其他乡村旅游的元素。近几届山海关樱桃节，举办方深入挖掘乡村旅游的内涵，形成了采摘樱桃活动之外的其他系列乡村体验活动，极大地丰富了山海关大樱桃节的体验性、互动性和趣味性。体验新民居，欢乐农家游，游客可以在这里住农民新居，逛大樱桃园，摘大樱桃果，亲身体验推碾子、磨豆腐、扭秧歌等农家民俗。土特产品展销、乡村小吃节、钓鱼比赛、民俗演出、驴友户外活动、星级采摘园评定等主题活动精彩不断，为游客带来一场欢乐嘉年华。

古韵雄关美，山海樱桃红。山海关大樱桃节在12年的发展过程中，不断地创新突破，带给游客更多的惊艳。2017年5月29日“2017中国樱桃年会暨山海关第十二届大樱桃节乡村旅游节”盛大开幕。活动由开幕式盛典，“唱响山海情”群星演唱会，古韵雄关美摄影展，“红樱桃超级宝宝”、“今天我最红——桃果王”两大赛事，创建“樱歌燕舞”欢乐主题园、“樱桃奇境”亲子主题园、“山海情缘”爱情主题园三大主题园区，五部分主体内容组成，活动内容丰富多彩，持续到6月底才结束。全新的表现形式，前所未有的规模气势，向游客展示了不一样的山海关大樱桃节。长城网对本次开幕仪式进行了视频及图文直播，在开幕仪式上，山海关区政府还分别与果农代表、中国邮政速递、顺丰快递、河北广播电视台大型活动部进行签约。

将来，山海关区政府还将给予大樱桃果农更多的帮助和扶持，并与河北广播电视台联手打造山海关区一系列旅游文化演艺项目，丰富业态及内涵。同时，借助便捷的快递服务和物流网络，通过河北广播电视台的全媒体宣传平台，让山海关大樱桃香飘万家、声名远播。

秦皇求仙入海处望海大会

端午节是中国的传统节日，吃粽子、赛龙舟、喝雄黄酒、悬艾叶菖蒲、挂荷包和拴五色丝线，这些都是节日里人们最熟悉的活动。每年的端午节，全国各地都有各式各样的庆祝活动。在秦皇岛，游客会看到一场别具特色的庆祝活动——端午节逛码头望海。

说起望海大会，不得不提到秦皇岛的秦皇求仙入海处，它不仅是秦始皇东巡拜海之处，也是每届望海大会的举办地。1975 年，秦皇岛市政府在海港区建立了东山公园；1988 年的 1 月，海港区在东山挖掘出立于明成化十三年的秦皇求仙入海处石碑残片；1992 年 5 月 20 日，秦皇求仙入海处景区在原东山公园旧址改建竣工。为纪念端午节逛码头望海，活跃地方文化，促进旅游及全区经济发展，海港区自 1992 年起，每年的农历五月初五端午节都会在秦皇求仙入海处举办盛大的望海大会暨求仙节，迄今为止已经成功举办了 25 届。经过 20 多年的打磨，“望海大会”已成为秦皇岛人的特有民俗、海港区独树一帜的品牌文化。2011 年秦皇求仙入海处景区被中华文化促进会誉为“中国望海祈福第一地”；2014 年秦皇岛市海港区被中华文化促进会评为“中国望海祈福地”；望海大会活动先后被“节庆中华评选组委会”授予节庆中华创意奖和最佳旅游目的地奖。

关于逛码头这个习俗的来由，还有一个凄美的传说。据传，2200年前，秦始皇为了求得长生不老药，特命道士徐福携五百童男童女前往东海求得长生不老药。这一去便再无音讯，不见归来了。据说是徐福求不到长生不老药，便偷偷地转去了一个孤岛，率五百童男童女在岛上繁衍生息，定居下来，这个岛便是今天的日本岛。遥想2000年前，海滩外桅樯林立，云帆高挂，楼船待发。上千名少男少女被迫登舟。而沙滩外，爷娘哥姐奔走相送，“牵衣顿足拦道哭”，难分难舍，撕魂裂魄的惊心场面，让人为之黯然，不忍观顾。此后，每年的端午节这天，人们都要聚到海边眺望着亲人扬帆远去的方向，盼望他们早日回家，并寄托对先人的思盼之情。久而久之，便形成了秦皇岛独具特色的地方民俗——端午节逛码头望海。

旧时端午节这天，通往东山海边的开滦路交易活动异常繁忙，天桥附近还要搭台唱戏，附近十里八乡的人都要到海边逛上一逛。现如今，每到这个日子，东至绥中，西至乐亭，人们呼朋唤友，结伴而行，赶到秦皇岛逛码头，海边聚满了人，非常热闹，到处是摆摊的、卖货的，各种小吃、农副产品随处可见，如同赶集，胜似庙会。在端午节这一天，秦皇岛当地的百姓为了去病求健康，会佩戴吉祥五色线预防五毒侵入。由于靠海和“海上有仙山”的美丽传说，人们还会把自己求健康、平安的心愿放入祈愿漂流仙葫芦，漂流到三仙岛，以得到仙人庇佑。

每年的望海大会，“望海祈福，送福于民”祈福大典表演都是重头戏，吸引了四面八方的游客前来观看。求仙大殿，鼓乐声起，左右两旁手持各色锦旗的禁卫军为始皇帝开路，御前太监手持一柄拂尘，始皇帝紧随身后，在身着秦代服饰文武百官的簇拥下举行驱鬼祈福仪式：首先，道长在祭祀仪式上施法以驱鬼除魔；随后，道长为始皇帝祈福；最后，道长要为国家和百姓祈福。表演结束后，始皇帝在群臣及侍从的陪伴下，将五彩线、香囊等分发给游园的游客。至此，侍从宣布典礼完毕。

民俗文化和特色美食是大会必不可少的元素。望海大会突出原汁原味的传统民俗文化特色，希望人们在望海盛会上寻找民俗记忆。全国特色非遗展就设在秦皇求仙入海处战国风情园内，各地非遗、民俗产品、技艺展位，为游客带来一场民俗文化的盛宴。不仅有荣获非物质文化遗产称号的民间表演艺术家轮流在现场表演地秧歌、舞龙等节目，也有非物质文化遗产传承人或项目介绍人现场演示脸谱绘制、木版年画、泥塑、糖画、面人、民间绘画等精湛技艺。活动期间还举行传统民间美食文化集市，游客可以品尝秦皇岛地方特色小吃。秦皇岛有很多特色小吃，四条包子、椁椤叶饼、花生糕、杨长子等，每样小吃都能勾起游客心中对美食深深的眷恋。

随着时间的积淀，“逛码头”的内容越来越丰富，从原始的摆摊易货发展到包括民俗表演在内的地方文化集市，让越来越多的游客感受到秦皇岛的地域节庆文化氛围，体会秦皇求仙入海处景区“中国望海祈福第一地”的胜景。为了增加与游客的互动性，让游客在参与和互动中祈福纳祥，近年来的望海大会还举办了寻福宝、送福卡、祈福牌、有奖问答、

DIY 制作香囊等活动。2015 年的望海大会，举办方还增加了恐龙文化节。秦皇求仙入海处的热河古生物化石博物馆，为游客展示了著名的“热河生物群”经典产地，以及辽西和冀北地区近 20 年来发现的化石精品。其中，珍藏的国家一级保护化石有 30 余件。

走在海边，欣赏着码头的风景，拾贝抓蟹；逛逛周边的集市，熙熙攘攘。就是这样积淀着秦皇岛人淳朴民风的民俗活动，寄托着人们的无限思念与期望。2200 多年来，在漫长的历史演变中，“望海祈福”已经成为秦皇求仙入海处乃至秦皇岛独特的传统民俗，也逐渐固化成为具有秦皇岛地方特色的祈福仪式。望海祈福文化在秦皇岛发芽是人们对团聚的渴望与期盼，望海祈福文化在秦皇岛成长是人们对自然的敬畏与热爱，望海祈福文化成为秦皇岛人对幸福和美好生活的追求和向往。

秦皇岛中国干红国际葡萄酒节

葡萄酒与秦皇岛的渊源颇深，新中国第一瓶干红葡萄酒就诞生在这里。为打造国际知名的葡萄酒产业集聚区，秦皇岛市人民政府决定将“中国秦皇岛国际葡萄酒节”作为继北京奥运会足球赛事后的又一国际性的重要节会活动。中国秦皇岛国际葡萄酒节从2000年开始举办，至2017年已成功举办了18届，葡萄酒节在提高秦皇岛葡萄酒产业知名度、提升企业品牌形象、促进产品销售和项目招商引资、提升秦皇岛高端休闲旅游目的地整体形象等方面均起到了积极作用。

秦皇岛处于世界公认的酿酒葡萄黄金种植带，拥有全国第一个通过原产地保护的葡萄酒产区，有着独具特色的葡萄酒文化。经过30多年的精心培育，秦皇岛产区已成为全国公认的优秀葡萄酒产区之一，建立了较为完备的酿酒葡萄种植和葡萄酒生产体系，拥有6万亩酿酒葡萄种植基地，形成了华夏长城、茅台、香格里拉、朗格斯酒庄等高档次葡萄酒酿造企业集群，成立了全国第一个葡萄酒产业聚集区，以葡萄酒为主题的休闲旅游初具规模，葡萄酒产业已成为秦皇岛市重点发展的产业之一。

优质的葡萄酒离不开优质的葡萄种植，支撑秦皇岛葡萄酒产业发展的正是秦皇岛悠久的葡萄种植历史。秦皇岛市位于东经118°33′～119°51′，北纬39°24′～40°37′，与红酒之都——法国波尔多处于同一纬度，尤其是辖区内的卢龙、昌黎和抚宁三县区，特别适宜酿酒葡萄的生长。目前以昌黎和卢龙、抚宁为主，全市酿酒葡萄种植面积达到了10万亩，农民每年可从中获纯收入3亿多元。经有关部门连续多年测试，正常年份这里的赤霞珠等优质葡萄含糖量在21°～23°之间，最高能达到25°，明显高于国内其他产区。经过20多年的发展，昌黎和卢龙两县建立了较为完备的酿酒葡萄种植和葡萄酒生产体系，为秦皇岛葡萄酒产业下一步快速发展打下了良好的基础。国际葡萄酒协会主席布巴斯教授称誉昌黎县为“中国的波尔多”。昌黎县、卢龙县分别被中国地区开发促进会授予“中国葡萄酒之乡”“中国干红葡萄酒城”和“中国酿酒葡萄基地”的称号。2002年，昌黎葡萄酒成为国家原产地域保护产品，这是我国葡萄酒行业第一个原产地域保护产品，也是国家原产地命名史上的第一个全部行政区域的原产地域保护命名。

聚集区内的昌黎县具有400多年的食用葡萄栽培历史，地域环境独特，在北纬40°的葡萄黄金生长带附近，日照充足，年降水量在400～600毫米之间，昼夜温差大，无霜期长，非常适宜酿酒葡萄的生长。昌黎葡萄酒厂从法国引进了一批优质的葡萄苗木，栽植在城东

800 亩的山坡上，在此成功基础上，经过持续发展，葡萄种植面积扩大到了今天的 5 万亩，其中优质酿酒葡萄基地 3.6 万亩，成为全国县级区域面积最大、品质最好的酿酒葡萄基地。昌黎全县 70% 的行政村、8000 农户栽植酿酒葡萄，主栽品种为赤霞珠。另外，品丽珠、梅麓辄、龙眼、霞多丽等也有少量栽植。目前，全县已建立了县、乡、村三级技术服务网络，从事酿酒葡萄栽培技术研究与推广的技术人员有 171 名，其中拥有中高级职称的 51 名。在葡萄酒酿造方面，有国家级评酒委员 11 名，中高级职称技术人员 40 余名。2001 年，昌黎县与亚洲唯一的葡萄酒学院——西北农业科技大学葡萄酒学院建立了密切的合作关系，并开展了卓有成效的合作。此外昌黎县以备战第二届河北省旅发大会为总抓手，围绕红酒体验游览，谋划并启动了“一城四镇”，即产业新城、干红小镇、葡萄小镇、诗词小镇、旅游小镇以及 38 个旅游产业发展重点项目，预计投资 50 亿元。其中“干红小镇”项目位于昌黎县北部山区，规划建设 9 座中式风格酒庄，每个酒庄建成不同主题的博物馆，在第二届河北省旅发大会之前，先行投资 3.3 亿元建设 1 座艺术酒庄和 1 个新概念服务中心。干红小镇还将建设观景平台、登顶路线展示、房车营地、帐篷酒店、古驿道等项目。

秦皇岛国际葡萄酒节每年的举办地点并不固定，但是作为葡萄酒主要聚集区的昌黎县、卢龙县，成为葡萄酒节的主要承办地，每届活动都让人十分期待。提到酒就不得不对酒的质量进行一番评比，因此每年的葡萄酒节都会有品酒活动，有时还会举办葡萄酒质量大赛。为了增加趣味性，还会有与葡萄酒相关的美食烹饪活动。为了增加葡萄酒的销量及扩大秦皇岛葡萄酒的影响力，也会举办葡萄酒展销大会。

秦皇岛国际葡萄酒节每年的活动也不尽相同，就拿第十七届秦皇岛国际葡萄酒节来说，这届葡萄酒节活动亮点频出。一是更接地气，突出娱乐性、互动性、参与性，如自驾环岛行、广场音乐会、沙滩欢乐季、万人品酒会、秦皇岛葡萄酒交易网享豪礼购物节等活动；二是行业融合，安排了跨界活动，跨界酒庄行、秦皇岛“葡萄酒 +”特色美食烹饪大赛、秦皇岛葡萄酒产区（柳河山谷）微商大会等；三是节俭办会、注重实效，如取消了开幕式，代之以秦皇岛国际葡萄酒节新闻发布会暨中粮华夏长城葡萄酒品鉴会。

秦皇岛国际葡萄酒节的成功不仅得益于卓越天成的酿酒葡萄种植生态、品质优良的酿酒葡萄，更有发展迅猛、竞争有序、品牌强大的多家知名葡萄酒企业的鼎力支持。秦皇岛市拥有干红葡萄酒生产企业 62 家，年加工能力达到 20 万吨，总产量达 10 万吨，占全国的 26%；酿酒葡萄基地 5 万亩，年产量近 10 万吨，占全国的 7%；原酒生产能力约 20 万吨；还拥有“长城”“朗格斯”“地王”“茅台”“香格里拉”“越千年”“丘比特”等一批知名葡萄酒品牌，其中干红产品国内市场占有率达 26%。

秦皇岛葡萄酒厂众多，中粮华夏长城葡萄酒有限公司是最有影响力和代表性的一家公司。华夏长城成立于 1988 年，坐落于素有“花果之乡”之称和“葡萄酒城”美誉的秦皇岛市昌黎县城碣石山下。中粮华夏长城葡萄酒有限公司是中国首家专业生产干红葡萄酒的出口型企业，还是昌黎产区的旗帜之一，具备年产葡萄酒 50000 吨的生产能力。在华夏长城厂区内，著名的亚洲第一大酒窖依山为体，凿山而建，占地达 1.9 万平方米，酒窖里还珍

藏着为奥运冠军量身定制的100桶冠军酒。

秦皇岛市还把葡萄酒产业与旅游业相结合，因为它不仅具备独特的区位优势和先发优势，更拥有享誉中外的“黄金海岸”，还具备了国际上建设葡萄酒庄项目的3S条件：大海、沙滩和阳光。秦皇岛葡萄酒产业聚集区规划面积约达100平方千米，紧邻北戴河旅游旺地，通过近几年的培养，已形成酒庄、酒堡、酒窖游，葡萄种植园观赏采摘，葡萄酒休闲消费，葡萄酒地产等新的旅游消费项目。

在秦皇岛葡萄酒产业聚集区，一个个葡萄酒企业就是一座座庄园，也是一个个环境优美、令人陶醉的旅游景点，吸引着来自五湖四海的客人赏美景、品美酒。朗格斯酒庄是聚集区内众多酒庄、酒堡的杰出代表，主体建筑占地85亩，品种示范园占地30亩，酿酒葡萄园占地2800亩。酒庄整体风格为意大利式园林风格。山脚下的大片葡萄园里，一串串紫色的酒葡萄听着音乐生长。依山势而建的欧式建筑就是葡萄酒的“产房”。为了保证用最好的葡萄酿造最好的葡萄酒，朗格斯酒庄所有的葡萄都是自己种植，并且严格控制葡萄的产量。一般的葡萄园亩产能达到2000公斤，朗格斯控制在500公斤以内，实际亩产只有300公斤左右。经过长达四年的精心规划建设，朗格斯酒庄现已成为集酿酒、品酒、旅游、观光、水疗于一体的“中华第一人文绿色酒庄”。仁轩酒庄位于一片丘陵阳坡地，不仅有高档酒庄酒种植和生产基地，更有酒文化展示中心、休闲别墅、采摘园、农家生态餐厅、风车水车景观、温泉、儿童乐园、鸟语林、跑马场、动物养殖场、欧式小镇等纯粹的旅游项目。企业打造的不仅仅是一个葡萄酒庄园，更是一个旅游度假、休闲观光的特色景区。

秦皇岛国际葡萄酒节是葡萄酒爱好者的狂欢，也是休闲旅游者的盛事，还是秦皇岛葡萄酒产业聚集区的窗口，更是秦皇岛旅游目的地营销的一张靓丽名片。品一杯地蕴天成的葡萄美酒，来一次身心灵愉悦的山海旅程，秦皇岛国际葡萄酒节等你。

秦皇岛国际马拉松

秦皇岛国际马拉松赛创办于 2014 年，是由中国田径协会、河北省体育局、秦皇岛市人民政府共同主办的大型马拉松赛事，迄今为止共成功举办过四届。秦皇岛马拉松由河北省体育局田径运动管理中心、秦皇岛市体育局、秦皇岛市海港区人民政府、秦皇岛市北戴河区人民政府承办，秦皇岛市相关县区、市直有关部门、赞助商协办。每年 5 月，秦皇岛就会迎来一场奔跑者的盛会，不同国家、地区的运动员，不同行业、年龄的马拉松爱好者都在此汇聚，将梦想的汗水洒在这片充满希望和生机的大地上。

秦皇岛国际马拉松赛被大家亲切地称呼为“秦马”。赛事的主题是“激情马拉松，幸福秦皇岛”。吉祥物是“星宝”，意为海星中的宝贝。选用海星作为吉祥物有两方面的含义：一是表达了吉祥物的本体来源，因为海星是秦皇岛具有代表性的海洋生物，而且海星的形象很可爱；二是让吉祥物赋予了更多美好的祝愿，因为海星是海洋生物链中不可缺少的一类物种，具有超强的自我修复能力以及惊人的再生本领，这种坚韧不拔的个性与马拉松超

越自我、锐意进取的精神十分契合。

秦皇岛马拉松赛作为体育界的一大盛事，每年都会吸引来自全球多个国家和地区的选手参赛，第一届17030人，第二届22913人，第三届24553人，第四届24492人。赛事每年都设有丰厚的奖金，第四届秦皇岛国际马拉松的总奖金高达195万元人民币，是国内奖项最多、奖金最高的马拉松比赛。

秦皇岛国际马拉松比赛项目最开始设全程（42.195千米）、半程（21.0975千米）和迷你（5千米）三项，从第三届马拉松比赛即2016年开始，取消半程比赛。比赛线路为：由秦皇岛奥体中心南门出发，沿河北大街向西，至滨海大道，经北戴河海滨返回，沿海奔跑，是中国最美的马拉松赛道。

全程马拉松比赛的具体路线为：奥体中心体育场南门（起点）—沿奥体街向东—至文体路左转—至河北大街西段左转向西—至与滨海大道交叉口左转向南—至山东堡桥上右转绕下桥—至河滨路向东—至文体路左转—至与岭前街交叉口左转向西—至滨海大道—至东经路右转—至西经路—至中海滩路左转—至东海滩路—至海波路—至鸽赤路—至滨海大道右转—至与河北大街西段交叉口右转—至文昌路右转—至奥体街左转—至奥体中心南门（终点）。

迷你马拉松比赛的具体路线为：奥体中心体育场南门（起点）—沿奥体街向东—至文体路左转—至河北大街西段左转向西—至欧美学院（终点）。

秦皇岛国际马拉松比赛规则严格按照中国田径协会审定的最新田径竞赛规则执行，用专业打造完美赛事。起跑顺序按注册运动员、外籍运动员、等级达标运动员、领跑员、大众马拉松运动员和迷你马拉松运动员顺序排列。各项目起点距前方方队30米。为了保证参赛运动员比赛安全、顺利，比赛期间各段设关门时间。在规定关门时间内，未跑完对应距离的运动员须立即停止比赛，退出赛道，以免发生危险。为了保证计时的准确，组委会为参加马拉松的运动员提供感应计时，在起（终）点、折返处、最远端及每5千米设有感应计时带，运动员在跑进过程中，必须通过所有的地面感应计时带，如缺少任何一个分段点的成绩，将取消该运动员的全部比赛成绩。除起点外，两个计时传感器在其他计时点的误差少于1秒，（参考比赛录像）也有可能取消相关者的成绩。为了指引参赛者，赛道上每1千米设有一块千米牌，折返、拐弯以及分道的路段设有指示牌；每个比赛项目的距终点100米处设有提示牌和运动员分流指示牌，每个终点设有醒目标识。

运动员的理想成绩也离不开举办方的后勤保障，赛事承办方和全体秦皇岛市民也在秦马比赛中尽心尽力扮演着这个角色。比赛途中有为参赛者设立的饮料站，供参赛者补充水分和能量。饮料桌分为运动员自备饮料桌（红色）、组委会准备的饮料桌（蓝色）和矿泉水桌（白色）。为了保证参赛者的安全，组委会沿马拉松路线每5千米设立一个固定医疗点，医疗点前100米有明显的标志。沿参赛者的跑进路线，有急救车跟随。组委会还在赛道沿途设立移动AED医疗救援服务。除此之外，沿着参赛运动员的跑进路线，组委会还在每100米处设置一名志愿者，协助医疗救护、维护比赛秩序，参赛者有问题可以向他们请求帮助。

为了每年一度的盛大赛事，秦皇岛的各行各业都会直接或者间接地参与赛事保障服务。政府会对全长42.195千米的赛道及周边道路进行交通管制，对11条公交线路进行临时调整。组委会为了比赛的公平公正，安排数百名裁判员。燕山大学、河北科技师范学院、河北建材职业学院等大中专院校为马拉松赛组织了数千名志愿者直接参与赛事服务，体育、公安、通信、电力、卫生、园林、城管等各行各业主动抽调人力保障赛事，全市直接或间接参与赛事保障服务的力量超过10万人。

赛事每年都会设立丰厚的奖金，马拉松组的男、女分别录取、奖励前8名，分别获得奖金，前三名运动员另获奖牌1枚、奖杯1座、领奖服1套。大众马拉松运动员按年龄、男女分组，分别奖励前32名。秦皇岛籍运动员按成绩分别奖励男、女前16名运动员。参加迷你马拉松比赛的运动员不计取成绩和名次。获得赛会男、女前8名运动员的姓名将雕刻在秦皇岛国际马拉松纪念墙上。

如今马拉松不再是专业运动员的专属游戏，在全民热跑的时代，每一名马拉松长跑的爱好者都能参与到这种国际赛事中。在秦皇岛国际马拉松赛上，游客可以感受一场全民嗨跑的盛会。除了健步如飞的专业运动员，更引人注目的是迷你马拉松赛事的花样跑者。踩着高跷的，扮着孙悟空的，滑着轮滑的，坐着轮椅的，只有游客想不到的，没有奔跑者做不到的。浪漫的婚纱跑步组，活力四射的亲子跑步组，夕阳无限好的老年跑步组，二次元世界的Cosplay组，等等。这不仅仅是一场专业比赛，更是一场花样马拉松。秦马让马拉松更有魅力，让每一位爱好者都充分享受到跑步的乐趣。

秦皇岛马拉松赛从创办开始，是连续三年由央视体育频道直播的国际赛事，直播时间长达160分钟左右。除此之外，河北卫视、乐视体育、人民网以及秦皇岛市广播电台和电视台等媒体也对马拉松赛进行了同步直播。值得一提的是，为了扩大秦皇岛国际马拉松赛的影响力，2017年3月，秦皇岛市体育局联手《秦皇岛晚报》、北戴河英伦国际马术俱乐部向广大摄影爱好者发出了《2017秦皇岛国际马拉松摄影大赛征集启事》，鼓励广大跑友、摄影师、观众拿起手机或相机将“秦马”各种难忘瞬间拍摄下来，让更多的人分享“秦马”的健康与快乐，传播“秦马”的精彩与美丽。

秦皇岛马拉松凭借着优秀的服务、优美的赛道、优良的口碑，成为国内荣获“金牌赛事”称号最年轻的赛事之一。据悉，中国田协马拉松金牌赛事是中国国内对马拉松的最高规格认证，由中国田协组织专家每年进行评定，从比赛线路、赛事宣传、选手服务、医疗救助等12个方面对赛事进行全面的打分。

秦皇岛举办马拉松赛意义深远，它是继2008北京奥运会足球赛、2012世界女子拳击锦标赛之后，秦皇岛市举办的又一次面向世界、具有深远影响的国际体育大赛。办好比赛，可以进一步提高秦皇岛市体育事业发展水平，提升全民健身意识，宣传展示城市形象，扩大秦皇岛乃至河北省在国内外的影响力，而且对促进旅游市场的发展，加快对内对外开放步伐，更好地融入京津冀协同发展都具有十分重要的意义。

北戴河国际轮滑节

北戴河，这个有云、有海、有沙滩的地方早已成为休养度假的代名词，优美灵动形容它再适合不过，但它也有激情活力的一面。北戴河国际轮滑节将会带游客领略不一样的北戴河。

北戴河区围绕建设“生态型、园林式、国际性旅游休闲度假区”的发展定位，强力推进休闲体育名城建设，投资数亿元，先后建设了奥林匹克大道公园、中国最长的奥林匹克浮雕墙、高标准的橡胶运动场、具有国际水准的轮滑场、小轮自行车赛场，以及沙滩排球、沙滩足球、沙滩篮球等各类球场和海滩、山地健走步道等体育基础设施；还先后举办了全国首届沙滩排球赛、亚洲“铁人三项赛”、世界B级自行车锦标赛、全国拔河锦标赛暨首届全国沙滩拔河邀请赛等大型赛事活动，谋划实施了“运动之春”“浪漫之夏”“时尚之秋”“休闲之冬”四季主题活动，并谋划培育了在国内较有影响的“轮滑节”“铁人三项”“情侣狂欢节”等一系列时尚盛会。同时，北戴河将包含体育产业的总部经济暨文化创意产业列入重点发展的产业之一，成功引进了中北米高体育用品北方总部、宣亚国际等一批具有实力的企业入驻，成为北戴河经济的又一支柱产业，促进了该区经济社会的科学和谐发展。

在此背景下，北戴河国际轮滑节产生了。北戴河国际轮滑节是北戴河“运动之春”的一项重头戏，每年都在五一期间举行，为时三天。轮滑节由国家体育总局社会体育指导中心、省体育局、中国轮滑协会主办，秦皇岛市体育局、北戴河区政府承办。北戴河国际轮滑节自2005年起开始举办，至2017年已经成功举办13届。中国轮滑协会决定将北戴河确定为全国少年速度轮滑赛永久赛址，在国内影响力巨大。轮滑运动早在2010年就已被确定为当年广州亚运会比赛项目，亚委会相关负责人也曾专门考察了北戴河轮滑节活动。轮滑节以赛事及各项活动为平台，积极与文化旅游交相融合，展现全民健身运动及健康、欢乐、和谐的城市魅力。自从2005年以来，秦皇岛北戴河先后举办了系列轮滑主题活动，荣获“中国轮滑培训基地”“全国首个中国轮滑名城”荣誉称号，建成了亚洲唯一的轮滑博物馆。轮滑成为北戴河的城市品牌，越来越多的市民加入到这种休闲体育活动中来。

全国青少年速度轮滑锦标赛、北戴河自由式轮滑公开赛是北戴河国际轮滑节的两个例行赛事。自由式轮滑包括速度过桩、花式绕桩、双人花式绕桩、花式对抗、花式刹停5个竞赛项目。值得注意的是，各单位选手可自由报名，每队人数不限，每名选手参赛项目不限。为保证比赛的公平公正，裁判员由中国轮滑协会和世界自由式轮滑协会选派。

每年的轮滑节都会吸引数千名来自全国各地的轮滑运动员及爱好者参与，其中不乏轮滑业界的大牛。2010 年第六届轮滑节，共有来自北京、浙江、上海等 19 个省、市、自治区和港、澳、台地区的 70 余支轮滑代表队 1500 余人参加活动，其中包括国际知名教练比尔 • 贝格、中华台北队冠军教练黄锦龙等；2014 年第十届轮滑节的领头人是意大利速滑世界冠军艾瑞卡;2017 年第十三届国际轮滑节共有来自中国、西班牙、俄罗斯、匈牙利、法国、泰国等 20 个国家和地区的近万名专业运动员和轮滑爱好者参与。

作为轮滑节的传统经典活动，刷街是必不可少的。每到北戴河国际轮滑节时，北戴河区会进行交通管制，保证海滨轮滑专线千人大刷街顺利举行，让整个城市都是轮滑鞋飘过的轮滑氛围。千余名来自全国各地的小学生、中学生、大学生、中年人和老年人沿海边刷街 5 千米，穿行在林荫海岸间，享受自由驰骋的乐趣和美丽迷人的海滨春色。海岸星空狂欢夜暨沙滩露营大会每年都能吸引很多人参加，共度这个狂欢的夜晚，尤其是刹停展示，更是吸引众多人的目光。

除了让人热血沸腾的比赛项目，轮滑节开幕式也是精彩纷呈。往届轮滑节，北戴河区请来了北京铁骑兵团轮滑极限表演队进行了惊险刺激的轮滑极限表演，轮滑舞蹈、武术、街舞、拉丁舞、健美操、跆拳道、草裙舞表演掀起了轮滑节开幕式高潮。

北戴河的轮滑氛围浓厚，除了奥林匹克大道公园内特设轮滑场，还有北戴河轮滑博物馆。北戴河轮滑博物馆是亚洲第一座轮滑专项博物馆，由秦皇岛市北戴河区人民政府和中北米高体育用品有限公司于 2008 年联合投资创建，建筑面积约 721 平方米，2008 年 8 月 15 日，正式对社会免费开放。目前，该馆收藏近百份珍贵轮滑资料，轮滑展品实物 200 余件，各类图片 500 余张。

“北戴河万人轮滑刷街”“滑动五环迎奥运”万人签名等，这些活动早已成为轮滑迷们记忆的经典，北戴河日益成为国内外轮滑爱好者的胜地。如今，北戴河实现了轮滑运动与旅游业发展的紧密结合，国际轮滑节也向着层次更高、形式更新、内容更广、互动更多的方向发展。

秦皇岛七夕中华爱情节

七夕节是我国流传相当广泛的最具浪漫色彩的传统节日。2006 年 5 月 20 日，七夕节被国务院列入第一批国家非物质文化遗产名录。如今，这一节日已经被不少人认定为“中华爱情节”或“中国情人节”。传统节日是生活的高潮，是一个民族的综合与终极价值观的体现，是民族精神 DNA 最鲜明和集中的表现，也是一个民族集体的文化创造。举办“我们的节日——七夕”正是挖掘中华民族文化精髓、继承发扬民族精神的具体体现。

“中华爱情节”是中央文明办倡导的“我们的节日”系列节庆活动之一，秦皇岛市被中央文明办确定为中华爱情节永久会址。秦皇岛七夕中华爱情节起源于 2010 年，之后荣膺“2011 中国十大品牌节庆”“2011 优秀民族节庆”入围节庆和 2012 年首届“最具影响力品牌节庆”等称号。

秦皇岛文化底蕴深厚，就非物质文化遗产而言，拥有昌黎地秧歌、昌黎民歌、皮影戏等国家级、省级非物质文化遗产名录项目，资源非常丰富。而多年绵延传承的孟姜女故事所传递的对爱情忠贞不渝的精神，正是当今社会应该大力弘扬的中华民族传统的爱情观。选择在秦皇岛举办首届中华爱情节，既能以民俗文化为特色带动和提振秦皇岛旅游业发展，又能以旅游为载体促进民俗文化的传承和保护，推动河北文化和旅游产业的共同发展。秦皇岛的盛夏，将优美的自然风光和深厚的特色文化珠联璧合，提升活动的意义与价值。

七夕坐看牛郎、织女星，是民间流传已久的习俗。牛郎星和织女星因其特殊的位置，留给人无限的遐想。在民间传说中，织女是一个美丽聪明、心灵手巧、勤劳而多情的年轻女子，牛郎则是一个朴实而勤劳的小伙儿。这对被王母娘娘强行分开的夫妻十分恩爱，每年到七月七日这天晚上，就会通过天河上的鹊桥相会。在这个晚上，织女会赐给向她乞巧的凡间女子智慧和巧艺，还能赐给她们美满的姻缘。据说，如果哪个小姑娘在夜阑人静之时，在古井之旁，或是葡萄架、瓜架之下，听到牛郎、织女隐隐的对谈或是哭泣的声音，就必能得巧。

七夕节有很多活动，“乞手巧，乞貌巧，乞心通，乞颜容，乞我爹娘千百岁，乞我姊妹千万年”。七夕节最普遍的习俗，就是女人在七月初七的夜晚进行的各种乞巧活动，比如穿针乞巧、喜蛛乞巧、比赛穿针引线、蒸巧饽饽、烙巧果子等活动。关于秦皇岛一带的七夕习俗，清光绪版《永平府志》记有：“七夕妇女对月穿针，或以水注瓷碗，撇绣针于中，照影以试巧拙。又为牛生命日，挂花枝于角，可无灾，以面饼赏牧童。”由此可知，秦皇岛的七夕节节俗与各地的节俗大致相同。

秦皇岛每年的爱情节举办时间不定，但大都定在 8 月份，每届爱情节持续 3 ～ 4 天。秦皇岛七夕中华爱情节影响力辐射了中国北方近百座城市，城市影响深入扩大，逐步打造成为百城情侣欢聚秦皇岛的盛事。节日期间，山海关、北戴河、北戴河新区等地都会举行精彩纷呈的系列活动，大力弘扬中华民族的忠贞爱情观。

活动期间，秦皇岛会举办和“爱情”相关的系列活动，例如结婚周年庆祝大典、集体婚礼等。中华民族的爱情观含蓄而又青涩，情歌对唱就是很典型的表达自己心意的方法，用荡气回肠的情歌扣动恋人的心弦。伴随着几千年的爱情传奇，我国 56 个民族形成了各具特色的婚恋习俗和求爱方式，并逐步演化成了歌曲、舞蹈等艺术形式，所以活动期间会演绎各民族的婚恋习俗，进行少数民族特色求爱、求婚表演。有时还会与秦皇岛当地民俗、非物质文化遗产相结合，花轿迎亲，唢呐开道，恩爱夫妇着古装上花轿，游客在体验旧时婚俗的同时还可欣赏河北省非物质文化遗产“抚宁吹歌”表演。

秦皇岛的不同区域有自己独特的爱情内涵。山海关流传着孟姜女的传说，孟姜女千里寻夫令人动容，因此山海关曾经举办过“山海寻缘七夕相亲大会”，意在寻找命中的那个有缘人。昌黎是葡萄酒的故乡，甜甜蜜蜜的葡萄也象征着爱情的甜如蜜，因此昌黎曾经举办过“浪漫七夕，蜜月昌黎”旅游休闲活动及民俗文化展演。

秦皇岛七夕中华爱情节也少不了富有特色的活动。在第四届爱情节上，133 对情侣创下了最多情侣单膝跪地接力求婚吉尼斯世界纪录。海上快闪求婚也独具时代特征，爱情与潮流完美结合，通过快闪这样一种国际流行的行为艺术形式，为即将步入婚姻殿堂的热恋情侣们精心打造专属、独特的爱情体验。

秦皇岛七夕中华爱情节的活动盛况，先后被《人民日报》、中央电视台、新华社等 100 余家新闻媒体，200 多家网站报道和转载。来自全国各地的 20 多万人在七夕节这一天到秦皇岛寻找属于自己的浪漫，而秦皇岛也成为见证天下有情人完美忠贞爱情的平台，成为中华民族子孙向往的爱情福地。每届爱情节都得到了情侣们的高度肯定，产生了良好的社会效果。

附　录

酒 店 名 录

【星级酒店】

序号	单位名称	地址	电话（0335）	星级
1	秦皇国际大酒店	秦皇岛市文涛路 2 号	8368888	五星
2	秦皇岛长城酒店	秦皇岛市燕山大街 202 号	3061666	四星
3	山海关海盛花园酒店	秦皇岛市山海关南海西路 118 号	5168288 5168666 5168168	四星
4	秦皇岛晨砻大酒店	秦皇岛建设大街东段 89 号	3108888	四星
5	北京电视台黄金海岸培训中心	秦皇岛市昌黎黄金海岸三纬路北	—	四星
6	北戴河海滨花园大酒店	秦皇岛市北戴河安四路 54 号	5929000 4042115 5929060 5929500	四星
7	北戴河新华假日酒店	秦皇岛市北戴河安二路 2 号	4280888	四星
8	北戴河幸运国际大酒店	秦皇岛市北戴河西经路 6 号	4020555	四星
9	山海假日酒店	秦皇岛市山海关区古城北马道	5352888	四星
10	北戴河北华园观海酒店	秦皇岛市北戴河东海滩 1 号	4680555	四星
11	北戴河华北电力大厦	秦皇岛市北戴河联峰路 163 号	4661999 4662011 4661666	四星
12	北戴河怪楼奇园大酒店	秦皇岛市北戴河联峰路 106 号	4683999	四星
13	北戴河金台酒店	秦皇岛市中海滩支路 2 号	4681888	四星
14	秦皇岛金海房地产开发有限公司阿尔卡迪亚滨海度假酒店	秦皇岛市昌黎黄金海岸海滨高尔夫球会	5967777	四星
15	天津起士林北戴河大饭店	秦皇岛市北戴河东径路 95 号	4680000 4041043	四星
16	北戴河金山宾馆	秦皇岛市北戴河东三路	4260666 4260556	三星
17	秦皇岛中煤大厦	秦皇岛市民族路 299 号	3858666	三星
18	秦皇岛羊城大酒店	秦皇岛市迎宾路 132 号	3853555	三星
19	北戴河友谊宾馆	秦皇岛市北戴河鹰角路 1 号	4041747 4041945	三星
20	中技黄金海岸度假村	秦皇岛市昌黎黄金海岸一经路	—	三星

（续表）

序号	单位名称	地址	电话（0335）	星级
21	北戴河悦华宾馆	秦皇岛市北戴河东经路 90 号	4020999	三星
22	秦皇岛夏都宾馆	秦皇岛市海港区红旗路 48 号	3280666	三星
23	北戴河鸥鹏酒店	秦皇岛市北戴河滨海大道 1 号	4042090 4021531 4021533	三星
24	北戴河广电宾馆	秦皇岛市北戴河联峰路 155 号	4022111	三星
25	南戴河国检宾馆	秦皇岛市南戴河开发区金海道 6 号	4050117 4050666 4050450-8008	三星
26	中国煤炭工人北戴河疗养院	秦皇岛市北戴河保二路 13 号	4041017	三星
27	北戴河燕山大厦	秦皇岛市北戴河鸽赤路	4267001 4267128	三星
28	北戴河阳光培训中心	秦皇岛市北戴河安一路 10 号	—	三星
29	广顺大酒店	秦皇岛市经济技术开发区祁连山路 19 号	8883999 8016339	三星
30	河北省煤矿职工北戴河休养院	秦皇岛市北戴河区黑石路	5927888 7093781	三星
31	北戴河金海酒店	秦皇岛市北戴河区金山嘴路 7 号	4287888	三星
32	青龙县喜来喜商务宾馆	秦皇岛市青龙县富国街与滨河路交叉口	7883000 7996388	三星
33	秦皇岛港口宾馆	秦皇岛市海滨路 20 号	3430000 3430171	三星
34	国资委北戴河休养院（内贸宾馆）	秦皇岛市北戴河区联峰路 153 号	4022585	三星
35	卢龙大酒店	秦皇岛市卢龙县城行政中心北侧永安大街西段	7119999 2614415	三星
36	青少年活动营地	秦皇岛市北戴河黑石路 4 号	7520555 7520081	三星
37	北戴河新区香纳森宾馆	秦皇岛市黄金海岸工业园区	1330315	三星
38	昌黎宾馆	秦皇岛市昌黎县城 351 号	2023636	二星
39	文海苑度假村（文化部昌黎艺术创作活动中心）	秦皇岛市昌黎黄金海岸四纬路	2289005	二星
40	中煤南戴河宾馆	秦皇岛市抚宁区南戴河光明路 16 号	4050356	二星
41	山海关谊之合餐饮有限公司	秦皇岛市山海关区南海西路 4-1 号	5939069	二星
42	昌黎地震局黄金海岸科技教育活动中心	秦皇岛市昌黎黄金海岸一纬路	2288288	二星
43	秦皇岛铁道大厦	秦皇岛市迎宾路 167 号	3877999 3877936	二星

（续表）

序号	单位名称	地址	电话（0335）	星级
44	中科院行政管理局培训中心	秦皇岛市昌黎黄金海岸二纬路东口	2289259	二星
45	昌黎黄金海岸文教中心	秦皇岛市昌黎县黄金海岸一经路中段	2289317	二星
46	北戴河野生动物园救助中心酒店	秦皇岛市北戴河区滨海大道中段	7093116	二星

【其他高档酒店】

序号	名称	地址	电话（0335）
1	秦皇岛香格里拉大酒店	秦皇岛市海港区河滨路 123 号	5808888 5809696
2	北戴河华贸喜来登酒店	秦皇岛市北戴河区滨海大道 16 号	4281111
3	秦皇岛锦江半岛四季酒店	秦皇岛市海港区文化路 181 号	5333888
4	北戴河华贸国际酒店公馆	秦皇岛市北戴河区滨海大道 16 号	4038800
5	北戴河阿那亚·隐庐酒店	秦皇岛市北戴河新区黄金海岸中区沿海公路东侧阿那亚社区	7522196
6	秦皇岛香玺海亚朵酒店	秦皇岛市海港区河滨路 8 号兴龙香玺海 6 号楼	3535577
7	北戴河洲顿亚朵酒店	秦皇岛市北戴河区东经路 1888 号	4040818

旅行社名录

序号	旅行社名称	地址	经营范围	电话（0335）	传真（0335）
1	秦皇岛市海燕国际旅行社有限公司	秦皇岛市海港区广场西路 106 号	国内旅游、入境旅游、出境旅游	3045555	3259488
2	河北智慧旅游服务有限公司	秦皇岛市海港区海阳路 166 号 410 号	国内旅游、入境旅游	3259488	3259488
3	秦皇岛百事通国际旅行社有限公司	秦皇岛市海港区建设大街 248-2 号	国内旅游、入境旅游、出境旅游	3209191	3037311
4	秦皇岛国际旅行社有限公司	秦皇岛市海港区文化路 277-1	国内旅游入境旅游出境旅游	3261122	3261119
5	秦皇岛海外国际旅行社有限公司	秦皇岛市海港区秦皇东大街 62 号鑫苑小区 1-1-9 号	国内旅游、入境旅游、出境旅游	3692638	3602431
6	秦皇岛夏都国际旅行社有限公司	秦皇岛市北戴河区联峰北路 9 号 2 栋	国内旅游、入境旅游、出境旅游	4034411	4041011
7	秦皇岛百合国际旅行社有限公司	秦皇岛海港区文化北路 295 号港瑞商务楼六楼	国内旅游、入境旅游、出境旅游	8885060	3895061
8	河北康乐国际旅行社有限责任公司	秦皇岛市迎宾路阳光大厦一楼 B 座	国内旅游、入境旅游、出境旅游	3663682	3086228
9	秦皇岛海滨假日国际旅行社有限公司	秦皇岛市经济技术开发区洋河道 12 号 e 谷创想空间 A 区二层 1223、1225 室	国内旅游、入境旅游	4048177	4031705

（续表）

序号	旅行社名称	地址	经营范围	电话（0335）	传真（0335）
10	秦皇岛卓扬国际旅行社有限公司	秦皇岛市海港区建设大街新世纪小区36-6-3 号	国内旅游、入境旅游、出境旅游	3083636	3063636
11	秦皇岛市金色假日旅行社有限公司	秦皇岛市海港区红旗路 152 号	国内旅游、入境旅游、出境旅游	7925102	7925109
12	秦皇岛九洲国际旅行社有限公司	秦皇岛市海港区建设大街 183 号 605 号	国内旅游、入境旅游、出境旅游	8881176	3021179
13	秦皇岛海纳国际旅行社有限公司	秦皇岛市海港区文建里 31-2-1 号	国内旅游、入境旅游	3028188	3022388
14	秦皇岛市金航线国际旅行社有限公司	秦皇岛市海港区团结里 41-1-1 号	国内旅游、入境旅游	8880922	8880933
15	秦皇岛联众国际旅行社有限公司	秦皇岛市海港区红旗路 233 号政务服务大厦 1303-1304 室	国内旅游、入境旅游	8045678	7926686
16	秦皇岛市飞扬国际旅行社有限公司	秦皇岛市海港区八三东里 25-1-1202 室	国内旅游、入境旅游	3636396	8881685
17	秦皇岛中北国际旅行社有限公司	秦皇岛市经济技术开发区珠江道 2 号盛景金领域 1-1402 室	国内旅游、入境旅游	13731760375	8066982
18	秦皇岛万程国际旅行社有限公司	秦皇岛市海港区祁连山南路 199 号综合办公楼五层	国内旅游、入境旅游	3659333	3039883
19	秦皇岛捷游旅行社有限公司	秦皇岛市山海关区南海西路 35 号山桥员工公寓 C 座 505#	国内旅游、入境旅游	5055916	5261820
20	秦皇岛北戴河云海国际旅行社有限公司	秦皇岛市北戴河区北六路 21-1 号	国内旅游、入境旅游	4038882	4039991
21	秦皇岛市万通国际旅行社有限责任公司	秦皇岛市海港区河北大街中段玉龙湾第 11 幢商业三层 318 室	国内旅游、入境旅游	3237770	3237775
22	秦皇岛康辉旅行社有限责任公司	秦皇岛市海港区文化路 324 号	国内旅游、入境旅游	8058866	3086969
23	秦皇岛海之韵国际旅行社有限公司	秦皇岛市北戴河区赤土山村门市西四栋三单元四层	国内旅游、入境旅游	4045131	4037947
24	秦皇岛市经典假期旅行社有限公司	秦皇岛市海港区建设大街中段阳光丽景（和苑）2-2206 至 2-2207	国内旅游、入境旅游	3033859	3049549
25	秦皇岛方舟国际旅行社有限公司	秦皇岛市海港区民族南路 31 号 904 号	国内旅游、入境旅游	3964116	3964115
26	秦皇岛市联合假日旅行社有限公司	秦皇岛市海港区正阳街 40 号 A 座 2502 号	国内旅游、入境旅游	3066789	8071155
27	秦皇岛浩鑫旅行社有限公司	秦皇岛市海港区道德街 34 号金都大厦 601 室	国内旅游、入境旅游	3206916 3206910	3206919
28	秦皇岛众信旅行社有限公司	秦皇岛市海港区文坛路 96 号	国内旅游、入境旅游	7688099	8066280
29	秦皇岛和平国际旅行社有限责任公司	秦皇岛开发区珠江道和平开发大厦四层	国内旅游、入境旅游、出境旅游	7927692	7929830
30	秦皇岛海之旅国际旅行社有限公司	秦皇岛市北戴河区海宁路 10-3	国内旅游、入境旅游	4040011	4036578

（续表）

序号	旅行社名称	地址	经营范围	电话（0335）	传真（0335）
31	秦皇岛市蓝港国际旅行社有限公司	秦皇岛市海滨路20号港口宾馆	国内旅游、入境旅游、出境旅游	3098000	3098000
32	秦皇岛公交旅行社有限责任公司	秦皇岛市海港区北环路268号	国内旅游、入境旅游	3062707	5917050
33	秦皇岛漫游旅行社有限公司	秦皇岛市北戴河区牛头崖镇戴河山水天域1-11号商铺	国内旅游、入境旅游	18733595198	4039800
34	秦皇岛市大西洋国际旅行社有限公司	秦皇岛市海港区天洋新城11栋2-604	国内旅游、入境旅游	3618777	3612799
35	秦皇岛康祥国际旅行社有限公司	秦皇岛市海港区建设大街176号元盛宾馆6层	国内旅游、入境旅游	8855792	3321477
36	秦皇岛华夏国际旅行社有限公司	秦皇岛市北戴河区海宁路102号	国内旅游、入境旅游	3159666	3259666
37	秦皇岛市天佑国际旅行社有限公司	秦皇岛市北戴河区北岭一区123-1-102号	国内旅游、入境旅游	7669672	7669673
38	春天国际旅行社有限公司	秦皇岛市海港区渤海明珠4-2-1802号	国内旅游、入境旅游	3309537	3309532
39	秦皇岛天信国际旅行社有限公司	秦皇岛市海港区太阳城25栋2-1005号	国内旅游、入境旅游	5980606	7669781
40	秦皇岛龙辉旅行社有限公司	秦皇岛市海港区海阳路199号环宇公寓1栋1单元603室	国内旅游、入境旅游	8886006	3886006
41	秦皇岛祖龙旅行社有限公司	秦皇岛市海港区河北大街334号	国内旅游、入境旅游	3365550	3365551
42	秦皇岛景程国际旅行社	秦皇岛市北戴河区单庄村134号	国内旅游、入境旅游	7189990	7907770
43	秦皇岛市中盛国际旅行社有限公司	秦皇岛市山海关区关城南路52号	国内旅游、入境旅游	5066565	5066565
44	秦皇岛五洲旅行社有限公司	秦皇岛市海港区迎宾路秦新悦蓝山综合大厦7层706室	国内旅游、入境旅游	3629909	3628909
45	秦皇岛天际国际旅行社有限公司	秦皇岛市北戴河区安一路小区9栋	国内旅游、入境旅游	4035655	4045090
46	秦皇岛国翔国际旅行社有限公司	秦皇岛市海港区道德街34号905室	国内旅游、入境旅游	5891061	3233480
47	秦皇岛金铁商务国际旅行社有限公司	秦皇岛市海港区迎宾路秦新悦蓝山综合大厦513号	国内旅游、入境旅游	3666198	3666798
48	秦皇岛虹桥国际旅行社有限责任公司	秦皇岛市海港区文坛路海悦公馆33栋1层	国内旅游、入境旅游	7065071	3048686
49	秦皇岛市金阳光国际旅行社有限公司	秦皇岛市海港区和平大街168号	国内旅游、入境旅游	7922991	7072707
50	秦皇岛市长城国际旅行社有限公司	秦皇岛市海港区河北大街中段132号	国内旅游、入境旅游、出境旅游	13503355555	8016219

（按2016年旅行社收入排名）

文化与娱乐企业名录

【歌舞娱乐场所】

序号	场所名称	场所地址
1	秦皇岛市海港区玫瑰园练歌厅	秦皇岛市海港区海阳路 259 号
2	秦皇岛市北方园餐饮娱乐有限公司	秦皇岛市海港区海阳路 262-5 号
3	大兴演歌坛	秦皇岛市海港区和平大街 96 号
4	秦皇岛市海港区渤湾娱乐城	秦皇岛市海港区西港路 207 号
5	秦皇岛市海港区虹天橙练歌城	秦皇岛市海港区红旗路 46 号
6	金街名豪餐饮文化发展有限公司	秦皇岛市海港区文化路马坊街
7	秦皇岛市海港区每日星辰娱乐城	秦皇岛市海港区海滨路 28 号
8	秦皇岛市夏威夷娱乐城	秦皇岛市海港区迎宾路 16 号
9	秦皇岛市宏磨坊练歌城有限公司	秦皇岛市海港区海阳路 256-11-13 号
10	秦皇岛市艺术歌舞厅	秦皇岛市海港区海阳路 274 号
11	秦皇岛玖月汇娱乐有限公司	秦皇岛市海港区文化路 306 号
12	秦皇岛乌托邦娱乐有限公司	秦皇岛市海港区秦皇东大街 218 号
13	秦皇岛海港区百乐园大众舞厅	秦皇岛市海港区太阳城
14	秦皇岛市亮典有限公司	秦皇岛市海港区河北大街西段 243-14 号
15	秦皇岛市天天娱乐有限公司	秦皇岛市海港区迎宾路 86 号
16	秦皇岛市夜光餐饮娱乐有限公司	秦皇岛市海港区燕山大街 98 号
17	天源练歌城	秦皇岛市海港区红旗路军分区小楼
18	秦皇岛市紫薇星大酒店	秦皇岛市海港区建国路 287 号
19	秦皇岛市海港区伯爵娱乐会所	秦皇岛市海港区燕山大街 79 号
20	秦皇岛市海港区洋洋练歌房	秦皇岛市海港区民族路与燕山大街交叉口
21	秦皇岛市欣梦缘餐饮娱乐有限公司	秦皇岛市海港区建国路 165 号
22	海港区英皇餐饮娱乐俱乐部	秦皇岛市海港区秦皇大街 39 号
23	秦皇岛好乐迪歌舞娱乐有限公司	秦皇岛市海港区文化路 149 号
24	秦皇岛市乐满楼餐饮娱乐有限公司	秦皇岛市海港区民族南路 15 号太阳城 2 号楼 4 楼
25	秦皇岛市丽岛实业有限公司（香湾娱乐）	秦皇岛市海港区文化北路 92 号
26	鼎盛传奇	秦皇岛市海港区民族南路 93 号
27	秦皇岛军谊兄弟娱乐服务有限公司	秦皇岛市海港区民族路 33 号
28	秦皇岛彼尚喜悦会娱乐服务有限公司	秦皇岛市海港区燕山大街 119 号
29	酷歌歌厅	秦皇岛市海港区杜庄镇
30	秦皇岛市山海关博逸商务酒店博逸 KTV	秦皇岛市山海关区关城南路 107-108
31	秦皇岛山海关区海雨天风洗浴有限公司	秦皇岛市山海关区南海西路 11 号
32	山海关区金叶歌厅	秦皇岛市山海关区西关综合市场
33	秦皇岛市山海关动感新世界娱乐城	秦皇岛市山海关区关城南路 107-108
34	秦皇岛市山海关区久大舞厅	秦皇岛市山海关区古城南大街 26-3-4 号
35	北戴河零度歌舞厅	秦皇岛市北戴河区联峰路 89 号
36	北戴河汉庭歌韵歌厅	秦皇岛市北戴河区东经路 65 号
37	秦皇岛众源电子娱乐有限公司	秦皇岛市北戴河区草厂东路 92 号
38	北戴河金夜神话歌厅	秦皇岛市北戴河区安二路 2 号

（续表）

序号	场所名称	场所地址
39	北戴河音悦汇歌舞厅	秦皇岛市北戴河区联峰北路 48-2-1 号
40	秦皇岛北戴河秦皇宾馆有限公司	秦皇岛市北戴河区刘赤路
41	秦皇岛市海之夜娱乐服务有限公司	秦皇岛市北戴河区海宁路天鹅堡商业街（D1）14 栋
42	北戴河紫梦轩歌厅	秦皇岛市北戴河区海宁路
43	北戴河新区圣柜坊歌厅	秦皇岛市北戴河新区宁海道西侧
44	北戴河新区南戴河凯悦歌厅	秦皇岛市北戴河新区南戴河街道南戴河村
45	秦皇岛柒号休闲会馆有限公司	秦皇岛市北戴河新区南戴河旅游度假区一小区
46	秦皇岛盛泰建国国际酒店有限公司	秦皇岛市北戴河新区小蒲河村抚昌黄公路南侧
47	秦皇岛市盛世星辰娱乐有限公司	秦皇岛市秦皇岛经济技术开发区东区上海道 77 号
48	秦皇岛市超越梦想娱乐有限公司	秦皇岛市秦皇岛经济技术开发区东区船厂路 36-1 宝丰大厦
49	秦皇岛歌友汇娱乐有限公司	秦皇岛市秦皇岛经济技术开发区珠江道 16 号
50	秦皇岛开发区澳瑞商务酒店有限公司娱乐服务分公司	秦皇岛市秦皇岛经济技术开发区秦皇西大街 88 号 6#C 座
51	秦皇岛开发区美之韵大都会歌舞厅	秦皇岛市秦皇岛经济技术开发区泰山路 230-1 号
52	抚宁区城关魅力非凡娱乐中心	秦皇岛市抚宁区抚宁镇东斜街
53	抚宁区红火帝豪歌厅	秦皇岛市抚宁区 102 国道北侧
54	抚宁区城关歌满园歌厅	秦皇岛市抚宁区抚宁镇健康大街北侧
55	抚宁区夜莺歌厅	秦皇岛市抚宁区抚宁镇健康大街中段南侧
56	抚宁区城关九晟歌厅	皇岛市抚宁区抚宁镇骊城大街东段南侧
57	抚宁区名豪娱乐会所	秦皇岛市抚宁区抚宁镇骊城大街中段
58	昌黎县金钻名豪俱乐部	秦皇岛市昌黎县五峰山路立交桥南东侧
59	昌黎县金钻名豪俱乐部姚家庄分店	秦皇岛市昌黎县城郊区姚家庄村西
60	昌黎县豪门盛典娱乐有限公司	秦皇岛市昌黎县昌黎县东外环路西王庄段东侧
61	昌黎县金海岸量贩式娱乐城	秦皇岛市昌黎县昌黎镇何家庄村 205 国道北侧
62	昌黎县欢乐迪歌舞娱乐有限公司	秦皇岛市昌黎县碣阳大街中段路北侧
63	昌黎县蝶恋花娱乐城	秦皇岛市昌黎县四街学院路兴昌立交桥南东侧
64	秦皇岛天材酒店管理有限公司	秦皇岛市昌黎县黄金海岸一经路南侧
65	北京电视台黄金海岸培训中心	秦皇岛市昌黎县黄金海岸
66	卢龙县嘉年华娱乐城	秦皇岛市卢龙县卢龙镇东大街
67	卢龙县卢龙镇情焱音乐茶舍	秦皇岛市卢龙县卢龙镇永平大街
68	卢龙县金天帝歌舞娱乐城	秦皇岛市卢龙县卢龙镇龙城路永旺大街
69	卢龙县金海岸娱乐有限公司	秦皇岛市卢龙县城东环路北段西侧
70	秦皇岛诚琨餐饮有限公司	秦皇岛市卢龙县城行政中心北侧
71	艺华隆歌城	秦皇岛市青龙县燕山路 466 号
72	天鑫练歌城	秦皇岛市青龙县都阳路 47 号

【游艺娱乐场所】

序号	场所名称	经营地址
1	秦皇岛豪乐登电子娱乐有限公司	秦皇岛市海港区文化路 126 号一层
2	秦皇岛淘金游艺服务有限公司	秦皇岛市海港区太阳城 12 号楼明珠购物中心五楼
3	秦皇岛夜未央娱乐有限公司	秦皇岛市海港区秦皇东大街 138 号
4	秦皇岛市金都商贸发展有限公司	秦皇岛市海港区河北大街南侧新天地广场 F422、F423 号
5	秦皇岛新旗舰文化传播有限公司	秦皇岛市海港区燕山大街 196 号
6	海港区秦皇东大街零空间电子游艺城	秦皇岛市海港区秦皇东大街 138 号 A3 层 A309 号

（续表）

序号	场所名称	经营地址
7	秦皇岛汇海电子游艺有限公司	秦皇岛市海港区民族南路 94 号
8	昌黎县名郡电玩城	秦皇岛市昌黎县民生街北段 51 号地
9	昌黎县鹏湖商贸有限公司	秦皇岛市昌黎县金海大街中段北侧 146 号
10	神采飞扬游艺厅	秦皇岛市青龙县青龙镇八旗街
11	快乐一族动漫城	秦皇岛市青龙县青龙镇康乾街 50-52 号

【影院】

序号	名称	地址	电话（0335）
1	金棕榈国际电影城	秦皇岛市海港区秦皇东大街 80 号文化广场剧场	3662038
2	大地影院	秦皇岛市海港区秦皇东大街世纪港湾广场 B 栋 3 层	3839992
3	金逸影城（海港店）	秦皇岛市海港区太阳城正阳街 5 号乐都汇购物广场四楼	5312866
4	中影星美银之谷店	秦皇岛市海港区康乐街 25 号人民广场	3252002
5	金棕榈电影院（山海关店）	秦皇岛市山海关区关城南路 93 号	5269777
6	北戴河影谷影院	秦皇岛市北戴河区联峰北路 80 号	4049333
7	劳动人民文化宫电影院	秦皇岛市北戴河区西经路 1 号	4031052
8	中影国际影城	秦皇岛市开发区秦皇西大街 88 号	3965566
9	酷影电影院	秦皇岛市抚宁区杜庄镇蓝图 KTV 西侧	6667777
10	昌黎广缘电影城	秦皇岛市昌黎碣阳大街与五峰山路交叉口广缘超市 5 楼	2660777
11	金逸国际影城（碣阳大街店）	秦皇岛市昌黎县碣阳大街北侧民生路东	2661222
12	首行中影国际影城	秦皇岛市卢龙县佳源广场三楼	5979666
13	龙城国际影院	秦皇岛市青龙县龙城购物广场三楼	7158661

【剧场】

序号	名称	地址	联系电话（0335）
1	秦皇岛市文化广场亲子剧场	秦皇岛市海港区秦皇东大街 80 号文化广场	3662111
2	金棕榈话剧社	秦皇岛市海港区秦皇东大街 80 号文化广场	3662038
3	东北大戏院	秦皇岛市海港区建国路 108 号	3206032
4	海之蓝剧场	秦皇岛市海港区文化北路 50 号	3291265
5	梦之光大舞台	秦皇岛市海港区海阳路 200 号	3250988
6	秦皇岛市工人文化宫	秦皇岛市海港区海阳路 202 号	3034456
7	海洋剧场	秦皇岛市山海关区龙海大道 148 号乐岛公园内	—
8	海上音乐厅	秦皇岛市北戴河区海坡路 1 号	—
9	槐花湖大剧院	秦皇岛市南戴河旅游度假区南戴河国际娱乐中心槐花湖景区内	—
10	昌黎县东山群艺大舞台	秦皇岛市昌黎县碣阳大街东山公园附近	—
11	民族文化宫	秦皇岛市青龙县中兴路	—

【体育场】

序号	名称	地址
1	秦皇岛市奥体中心体育场	秦皇岛市海港区河北大街西段
2	晨砻文体中心	秦皇岛市海港区秦皇东大街 529 号
3	山海关体育中心	秦皇岛市山海关区明佳山海雅居附近
4	开发区体育中心	秦皇岛市开发区黄河中道 22 号
5	昌黎体育馆	秦皇岛市黎县二街
6	卢龙县体育馆	秦皇岛市卢龙县永平大街与自强路交口东行 400 米路南
7	南戴河森林国际体育俱乐部	秦皇岛市沿海快速路

交通场站点及企业名录

【交通运输企业】

序号	名称	地址	联系电话（0335）
1	龙腾运输集团有限公司	秦皇岛市海港区北环路 405 号	3067007
2	秦皇岛二运公司出租车联队	秦皇岛市海港区北环路 49 号	3616203
3	秦皇岛瑞通发展有限公司	秦皇岛市京沈高速公路北出口	3602822
4	通海联运出租汽车有限公司	秦皇岛市海港区西港路 555 号	—
5	秦皇岛乐载汽车租赁服务有限公司	秦皇岛市北戴河区车站村站南小区 2-9 号	4015668
6	神一租车公司	秦皇岛市秦皇岛火车站附近	13703355530
7	秦皇岛金象雨旅游客运有限公司	—	13503353030
8	秦皇岛商务车队	—	13111425998
9	考斯特联盟	—	18533541232 13933619160
10	小娄车队	—	13933573779
11	红日车队	—	13833599996 13722561888
12	泰达汽车租赁公司	—	18503319699 13633332149
13	宇通联合车队	—	15903350123
14	武姐车队	—	13780585819
15	圣哲汽车租赁公司	—	15333357888 13513348555
16	秦皇岛旅游车队	—	13930393000
17	公交车队	—	18603352340 13933797752
18	达赞车队	—	15903372799

【部分公交站点】

序号	名称	地址	所经公交
1	秦皇岛火车站	秦皇岛市海港区北环路	3 路、6 路、7 路、8 路、9 路、18 路、19 路、27 路、33 路、34 路、39 路、701 路、702 路、708 路
2	北戴河火车站	秦皇岛市北戴河区 205 国道	5 路、6 路、22 路、37 路，暑期专线 2 路
3	山海关火车站	秦皇岛市山海关区东水关街	25 路、302 路
4	海港区四道桥汽车站	秦皇岛市海港区河北大街	2 路、6 路、8 路、9 路、11 路、14 路、14 路附线、18 路、25 路、30 路、31 路、31 路夜、32 路、33 路、33 路附线、34 路、35 路、36 路、705 路
5	北戴河海滨汽车站	秦皇岛市北戴河区联峰路	5 路、15 路、22 路、34 路、37 路、38 路、501 路、601 路、801 路、观光巴士 1 号线、观光巴士 2 号线、旅游专线 1 号线

【机场（秦皇岛北戴河机场）】

＜基本信息＞

位置	秦皇岛市昌黎县龙家店镇晒甲坨村
机票客服	0335-96360、0335-3692222、0335-7520000
机场问询	0335-7520000
班车问询	0335-7916232
航空货运	0335-3606581

< 航班信息 >

正班航线						
航线		出港航班号	进港航班号	机型	班期	执行日期
国内	上海浦东	FM9142	FM9141	B737	1234567	7 月 1 日—10 月 28 日
	石家庄	NS3292	NS3291	E190	1234567	
	青岛	NS3291	NS3292	E190	1234567	
	南京	HU7714	HU7713	B738	1357	
	广州	HU7714	HU7713	B738	1357	
	哈尔滨	DR6541	DR6542	B738	1357	
	成都	DR6542	DR6541	B738	1357	
	郑州	CZ3618	CZ3617	B738	246	
	深圳	CZ3618	CZ3617	B738	246	

暑期加班						
	航线	出港航班号	进港航班号	机型	班期	执行日期
国内	鄂尔多斯	MU2222	MU2221	A320	246	7 月 1 日—8 月 31 日
	大连	G52806	G52805	CRJ900	57	8 月 4 日—8 月 18 日
	二连浩特	G52805	G52806	CRJ900	57	8 月 4 日—8 月 18 日
	长沙	CZ8658	CZ8657	A320	1234567	7 月 10 日—8 月 25 日
	宁波	MU9940	MU9939	A320	135	7 月 14 日—8 月 18 日
	杭州	MU7158	MU7157	A320	—	7 月 9 日—8 月 23 日
	西安	GS7670	GS7669	E190	246	7 月 15 日—8 月 24 日
	石家庄	NS3314	NS3313	E190	1234567	8 月 1 日—10 月 7 日
国际	布拉戈维申斯克	R39910	R39909	RRJ-95B	隔周 4	7 月 6 日—9 月 14 日
	雅库茨克	R39908	R39907	B738	隔周 5	7 月 14 日—9 月 8 日

（以上信息为北戴河机场 2017 年 7 月 1 日—2017 年 10 月 28 日夏秋季航班时刻表）

【到市内交通】

公交路线	昌黎 10 路→昌黎 20 路→ 801 路（→ 34 路）	
机场大巴	机场大巴始发站	秦皇岛北戴河机场→河北大街森林逸城（铁三处公交站）→港城大街碧水华庭公交站→民航售票处
	机场大巴终点站	民航售票处→北戴河海宁路 201 号 37 路公交站点→秦皇岛北戴河机场

【火车站】

序号	名称	地址	等级
1	山海关站	秦皇岛市山海关区南关大街 1 号	特等站
2	秦皇岛站	秦皇岛市海港区迎宾路 1 号	一等站
3	北戴河站	秦皇岛市北戴河区站南大街	二等站
4	昌黎站	秦皇岛市昌黎县昌黎镇民生路南端	二等站
5	卢龙站	秦皇岛市卢龙县印庄乡	四等站
6	抚宁站	秦皇岛市抚宁区骊城大街	—

【汽车站】

序号	名称	地址
1	秦皇岛市长途汽车站	秦皇岛市海港区北环路 405 号
2	海阳路客运站	秦皇岛市海港区海阳路 49 号
3	秦皇岛北戴河长途客运站	秦皇岛市北戴河区海宁路 13 号附近
4	山海关长途汽车站	秦皇岛市山海关区关城南路 801 号

【码头】

序号	名称	地址	电话（0335）
1	秦皇岛港	秦皇岛市海港区东港路 124 号	3021914
2	东山旅游码头	秦皇岛市北戴河区东海滩路	—
3	公主号游船码头	秦皇岛市海港区秦皇求仙入海处	—
4	梦之湾游艇码头	秦皇岛市抚宁区南戴河风景区环海路西	4061266

【高速路出口】

<京哈高速公路站区地理位置汇总>

序号	站区名称	地理位置	中心桩号	地理位置
1	卢龙服务区	秦皇岛市卢龙县小王庄村	K220+342	秦皇岛市卢龙县
2	卢龙收费站	秦皇岛市卢龙县城夷齐大街	K221+054	秦皇岛市卢龙县县城区
3	抚宁收费站	秦皇岛市抚宁区邴各庄村	k247+600	距秦皇岛市抚宁区城区约 6 千米
4	北戴河收费站	秦皇岛市北戴河区牛头崖镇	K263+184	秦皇岛市北戴河旅游区出口
5	北戴河服务区	秦皇岛市北戴河区	K253+647	距秦皇岛市北戴河收费站最近服务区
6	秦皇岛站	秦皇岛市经济技术开发区	K266+227	秦皇岛市开发区，货车禁行，进入秦皇岛开发区、市区主要轿车下道口
7	秦皇岛北收费站	秦皇岛市海洋镇	K276+500	秦皇岛市海洋路，进入市区高速出站口
8	秦皇岛东收费站	秦皇岛市石山村	K283+324	秦皇岛市海港区东港路，货车主要出站口
9	山海关收费站	秦皇岛市山海关区	K291+600	秦皇岛市山海关区，冀辽交界主线收费站
10	山海关服务区	秦皇岛市山海关区	K295+567	秦皇岛市山海关区，冀辽交界服务区
11	孟姜收费站	秦皇岛市山海关区姜女庙景区	K301+674	秦皇岛市山海关区姜女庙景区出口

<沿海高速公路站区地理位置汇总>

序号	站区名称	地理位置	中心桩号	地理位置
1	秦皇岛开发区站	秦皇岛开发区上徐庄	K1+685.2	秦皇岛市开发区上徐庄至抚宁区柏新庄
2	南戴河收费站	秦皇岛市抚宁区柏新庄	K10+450	秦皇岛市抚宁区柏新庄
3	抚宁南收费站	秦皇岛市抚宁区七里涧村	K19+283	秦皇岛市抚宁区柏新庄至七里涧村
4	昌黎东收费站	秦皇岛市昌黎县小蒲河	K31+987.7	秦皇岛市抚宁区七里涧村至昌黎县解官营
5	昌黎南收费站	秦皇岛市昌黎县秦庄子村	K45+347.5	秦皇岛市昌黎县解官营至小蒲河
6	荒佃庄收费站	秦皇岛市昌黎县刘台庄	K53+227.5	秦皇岛市昌黎县小蒲河至秦庄子
7	抚宁服务区	秦皇岛市抚宁区四照各庄	K13+800	秦皇岛市昌黎县秦庄子至刘台庄
8	昌黎服务区	秦皇岛市昌黎县信庄村	K61+850	秦皇岛市昌黎县刘台庄至信庄

<承秦高速公路站区地理位置汇总>

序号	站区名称	地理位置	中心桩号	地理位置
1	抚宁北收费站	秦皇岛市抚宁区大新寨乡	K176+579	秦皇岛市大新寨乡，冰塘峪景区等出口
2	抚宁北服务区	秦皇岛市抚宁区	K174+601	未营业
3	隔河头收费站	秦皇岛市青龙县隔河头乡	K155+951	秦皇岛市隔河头乡、官场乡
4	青龙东服务区	秦皇岛市青龙县	K146+850	—
5	茨榆山收费站	秦皇岛市青龙县双山子	K142+710	秦皇岛市茨榆山、双山子
6	青龙收费站	秦皇岛市青龙县城区	K126+600	秦皇岛市青龙县城区
7	青龙服务区	秦皇岛市青龙县	K111+962	未营业
8	八道河收费站	秦皇岛市青龙县八道河镇	K105+800	秦皇岛市青龙县八道河镇
9	庙岭临时主线收费站	秦皇岛市与承德市交界处	K92+380	—

知名院校名录

序号	名称	地址	网址
1	燕山大学	秦皇岛市海港区河北大街西段 438 号	http：//www.ysu.edu.cn/
2	东北大学（秦皇岛分校）	秦皇岛市经济技术开发区泰山路 143 号	http：//www.neuq.edu.cn/
3	东北石油大学秦皇岛分校	秦皇岛市海港区河北大街西段 550 号	http：//www.nepuqhd.net/
4	华北理工大学秦皇岛分院	秦皇岛市海港区燕海路燕山大街 400 号	http：//www.ncst.edu.cn/
5	河北环境工程学院	秦皇岛市北戴河区金港大道 8 号	http：//www.emcc.cn/
6	河北对外经贸职业学院	秦皇岛市北戴河新区戴河大街 6 号	http：//www.hbiibe.edu.cn/
7	河北建材职业技术学院	秦皇岛市海港区文育路 8 号	http：//www.hbjcxy.com/
8	河北科技师范学院	秦皇岛市海港区河北大街西段 360 号	http：//www.hevttc.edu.cn/
9	河北农业大学海洋学院（秦皇岛校区）	秦皇岛市海港区河北大街东段 52 号	http：//www.heboc.cn/
10	北京理工大学（秦皇岛分校）	秦皇岛市市辖区育花路北段	http：//qinhuangdao013602.11467.com/
11	秦皇岛职业技术学院	秦皇岛市北戴河区联峰北路 90 号	http：//www.qhdvtc.com/
12	秦皇岛广播电视大学	秦皇岛市海港区燕山大街 373 号	http：//www.qhdrtvu.net.cn/

博物馆名录

序号	名称	地址	开放时间	门票
1	玻璃博物馆	秦皇岛市海港区文化路 44 号	周二至周日 9：00 — 16：00	免费
2	港口博物馆	秦皇岛市海港区南山街 2 号	预约	免费
3	中国航标展馆	秦皇岛市海港区南山街 32 号	—	免费
4	鸟类博物馆	秦皇岛市北戴河海滨鸽赤路	8：30 — 11：30 14：00 — 17：00	免费
5	北戴河博物馆	秦皇岛市北戴河联峰路 85 号	8：30 — 17：00	免费
6	北戴河轮滑博物馆	秦皇岛市北戴河区滨海大道奥林匹克公园内	9：00 到 21：00	免费
7	山海关长城博物馆	秦皇岛市山海关区第一关路	周二至周日 9：00 — 16：00	免费
8	山海关民俗博物馆	秦皇岛市山海关古城东三条 29 号	7：30 — 17：00	旺季 30 元 淡季 15 元
9	山海关甲申史鉴馆	秦皇岛市山海关区古城西大街 66 号	旺季 7：00 — 18：00 淡季 7：30 — 17：30	免费
10	抚宁博物馆	秦皇岛市抚宁区青少年活动中心附近	周一至周五 周五下午设备检修 9：00 — 11：30 2：30 — 5：00	免费
11	柳江地学博物馆	秦皇岛市抚宁区石门寨镇上庄坨村柳江盆地地质遗迹国家级自然保护区内	9：00 — 12：00 13：30 — 16：00 周一闭馆 周二至周五对团体开放 周六周日对散客开放	免费
12	青龙民俗博物馆	秦皇岛市青龙满族自治县南山生态观光园内	举办节事活动时开放	免费

城市公园

序号	名称	地址
1	汤河公园	秦皇岛市海港区西部汤河两岸
2	秦皇岛植物园	秦皇岛市海港区西环北路 70 号
3	人民公园	秦皇岛市海港区海阳路 103 号
4	开发区森林体育公园	秦皇岛市经济技术开发区秦皇西大街 80 号
5	石河公园	秦皇岛市山海关区西兴路附近
6	威远公园	秦皇岛市山海关古城西北
7	莲花湖公园	秦皇岛市山海关火车站附近
8	榆关广场	秦皇岛市山海关关城西路与关城南路交叉口
9	森林逸城公园	秦皇岛市金湾环路金海湾森林逸城对面
10	青龙南山公园	秦皇岛市青龙县青龙镇都阳路附近
11	卢龙青龙河公园	秦皇岛市卢龙县卢龙镇永平大街青龙河森林公园
12	紫金山公园	秦皇岛市抚宁区勇进北路 11-13 号

旅游咨询服务集散中心名录

序号	名称	地址
1	秦皇岛京津冀游客集散中心	秦皇岛市海港区北环路 58 号
2	北戴河游客咨询中心（火车站）	秦皇岛市北戴河火车站出站口西侧
3	北戴河游客咨询中心（海滨汽车站）	秦皇岛市北戴河区海滨汽车站斜对面
4	北戴河游客服务中心	秦皇岛市北戴河新区
5	山海关旅游咨询中心	秦皇岛市山海关火车站出站口前行 10 米左侧

知名导游名录

序号	姓名	性别	级别	从业时间	所属旅行社	联系电话
1	郭颖	女	高级	24 年	秦皇岛市旅游协会导游分会	18630376597
2	范彬	女	高级	18 年	秦皇岛市旅游协会导游分会	13933790073
3	张国庆	男	高级	10 年	秦皇岛鸿远国际旅行社	13933621061
4	杨振伟	男	高级	17 年	秦皇岛港中国际旅行社有限公司	18733522333
5	郑伟	女	高级	26 年	秦皇岛市山海关国际旅行社	13903345956
6	边金忠	男	高级	11 年	秦皇岛市旅游协会导游分会	18833811983
7	屈尔金	男	高级	15 年	中国铁道旅行社北戴河分社	13933666322
8	蒋金	男	高级	5 年	秦皇岛夏都国际旅行社	18617811877
9	卢瑞旭	男	中级	14 年	秦皇岛市海燕国际旅行社有限公司	13833507588
10	张芳	女	中级	11 年	秦皇岛市旅游协会导游分会	13483380045
11	申雨璇	女	中级	14 年	秦皇岛市旅游协会导游分会	13513342621
12	高媛	女	中级	17 年	秦皇岛森林商务旅行社	18603355187
13	李雪松	男	中级	16 年	秦皇岛海燕国际旅行社	13733359326
14	宋立波	男	中级	14 年	北戴河中海旅行社	13833541334
15	马松美	女	初级	15 年	山海关鑫铁龙国际旅行社	18733416780

主要参考资料

【参考网站】

[1] 中华人民共和国国家旅游局
网址：http：//www.cnta.gov.cn/

[2] 河北旅游资讯网——河北省旅游局官方网站
网址：http：//www.hebeitour.com.cn/

[3] 中国·秦皇岛——秦皇岛市政府门户网站
网址：http：//www.qhd.gov.cn/

[4] 秦皇岛市旅游委员会官方门户网站
网址：http：//www.qhdta.gov.cn/

[5] 秦皇岛市发展和改革委员会
网址：http：//www.qhdfgw.gov.cn/

[6] 秦皇岛市统计局
网址：http：//www.qhdtjj.gov.cn/

[7] 秦皇岛信息港——秦皇岛地区的门户网站
网址：http：//www.qhd.com.cn/

[8] 秦皇岛市海港区政府
网址：http：//www.qhdhgq.gov.cn/

[9] 山海关旅游网
网址：http：//www.shg.com.cn/

[10] 北戴河区政府
网址：http：//www.beidaihe.gov.cn/

[11] 中国·北戴河新区
网址：http：//www.bdhxq.gov.cn/

[12] QETDZ——秦皇岛经济技术开发区
网址：http：//www.qetdz.com.cn/

[13] 中国·抚宁——抚宁区政府门户网站
网址：http：//www.chinafuning.com.cn/

[14] 昌黎县旅游局

网址：http：//www.changli.gov.cn/

[15] 卢龙县人民政府

网址：http：//www.lulong.gov.cn/

[16] 青龙满族自治县政府门户网站

网址：http：//www.chinaqinglong.gov.cn//

[17] 长城小站

网址：http：//www.thegreatwall.com.cn/

【参考书目】

[1] 孙志升 . 大雨落幽燕 [M]. 北京：中国劳动出版社，1998.

[2] 时晓峰 . 山海关历代旧志校注 [M]. 天津：天津人民出版社，1999.

[3] 韩荔华 . 导游语言概论 [M]. 北京：旅游教育出版社，2000.

[4] 李书和，等 . 历史名人与秦皇岛 [M]. 北京：中国文联出版社，2003.

[5] 付岗 . 畅游秦皇岛 [M]. 北京：中国旅游出版社，2006.

[6] 董耀会 . 走进长城的春天 [M]. 北京：国防大学出版社，2006.

[7] 吉羊 . 神聊秦皇岛 [M]. 石家庄：河北人民出版社，2008.

[8] 李跃民 . 秦皇岛旅游文化 [M]. 北京：旅游教育出版社，2008.

[9] 冯树合，等 . 北戴河史迹 [M]. 北京：中央文献出版社，2008.

[10] 逯宝峰，等 . 旅游文学鉴赏 [M]. 北京：中国科学技术出版社，2009.

[11] 冯树合，等 . 魅力联峰山 [M]. 北京：中央文献出版社，2009.

[12] 李书和 . 碣石 [M]. 北京：中央文献出版社，2012.

[13] 孙继胜，等 . 秦皇岛年鉴 • 2015[M]. 北京：中国文史出版社，2015.

[14] 马辉 . 寻秦记 [M]. 秦皇岛：燕山大学出版社，2015.

[15] 孙继胜，等 . 秦皇岛年鉴 • 2016[M]. 北京：中国文史出版社，2017.

[16] 逯宝峰，等 . 秦皇岛导游词，秦皇岛市旅游局 .

[17] 孙继胜 . 秦皇岛解说词，秦皇岛明泽文化传播有限公司 .

[18] 秦皇岛市旅游局，秦皇岛旅游美食 .

[19] 秦皇岛市旅游委员会，秦皇岛礼物 .

[20] 秦皇岛市旅游委员会，2016 年秦皇岛市旅游业年度报告 .

[21] 秦皇岛市旅游委员会，2015 年秦皇岛市旅游业年度报告 .

[22] 秦皇岛市旅游局，2014 年秦皇岛市旅游业年度报告 .